dtv

Das Interesse der jungen Journalistin Lea Petersen ist sofort geweckt, als eines Tages in der Redaktion einer niedersächsischen Tageszeitung eine anonyme Mail eingeht, die an den nie aufgeklärten Fall eines vor zwanzig Jahren verschwundenen jungen Mädchens erinnert. Das Örtchen Verchow im Wendland gerät erneut in die Schlagzeilen der Lokalpresse, als Autofahrer immer wieder von Geistererscheinungen an einer Landstraße berichten. Gibt es einen Zusammenhang zwischen der Vermissten und dem »weißen Mädchen von Verchow«, wie das Phänomen genannt wird? Lea macht sich auf eigene Faust an die Recherche vor Ort und mietet sich in dem 500-Seelen-Dorf inmitten der einsamen Wald- und Moorlandschaft ein. Doch bei ihren Ermittlungen stößt sie auf eine Mauer des Schweigens und gerät selbst in Gefahr. Da steht sie plötzlich dem weißen Mädchen selbst gegenüber ...

Andreas Laudan, geboren 1967 in Lüneburg, ist promovierter Musikwissenschaftler und lebt als Schriftsteller in der Nähe von Hamburg.

Andreas Laudan

Das weiße Mädchen

Kriminalroman

Deutscher Taschenbuch Verlag

Von Andreas Laudan
ist im Deutschen Taschenbuch Verlag erschienen:
Pharmakos (21139)

**Ausführliche Informationen über
unsere Autoren und Bücher
finden Sie auf unserer Website
www.dtv.de**

MIX
Papier aus verantwortungsvollen Quellen
FSC® C019821
FSC
www.fsc.org

Originalausgabe 2011
2. Auflage 2011

Umschlagkonzept: Balk & Brumshagen
Umschlaggestaltung: Wildes Blut, Atelier für Gestaltung,
Stephanie Weischer unter Verwendung
eines Fotos von plainpicture/Arcangel/Linder
Gesetzt aus der Stempel Garamond 9,75/12,25·
Gesamtherstellung: Druckerei C. H. Beck, Nördlingen
Gedruckt auf säurefreiem, chlorfrei gebleichtem Papier
Printed in Germany · ISBN 978-3-423-21280-9

Prolog

Wendland, Mai 1986

Es hieß, sie sei verschwunden.

Ungläubig hatte der Junge den Gerüchten gelauscht: Sie sei am Vorabend aus der Stadt zurückgekehrt und an der Bushaltestelle im Dorf ausgestiegen. Doch ihr Vater, der sie dort abholen sollte, habe sie nicht angetroffen und nach stundenlanger Suche die Polizei alarmiert. Man werde die Wälder im Umkreis des Dorfes mit Spürhunden durchkämmen, sagten die Erwachsenen.

Es hieß, sie sei verschwunden.

Der Junge wollte es nicht glauben. Vielleicht kam sie einfach nur später zurück, als sie am Telefon angekündigt hatte. Oder sie hatte beschlossen, dass sie ihre Eltern gar nicht sehen, sondern allein sein wollte. Was wussten schon ihre Eltern? Sie wussten *nichts* von ihr, nicht, was sie tat, was sie sich wünschte oder wohin sie ging, wenn sie den bösen Blicken der Leute im Dorf entfliehen wollte.

Der Junge aber wusste es. Er suchte den Ort auf, wo er ihr schon mehrmals begegnet war: ein verfallenes Haus mitten im Wald, unweit der Landstraße. Das Haus war seit Jahren unbewohnt. Niemand sonst kam hierher, außer ihm – und ihr – und den Tieren des Waldes. Der Gartenzaun war längst in einzelne Latten zerfallen, die im Gras moderten. Die nackten Wände, von Wind und Wetter bis auf Hüfthöhe abgetragen, waren mit Moos und

Kletterpflanzen überrankt. Das Sparrendach war schon vor Jahren eingebrochen, sodass kaum mehr als ein Mauerviereck zurückgeblieben war, das sich zum Himmel öffnete.

»Christine?«, rief der Junge. »Bist du hier?«

Er umrundete die kleine Lichtung, einmal, zweimal. Dann betrat er den brüchigen Betonboden des Hauses, ging von einem Raum zum anderen.

»Christine?«

Doch die einzige Stimme, die antwortete, kam aus seinem Innern.

Sie ist tot, sagte die Stimme.

Der Junge schauderte. *Nein,* dachte er. *Nein.* Das konnte nicht sein. Er war sicher, dass sie hier war, irgendwo in der Nähe des Hauses, das sie stets aufsuchte, wenn sie der bedrückenden Enge des Dorfes entfliehen wollte. Oft hatte er sie hier gesehen, wie sie allein im Gras saß und sich an eine der verfallenen Wände lehnte, den Blick ihrer dunkel ummalten Augen zum Himmel gerichtet, das weiß geschminkte Gesicht von schwarzem Haar umgeben. Zuweilen hatte er sich herangeschlichen und sie beobachtet, hinter einen Busch geduckt oder im Schatten eines Baums, manchmal stundenlang. Einmal hatte er sein Versteck verlassen und so getan, als käme er zufällig des Wegs – und ganz unerwartet hatte sie ihn aufgefordert, sich zu ihr zu setzen. Der Junge hatte sein Glück kaum fassen können. Er hatte sich neben sie gesetzt, doch vor lauter Aufregung kein Wort hervorgebracht.

»Du bist ein komischer Kauz«, hatte sie gesagt, doch zugleich hatte sie gelächelt. *»Ich mag komische Käuze.«*

Dem Jungen war bei diesen Worten ganz heiß geworden. Auch er mochte sie – wenngleich er wusste, dass das verboten war, für ihn mehr als für jeden anderen im Dorf. Sein Vater hatte es ihm gesagt: Er *durfte* sie nicht mögen, sie nicht beachten, erst recht nicht mit ihr sprechen. Es war unnatürlich, böse, verrückt – es war ein Beweis seiner Schwäche, seines kranken Geistes.

Sie ist tot, wiederholte die Stimme.

Doch der Junge wollte es nicht glauben. Sie war der einzige Mensch gewesen, in dessen Gegenwart er sich *nicht* böse, verdorben oder verrückt vorgekommen war – wie konnte sie ihn verlassen?

»Christine!«, rief er abermals.

Niemand antwortete. Nur die Krähen in den Baumwipfeln krächzten, als verspotteten sie ihn, während der Wald ringsum so still und tot dalag wie ein Friedhof.

Sie ist trotzdem hier, dachte der Junge verzweifelt. *Sie muss hier sein.*

Er verließ das verfallene Haus und trat in den ehemaligen Garten hinaus, der von Farnen und Buschwerk überwachsen war. Vielleicht versteckte sie sich irgendwo, weil sie allein sein wollte. Das tat sie gelegentlich, wie der Junge wusste. Sie verbrachte viel Zeit allein, denn sie legte wenig Wert auf die Gesellschaft der Menschen im Dorf, die mit dem Finger auf sie zeigten. Sie hatte keine Freunde, nicht einmal in der Schule, und selbst ihren Eltern lief sie immer wieder davon, um sich in der großen Stadt herumzutreiben, von der sie dem Jungen erzählt hatte. Christine verachtete die Menschen im Dorf ebenso, wie diese sie verachteten.

»Gottverdammte Spießer«, hatte sie gesagt. *»Die verstehen überhaupt nichts. Am besten, man ignoriert sie.«*

Ihn jedoch, den Jungen, hatte Christine nicht ignoriert. Er wusste, dass sie ihn nicht lieben konnte, wie er sie liebte, er wusste, dass er für sie nur ein Sonderling war, dessen Gesellschaft sie amüsierte. Doch das war ihm gleichgültig gewesen, solange er nur in ihrer Nähe sein, ihre Stimme hören, ihr Gesicht betrachten und den erregenden Duft ihrer Fremdheit atmen durfte. Beide waren sie Ausgestoßene, und diese Erkenntnis hatte das Herz des Jungen mit Wärme erfüllt. Diese Wärme wollte er nicht missen. Es hätte bedeutet, dass er endgültig ganz allein auf der Welt wäre.

»Christine!«, schrie er, so laut er konnte.

Die Krähen in den Baumwipfeln stoben erschrocken auf und flogen davon. Als ihr raues Krächzen sich entfernt hatte, blieb der Junge reglos stehen und lauschte. Diesmal schien es ihm, als hörte er tatsächlich eine Antwort – oder war es nur das Echo seines eigenen Schreis?

»Christine?« Diesmal flüsterte er.

Nein, es war kein Echo. Er hörte Schreie – leise und gedämpft wie aus großer Ferne, doch er spürte, dass die Stimme keineswegs fern war, sondern unmittelbar in seiner Nähe. Es war die Stimme eines Mädchens. Sie schrie gellend, doch es klang wie eine Tonbandaufnahme, deren Lautstärke nahezu auf Null gestellt war.

»Christine?« Der Junge war sich sicher, ihre Stimme erkannt zu haben. Sein Herz pochte schwer, während seine Beine unbeherrscht zu zittern begannen. Wo war sie? Wie war es möglich, dass er sie schreien hörte – gellend und schrill, aber dennoch wie aus einer anderen Welt?

»Wo bist du?«

Er tat ein paar Schritte nach links, um zu horchen, ob das Geräusch lauter wurde, dann nach rechts. Er umrundete das Haus, rannte hierhin und dorthin, zum Waldrand und wieder zurück, hielt inne, lauschte. Nein, die Stimme kam nicht aus der Ferne, sie wurde schwächer, je weiter sich der Junge von jenem Platz im Garten entfernte, wo er sie erstmals wahrgenommen hatte.

»Wo bist du?«, schrie er.

Sie ist tot, sagte die Stimme in seinem Kopf zum dritten Mal. *Sie ist dort, wo die Toten wohnen.*

Schaudernd hielt der Junge inne. Wie unter einem Zwang setzten seine Füße sich in Bewegung und trugen ihn in den Garten zurück. Wieder hörte er die Schreie – leise und dennoch unerträglich grauenvoll, Schreie der äußersten Verzweiflung, der schrecklichsten Qual.

»Christine ...«

Die Lippen des Jungen bebten, als er zum letzten Mal ihren Namen aussprach. Seine Kehle wurde eng und in seinen Augen stiegen Tränen auf.

Sie ist dort, wo die Toten wohnen.

Langsam neigte er den Kopf. Sein Blick fiel auf den Boden vor seinen Füßen.

Und er begriff.

Die Toten wohnten unter der Erde. Die Stimme in seinem Kopf hatte die Wahrheit gesprochen. Was er zu hören glaubte, war nur ein dumpfes Echo aus jener Zwischenwelt, wo die Seelen der Verstorbenen umgingen.

Christine war tot.

Als der Junge das erkannte, beruhigte sich sein heftig schlagendes Herz. Es musste nicht länger wie ein gefangener Vogel in seiner Brust flattern; es musste überhaupt nicht mehr schlagen. Er wünschte, es würde auf der Stelle verstummen. Die Tränen in seinen Augen verschwanden, als wäre die Flüssigkeit verdunstet, und auch das Zittern seiner Beine hörte schlagartig auf, während sein Körper starr und kalt wurde.

Es ist vorbei, sagte die Stimme in seinem Kopf. *Nun hat alles ein Ende: die Furcht und die Freude, der Schmerz und die Liebe, der Zweifel und die Hoffnung.*

Und so war es. Der Junge spürte, dass er diesen Ort nun verlassen konnte. Es gab nichts mehr, das ihn zurückhielt. Er konnte nach Hause gehen und sich auf sein Bett setzen, um für den Rest seines Lebens reglos zu verharren. Er brauchte nicht mehr zu sprechen, nicht mehr zu essen, nicht mehr zu trinken. Er brauchte nur darauf zu warten, dass sein erstarrter Körper zerfiel und sein gepeinigter Geist endlich Ruhe fand. Es würde nicht lange dauern, dessen war er sicher.

Langsam setzte er sich in Bewegung, mit tauben Gliedern, mechanisch wie eine Puppe. Gras rauschte um seine Füße, ohne dass er es spürte. Die Schreie entfernten sich, verklangen, wurden vom Wispern der Baumwipfel verschluckt.

Ich komme zu dir, Christine, versprach der Junge. *Schon bald.*

Und als er den Weg zum Dorf einschlug, verzog sich sein für alle Zeiten verstummter Mund zu einem entrückten Lächeln, das jeden geistig gesunden Menschen mit Grauen erfüllt hätte.

Lüneburg, Mai 2010

Samstag

»Mum, du hast verschlafen!«

Benommen fuhr Lea Petersen von ihrem Kopfkissen hoch, als sie das Klopfen ihres Sohnes an der Tür hörte.

»Es ist schon nach acht!«, rief David.

Verflixte Samstagsarbeit, dachte Lea mit einem Blick auf ihren Wecker. Offenbar hatte sie den Alarm im Halbschlaf abgestellt, ohne es zu merken.

»Ich komme!«, rief sie zurück. Rasch fuhr sie aus dem Bett, warf sich eine knielange Bluse über, suchte einen Augenblick vergeblich nach ihren Slippern und tappte schließlich barfuß über den Flur.

»Morgen!«, sagte David, als sie das Wohnzimmer betrat. »Ich hab uns Frühstück gemacht.«

Schuldbewusst bemerkte Lea, dass er Kaffee aufgesetzt und den Couchtisch gedeckt hatte.

»Oh David, es tut mir so leid«, sagte sie. »Ausgerechnet heute … warum hast du mich nicht früher geweckt?«

Ihr Sohn zuckte die Achseln, während er zwei Tassen füllte. »Macht doch nichts! Ich kann den Bus zum Bahnhof nehmen. Du musst mich nicht hinfahren.«

»Wirklich nicht?«

»Mum, ich bin doch kein Kind mehr.«

Wie stets nannte er sie »Mum«. Lea seufzte – wahrscheinlich hatte er recht. David war sechzehn Jahre alt, und sie konnte verstehen, dass er lieber allein zum Hauptbahnhof fuhr. Sicher war es ihm vor den Klassenkameraden eher peinlich, wenn seine Mutter ihn chauffierte.

»Es ist ja nur eine Klassenfahrt«, fuhr David fort, öffnete den Kühlschrank und suchte nach der Dosenmilch. »Ich mache keine Weltreise.« Er grinste. »Du wirst noch froh sein, dass du mich mal ein paar Tage los bist.«

Lea lachte pflichtschuldig.

Er ist wirklich kein Kind mehr, dachte sie. Es gab Tage, an denen sie sich diese Tatsache ins Gedächtnis rufen musste.

Lea ließ sich auf dem Sofa nieder, während David die Tassen herübertrug. Es war erstaunlich, wie erwachsen er wirkte, wenn er sie bediente.

»Danke«, sagte Lea, beugte sich vor und sog den Duft des Kaffees ein. »Du wirst sicher auch froh sein, mich mal eine Woche lang nicht zu sehen.«

David setzte sich ihr gegenüber. »Wieso?« Es klang arglos, als wüsste er nicht, was sie meinte.

»Ach …« Lea lachte selbstironisch. »Alleinerziehende Mütter können eine Strafe für Jugendliche sein.«

»Ich hab kein Problem mit dir!«, versicherte David gönnerhaft, während er sich ein Brot mit fingerdicken Mettwurstscheiben belegte.

»Echt?«

David zuckte die Achseln. »Andere Jungs aus meiner Klasse müssen um elf zu Hause sein.«

»Du eigentlich auch!«, sagte Lea erschrocken. »Wann bist du je nach elf heimgekommen?«

David lächelte und winkte ab. »Wenn du es nicht gemerkt hast, dann umso besser. Ich glaube, an dem Abend bist du früh schlafen gegangen.«

»Sieh mal an.« Überrascht blickte Lea auf. »Verrätst du mir, wo du warst?«

»Bei Justin. Nichts Aufregendes – wir haben ein neues Computerspiel ausprobiert.«

»Also hatte es nichts mit einer gewissen Maja zu tun?«, forschte Lea.

David seufzte. »Nee.«

Er schwieg, und Lea wagte nicht genauer nachzufragen, obwohl das Thema sie brennend interessierte. Von Maja wusste sie nur, dass sie in Davids Klasse ging und dass David sie »absolut cool« fand. Aus seinem Mund war das eines der größten denkbaren Komplimente und bis vor kurzem für Filmstars reserviert gewesen. Genaueres hatte er jedoch nie durchblicken lassen – keineswegs aus Angst vor ihrer Reaktion, wie Lea wusste. David war einfach nur diskret: immer ein Gentleman.

»Du hast ja dann sturmfreie Bude«, bemerkte David.

Unwillkürlich musste Lea lachen. »Wie meinst du das?«

David zuckte die Achseln. »Keine Ahnung ... weiß ja nicht, was du so vorhast.«

»Zu meiner Zeit sprachen die Kinder von sturmfreier Bude, wenn die Eltern mal weg waren – und heute sagt mir das mein sechzehnjähriger Sohn ...«

»Ist doch nichts dabei«, behauptete David leichthin. »Es wundert mich nur manchmal, dass du nie ein Date hast.«

Lea durchlebte einen Moment der Unwirklichkeit. Es fühlte sich seltsam an, mit ihrem Sohn am Frühstückstisch zu sitzen und im Plauderton auf ihr Liebesleben angesprochen zu werden.

»'tschuldige«, sagte David, der ihre Verlegenheit bemerkte. »Geht mich ja nichts an.«

»Schon gut.« Lea nahm hastig einen Schluck von ihrem Kaffee und verbrannte sich prompt den Mund. Eine Weile schwiegen sie beide.

»Ich packe noch ein paar Sachen«, meinte David mit

einem Blick auf die Uhr und erhob sich, die Schnitte Brot noch in der Hand. »Der Bus geht um zehn vor neun.«

»Soll ich dir helfen?«

David winkte ab und schlenderte hinaus.

»Denk an die Regenjacke!«, rief Lea ihm nach, schalt sich aber sogleich wegen ihres mütterlichen Tons. Er würde schon von selbst an alles denken, was er brauchte – und was er wirklich brauchte, wusste er besser als sie.

Nachdenklich trank Lea ihren Kaffee aus, während sie David in seinem Zimmer wühlen hörte.

Er ist wirklich erwachsen, dachte sie mit einem Anflug von Wehmut. Lange hatte sie geglaubt, dies würde ihr erst bewusst werden, wenn er eines Tages die erste Freundin mit nach Hause brachte. Dass er sich jedoch nach ihren »Dates« erkundigte, verriet seine Reife deutlicher als irgendeine Schwärmerei für ein gleichaltriges Mädchen. Offenbar war ihm längst aufgefallen, dass Lea nie Männerbekanntschaften hatte. Im Gegensatz zu ihr schien er kein Problem mit diesem Thema zu haben; im Gegenteil, er hatte fast ein wenig mitleidig geklungen.

Auch für Lea wurde es Zeit, denn um neun Uhr erwartete man sie in der Redaktion. Also trank sie ihren Kaffee aus, stand auf und ging ins Bad. Rasch duschte sie, nahm sich gerade genug Zeit für eine notdürftige Gesichtspflege, verzichtete aber auf Lidschatten und Lippenstift und eilte in ihr Zimmer zurück, um sich bürofertig zu machen. Noch immer klangen ihr Davids Worte in den Ohren, und einen Augenblick lang musterte sie sich vor dem mannshohen Spiegel.

Warum eigentlich gibt es seit Jahren keinen Mann in meinem Leben?, fragte sie sich. *Liegt es an mir?*

Ihr Spiegelbild beantwortete diese Frage nicht. Lea war sechsunddreißig Jahre alt, wirkte jedoch jünger. Eigentlich gefiel sie sich selbst recht gut, vor allem mit der randlosen Brille, die sie erst seit kurzem trug, und den halblangen Haaren. Gewiss, im Profil war ein kleiner Bauch zu erkennen, aber für ihre runden Hüften hatte sie sich nie geschämt, sondern empfand sie als weiblich und zum Gesamteindruck passend.

Keine Ahnung, was ich falsch mache, seufzte Lea innerlich, entschied sich für eine leichte Stoffhose und steckte die Bluse in den Bund, weil sie plötzlich Lust hatte, ihre Taille zu betonen.

Als sie auf den Flur zurückkehrte, wuchtete David eben seinen Koffer zur Tür.

»Soll ich dich nicht wenigstens zur Haltestelle bringen?«, bot Lea an.

»Ach was, das ist doch nicht weit«, wehrte David ab. »Also dann: Mach's gut, Mum!«

»Ruf mich an, wenn ihr angekommen seid.«

»Ja, ja.«

Am liebsten hätte sie ihn jetzt in den Arm genommen. Die letzte Gelegenheit dazu, vor einem Kurzurlaub Leas an der Ostsee, war schon ein halbes Jahr her – also eine Ewigkeit, gemessen am Entwicklungstempo eines sechzehnjährigen Jungen. Womöglich war er schon zu alt für derartige Zärtlichkeiten.

»Ja, dann …«, begann Lea unsicher und hielt sich mit einer Umarmung zurück.

Er kam ihr zuvor, schlang seine Arme um sie und erlöste sie aus ihrer Verlegenheit. Erleichtert hielt Lea ihn einen Moment fest.

Er bleibt mein Junge, dachte sie dankbar.

Dann machte David sich von ihr los und griff nach seinem Koffer. Lea öffnete bereits den Mund, doch wiederum kam er ihr zuvor, diesmal grinsend.

»Sag's nicht.«

Gehorsam schluckte Lea die Worte »*Pass auf dich auf*« hinunter. Amüsiert über das stumme Einverständnis erwiderte sie sein Lächeln. »Viel Spaß!«

»Dir auch, Mum.«

David öffnete die Wohnungstür, wuchtete den Koffer hinaus und ging, ohne noch einmal zurückzublicken.

Inzwischen war es Viertel vor neun, und Lea musste sich beeilen, ihre Sachen zu packen. Eine volle Minute suchte sie nach dem Autoschlüssel, den sie trotz aller Mühe immer wieder verlegte. Dann verließ sie das Haus, warf sich in ihren kleinen roten Fiesta und quälte sich durch den dichten Verkehr in die Innenstadt. Am Ende war es bereits nach neun, als sie das Verwaltungsgebäude der Zeitung erreichte und dem Pförtner gehetzt zunickte, während sie zum Fahrstuhl spurtete.

In dem Großraumbüro, wo sich ihr Arbeitsplatz befand, unterhielt sich Chefredakteur Ehrlig gerade mit Jörg Hausmann, einem vor drei Monaten eingestellten Kollegen.

»Tut mir leid, ich bin ein wenig spät«, sagte Lea, als sie zu ihrem Platz rauschte. »Sie wissen ja: Mein Sohn geht heute auf Klassenfahrt, und …«

»Guten Morgen!« Der Chefredakteur lächelte. »Kein Problem. Die Montagsausgabe ist fast druckreif. Ich brauche nur noch einen Bericht über den Crash auf der Umgehungsstraße. Jörg hat bereits mit dem städtischen Krankenhaus telefoniert. Eines der Unfallopfer ist nur leicht verletzt und wird uns sicher ein paar Details erzählen.« Ehrlig nannte alle Kollegen beim Vornamen. »Und Sie, Lea, könnten mir noch mal Ihren Text über die Bürgerinitiative gegen den Brückenbau in Ochtmissen vorlegen. Wir haben auf Seite zehn noch eine halbe Spalte zu füllen.«

»Mach ich«, versprach Lea, ließ sich auf ihren Platz sinken und schaltete den Computer ein.

»Kommen Sie erst einmal an!«, riet Ehrlig gutmütig und wandte sich zum Gehen. »Wir können alles nach der Mittagspause besprechen.«

Der Chefredakteur verschwand in seinem Büro, während Jörg Hausmann sich Lea zuwandte.

»Kaffee?«, fragte er.

»Gern.« Lea schenkte ihm ein dankbares Lächeln. Jörg war ein überaus netter Kollege, hilfsbereit, fast fürsorglich. In der kurzen Zeit, die er in der Redaktion arbeitete, war er bereits dazu übergegangen, für sie beide den Kaffee aufzubrühen. *Auch so ein Gentleman*, dachte Lea schmunzelnd und musste an David denken. *Das ist heute schon das zweite Mal, dass ein Mann mich bedient.*

Während Jörg in der Teeküche verschwand, rief Lea ihre E-Mails ab – und stöhnte leise, als ihr rund dreißig neue Nachrichten gemeldet wurden. Fast die Hälfte hatte der Computer unter Spamverdacht gestellt und entsprechend markiert. Das war nicht ungewöhnlich, denn Lea bekam nahezu täglich Mails von unbekannten Absendern und zweifelhafter Relevanz. Einen Teil, der unschwer als Werbung zu erkennen war, verschob sie mit geübtem Klick in den Papierkorb. Den Rest überflog sie zumindest oberflächlich, denn es war nic auszuschließen, dass sich etwas Interessantes darunter befand. Als Erstes beschwerte sich eine Frau wortreich über den katastrophalen Verlauf einer Urlaubsreise, gebucht in einem bekannten örtlichen Reisebüro: »Das ist Betrug! Sie sollten darüber berichten!« Der zweite Mailschreiber hatte ein Tattoo-Studio eröffnet und wollte die Zeitung für einen werbewirksamen Bericht über seine Geschäftsidee gewinnen. Der dritte beteuerte, sein Terrier könne selbstständig die Tür des Kühlschranks öffnen und er sei gern bereit, zum Beweis ein Video zu schicken. Lea las mit mäßigem Interesse, erkannte jedoch schnell, dass keine der Zuschriften Stoff für einen Artikel liefern würde. Eigentlich schade um Fido, den klugen Foxterrier, dachte sie amüsiert. Es war nicht sehr wahrscheinlich, dass die Öffentlichkeit sich für ihn interessierte, es sei denn, er wäre vielleicht auch noch in der Lage, eine Bierdose zu öffnen.

»Fox Fido plündert Herrchens Hausbar«, titelte Lea in Gedanken. *Fettdruck Zeile zwei bis fünf: »Er apportiert nicht nur die Zeitung, sondern holt sich auch selbst die Belohnung.«*

Abwesend überflog sie die restlichen Mails, öffnete die allerletzte – und las ganze drei Zeilen.

Ein Mädchen wurde ermordet.

Ihr Name beginnt mit C.

www.ghost-trusters.de/forum/viewtopic7–543 Gesicht_am_Straßenrand

Keine Anrede, keine Floskeln, keine freundlichen Grüße. Als Absender tauchte lediglich eine aus sinnlosen Zeichen zusammengesetzte Adresse bei einem kostenlosen Provider auf.

Normalerweise hätte Lea automatisch jede Mail entfernt, deren Absender sich nicht zu erkennen gab. Ihr Finger schwebte bereits über der Löschtaste, während sie die Nachricht erneut las, Wort für Wort.

Ein Mädchen wurde ermordet …

Ein unbestimmtes Gefühl bewog Lea, noch einmal innezuhalten.

Ihr Name beginnt mit C.

Die knappe Formulierung erregte ihr Interesse. Der Absender hielt sich weder mit einer Vorstellung seiner Person auf noch mit Argumenten, warum gerade seine Story einen Zeitungsbericht verdiente. Eigentlich klang die Nachricht überhaupt nicht wie einer der typischen Artikelvorschläge – eher wie ein Hilferuf.

Lea ergriff die Maus und bewegte den Cursor vorsichtig auf den Link, der sogleich aufleuchtete. Soweit sie erkennen konnte, wollte der Browser sie in irgendein Forum schicken, das offenbar weitere Informationen zur Sache enthielt. Würde man sie womöglich auf irgendeine zweifelhafte Website locken, die ihren Rechner mit Spyware infizierte?

Lea wusste nicht, warum sie den Link abrief. Irgendetwas an der Nachricht hatte sie gepackt: Es war ein Rätsel, eine Andeutung, etwas zum Nachforschen. Lea liebte Rätsel. Ebendiese Leidenschaft hatte sie zu ihrem Job gebracht.

Der Browser arbeitete einen Moment, bis er den Link erfasst und die fragliche Seite komplett geladen hatte – einschließlich eines Pop-ups, das Lea rasch wegklickte. Ein Forum lag vor ihr, äußerlich genauso aufgebaut wie hunderte anderer Internetforen. Am oberen Rand prangte das Logo des Betreibers, der Schriftzug »Ghost-Trusters« auf einem stilisierten weißen Gespenst mit schwarzen Löchern als Augen. Der Bildschirm zeigte den Beginn eines Threads, und nachdem Lea den ersten Eintrag gelesen hatte, begriff sie, worum es ging. »Ghost-Trusters« war ganz offensichtlich eine Plattform, auf der sich Menschen über Geistererscheinungen austauschten.

Frettchen92 Gesicht am Straßenrand 12.10.09 19:32

Hallo liebe G-T-Gemeinde!

Ich habe letzten Samstag etwas ziemlich Unheimliches erlebt. Abends gegen 21 Uhr war ich mit dem Auto unterwegs auf einer Landstraße im niedersächsischen Wendland. Die Straße führte durch dichten Wald. Kein Verkehr, kein Mensch auf der Straße außer mir! Kurz vor einer Ortschaft namens

Verchow sah ich am rechten Straßenrand zwischen den Bäumen ein weißes Gesicht. Ich glaube, es war das Gesicht eines Mädchens. Mehr war nicht zu erkennen, weil sie offenbar sehr dunkle Kleidung trug ... nur das Gesicht. Es schwebte sozusagen im Dunkeln. Ich dachte, das ist eine Anhalterin, hab gebremst und zurückgesetzt. Da war sie aber schon verschwunden. Ich bin noch ausgestiegen und hab gerufen, aber keine Antwort. Kann natürlich alles ganz harmlos und leicht erklärbar sein, aber dieses Gesicht verfolgt mich seitdem.

Frage: Hat jemand ähnliche Erfahrungen?

Skeptiker **RE: Gesicht am Straßenrand** **12. 10. 09 22:48**

Also 'ne Frau am Straßenrand? Ist ja *ECHT* unheimlich! *LOL*

Trine*Moderator **RE: Gesicht am Straßenrand** **13. 10. 09 0:04**

Lieber »Skeptiker«, bitte fall nicht immer gleich über die Neuen her! Wie wär's mit etwas Höflichkeit? DANKE!!

@Frettchen92: Das ist eine wirklich interessante Geschichte! Ich glaube, es könnte eine Menge harmloser Erklärungen geben, aber mulmig wär mir sicher auch geworden. Bist du sicher, dass du nicht einfach einen hellen Fleck gesehen hast? Ich meine: War es denn überhaupt ein Gesicht??

Frettchen92 **RE: Gesicht am Straßenrand** **13. 10. 09 6:22**

Doch, es war definitiv ein Gesicht. Ich könnte es zwar nicht beschreiben, bin aber zu 90 % sicher, dass es eine Frau bzw. ein Mädchen war. Kann ja auch sein, aber warum war sie plötzlich verschwunden, als ich ausgestiegen bin?

StoneTaler **RE: Gesicht am Straßenrand** **16. 10. 09 14:01**

Ist ja irre! Ich hab das Gesicht an der Straße nämlich auch gesehen, irgendwo im Wendland zwischen Groß Heide und Lüchow, an einer Landstraße abends gegen 21 Uhr. War genauso, wie Frettchen92 es beschrieben hat: Das Gesicht schwebte einfach im Dunkeln unter den Bäumen. Ich hab mir nix dabei gedacht und auch nicht angehalten – aber wenn ich jetzt die Geschichte von Frettchen lese, läuft's mir nachträglich kalt über den Rücken!

Lana2207 **RE: Gesicht am Straßenrand** **17. 10. 09 10:31**

Das ist ein Lokal-Mythos! Ich wohne in der Nähe (Lüchow/ Wendland) und hab schon oft davon gehört. Habe mehrere Leute kennengelernt, die das Gesicht am Straßenrand gesehen haben wollen, immer an derselben Stelle und immer abends gegen 9. Die Erscheinung ist hier in der Region bekannt. Sie trägt immer schwarze Kleidung, sodass ihr Körper im Dunkeln nicht zu sehen ist, aber wegen des weißen Gesichts nennt man sie »das weiße Mädchen von Verchow«. Angeblich spukt sie schon seit Jahrzehnten an dieser Landstraße. Ich selbst war noch nie dort und weiß auch nicht, was ich von der Geschichte halten soll. (Bin grundsätzlich eher der rationale Typ ...)

Frettchen92 **RE: Gesicht am Straßenrand** **17. 10. 09 13:15**

Uff! Wo ich das jetzt lese, kommt mir die Sache noch viel gruseliger vor! Also hab ich etwas gesehen, was schon zig andere Leute gesehen haben??
Lana2207, weißt du irgendwas über die Hintergründe?

Lana2207 **RE: Gesicht am Straßenrand** **18. 10. 09 10:54**

Nee, sorry, weiß auch nix Genaues. Erzählt wird nur, dass es ein Mädchen ist, das an der Stelle (oder irgendwo in der Gegend) verschwunden ist. Angeblich ist das schon lange her. Es heißt, sie wurde ermordet, aber ihr Körper wurde nie gefunden.

Frettchen92 RE: Gesicht am Straßenrand 18.10.09 14:31

Nicht, dass mich das jetzt beruhigt … ich träum heute noch davon.

WeiseEule RE: Gesicht am Straßenrand 20.10.09 21:03

Unglaublich! Ich hab's nämlich auch gesehen, vergangenen Februar (26. oder 27. abends, weiß nicht genau, wann, jedenfalls nach 21 Uhr). Komme nicht aus der Region, sondern war bloß auf der Durchfahrt nach Sachsen-Anhalt. Bin irgendwo nahe Lüchow falsch abgebogen, hab mich im Dunkeln verfahren und bin auf diese einsame Landstraße geraten. An das Ortsschild »Verchow« kann ich mich jedenfalls erinnern, weil ich froh war, überhaupt auf eine Ortschaft zu stoßen. Etwa 1 km vor dem Ortseingang schwebte das Gesicht am Straßenrand, auf Kopfhöhe, Körper unsichtbar (also vermutlich dunkle bis schwarze Kleidung). Es war eindeutig das Gesicht eines Mädchens bzw. einer Frau. Hab mich noch gefragt: Huch, was steht die denn da rum, spätabends bei Frost an so 'ner einsamen Straße? Erst wollte ich sogar anhalten, aber plötzlich hatte ich Angst: Die sah irgendwie seltsam aus, das Gesicht kalkweiß und ganz starr, wie auf Droge. Bin stattdessen aufs Gas gegangen und weitergefahren.

»Merkwürdig«, murmelte Lea im selben Moment, als ein Schatten auf sie fiel. Abwesend wandte sie sich um. Jörg stand hinter ihr, zwei duftende Tassen mit Kaffee in der Hand.

»Huch, was ist das denn?«, fragte er, als sein Blick auf das Gespenster-Logo fiel.

»Das frage ich mich auch«, antwortete Lea und rückte ein Stück zur Seite, sodass er mitlesen konnte. »Der Link kam mit einer E-Mail ohne Absender.«

Jörg zog seinen Stuhl heran, überflog die Seiten und schließlich auch die Mail, die Lea ihm zeigte.

»Klingt interessant«, meinte er. »Wahrscheinlich ist es nur irgendein Spinner, aber wir sollten die Sache mit Ehrlig besprechen.«

Die Gelegenheit ergab sich nach der Mittagspause, denn sowohl Lea als auch Jörg hatten Texte abzuliefern und fanden sich im Büro des Chefredakteurs ein.

»Ich wollte Sie übrigens noch fragen, was Sie hiervon halten«, sagte Lea und reichte ihrem Chef einen Ausdruck der anonymen E-Mail sowie der Forenseite.

Ehrlig überflog die Papiere in der ihm eigenen Art: Den Kopf in beide Hände gestützt und so tief niedergebeugt, dass er wie ein zu groß geratener Grundschüler wirkte, der mühsam seine ersten Worte buchstabiert. Als er schließlich aufsah, schüttelte er verständnislos den Kopf.

»Das ist doch Quark«, sagte er resolut und legte die Blätter beiseite. Dabei musterte er Lea, als könnte er nicht recht glauben, dass eine lang gediente Mitarbeiterin ihm die Zeit mit solchen Belanglosigkeiten stahl.

»Na ja – interessant ist es schon«, beeilte sich Jörg, seine Kollegin in Schutz zu nehmen. »Immerhin scheint die Sache ja so etwas wie ein lokaler Mythos zu sein.«

»Im Wendland vielleicht«, schränkte Ehrlig ein. »Das ist Kreis Lüchow-Dannenberg und fällt nicht einmal in unsere Zuständigkeit. Was interessiert es unsere Leser, wenn im hintersten Winkel Niedersachsens irgendeine Halloween-Maske an einer Landstraße herumspaziert?«

»In Lüchow gibt es ebenfalls eine Kreiszeitung«, warf Lea ein. »Vielleicht sollte ich einmal anrufen, ob man diesen Hinweis auch dort bekommen hat.«

»*Hinweis* nennen Sie das?« Ehrlig machte eine wegwerfende Handbewegung. »Eine anonyme E-Mail aus zwei Sätzen? Für mich ist das bestenfalls ein Hinweis, dass wir dringend unsere Spamfilter überprüfen sollten.«

»Immerhin ist von einem Mord die Rede«, sagte Lea nachdenklich. »Sollten wir nicht zumindest ... Ich meine: vorsichtshalber ...«

»Die Polizei einschalten?«, kam Ehrlig ihr zuvor. Seufzend blickte er auf seinen Computerbildschirm, wie stets, wenn ihm ein Gespräch lästig wurde. »Sie machen sich doch lächerlich, Lea, wenn Sie damit zur Polizei gehen.« Er ergriff die Maus und klickte. Aus dem Augenwinkel konnte Lea erkennen, dass er den Dienstplan der kommenden Woche aufrief.

»Also gut«, lenkte sie ein. »Ich dachte nur ..., ich weiß auch nicht. Ich hatte einfach das Gefühl, dass an der Sache etwas dran sein könnte.« Sie lachte verlegen. »Dies wäre dann wohl der passende Zeitpunkt für eine ironische Bemerkung zum Thema ›weibliche Intuition‹.«

»Ach, hören Sie auf«, wehrte Ehrlig ab, ohne auf ihren scherzhaften Ton einzugehen. »Sie wissen, dass ich eine Menge von Ihnen halte. Normalerweise haben Sie ein prima Gespür für interessante Storys. Aber diese Sache ist allenfalls etwas für eine kleine Wochenzeitung im Wendland, zwischen Lokalanzeigen und der Ankündigung für den nächsten Dorfmarkt. Unser Niveau liegt, so hoffe ich, doch ein paar Ellen höher. Geistergeschichten gibt es in meiner Zeitung nicht. Andernfalls hätte ich letzte Woche auch diese Geschichte von der Rentnerin in Barmstorf bringen können, die sich als Medium ausgibt.«

Lea nickte enttäuscht und griff nach den Papieren. »Ist schon in Ordnung. Tut mir leid, dass wir Sie damit belästigt haben.«

Sie tauschte einen resignierten Blick mit Jörg und wollte sich gerade zum Gehen wenden, als der Chefredakteur, ohne den Blick vom Bildschirm abzuwenden, die Hand hob. Lea kannte diese Geste und verstand, dass er sie zum Bleiben aufforderte.

»Wo Sie beide schon mal da sind … Da wäre noch das Problem mit dem Urlaub.«

Jörg und Lea lächelten einander vielsagend zu. Der Chef sprach nie schlicht von »Urlaub«, sondern stets vom »Problem mit dem Urlaub« – was sich auf die Schwierigkeit bezog, den Betrieb auch über die Sommermonate hinweg in Gang zu halten. Geduldig warteten beide, während er mit einer Sorgenfalte auf der Stirn den Dienstplan durchging.

»Lea, Sie haben noch zwei Wochen Urlaub vom letzten Jahr übrig«, stellte er fest.

»Schön.« Lea lächelte erwartungsvoll.

»Bei Ihnen ist es auch nicht besser«, wandte Ehrlig sich an Jörg. »Ihre Probezeit ist um, und sie haben haufenweise Überstunden. Wenn es nach mir geht, sollten Sie die Zeit beide vor dem Hochsommer abfeiern, denn dann brauche ich Sie am dringendsten. Allerdings verstehen Sie sicher, dass ich Sie nicht gleichzeitig in den Urlaub schicken kann. Irgendwer muss sich ja um die Lokalangelegenheiten kümmern.«

»Klar«, nickte Jörg. »Ich lasse Lea gern den Vortritt.«

Lea schenkte ihm ein dankbares Lächeln.

»Gleich ab Montag?«, fragte Ehrlig forsch, den Finger über der Enter-Taste. »Ist Ihnen das recht, Lea?«

»Das wäre prima! Mein Sohn ist ja auf Klassenfahrt, da könnte ich einmal ganz allein wegfahren.«

»Gut.« Ehrlig klickte. »Jörg, wollen Sie dann anschließend gehen? Ab dem zwanzigsten Mai?«

»Okay«, stimmte Jörg bereitwillig zu. »Schichtwechsel am zwanzigsten.«

»Alles klar.« Der Chefredakteur wirkte erleichtert. »Und Sie fahren weg, ja?«, fragte er, scheinbar aus reiner Höflichkeit, in Leas Richtung.

»Mmm«, nickte Lea nachdenklich. »Ich glaube, ich weiß auch schon, wohin.«

Ehrlig warf ihr einen verschmitzten Blick zu. »Doch nicht zufällig ins Wendland?«

»Sagen wir mal so: Ich denke darüber nach.«

»Sie sind unverbesserlich, Lea.«

»Tut mir leid, aber die Sache lässt mich nicht los. Ich werde einmal schauen, ob es in diesem Verchow eine Ferienwohnung gibt.«

Ehrlig überwand sich zu einem gutmütigen Lachen. »Was Sie in Ihrer Freizeit tun, ist natürlich Ihre Sache, aber glauben Sie ja nicht, dass ich den Quatsch drucke, selbst wenn Sie ein Dutzend angeblicher Augenzeugen auftreiben.«

»Keine Sorge, Chef«, beruhigte ihn Lea. »Das ist ein rein privates Interesse.«

»Na dann, viel Spaß – und nehmen Sie keine untoten Anhalter mit!«, scherzte der Chef, den Blick schon wieder auf dem Bildschirm.

»Danke, Jörg«, sagte Lea, als sie in das Großraumbüro zurückkehrten. »Und es macht dir nichts aus, mir den Vortritt zu lassen?«

Jörg winkte ab. »Ich schiebe meinen Urlaub gern ein wenig nach hinten, dann kann ich Ende Mai auf Segeltour gehen.«

Lea nickte. Sie wusste, dass Segeln Jörgs Leidenschaft war. Mindestens einmal im Jahr fuhr er mit Freunden an die Adriaküste, wo sie ein Boot mieteten, von Insel zu Insel schipperten und in den Korallenbuchten tauchten. Fast beneidete Lea ihn ein wenig – er hatte viele Freunde.

Kein Wunder, er ist so ein netter Mann, dachte sie abwesend.

»Willst du wirklich ins Wendland fahren?«, riss er sie

aus ihren Gedanken, als beide ihre Plätze wieder einnahmen.

»Ich denke schon.«

»Sag bloß, du hast eine Schwäche für Geistergeschichten?« Seine Worte klangen nicht im mindesten herablassend, sondern ehrlich interessiert.

»Nein. Ich weiß auch nicht, was mich daran reizt …« Das entsprach nicht ganz der Wahrheit, doch den tatsächlichen Grund ihres Interesses hätte Lea nicht mit wenigen Worten erklären können. Es hatte etwas mit ihrer Vergangenheit zu tun – mit Geschehnissen, die nahezu zwanzig Jahre zurücklagen und über die sie nicht gerne sprach. Erneut überflog sie die Einträge des Forums, die noch immer auf dem Bildschirm zu sehen waren. »Jedenfalls soll das Wendland eine wunderschöne Urlaubsgegend sein«, wich sie aus. »Natur pur und sehr dünn besiedelt. Was verliere ich also, wenn ich eine Woche ins Grüne fahre, durch Wälder und Wiesen spaziere und mich nebenbei ein wenig umhöre?«

»Wenn du bei deinen Recherchen Hilfe brauchst, kannst du mich jederzeit anrufen«, erbot sich Jörg.

»Ach, komm – sei froh, dass du mich mal ein paar Tage los bist!«, scherzte Lea. »Ich rufe bestimmt nicht an.«

»Schade«, sagte er schlicht.

Während Lea die Website schloss und zu ihren Mails zurückkehrte, spürte sie seinen Blick. Er musterte ihr Profil. Das tat er des Öfteren, aber sie hatte sich daran gewöhnt, es nicht zur Kenntnis zu nehmen, sondern umso angestrengter auf den Bildschirm zu starren.

Er mag mich, dachte sie. Innerlich verwünschte sie ihre Eigenart, sich stets nur zu Männern hingezogen zu fühlen, die eine gewisse Art von kühler Überlegenheit ausstrahlten. Jörg Hausmann besaß nichts dergleichen. Er war freundlich, rücksichtsvoll, zuvorkommend, vermutlich auch zärtlich und treu – eigentlich alles, was man sich legitimerweise wünschen durfte.

Kein Wunder, dass ich sechsunddreißig und Single bin, dachte Lea mit einem Anflug von Wehmut. *Wahrscheinlich ist es meine eigene Schuld.*

Der Samstag ging dahin, verlängert um einige Überstunden, in denen Lea alles für ihre Abwesenheit vorbereitete und Jörg in ihre unerledigten Arbeiten einwies. Er blieb ungefragt, ließ sich jede Einzelheit geduldig erklären und versprach, sich um alles zu kümmern. Als beide aufbrachen, waren sie die Letzten im Büro, während im Erdgeschoss bereits die Putzkolonne anrückte.

»Na dann – schönen Urlaub!«, wünschte ihr Jörg, als sie sich vor dem Eingang des Gebäudes verabschiedeten.

»Danke.«

Lea strebte rasch auf den Parkplatz zu, warf sich in ihren Fiesta und schob den Schlüssel ins Zündschloss. Als sie aus der Auffahrt bog, war Jörg noch nicht weit gekommen, vielleicht zwanzig Schritte die Straße hinunter. Während sie vorüberfuhr, wandte er sich um und winkte – genau, wie sie es erwartet hatte.

Für kurze Zeit spielte Lea mit dem Gedanken, den unerwarteten Urlaub mit einem üppigen Essen in ihrem Lieblingsrestaurant zu feiern. Dann jedoch wurde ihr bewusst, wie unerquicklich ein festliches Mahl in einziger Gesellschaft einer Tischkerze sein würde.

Ich hätte Jörg fragen können, ob er mitkommt, dachte sie, verwarf den Gedanken jedoch sogleich. Eigentlich wäre sie gern einmal mit ihm essen gegangen, fand jedoch, dass die Einladung von ihm ausgehen musste. *Wenn er doch nur ein wenig mutiger wäre und die Initiative ergreifen würde …*

Lea seufzte und machte sich auf den Heimweg. Als sie

das Mehrfamilienhaus am Stadtrand erreichte, den Wagen abstellte und ihre Wohnungstür aufschloss, fühlte sie sich seltsam unzufrieden.

Jetzt könntest du einmal etwas tun, das du schon immer tun wolltest.

Die Wohnung war leer und still, die Wohnzimmertür stand offen, das Frühstück noch auf dem Tisch. Der Raum wirkte seltsam ungemütlich ohne David, der sich gewöhnlich im Fernsehsessel lümmelte und schuldbewusst die Füße vom Tisch nahm, sobald seine Mutter hereinkam.

Was jetzt?, fragte sich Lea.

Sie räumte das Geschirr weg, merkte, dass sie keine Lust zum Kochen hatte, und schob eine Tiefkühlpizza in den Ofen. Aus reiner Langeweile machte sie den Fernseher an, holte sich das Essen auf den Couchtisch und aß vor dem Bildschirm. Erstaunt registrierte sie, dass sie David schon jetzt, nach einem einzigen Tag, vermisste. Eine Zeitlang rang sie mit sich, stellte jedoch schließlich den Fernseher leiser und griff nach ihrem Handy.

»David Petersen, hallo.«

Er betonte »hallo« auf dem »O«, wie stets. Seine Stimme klang munter. Leas Stimmung hob sich augenblicklich.

»Ich bin's«, sagte sie.

»Mum! Na, wie geht's?«

»Wie geht es *dir?* Bist du gut angekommen?«

Fast schämte sich Lea ein wenig bei dieser Frage – sie klang nach dem Klischee der besorgten Mutter, fast wie aus dem Drehbuch des Krimis, der über den Bildschirm flimmerte.

»Alles bestens«, sagte David. »Im Zug ist die Klimaanlage ausgefallen. Wir haben geschwitzt wie die Idioten. Aber das Schullandheim ist toll: Wir sind zu zweit in einem Zimmer, das Essen ist okay und die Betreuer sind in Ordnung. Morgen werden sie uns wahrscheinlich zu einer endlosen Wanderung quer durch den Taunus scheuchen, aber zur Belohnung wird abends gegrillt.«

»Klingt gut.«

»Und was machst du so?«

»Ach, es ist einsam hier ohne dich«, gab Lea zu. »Ich habe beschlossen, auch ein wenig zu verreisen. Mein Chef hat mir überraschend Urlaub gegeben. Natürlich bin ich wieder da, wenn du zurückkommst.«

Sie erzählte in knappen Worten von der geplanten Tour nach Verchow, ohne auf die Hintergründe einzugehen.

»Wendland – klingt gut«, meinte David. »Da sollen ziemlich coole Leute leben. Du kannst ja noch mal anrufen, wenn du dort bist.«

»Mach ich.«

»Okay, dann viel Spaß!«

Das klang, als wollte er das Gespräch beenden. Lea stutzte. »Hast du's eilig?«

»Ähm ... na ja«, druckste David herum. »Ich würde ganz gerne in den Gemeinschaftsraum gehen. Wir wollen eine DVD anschauen.«

»Welchen Film?«

»›Blair Witch Project‹.«

»Uh!«, machte Lea. »Das ist doch diese Horrorgeschichte, wo Leute sich im Wald verirren, oder?«

»Ja. Ist doch cool«, lachte David, »genau die richtige Einstimmung für die morgige Wanderung. Außerdem ist es ein Horrorfilm ... und, na ja ...«

»... und Maja steht auf Horrorfilme«, erriet Lea. »Habe ich recht? Ist sie dabei?«

»Gut getippt«, bestätigte David. »Aber ich muss jetzt wirklich los ... mach's gut, Mum!«

»Du auch.«

Mit einem gewissen Bedauern klickte Lea das Handy

aus. Gern hätte sie länger geplaudert. Die Ablenkung war ihr höchst willkommen gewesen.

Ablenkung wovon?, fragte sie sich. *Ist es schon so schlimm, dass ich keinen Abend mehr allein zu Hause ertragen kann?*

Sie griff nach der Fernbedienung, stellte den Ton lauter und verfolgte eine Weile mit mäßigem Interesse den Krimi. Er handelte, soweit sie begriff, von einem vermissten Kind.

Leas Gedanken verirrten sich zurück zu der anonymen E-Mail.

Ein verschwundenes Mädchen …

Sie brauchte keinen Psychiater, um zu wissen, warum der Hinweis sie derart anhaltend beschäftigte. Es hatte nichts mit der Geistererscheinung zu tun. Lea war ein rationaler Mensch und glaubte ebenso wenig an Geister wie an Wahlversprechen politischer Parteien oder Haltbarkeitsdaten auf Lebensmittelpackungen. Verschwundene Menschen jedoch waren ein Thema, das sie schon immer tief bewegt hatte – zumindest seit ihrem siebzehnten Lebensjahr.

Iris … Beim Gedanken an ihre einstmals beste Freundin stellte sich wieder der nie vergessene Schmerz ein. *Wirst du denn nie aufhören, mich zu plagen?*

Erinnerungen erwachten, zogen vorbei wie Wolken, trübten ihr Gesichtsfeld und ließen das Geschehen auf dem Bildschirm zu einem Muster aus bedeutungslosen Pixeln verschwimmen. Seufzend griff Lea nach der Fernbedienung, stellte den Ton leiser und lehnte sich mit halb geschlossenen Augen zurück.

Sie musste eingeschlafen sein, denn plötzlich stürzte sie rückwärts durch die Zeit und sah sich in dem kleinen Dachzimmer, dessen Wandschrägen mit Postern beklebt waren, auf dem Bett mit der gestreiften Tagesdecke und dem rosa Plüschelefanten sitzen. Iris saß ihr im Schneidersitz gegenüber, jung wie damals, mit offenem schwarzem Haar und einer Zigarette in der Hand.

»Riecht deine Mutter es nicht, wenn du hier drin rauchst?«, hörte Lea sich fragen.

Iris grinste und winkte ab. »Die soll sich bloß nicht so anstellen! Schließlich ist das mein Zimmer.« Sie hielt Lea die Zigarettenpackung hin. »Auch eine?«

Stumm schüttelte Lea den Kopf und bemerkte dabei, dass ihr eigenes Haar schulterlang war, so lang, wie sie es seit ihrem achtzehnten Geburtstag nicht mehr getragen hatte.

»Hey, nun werd bloß nicht spießig!«, neckte Iris. »Es ist bloß Tabak. Etwas Härteres biete ich dir lieber gar nicht erst an.«

»*Hast* du denn etwas Härteres?«, fragte Lea misstrauisch.

Iris zuckte mit einem geheimnisvollen Lächeln die Achseln. »Schon möglich.«

Lea schwieg gekränkt. Es war das erste Mal, dass Iris ihr etwas vorenthielt. Seit sie sich in der Mittelstufe kennengelernt hatten und drei Jahre lang die besten Freundinnen gewesen waren, hatten sie nie Geheimnisse voreinander gehabt. Alles hatten sie geteilt, von ihren ersten Liebesabenteuern bis zum pubertären Frust über Eltern, Schule und den Rest der Welt. Selbst Kleidungsstücke hatten sie ausgetauscht, da beide annähernd die gleiche Figur hatten. Immer noch hing ein rosafarbenes Top in Leas Kleiderschrank, das Iris ihr einst bei einem Campingausflug überlassen und nie zurückverlangt hatte. Iris hatte Lea beigestanden, als diese von ihrem ersten Freund verlassen worden war, und Lea hatte Iris getröstet, als deren Vater seine Familie verlassen hatte. Sie hatten zusammen gelacht, geweint, sich in den Armen gehalten, oft sogar im selben Bett geschlafen. Seit kurzem aber war alles anders geworden – genauer gesagt, seit Iris mit Dirk zusammen war, einem älteren Jungen, der die Schule abgebrochen hatte und sich, wie es schien, mit Drogengeschäften auf der Straße durchschlug.

Gern hätte Lea darüber gesprochen. *Ich habe das Gefühl, dass wir uns voneinander entfernen*, hätte sie sagen können, oder vielleicht: *Ich habe Angst, dich zu verlieren.* Doch stattdessen sagte sie etwas Dummes, etwas Verhängnisvolles, etwas, das den aufbrechenden Graben zwischen ihnen erst recht vertiefte.

»Ich glaube, dieser Junge ist nicht gut für dich.«

Iris' dunkelbraune Augen zogen sich in jäher Kälte zusammen.

»Du hörst dich allmählich *wirklich* an wie meine Mutter«, sagte sie, drückte resolut ihre Zigarette aus und erhob sich. Mit dem Rücken zu Lea sah sie aus dem Fenster.

Lea erwachte mit einem gequälten Seufzen auf dem Sofa. Die Wanduhr zeigte halb elf; sie musste mehrere Stunden geschlafen haben. Benommen fuhr sie hoch, stellte fest, dass der Fernseher immer noch lief, und schaltete ihn ab.

Dann blieb sie eine Weile sitzen, lauschte in sich hinein und rekapitulierte den Traum. Er war, bis ins letzte Detail, eine getreue Wiedergabe jener Szene, die sich vor neunzehn Jahren tatsächlich abgespielt hatte. Selbst der Schmerz fühlte sich an wie damals, frisch, bohrend und dunkel wie eine unheilvolle Ahnung. Er hatte ihr angekündigt, dass sie im Begriff gewesen war, ihre beste Freundin zu verlieren.

Und genau so war es gekommen – Lea erinnerte sich mit Grauen daran. Kurz vor dem Abitur war Iris von einem Tag auf den anderen verschwunden, ohne eine Nachricht zu hinterlassen. Die Polizei war eingeschaltet worden, und auch Lea hatte zahlreiche Fragen beantworten müssen. Die Polizisten hatten, wie üblich, zu beruhigen versucht: Es komme häufig vor, dass Scheidungskinder von zu Hause wegliefen, man müsse einfach abwarten, wahrscheinlich sei alles in Ordnung. Erst später erfuhr Lea von Iris' Mutter, dass diese Drogenbestecke im Zimmer ihrer Tochter gefunden hatte. Die Polizei hatte die Löffel und Spritzen untersucht und auf Heroin geschlossen. Offenbar war Iris schon längere Zeit abhängig gewesen. Sie blieb verschwunden, und niemals sandte sie irgendein Lebenszeichen, weder an Lea noch an ihre Familie.

Jahre waren vergangen, ohne dass Lea den Verlust ihrer Freundin jemals ganz verwunden hatte. Schuldgefühle hatten sie geplagt, weil sie im entscheidenden Moment die falschen Worte gesagt und Iris gekränkt hatte. Dann wieder war die Wut in ihr hochgestiegen, weil sie sang- und klanglos verlassen worden war. Die Gefühle jedoch waren verblasst, und am Ende waren lediglich eine tiefe Traurigkeit und eine große Sehnsucht zurückgeblieben. Manchmal stellte sie sich vor, dass Iris womöglich einen Entzug überstanden, eine Arbeit aufgenommen und irgendwo eine Familie gegründet haben könnte. Wahrscheinlich war es jedoch nicht, denn sie hatte recherchiert und herausgefunden, dass es in ganz Deutschland und sogar in den benachbarten Staaten keine amtlich erfasste Iris Lukassen gab. Lea scheute sich, die naheliegendste Folgerung zu ziehen, obgleich sie wusste, dass Heroinabhängige selten alt wurden. Noch heute ertappte sie sich dabei, dass sie aufmerkte, wenn in den Nachrichten von einer »unbekannten weiblichen Leiche« die Rede war – wo auch immer der Fundort lag, in Niedersachsen, in Hamburg, selbst in Bayern oder in Ostdeutschland.

Lea versuchte, das fruchtlose Gegrübel abzuwürgen, dem sie jedes Mal verfiel, wenn sie an Iris dachte. Mit einer resoluten Geste wischte sie sich über die Augen, erhob sich vom Sofa und ging ins Schlafzimmer. Dort setzte sie sich an den Computer, rief das Internet auf und las nochmals die Einträge bei »Ghost-Trusters«.

... erzählt wird nur, dass es ein Mädchen ist, das an der Stelle (oder irgendwo in der Gegend) verschwunden ist. Angeblich ist das schon lange her. Es heißt, sie wurde ermordet, aber ihr Körper wurde nie gefunden.

Wahrscheinlich, dachte Lea, war es ein sinnloses Unterfangen, dieser Geschichte nachzugehen. Was wollte sie damit erreichen? Hoffte sie vielleicht, dass sie endlich aufhören würde, von ihrer Jugendfreundin Iris zu träumen, dass sie sich von ihrer Trauer befreien konnte, indem sie dem Verschwinden irgendeines anderen Mädchens nachging, das sie nicht einmal gekannt hatte?

Noch während sie darüber nachdachte, öffnete sie Google-Maps und begann, alle verfügbaren Informationen über das kleine Dörfchen Verchow und die kürzeste Anfahrtsroute zusammenzusuchen.

Ich fahre dorthin, beschloss sie spontan. *Gleich morgen.*

Sonntag

Am Sonntagmorgen gegen neun Uhr saß Lea am Steuer ihres roten Fiesta und zuckelte in gemächlichem Tempo über die Landstraße Richtung Dannenberg. Ihre Stimmung hatte sich gegenüber dem Vortag merklich gehoben. Es war eine gute Idee gewesen, ins Wendland zu fahren – ganz unabhängig von der anonymen E-Mail, der sie die Idee verdankte. Noch nie war sie in diesem Teil des Landes gewesen und hatte nicht geahnt, dass sich kaum fünfzig Kilometer westlich ihrer Heimatstadt ein Paradies ausbreitete. Sie hatte kaum Gepäck bei sich und weder eine Reservierung noch irgendeinen Plan, doch schien ihr dies auch nicht erforderlich. Allein die wunderschöne Landschaft lohnte einen Tagesausflug, selbst wenn sie keine Bleibe fände und am Nachmittag umkehren müsste. Die Landstraße war fast leer, und die wenigen Autos, die ihr entgegenkamen, fuhren kaum achtzig. Niemand hier draußen schien es eilig zu haben. Die Abstände zwischen den Ortschaften wurden immer größer, während die Straße sich durch malerische Waldgebiete und zwischen Rapsfeldern hindurchwand, die leuchtend gelb blühten.

Lea nahm kaum wahr, dass sie bereits eine Dreiviertelstunde hinter dem Steuer saß, als sie Dannenberg erreichte. *Keine zehntausend Einwohner*, schätzte sie, während sie den Ort durchquerte, dessen Innenstadt sich entlang einer einzigen Straße ausbreitete. Nur wenige moderne Gebäude prägten das Stadtbild. Stattdessen sah Lea zahllose Fachwerkhäuser mit verwinkelten Erkern. Ladeluken unter den Giebeln zeugten davon, dass die Obergeschosse einst als Getreidespeicher gedient hatten. Unweit der Hauptstraße kam der einzige erhaltene Turm einer mittelalterlichen Burg in Sicht.

Ganz in die Betrachtung dieser beschaulichen Kleinstadt vertieft, verpasste Lea beinahe ihre Abfahrt.

»Nach weiteren hundert Metern rechts abbiegen«, mahnte der elektronische Navigator.

Lea bog auf die Straße Richtung Groß Heide ein. Die Landschaft ringsum wurde noch einsamer, geradezu wild. Kilometerweit führte die Straße über Land, ohne dass ein einziges Haus auftauchte. Bauminseln durchsetzten die Felder und verdichteten sich allmählich zu größeren, zusammenhängenden Waldgebieten. Fast war es eine Überraschung, als die nächste Ortschaft auftauchte, bestehend aus wenigen Häusern, unter denen sich immerhin ein Restaurant und eine Apotheke befanden.

Wie im Wilden Westen, dachte Lea schmunzelnd. *Ob es wohl einen Briefkasten gibt – oder kommt hier nur einmal im Monat die Postkutsche vorbei?*

»Nach weiteren hundert Metern links abbiegen.«

Lea kam der Anweisung nach. Die Seitenstraße tauchte in den tiefen Schatten eines Kiefernwaldes ein, dessen hohe Wipfel das Licht dämpften. Man sah ihr an, dass sie kaum benutzt wurde: Der Asphalt war von Schlaglöchern übersät, und der schmale Radweg rechts der Fahrbahn verlor sich nach wenigen Metern im Gebüsch. Gestrüpp wucherte bis zum Straßenrand und umschlang die verblichenen Leitpfosten. Kein einziges Fahrzeug kam Lea entgegen, kein PKW, kein Traktor, nicht einmal ein Radfahrer.

Ob dies die Straße ist, von der bei »Ghost-Trusters« die Rede war?, fragte sie sich. Die Atmosphäre war selbst im Tageslicht ein wenig unheimlich, wie geschaffen für ein Geistermärchen.

»Oh Gott!«

Erschrocken riss Lea das Steuer herum und trat auf die Bremse. Der Fiesta schlingerte einen Moment mit quietschenden Reifen, während keine zehn Meter vor ihr etwas Großes und Dunkles quer über die Straße fegte. Der massige Körper, getragen von kurzen, aber kräftigen Beinen, verschwand mit einem Satz im Unterholz auf der linken Straßenseite.

Ein Wildschwein, erkannte Lea, während sie mit dem Lenkrad kämpfte. *Unglaublich: Ein Wildschwein, so groß wie ein Mensch, rennt am helllichten Tag quer über die Straße!*

Im Schritttempo fuhr sie weiter, eine Hand auf ihr klopfendes Herz gelegt. Ihr Fuß auf dem Gaspedal zitterte.

Das ist ja wirklich wie im Wilden Westen. Fehlt nur noch, dass eine Büffelherde den Weg kreuzt. Wahrscheinlich haben die Einheimischen Kuhfänger an ihren Autos, wie bei den alten Dampfloks.

Sie musste lachen, und allmählich senkte sich ihr Adrenalinspiegel wieder.

VERCHOW stand auf dem Ortsschild, das Lea wenige Minuten später passierte. Der Ort lag mitten im Wald und war so klein, dass sie beinahe überrascht war, eine Tankstelle und einen kleinen Supermarkt vorzufinden. Beide Gebäude lagen an der Landstraße, von der im rechten Winkel ein Zufahrtsweg abzweigte. Dieser erwies sich als Sackgasse und führte zu einem kreisrunden Dorfplatz, in dessen Mitte sich eine mächtige, weitverzweigte Eiche erhob. Rings um den Platz gruppierten sich weitere Häuser, sämtliche Giebel dem Mittelpunkt zugewandt.

Lea rief sich das wenige ins Gedächtnis, das sie im Internet über Verchow herausgefunden hatte: Der Ort hatte kaum fünfhundert Einwohner, und die eigentümliche Anlage der Gebäude, »Rundling« genannt, ging auf mittelalterliche Siedlungen in der Region zurück. Rundlinge waren Sehenswürdigkeiten, lebendige Überreste uralter ländlicher Kultur. Freilich machte der Ort keinen bäuerlichen Eindruck, was die Vermutung nahelegte, dass die Einwohner die aparte Anordnung der Gebäude lediglich aus Tradition beibehalten hatten, vielleicht sogar dem Tourismus zuliebe. Sämtliche Häuser waren entweder geschmackvoll renoviert oder historisch anmutende Neubauten, die sich mit ihrem hübschen Fachwerk ohne Stilbruch in die idyllische Atmosphäre des Dorfes fügten. Nur ein einziges Haus war von Ställen und anderen Nebengebäuden umgeben, die auf einen Landwirtschaftsbetrieb hindeuteten.

Von dem runden Dorfplatz zweigten sternförmig mehrere Sackgassen ab. Lea wählte aufs Geratewohl die erste, holperte fünfzig Meter über einen Kiesweg und erreichte einen Wendehammer. Eine Katze, die den offenen Platz als Sonnenterrasse genutzt hatte, sprang davon. Lea stoppte den Wagen, stieg aus, atmete in tiefen Zügen die ungewohnte Landluft ein, die leicht nach Dung und Kiefernnadeln roch, und blickte sich um.

ZIMMER FREI stand auf einem Schild neben einer hübschen, schmiedeeisernen Gartenpforte.

Na bitte, dachte Lea. *Man wartet schon auf mich.*

Rasch griff sie nach ihrer Reisetasche, schloss den Wagen ab und öffnete die Pforte. Sie quietschte leise in den Angeln und gab den Weg in einen malerischen Garten frei – keinen

Vorstadtgarten mit sauber gemähtem Rasen, sondern eine wild wuchernde Wiese, übersät von Klee und Löwenzahn. Zu beiden Seiten des Plattenwegs, der zu einem zweistöckigen Fachwerkhaus führte, blühten Rosen.

Lea stieg zwei Steinstufen zur Haustür hinauf, die über einen altmodischen Klopfer in Form eines Eisenrings verfügte, scheute sich jedoch, ihn zu benutzen, und war froh, als sie eine Klingel fand. ZIRNER stand auf dem Türschild daneben.

Gedämpft hörte Lea aus dem Innern des Hauses die Glocke. Eine längere Stille folgte, dann knarrten die Stufen einer Treppe, und Schritte näherten sich.

Ein Mann, etwa fünfunddreißig Jahre alt, groß und schlank, mit gebräuntem Gesicht und leicht gelichteten Schläfen, öffnete die Tür. Hinter einer randlosen Designerbrille strahlten stahlblaue Augen. Er sah geradezu unverschämt gut aus, wie Lea fand. Sie schluckte und musste sich einen Moment auf ihr Anliegen besinnen.

»Guten Tag«, brachte sie schließlich verlegen hervor. »Ich komme wegen des Zimmers.«

Der Mann lächelte und zeigte dabei strahlend weiße Zähne.

»Hallo! Ich bin Kai Zirner.«

Sein Händedruck war ebenso fest wie seine Stimme.

»Lea Petersen«, erwiderte Lea.

»Willkommen in Verchow! Treten Sie ein.«

Mit galanter Geste hielt er die Tür auf, während Lea in einen Flur trat, der sauber mit Holzdielen gedeckt war.

»Verzeihen Sie«, sagte ihr Gastgeber, »aber ich kümmere mich nur vertretungsweise um die Vermietung und bin nicht ganz im Bilde … hatten Sie angerufen?«

»Nein«, gab Lea zu. »Ich bin spontan vorbeigekommen und habe das Schild gesehen.«

»Ach so.« Kai Zirner lächelte, ging ihr voraus durch den

Flur und öffnete eine Seitentür. »Dann schauen Sie doch erst einmal, ob es Ihnen gefällt.«

Lea folgte ihm in einen Raum, der einer ganzen Familie Platz geboten hätte und geschmackvoll mit wenigen funktionellen Möbelstücken ausgestattet war, einschließlich einer kleinen Küchenzeile. Eine breite Glasfront gab den Blick auf eine Terrasse und den rückwärtigen Teil des Gartens frei. Auf einem Glastisch stand eine Vase mit duftenden weißen Rosen.

»Das Bad«, sagte der Gastgeber und öffnete eine Tür zur Linken, »und hier: das Schlafzimmer« Er machte eine weitere Tür auf.

»Ich bin sprachlos! Auf dem Schild war die Rede von einem Zimmer«, sagte Lea. »Das ist ja eine richtige Ferienwohnung.«

Kai Zirner nickte. »Sicherlich für eine einzelne Person recht groß ..., aber wenn es Ihnen gefällt?«

»Sehr«, antwortete Lea und nickte nachdrücklich. »Ich hoffe, es ist nicht zu teuer.«

»Fünfzig Euro die Nacht«, erklärte Zirner, bemerkte, dass Lea zögerte, und setzte schließlich galant hinzu: »Da Sie allein kommen ... Sagen wir: vierzig.«

»Einverstanden«, entschied Lea.

Zirner strahlte. »Wunderbar. Wie lange dürfen wir Ihnen denn Quartier gewähren?«

»Ich bin noch nicht sicher. Eigentlich dachte ich an eine Woche ...« Sie ging langsam durch den Raum, musterte die hellen Möbel, die Küchenzeile und die vom Sonnenlicht gleißende Terrasse.

»Kein Problem«, meinte Zirner. »Wir haben keine Voranmeldungen. Es verirrt sich leider nicht oft jemand hierher.«

Lächelnd drehte sich Lea zu ihm um. »Dann scheinen die Leute nicht zu wissen, was ihnen entgeht.«

Zirner erwiderte ihr Lächeln. »Der Hausschlüssel liegt dort auf dem Tisch. Unten an der Hauptstraße gibt es einen kleinen Supermarkt. Dort können Sie einkaufen. Was wir leider zurzeit nicht haben, ist ein Telefon. Der Anschluss muss erst repariert werden.«

Lea zuckte die Achseln. »Kein Problem, ich habe ein Handy.«

»Wenn Sie irgendetwas brauchen, klingeln Sie ruhig bei uns.« Zirner wies auf einen Klingelknopf neben der Tür. »Und seien Sie geduldig, wenn nicht sofort jemand kommt … Sie müssen wissen: Ich bin hier selbst nur zu Besuch. Das Haus gehört meinem Onkel. Er ist gesundheitlich etwas angeschlagen und nicht mehr so rasch zu Fuß, besonders, wenn es ums Treppensteigen geht.«

»Alles klar.« Lea stellte ihre Reisetasche ab. »Sie sind also nicht aus Verchow?«

»Nein, ich war bisher nur ein paarmal hier, um mich um Haus und Garten zu kümmern – und natürlich um die Feriengäste«, erklärte Kai Zirner bereitwillig. »Ich wohne in Uelzen.«

»Aber ihr Onkel lebt schon lange hier?«

»Seit mehr als vierzig Jahren.«

»Dann kann er mir vielleicht helfen«, meinte Lea, »vorausgesetzt, es wäre in Ordnung, ihn zu stören. Selbstverständlich will ich mich nicht aufdrängen.«

»Worum geht es denn?«

»Ich bin Journalistin«, antwortete Lea unumwunden. »Aber keine Sorge, ich habe Urlaub und bin aus privatem Interesse hier. Ich habe von den Geschichten gehört, die man sich über das weiße Mädchen erzählt.«

Zirner legte den Kopf schief, fast wie ein Vogel, der etwas Unbekanntes in Augenschein nimmt. »Das weiße Mädchen?«

»Sie haben nie davon gehört?«

»Wie gesagt, ich bin nur selten in Verchow. Was ist denn das für eine Geschichte?«

»Autofahrer erzählen, sie hätten an der Landstraße den Geist eines vor Jahren verschwundenen Mädchens gesehen.«

Ihr Gastgeber lachte erstaunt. »Den *Geist?*«

»Es ist sicher nur eine Sage«, erklärte Lea und bemühte sich um einen selbstironischen Ton. »Und selbstverständlich glaube ich nicht an Geister. Trotzdem interessiert mich dieses Gerücht; es ist ja sozusagen ein Stück lokaler Mythologie. Man könnte es in einen Reisebericht über das Wendland einbauen: romantische Landschaft mit verwilderten Märchenschlössern und stilecht spukender Prinzessin.«

»Verstehe. Vielleicht sollten Sie tatsächlich einmal mit meinem Onkel sprechen. Er kennt diese Geschichte sicher.«

»Wenn es keine Umstände macht ...«

»Oh, gar nicht«, beeilte Zirner sich zu versichern. »Am besten kommen Sie gleich mit. Dann mache ich Sie miteinander bekannt.«

In seiner galanten Art hielt er die Wohnungstür auf, komplementierte Lea durch den Hausflur und eine Treppe hinauf. Das obere Stockwerk des Hauses stellte sich als ebenso gediegen und gepflegt heraus wie die Ferienwohnung. Die Treppe mündete in einen weiteren Flur, der nur mit einem reich verzierten Spiegel und einer Holzkommode möbliert war. Kai Zirner ging voraus und klopfte an eine Tür.

»Rudi? Wir haben einen Feriengast. Darf ich dir die Dame vorstellen?«

»Komm herein!«, antwortete eine Stimme.

Kai öffnete die Tür und trat gemeinsam mit Lea in einen herrlich eingerichteten Raum. Rustikale Holzmöbel standen entlang der Wände und unter der Dachschräge, die von senkrechten Fachwerkpfeilern getragen wurde. Eine breite Glasfront führte zu einem Balkon. Sämtliche Fensterbänke und auch der schwere Eichentisch in der Mitte des Raums waren mit Vasen voll blühender Rosen geschmückt.

Ein älterer Mann erhob sich von der Couch neben dem Tisch. Lea schätzte ihn auf etwa siebzig. Beim Aufstehen wirkte er gebrechlich, als er jedoch auf Lea zuging, wurde sein Schritt zunehmend sicher. Sein Händedruck war unerwartet kraftvoll, nicht unähnlich dem seines Neffen.

»Freut mich, Sie kennenzulernen«, sagte er, nachdem Lea sich vorgestellt hatte. »Seien Sie willkommen in meinem Haus! Ich hoffe, es gefällt Ihnen.«

»Sehr«, gab Lea zurück und ließ den Blick über die zahllosen Blumen schweifen.

Der alte Mann lächelte, halb geschmeichelt, halb entschuldigend. »Die Rosen ... ja, ich gestehe meine Schwäche für sie. Rosen sind mein Hobby. Ich züchte sie seit Jahren, allerdings nicht für den Verkauf, sondern zu meinem ganz eigenen Vergnügen.«

»Unser Gast hätte eine Frage an dich«, warf Kai ein. »Sie ist nämlich Reporterin.«

Rudolf Zirner hob die Augenbrauen. »Oh!« Er wies auf einen Sessel gegenüber dem Couchtisch. »Setzen Sie sich doch.«

Mit einer gewissen Befangenheit nahm Lea Platz, während der alte Mann sich mit einem Seufzen auf die Couch sinken ließ. Kai, für den kein Sitzplatz übrig blieb, lehnte mit lässig verschränkten Armen im Türrahmen.

»Sie sind Journalistin? Was schreiben Sie denn?«, fragte Rudolf Zirner.

»Lokalangelegenheiten«, antwortete Lea. »Eigentlich im Lüneburger Raum, aber ich hörte zufällig von einer

Angelegenheit hier im Wendland, die mein Interesse erregt hat.«

Zirner lächelte. »Meine Rosenzucht wird es wohl kaum gewesen sein.«

»Ähm, nein«, gab Lea zu. »Es geht um das sogenannte weiße Mädchen – die Erscheinung, die manche Leute an der Landstraße gesehen haben wollen.«

»Sieh mal an.« Der alte Mann lehnte sich zurück, legte die Hände in den Schoß und blickte seine Besucherin mit großen Augen an. »Wie ist denn dieses Gerücht bis zu Ihnen ins ferne Lüneburg gedrungen?«

»Sie wissen also, worum es geht?«, hakte Lea sofort nach.

Zirner nickte. »Diese Geschichte kennt jeder hier im Ort. Was interessiert Sie an diesem Märchen?«

»Ist es denn ein Märchen?«, gab Lea mit der Schlagfertigkeit der geübten Interviewerin zurück.

Zirner lachte ein wenig spöttisch. »Was denken Sie denn? Ein Geist, der an einer Landstraße spukt? Wenn Sie für eine seriöse Zeitung schreiben, sollten Sie sich gut überlegen, ob Sie daraus eine Story machen.«

»Das hat mein Chefredakteur auch gesagt«, räumte Lea ein. »Eigentlich will ich auch nur sondieren, ob die Sache eine Story hergibt. Ich bin nicht einmal im Dienst, sondern habe zurzeit Urlaub. Und da ich schon immer mal das Wendland sehen wollte, dachte ich einfach, ich forsche bei dieser Gelegenheit ein wenig nach. Gut möglich, dass mein Chef recht hat. Vielleicht ist das Ganze eine Seifenblase, die beim geringsten Stich zerplatzt.«

Ihre Offenheit schien auf den alten Mann entwaffnend zu wirken. Jedenfalls zeigte er erneut jenes Lächeln, das bei der Erwähnung der Geistergeschichte für einen Moment von seinem Gesicht gewichen war.

»Glauben Sie mir: Es *ist* eine Seifenblase«, sagte er.

»Aber wenn Sie es darauf anlegen, werden Sie im Dorf bestimmt ein Dutzend Leute finden, die das Mädchen an der Straße gesehen haben wollen. Auf jeden Fall sollten Sie mit Gerhard Winkelmann reden. Er wohnt unten an der Hauptstraße und ist gewissermaßen unser Lokalhistoriker. Und wenn Sie ganz hartgesotten sind, gehen Sie mal zu Hedwig Heller! Sie betreibt einen Kunstgewerbeladen am Dorfplatz, glaubt an Engel, Dämonen und alles, was sonst noch angeblich den Äther bevölkert. Soweit ich weiß, will sie das Gespenst schon mehrfach gesehen haben.«

»Das werde ich bestimmt tun«, versprach Lea. »Haben Sie jemals etwas an der Landstraße gesehen, was die Gerüchte erklären könnte?«

Zirner schmunzelte. »Rehe, Kaninchen, Wildschweine – aber nichts, das man mit einem halbwüchsigen Mädchen verwechseln könnte, wenn man seine Sinne noch beieinanderhat.«

Lea stutzte. »Sagten Sie *halbwüchsig?* Wie kommen Sie darauf?«

»Auch das ist allgemein bekannt, wie Sie rasch feststellen werden, wenn Sie sich im Dorf umhören«, winkte Zirner ab. »Dieses Gespenst soll der Geist eines jungen Mädchens sein, das vor Jahrzehnten an der Straße verschwunden ist.«

»Tatsächlich?« Lea öffnete ihre Handtasche und zog ihr Notizbuch hervor. »Macht es Ihnen etwas aus, wenn ich mir ein paar Dinge aufschreibe?«

Der alte Mann machte eine wegwerfende Handbewegung, die ebenso sehr sein Einverständnis wie seine Geringschätzung ausdrücken mochte.

»Also«, begann Lea und zückte ihren Lieblingskugelschreiber, den David ihr zum Geburtstag geschenkt hatte. »Würden Sie mir erzählen, was Sie über die Hintergründe wissen?«

»Es ist inzwischen …«, Rudolf Zirner verzog nachdenklich den Mund, »… dreiundzwanzig – nein, warten Sie: vierundzwanzig Jahre her.«

»Das war also …«, rechnete Lea rasch.

»1986«, kam Zirner ihr zuvor, »im Mai, soweit ich mich erinnere. Das Mädchen hieß Christine Herforth und war sechzehn Jahre alt. Ihre Familie lebte auf einem alten Gutshof an der Landstraße nach Groß Heide, etwa zwei Kilometer vom Dorf entfernt.«

»Ich habe auf dem Weg hierher kein einziges Haus gesehen«, bemerkte Lea.

»Das Haus ist von der Straße aus nicht zu sehen«, erklärte Zirner. »Die Auffahrt ist sehr lang und ziemlich zugewachsen, seit der Hof leer steht. Wahrscheinlich sind Sie daran vorbeigefahren, ohne es zu bemerken.«

»Und dieses Mädchen – Christine Herforth – ist einfach spurlos verschwunden?«

»So schien es zumindest. Es gab eine tagelange Suchaktion. Die Polizei in Lüchow wurde eingeschaltet und durchkämmte die Wälder mit Spürhunden. Es stand in allen lokalen Zeitungen, und selbst an meinem Arbeitsplatz kamen mir ein paar Gerüchte zu Ohren.«

»Darf ich fragen, wo Sie tätig waren?«

»In der Stadtverwaltung. Bauaufsichtsbehörde. Aber ich bin schon seit langem pensioniert …« Er lächelte fast entschuldigend. »Mein Herz macht nicht mehr so mit wie früher. Vielleicht fällt mir sogar noch der Name des Beamten ein, der damals die Ermittlungen leitete …«

»Das wäre wunderbar.« Lea blickte ihn erwartungsvoll an. »Lassen Sie sich ruhig Zeit.«

»Dreesen.« Zirner nickte bedächtig vor sich hin. »Doch, ich bin sicher: Kriminalrat Dreesen. Aber das ist vierundzwanzig Jahre her – wer weiß, ob er noch im Dienst ist.«

»Ich werde es herausfinden«, versprach Lea und notierte den Namen. »Kannten Sie Christine Herforth?«

»Nicht persönlich«, sagte Zirner. »Aber natürlich vom Sehen. Die Herforths ließen sich nur selten im Dorf blicken, eigentlich nur zum Einkaufen – in dem kleinen Supermarkt unten an der Hauptstraße, den Sie sicher gesehen haben.«

»Christine war sechzehn, sagten Sie?«

»So hieß es zumindest in der Zeitung. Ein seltsames Mädchen – noch seltsamer als ihre Eltern.«

»Was meinen Sie damit?«

Zirner seufzte und zuckte die Achseln. »Wissen Sie, im Wendland lassen sich alle möglichen Käuze nieder: Atomkraftgegner, Aussteiger, Künstler – oder solche, die sich dafür halten.«

»Ähm ... könnten Sie etwas deutlicher werden?«

»Nur zu gern. Ich mache keinen Hehl aus meiner Meinung. Christines Mutter, Frau Herforth – ich weiß den Vornamen nicht mehr –, hatte ihren Gutshof geerbt, und noch einiges Geld dazu. Eine unsympathische Person, verschroben und hochnäsig zugleich. Jedenfalls ging sie keiner Arbeit nach. Stattdessen züchtete sie auf ihrem Hof Katzen. Nach Christines Verschwinden soll sie vollkommen durchgedreht sein und am Ende mit keinem Menschen mehr gesprochen haben – nur noch mit den Katzen. Soweit ich weiß, ist sie in einer Pflegeanstalt gelandet, mit kaum fünfundvierzig Jahren. Wenige Jahre später muss sie gestorben sein, denn ihr Gutshof ging in den Besitz des Landes über und wurde öffentlich zum Verkauf angeboten. Niemand hatte Interesse, und seitdem ist das Herforthsche Anwesen zunehmend verfallen. Ein Teil der Katzen ist verwildert, hat sich fortgepflanzt wie die Karnickel und plagt noch heute die Einwohner im Dorf. Auch ich hatte schon Ärger mit ihnen. Die dreisten

Viecher dringen in die Gärten ein und stehlen sich sogar ins Haus, wenn man nicht aufpasst. Besonders gern plündern sie die Mülltonnen im Ort, und bei Hans Gätner, unserem einzigen Landwirt, reißen sie gelegentlich ein Huhn.«

»Und wer war Christines Vater?«

»Ein Kerl namens Martin Herforth – ein erfolgloser Kunstmaler, der kitschige Sonnenuntergänge und Landschaftsbilder vom Wendland pinselte. Soweit ich weiß, hat er damit kaum genug verdient, um sich ein anständiges Hemd leisten zu können. Allerdings sah er gut aus und hatte Erfolg bei Frauen …« Zirner ließ ein verächtliches Schnauben hören. »Wahrscheinlich tröstete er sich damit über seine nutzlose Existenz hinweg.«

»Sie halten nicht viel von Künstlern?«, folgerte Lea.

»Es kommt darauf an«, gab Zirner zurück. »Ich habe nichts gegen Menschen, die sich von ehrlicher Arbeit ernähren, ob sie nun Häuser bauen oder Bilder malen. Aber es gibt auch Dilettanten, die schlicht nicht in der Lage sind, einer ordentlichen Tätigkeit nachzugehen – Künstler aus Not statt aus Berufung, Leute, die sich als Maler, Bildhauer, Schriftsteller oder sonst was bezeichnen, weil sie Angst vor dem Eingeständnis haben, dass sie in Wahrheit für überhaupt keinen Beruf taugen. Die allerschlimmsten nennen sich ›Lebenskünstler‹ – was in der Regel so viel heißt wie mittelloser Versager. Das Wendland ist voll von solchen Leuten, wie Sie noch feststellen werden.«

»Aha …«, sagte Lea vorsichtig, um das Thema nicht zu vertiefen. Sie hatte in ihrem Leben schon viele ältere Männer interviewt und wusste, dass die meisten über ein Lieblingsschimpfthema verfügten, wie sie es nannte. Manche wetterten bei jeder Gelegenheit über die Regierung, manche über die Jugend von heute, wieder andere über die Medien.

»Es heißt«, fuhr Zirner fort, »dass Martin Herforth die

Katzennärrin ihres Geldes wegen heiratete – gut möglich, wenn Sie mich fragen. Die beiden hatten nur ein Kind: ebenjene Christine, die spurlos verschwand. Martin Herforth übrigens hat sich wenige Tage später in der Scheune des Gutshofs erhängt.«

Lea pfiff durch die Zähne. »Eine dramatische Geschichte … Die Tochter verschwindet, der Vater nimmt sich das Leben, die Mutter landet in einem Pflegeheim. Haben die Herforths noch Angehörige in der Gegend?«

»Nicht, dass ich wüsste.«

»Noch einmal zurück zu Christine Herforth: Sie bezeichneten das Mädchen als seltsam, obwohl Sie sie nur vom Sehen kannten. Was meinten Sie damit?«

»Man brauchte sie nicht näher zu kennen, um zu wissen, dass etwas mit ihr nicht stimmte.« Zirner verzog die Lippen. »Stets lief sie in pechschwarzer Kleidung herum, von Kopf bis Fuß. Sie war wohl eine Art Punk, oder wie immer man das nennt. Am besten reden Sie mit Herrn Winkelmann. Er war damals Lehrer, und soweit ich weiß, kannte er sie als Schülerin.«

»Gerhard Winkelmann, nicht wahr?«, erinnerte sich Lea und notierte den Namen.

Rudolf Zirner beobachtete sie kopfschüttelnd. »Wollen Sie sich wirklich Ihren Urlaub mit dieser Geschichte verderben? Was interessiert Sie daran?«

»Ich weiß es selbst nicht genau«, gab Lea zu. »Journalistischer Instinkt vielleicht. Ich werde mich auf jeden Fall im Dorf umhören.«

»Na dann, viel Spaß!« Zirner lächelte sarkastisch. »Und vergessen Sie Hedwig Heller nicht, die Geisterseherin mit dem Kunstgewerbeladen.«

Lea schrieb auch diesen Namen auf und schloss ihr Notizbuch. »Nun will ich Ihnen nicht länger Ihre Zeit stehlen, Herr Zirner. Vielen Dank für die Auskünfte.«

Sie erhob sich, und der alte Mann tat es ihr gleich.

»Ich wünsche Ihnen trotzdem eine schöne Zeit in meinem Haus!«, sagte er und streckte ihr ein zweites Mal die Hand entgegen. »Wenn Sie irgendetwas brauchen, klingeln Sie einfach.«

»Danke.«

Kai Zirner schloss sich Lea ungefragt an, als sie die Treppe hinunterging und die Tür der Ferienwohnung öffnete. Sie spürte deutlich seinen Blick im Rücken.

»Interessante Sache, die Sie da verfolgen«, sagte er, offenbar in dem Bedürfnis, ein weiteres Gespräch anzubahnen. »Ich wusste nichts von alldem. Mein Onkel hat es nie zuvor erwähnt.«

»Es ist ja auch lange her.« Lea schickte sich an, die Tür zu schließen. »Sicher sehen wir uns noch«, sagte sie, um taktvoll zu signalisieren, dass sie allein sein wollte.

»Äh – ja.« Kai lächelte beinahe schuldbewusst und trat zurück. »Schönen Tag noch!«

»Ihnen auch«, erwiderte Lea und schloss die Tür.

Meine Güte, der ist aber anhänglich, dachte sie, als sie ins Wohnzimmer ging, um ihre Reisetasche auszupacken. *Könnte es sein, dass ich ihm gefalle?* Einen Augenblick lang stand sie an der Glasfront zur Terrasse, blickte in den Garten hinaus und genoss das Gefühl, die Aufmerksamkeit eines derart attraktiven Mannes erregt zu haben.

Ach übrigens, sagte eine innere Stimme, die sich stets einschaltete, wenn ihre Gedanken um Männer kreisten, *bestimmt hat er eine Frau und zwei Kinder.*

Na und?, gab Lea zurück. *Ich will ja auch gar nichts von ihm. Ich freue mich nur, dass mich mal jemand mit diesem gewissen Blick ansieht … Kein Grund zur Aufregung.*

Zwiegespräche dieser Art blieben meist fruchtlos, und so beschloss Lea, sich auf etwas anderes zu konzentrieren und umgehend mit ihren Nachforschungen zu beginnen. Sie machte sich notdürftig frisch, überflog noch einmal ihre Notizen und verließ wenig später das Haus, um den Weg zur Dorfstraße einzuschlagen.

Lea brauchte nicht lange zu suchen, um Gerhard Winkelmann zu finden: Er stand im Garten seines Hauses neben dem kleinen Supermarkt und jätete Unkraut. Lea schätzte ihn etwa ebenso alt wie Rudolf Zirner – um die siebzig –, doch wirkte er drahtig und zäh wie ein alter Jagdhund, dessen geschwundene Muskeln nichts als Sehnen und Knochen zurückgelassen hatten. Als Lea vor der Gartenpforte stehen blieb, richtete er sich auf, stützte sich auf den Griff seines Spatens und wandte ihr sein längliches Gesicht mit grauem Kinnbart und ebenso grauen Augen zu.

Lea stellte sich vor und kam gleich zur Sache.

»Oh«, sagte der alte Mann erstaunt, »Sie interessieren sich für diese alte Geschichte?«

»Für das Verschwinden von Christine Herforth, ja«, erwiderte Lea und nickte.

»Wie sind Sie denn auf mich gekommen?«

»Herr Zirner meinte, Sie hätten Christine unterrichtet – und zudem seien Sie gewissermaßen der Lokalhistoriker hier im Ort«, erklärte Lea.

Winkelmann nickte. »Ja, das bin ich wohl. Ich schreibe an einem Buch über die Geschichte von Verchow und Umgebung.« Erneut packte er seinen Spaten und fuhr fort, mit kräftigen Stichen die Rasenkante zu begradigen. »Kommen Sie ruhig in den Garten herein! Verzeihen Sie, dass ich Sie nicht ins Haus bitten kann – meine Frau ist sehr krank und braucht absolute Ruhe.«

»Vielen Dank.« Lea öffnete die Pforte, trat in den Garten und blieb etwas verlegen neben dem alten Mann stehen, der mit seiner Arbeit fortfuhr.

»Ein schöner Garten«, stellte sie fest, während sie die gepflegten Büsche musterte. »Leben Sie schon lange hier?«

»Seit fünfundvierzig Jahren«, antwortete Winkelmann zwischen zwei Spatenstichen. »Ich war Lehrer am Gymnasium in Lüchow. An Christine kann ich mich recht gut erinnern – sie hatte Geschichte und Erdkunde bei mir.«

»Erstaunlich«, bemerkte Lea, »dass Sie sich nach so langer Zeit an eine einzelne Schülerin erinnern.«

»In Christines Fall ist das gar nicht so erstaunlich. Sie war ein Problemkind – so nennt man das wohl heute – und nicht selten Gesprächsthema im Lehrerzimmer. Als sie spurlos verschwand, war das ganze Dorf in Aufregung. Die Polizei durchkämmte die Wälder, und ein Beamter kam auch in den Unterricht und stellte ihren Mitschülern Fragen.«

»Kam etwas dabei heraus?«

»Nicht, dass ich wüsste. Christine hatte keine Freunde, jedenfalls nicht in der Schule.«

»Ich habe bereits gehört, dass Christines Eltern als Außenseiter galten.«

»Das war nicht der einzige Grund.« Winkelmann setzte den Spaten ab und stützte sich wieder auf den Griff, um zu verschnaufen. »Auch sie selbst war ... seltsam.«

»Was meinen Sie damit?«

»Uns Lehrern war sie ein Rätsel. Sie blieb gern allein und im Hintergrund, ganz die stille Beobachterin. Ihr Nachbarplatz war immer frei. Niemand wollte sich neben sie setzen. Im Unterricht machte sie nur selten den Mund auf – aber wenn sie es tat, konnte man stets auf eine sarkastische Bemerkung gefasst sein. Ein seltsames Mädchen ... Sie fiel auf, selbst wenn sie nur dasaß und schwieg. Stets trug sie schwarze Kleidung: schwarze Schuhe, schwarze Hosen, schwarze Blusen, dazu exotischen Schmuck und ein Amulett mit einem Totenkopf. Ihr Gesicht schminkte sie immer kalkweiß, sodass es blass wirkte wie das einer Toten.«

»Ah.« Lea nickte, denn sie kannte ähnlich aparte Erscheinungen aus ihrer Jugendzeit. »Ein Gothic-Mädchen.«

»Keine Ahnung, wie die jungen Leute so etwas nennen.« Winkelmann zuckte die Achseln. »Jedenfalls war sie nicht gerade beliebt. Einige Schüler schienen Angst vor ihr zu haben, andere spotteten und nannten sie ›die Trauerweide‹, wegen der langen schwarzen Haare, die immer zur Hälfte ihr Gesicht verdeckten. In größeren Städten mag so etwas nichts Ungewöhnliches sein, aber hier in der Provinz stach Christine hervor wie ein Paradiesvogel – oder, passender gesagt, wie eine schwarze Krähe. Als sie dann plötzlich verschwand, wurde natürlich getuschelt.«

»Was wurde denn getuschelt?«

»Einige Schüler glaubten, sie sei einfach von zu Hause weggelaufen. Das wäre nicht das erste Mal gewesen. Vor ihrem endgültigen Verschwinden war Christine bereits zwei Wochen lang nicht mehr in der Schule aufgetaucht. Das erzählte mir jedenfalls ihre Klassenlehrerin.«

»Interessant. Weiß man etwas über die Hintergründe?«

Winkelmann schüttelte den Kopf. »Teenager eben … vielleicht war ein Freund im Spiel, vielleicht häuslicher Streit. Meine Kollegin sagte, die Eltern seien völlig hilflos gewesen. Sie wussten selbst nicht, wo Christine sich herumtrieb. Die Sache hatte bereits eine längere Vorgeschichte: Es gab Lehrerkonferenzen und viele Anrufe bei den Herforths, sogar die Polizei war schon eingeschaltet worden – schließlich gilt hierzulande eine gesetzliche Schulpflicht.«

»Wären Sie eventuell bereit, mir Namen und Adresse Ihrer Kollegin zu geben?«

»Das ist leider zwecklos. Frau Brenner ist schon vor Jahren gestorben.«

»Oh.« Lea verstummte einen Moment und ordnete im Kopf die Fakten. »Eines verstehe ich nicht: Wenn Christine bereits seit mehreren Wochen verschwunden war, warum leitete man erst so spät eine Suchaktion ein?«

»Eben deshalb: weil sie als Ausreißerin bekannt war. An jenem Tag aber – irgendwann im Frühjahr 1986 – rief Christine überraschend ihre Eltern an und teilte ihnen mit, dass sie nach Hause kommen werde. Einzelheiten hat die Polizei mit Rücksicht auf die Privatsphäre der Familie nicht veröffentlicht, aber ich nehme an, dass Christine beschlossen hatte, sich mit ihren Eltern zu versöhnen, nachdem sie wieder einmal davongelaufen war. Sie kündigte an, dass sie mit dem Bus kommen werde, der damals noch von Lüchow aus hierher verkehrte. Die Haltestelle lag da drüben, gleich neben dem Ortsschild ...« Winkelmann wies quer über die Straße. »Christines Vater versprach, sie dort mit dem Auto abzuholen, fand sie jedoch nicht vor. Als er sich nach stundenlangem Warten an die Polizei wandte, hatte er wohl einige Mühe, die Beamten von der Ernsthaftigkeit der Sache zu überzeugen. Am nächsten Morgen allerdings befragte man den Busfahrer, und der konnte bezeugen, dass Christine tatsächlich hier ausgestiegen war – schließlich war sie eine auffällige Erscheinung, an die man sich leicht erinnerte. Daraufhin konnte der Vater die Polizei endlich bewegen, eine Suchaktion einzuleiten. Sie blieb ohne Ergebnis. In den Zeitungen hieß es später, dass wahrscheinlich ein Unbekannter Christine bewogen habe, zu ihm ins Auto zu steigen.«

»Ich habe gehört, dass der Vater sich nach Christines Verschwinden umgebracht hat und dass die Mutter in einem Pflegeheim gelandet ist. Stimmt das?«

»Der Tod des Vaters war Dorfgespräch«, sagte Winkelmann und nickte. »Was die Mutter betrifft, da weiß ich nichts Genaues. Sie wohnte noch mehrere Monate allein auf ihrem Gutshof, doch irgendwann fiel den Leuten im Dorf auf, dass ihre Katzen verwilderten, durch die Gärten streiften und Mülltonnen plünderten. Das hatten sie auch früher gelegentlich getan. Nun jedoch wirkten die Tiere schlecht gepflegt und ausgehungert. Die Polizei wurde zum Herforthschen Gutshof geschickt – und fand Christines Mutter offenbar geistig umnachtet vor. Es wurde behauptet, sie habe am Fenster gesessen, in den Wald hinausgestarrt und nicht auf Ansprache reagiert.«

»Mein Gott …«

»Da kam wohl einiges zusammen: Die Tochter war spurlos verschwunden, der Ehemann hatte sich umgebracht – und wenn man den Gerüchten glauben darf, war sie selbst ohnehin eine seelisch labile Persönlichkeit. Die Frau wurde in ein Pflegeheim gebracht und ist dort einige Jahre später an Krebs gestorben. Das weiß ich von unserem Ortsvorsteher.«

»Und nun behaupten die Leute, dass Christine an der Landstraße spukt …«

Zu Leas Erstaunen lachte Gerhard Winkelmann laut auf. »Ja, ich weiß. Alle möglichen Leute wollen sie gesehen haben – irgendwo auf halber Strecke zwischen der Bushaltestelle und dem ehemaligen Anwesen der Herforths. Es begann mit einem Angestellten des Atommülllagers in Gorleben, der damals hier wohnte. Er dachte sich nichts dabei, als er im Vorbeifahren ein Gesicht am Straßenrand bemerkte, das im Dunkeln unter den Bäumen zu schweben schien. Aber seine Frau erzählte die Geschichte im ganzen Ort herum, sodass einige Aufregung entstand. Das ist – warten Sie – gut acht Jahre her. Nachdem das Gerücht erst einmal in die Welt gesetzt war, wollten dann viele Einwohner das weiße Mädchen gesehen haben.

Selbst Bauer Gätner beteuert, er sei dem Gespenst einmal begegnet und derart erschrocken, dass er seinen klapprigen alten Ford an den nächsten Baum gesetzt habe. Wenn Sie mich fragen, war er vermutlich bloß betrunken, was bei ihm nicht selten der Fall ist. Am meisten aber hat Hedwig Heller zur Legendenbildung beigetragen. Sie ist Besitzerin des ...«

»... des Kunstgewerbeladens«, unterbrach Lea ihn. »Ich werde sie bestimmt noch besuchen.«

»Na, dann wünsche ich Ihnen viel Geduld«, erwiderte Winkelmann mit einem ironischen Grinsen. »Und trinken Sie nicht zu viel von dem Tee, den sie auftischt. Angeblich mischt sie irgendwelche exotischen Kräuter hinein.«

»Aus alldem folgere ich, dass Sie persönlich nicht an das Gespenst glauben«, bemerkte Lea.

»Nicht im mindesten.« Winkelmann setzte erneut seinen Spaten an. »Ich ringe noch mit mir, ob ich der Sache ein Kapitel in meinem Buch widmen soll – vielleicht besser nicht.«

»Wie erklären Sie sich die angeblichen Erscheinungen an der Landstraße?«

»Hysterie«, versetzte Winkelmann achselzuckend. »Das Mädchen, das an einer einsamen Straße spukt, ist ein Mythos – eine moderne Version jener Gruselmärchen, die sich Reisende früher am Lagerfeuer erzählten. Es gibt nahezu gleichlautende Geschichten über einsame Landstraßen in Schleswig-Holstein, in Bayern, in Sachsen, sogar anderswo in Europa. Ich kann mir denken, wie solche Märchen entstehen: Jemand sitzt allein im Auto, fährt bei Nacht auf einer einsamen Straße und sieht irgendeinen Lichtfleck – zum Beispiel ein erleuchtetes Fenster, das von fern zwischen den Bäumen schimmert. Vielleicht genügt es auch schon, dass der Scheinwerfer über irgendetwas Unförmiges streift, etwa einen hohen Busch oder einen besonders knorrigen Baumstamm. Einsame Straßen wirken auf Menschen wie Friedhöfe oder verfallene Schlösser: Unbewusst sind sie jederzeit bereit, etwas Unheimliches auftauchen zu sehen. Der Beweis dafür ist die allgemeine Verbreitung dieser Geschichten. Bei uns hier im Wendland kommt noch hinzu, dass ländlicher Aberglaube eine lange Tradition hat.«

»Tatsächlich?«, staunte Lea. »Das hätte ich nicht gedacht.«

»Es hängt mit der Vorgeschichte zusammen«, erklärte Winkelmann bereitwillig, scheinbar ganz in seinem Element. »Sicher wissen Sie, dass das Wendland nach den Wenden benannt ist, einem slawischen Volksstamm, der sich im Mittelalter hier angesiedelt hat. Viele der hiesigen Ortsnamen sind noch heute wendisch, übrigens auch Verchow. Die Wenden glaubten an alle möglichen Gespenster – an Wiedergänger, die aus dem Grab zurückkehrten, und an sogenannte Nachzehrer.«

»Nachzehrer?«, fragte Lea, die den Begriff noch nie gehört hatte.

»Damit meinte man Tote, die in ihren Gräbern wieder zum Leben erwachten. Die Wenden glaubten, dass so ein Nachzehrer mit offenen Augen in seinem Sarg lag und nach seinen Angehörigen schrie, weil er es nicht ertragen konnte, in sein finsteres Gefängnis unter der Erde gebannt zu sein. Wenn daher ein Mensch begraben wurde und seine Angehörigen kurze Zeit später gleichfalls starben oder krank wurden, erklärte man sich die Sache damit, dass der Verstorbene sie zu sich rief.« Winkelmann stieß seinen Spaten in den Boden, wo er zitternd stecken blieb, und wischte sich den Schweiß von der Stirn. »Glücklicherweise ist das alles lange her … Sonst hätte man von Christine womöglich noch dasselbe behauptet. Schließlich starben ihre Eltern kurz nach ihr.«

»Sie glauben also, dass Christine tot ist?« Lea runzelte die Stirn. »Immerhin wurde ihr Körper nie gefunden.«

Winkelmann seufzte und blickte in den Himmel. »Was soll schon geschehen sein? Stellen Sie sich die Situation vor: Ein Mädchen, sechzehn Jahre alt, wandert bei Dunkelheit eine einsame Straße entlang. Ein Wagen überholt sie, der Fahrer stoppt, kurbelt die Seitenscheibe herunter und fragt, ob er sie nicht ein Stückchen mitnehmen soll ... Und nun zählen Sie zwei und zwei zusammen!« Er seufzte erneut. »Wahrscheinlich hat der Kerl sie irgendwo im Wald verscharrt.«

»Aber die Wälder wurden doch durchsucht.«

»Was besagt das schon? Verstecke gibt es genug: Falls der Täter das Mädchen vergraben oder gar im Moor versenkt hat, war die Aussicht auf Entdeckung von vornherein nahe null. Ich würde jede Wette eingehen, dass Christine Herforth nicht weit von Verchow entfernt an irgendeiner schwer zugänglichen Stelle unter der Erde liegt.«

»Ein unheimlicher Gedanke«, gab Lea unbehaglich zurück, »wenn man sich vorstellt, man könnte irgendwo in den Wäldern seinen Fuß auf das Grab einer Ermordeten setzen.«

»Allerdings.« Winkelmann nickte bedächtig. »Und? Werden Sie in Ihrer Zeitung darüber schreiben?«

»Ich weiß es noch nicht«, gab Lea zu. »Ich muss erst weitere Nachforschungen anstellen, um entscheiden zu können, ob die Sache eine Story hergibt.«

»Dann sollten Sie auf jeden Fall mit Hedwig Heller sprechen«, empfahl Winkelmann.

Lea verabschiedete sich, nachdem der Mann ihr den Weg gewiesen hatte. Während sie zum Dorfplatz zurückging, um sich bei der Eiche nach links zu wenden, kreisten die

Gedanken in ihrem Kopf. In der Tat war es sehr unwahrscheinlich, dass Chefredakteur Ehrlig einen Artikel über einen lange zurückliegenden Vermisstenfall veröffentlichen würde, wenn kein aktueller Bezug bestand. Doch das war Lea zunehmend gleichgültig. *Es geht um mehr,* sagte sie sich – und fragte sich zugleich, worin dieses »Mehr« bestand. Warum fühlte sie sich berufen, das Verschwinden eines Mädchens vor vierundzwanzig Jahren aufzuklären?

Iris, dachte sie und konnte sich beim Gedanken an ihre Jugendfreundin eines leichten Schauders nicht erwehren. *Bist du diejenige, die mich dazu treibt? Liegst du auch in irgendeinem unbekannten Grab und … rufst nach mir?*

Unwirsch schüttelte sie den Gedanken ab, als sie eine weitere Gartenpforte öffnete, diesmal zu einem kleinen Haus, das ehemals ein Bungalow gewesen sein mochte, jedoch mit einem spitzen Reetdach überbaut worden war. Es sah ganz so aus, als wollte seine Bewohnerin es um jeden Preis älter wirken lassen, als es war. SPIRITON stand auf dem Schild neben einer altmodischen Glocke – mehr nicht, kein Name.

Lea klingelte und hörte aus dem rückwärtigen Teil des Hauses das Schlagen einer Tür. Dann öffnete eine zierliche Frau um die fünfzig, mit großen hellblauen Augen und zerzaustem grauem Haar.

»Frau Heller?«, fragte Lea.

»Seien Sie gegrüßt!«, erwiderte die kleine Frau mit einer Herzlichkeit, als hätte sie den Besuch erwartet. »Immer herein, bitte, herein!«

Lea trat in einen Raum, der offensichtlich teils als Wohnzimmer, teils als Laden genutzt wurde, denn er enthielt sowohl ein laubgrün bezogenes Sofa als auch einen Tresen mit einer altmodischen Registrierkasse. Auf überladenen Regalen türmten sich Tassen, Kannen, Kerzenhalter und Figuren, die größtenteils Engel mit gefalteten

Flügeln darstellten, allesamt aus Ton und augenscheinlich in Handarbeit gefertigt.

»Was kann ich für Sie tun?«, fragte Frau Heller, die in der Mitte des Raums stehen geblieben war und beide Arme ausbreitete. »Nein, sagen Sie es nicht! – Sie sind auf der Suche nach einem Engel, nicht wahr?«

»Ähm …« Lea hüstelte. »Eigentlich …«

»Scheuen Sie sich nicht!«, sagte die Gastgeberin mit Wärme. »Jeder von uns sucht nach einem Engel. Eigentlich können Sie ihn nur in sich selbst finden, aber wenn eine meiner bescheidenen Arbeiten Sie zu dieser Suche inspirieren kann, überlasse ich sie Ihnen gern.« Sie ging zu einem der Regale und hob umsichtig eine der Engelsfiguren heraus, deren mildes Lächeln ihrem eigenen ähnelte. »Diesen zum Beispiel habe ich speziell für Menschen wie Sie gefertigt.«

»Menschen wie mich?«, fragte Lea etwas verstört.

»Stadtmenschen«, versetzte Frau Heller mit einem beinahe mitleidigen Blick. »Menschen, deren Geist von Unruhe und Sorgen geplagt wird, weil es ihnen an Gelegenheit zur Einkehr mangelt.«

Lea hüstelte abermals. »Das ist wirklich nett von Ihnen, aber … Eigentlich hätte ich nur ein paar Fragen.«

Die kleine Frau zog die Augenbrauen hoch und lächelte freudig überrascht. »Oh, wie schön! Bitte machen Sie es sich bequem. Ich koche uns schnell einen Tee.«

Sie verschwand durch eine Tür im hinteren Teil des Hauses, was Lea endlich Gelegenheit zu einem amüsierten Schmunzeln gab. Gerhard Winkelmann hatte nicht übertrieben: Hedwig Heller war in der Tat ein wenig merkwürdig – freilich nicht merkwürdiger als die meisten alleinstehenden Frauen, die sich der Esoterik verschrieben hatten. Lea kannte ähnliche Exemplare aus der Stadt, die zumeist mit einer kleinen Zeitungsmeldung bedacht wurden, wenn sie Läden für spirituelle Literatur, Seidentücher oder Duftkerzen eröffneten. Sie ließ sich auf einen der Korbstühle sinken und betrachtete die Gegenstände, die auf dem Tisch verteilt waren: Rund um einen Kerzenleuchter – in Gestalt eines Engels, der in beiden Händen je ein Teelicht hielt – gruppierten sich ein tönerner Untersetzer, geschnitzte Holzschäfchen und eine Art Kartenspiel, dessen oberste Karte aufgedeckt neben den übrigen lag.

Nach wenigen Minuten kehrte Hedwig Heller mit einer Kanne dampfenden Tees zurück, setzte sich Lea gegenüber und schenkte ein. »Trinken Sie, trinken Sie!«

Lea hob die Tasse und roch an der heißen Flüssigkeit, die einen merkwürdigen Duft verströmte, irgendetwas zwischen Koriander und Brennnessel. »Danke … ähm, was ist da drin?«

Frau Heller lächelte, offenbar nicht im mindesten gekränkt. »Etwas *Gutes*, speziell für Sie. Genau das, was Sie brauchen.«

Lea tat ihr den Gefallen und trank, obwohl das Gebräu nicht wirklich ihrem Geschmack entsprach. Frau Heller musterte Lea aufmerksam, als erwartete sie einen augenblicklichen Rapport über irgendwelche geheimnisvollen Wirkungen. Da Lea dieses Bedürfnis nicht befriedigen konnte, beschloss sie, ihre Gastgeberin abzulenken, und eröffnete ihr den Grund ihres Besuchs.

»Ah«, machte Frau Heller und lehnte sich zurück, offenbar keineswegs enttäuscht, dass Lea nicht als Käuferin gekommen war. »Sie suchen also *Erleuchtung.*«

»Nicht ganz«, stellte Lea richtig. »Ich bin Journalistin und interessiere mich nur für das sogenannte weiße Mädchen von Verchow.«

»Doch, Sie suchen Erleuchtung«, beharrte Frau Heller, »Sie wissen es nur noch nicht. Warum sonst sollte das

Schicksal eines Mädchens Sie berühren, das schon vor so langer Zeit verschwand? Eine Zeitung interessiert sich doch nur für die Oberflächlichkeiten des Tages und blickt weder in die Tiefe noch in die Vergangenheit.«

Vielleicht hätte Lea über diese Bemerkung gekränkt sein müssen, doch das unvermindert herzliche Lächeln ihrer Gastgeberin machte es ihr unmöglich.

»Stimmt schon, ich interessiere mich persönlich für die Sache«, gab sie zu. »Ich habe gehört, dass verschiedene Dorfbewohner dieses Gespenst – oder was immer es ist – gesehen haben wollen. Dabei fiel auch Ihr Name.«

Frau Heller nickte mit ernstem Gesicht. »Oh ja, diese arme missgeleitete Seele findet keine Ruhe.«

»Missgeleitet? Was meinen Sie damit?«

»Dieses Mädchen umgab sich schon zu Lebzeiten mit negativen Energien: Es heißt, sie trug stets schwarze Kleidung und Amulette der dunklen Magie.« Frau Heller seufzte. »Es ist kein Wunder, dass ihr der Eintritt ins Nirvana verwehrt wurde. Sie selbst verschmähte das Licht, das sich am Ende des Tunnels auftat, und gewiss ist sie umgekehrt, um unter den Schatten der Zwischenwelt zu bleiben. Tragisch, doch solch ein Schicksal ist vielen bestimmt, die sich schon zu Lebzeiten vom Licht abkehrten.«

»Haben Sie Christine Herforth denn gekannt?«

»Nicht in ihrer zeitlichen Inkarnation. Ich bin erst vor zehn Jahren hierhergezogen, habe aber viel über das Mädchen gehört.«

»Und Sie glauben, dass Sie Christines Geist an der Landstraße gesehen haben?«

»Oh ja«, versetzte Frau Heller ernsthaft. »Jene Wesen, denen es nicht gelingt, sich von ihrer letzten Inkarnation zu trennen, erscheinen häufig als sichtbare Schatten – selbst für die Augen derer, die sich gewöhnlich dem spirituellen Blick verschließen.«

»Darf ich fragen, wie oft sie diese Erscheinung gesehen haben?«

»Einmal schon vor vielen Jahren, als ich eben erst hierhergezogen war«, sagte Frau Heller, die sich bereitwillig erinnerte, »dann ein zweites Mal vor drei Jahren und ein drittes Mal im letzten September.«

»Und wo?«

»Sie erscheint immer an derselben Stelle, etwa in der Mitte zwischen der alten Bushaltestelle und dem Hof, den einst ihre Eltern bewohnten – auf der linken Straßenseite, wenn man von Verchow her kommt. Sie können die Stelle leicht finden, denn ein Leitpfosten ist dort umgeknickt, seit Herr Gätner, ein Landwirt aus der Nachbarschaft, vor lauter Schreck über die Erscheinung mit seinem Wagen von der Fahrbahn abkam.«

»Waren Sie auch mit dem Auto unterwegs, als Sie das weiße Mädchen sahen?«

Frau Heller lächelte. »Ja, ich habe ein Auto. Ich weiß, das ist eines spirituellen Menschen eigentlich nicht würdig, doch die Umstände der materiellen Welt zwingen mich zu einem gewissen Maß an Anpassung.«

»Verstehe«, sagte Lea, die diesen Aspekt nicht vertiefen wollte. »Können Sie die Erscheinung beschreiben?«

»Ich sah sie immer nur kurz im Vorbeifahren«, erklärte Frau Heller. »Von weitem war es nicht mehr als ein heller Fleck im Dunkeln, aber als ich näher kam und langsamer fuhr, erkannte ich ein menschliches Gesicht. Haare und Körper waren unsichtbar – so schwarz wie der Wald dahinter. Beim ersten Mal habe ich angehalten, um nachzusehen, ob es vielleicht ein einsamer Mensch wäre, dem ich helfen könnte.«

»Könnte das, was sie gesehen haben, nicht tatsächlich ein Mensch am Straßenrand gewesen sein? Ich meine: Warum sind Sie überzeugt, dass es ein Geist war?«

»Eine ruhelose Seele«, korrigierte Frau Heller ernsthaft. »Ich vermeide das Wort ›Geist‹, denn Geist ist nichts anderes als die wahre Essenz allen Seins. Ruhelose Seelen dagegen haben sich im Leben allzu sehr an die Dinge der materiellen Welt gebunden und sind nicht imstande, sie loszulassen, nicht einmal im Tod.«

»Also gut: Warum sind Sie so sicher, dass es eine ruhelose Seele war?«

»Was sollte es sonst gewesen sein?«, fragte Hedwig Heller beinahe empört. »Als ich anhielt, verschwand die Erscheinung im Wald: Sie glitt einfach rückwärts zwischen den Bäumen davon. Ein lebender Mensch wäre doch nicht geflohen, sondern hätte sich mir genähert und auf meine Rufe geantwortet.«

»Sie haben gerufen?«

»Ja, so etwas wie: ›Kann ich Ihnen helfen?‹ Aber die Erscheinung blieb stumm und verschwand.«

»Sie sind ihr nicht gefolgt?«

»Um Himmels willen, nein – gerade für spirituelle Menschen sind die Wesen des Zwischenreichs eine Gefahr, denn sie spüren unseren Zugang zu einer höheren Welt und übertragen jene Ambivalenz auf uns, die sie dem Licht gegenüber empfinden; eine Mischung aus Neid, Verlangen und Zorn. Oft sind sie den Lebenden nicht wohlgesinnt. Als ich die Erscheinung zum zweiten Mal sah, habe ich daher nicht mehr angehalten, und auch nicht beim dritten Mal.«

»Ich habe gehört, dass auch andere Einwohner von Verchow die Erscheinung gesehen haben.«

»Aber gewiss, viele sogar. Mit Sicherheit weiß ich, dass Herr Gätner sie gesehen hat, ebenso Herr Timm, der vor einigen Jahren weggezogen ist, und eine Angestellte des Dorfkrugs, deren Name mir gerade nicht einfällt. Die Erscheinung zeigt sich stets nur abends gegen einundzwanzig Uhr. Ich habe gehört, dass das die Tageszeit war, zu der das Mädchen verschwand. Auch dieses Verhalten ist typisch für ruhelose Seelen. Sie gehen immer am selben Ort und zur gleichen Zeit um.«

»Und warum gerade dort? Warum nicht an der Bushaltestelle, wo Christine zum letzten Mal gesehen wurde?«

Frau Heller zuckte die Achseln. »Das kann ich nicht sagen. Vielleicht ging sie von dort zu Fuß nach Hause, und an jener Stelle, wo sie seitdem erscheint, ist ihr wahrscheinlich etwas Schreckliches zugestoßen.«

»Eine Frage noch ...« Lea wand sich unbehaglich, denn sie fürchtete, ihre Gastgeberin zu kränken. »Sehen Sie auch sonst gelegentlich ... ruhelose Seelen?«

Frau Heller seufzte. »Glücklicherweise nicht. Gewiss gibt es viele von ihnen in unserer Zeit, die von so viel Unglück und Verblendung heimgesucht wird. Doch nicht alle Ruhelosen erscheinen in sichtbarer Gestalt, und außer diesem Mädchen ist mir bislang kein anderer begegnet.«

Aha, dachte Lea. Sie hatte bereits befürchtet, dass Frau Heller Geister zu sehen glaubte, wo immer sie sich aufhielt, was nicht eben zur Glaubwürdigkeit ihrer Geschichte beigetragen hätte.

»Nun denn«, sagte sie und erhob sich, »ich danke Ihnen. Sie haben mir sehr weitergeholfen.«

»Wollen Sie denn Ihren Tee nicht austrinken?«, fragte die kleine Frau erstaunt.

»Vielen Dank«, wehrte Lea ab, »aber meine Zeit ist knapp.«

Frau Heller schüttelte mitleidig den Kopf. »Diese Stadtmenschen, immer haben sie es eilig. Und Sie möchten wirklich keinen Engel?« Sie wies auf die zahlreichen Figuren auf den Regalen.

»Ach nein, vielen Dank«, wiederholte Lea. Und genau

in diesem Moment kam ihr eine passende Begründung in den Sinn. »In meinem Leben gibt es bereits einen Engel.«

Frau Heller lächelte wissend. »Ich verstehe – ich habe es bereits mit dem inneren Auge gesehen: Sie haben eine kleine Tochter, nicht wahr? Das ist auch der Grund, warum sie sich für das Schicksal dieses verschwundenen Mädchens interessieren.«

Lea erwog kurz, sie zu korrigieren, entschied sich jedoch dagegen und nickte. Menschen, die sich für seherisch begabt hielten, ließ man am besten in ihrem Glauben. Zudem lag ihr daran, das Gespräch zu beenden und sich zu verabschieden.

Nachdem sie das Haus verlassen hatte, entschied Lea, dass es an der Zeit für eine Sammlung und Ordnung ihrer Informationen war. Um in Ruhe nachdenken zu können, gönnte sie sich einen längeren Spaziergang. Sie ging einen Wanderweg entlang, der von der Hauptstraße abzweigte und einen Halbkreis um das Dorf beschrieb. Die Schönheit der Umgebung mit ihren uralten Bäumen, den dezent restaurierten Fachwerkhäusern und den weitläufigen Gärten, die in Wiesen übergingen, klärte Leas Geist. Hier und dort blieb sie stehen oder setzte sich auf eine Bank, verlor sich in der Betrachtung einer knorrigen Eiche oder eines mächtigen bemoosten Findlings. Gelegentlich sah sie in einiger Entfernung eine Katze durch das Gras schleichen oder im Schatten eines Baums auf Beute lauern. In der nachmittäglichen Stille schien es ihr fast, als gäbe es in Verchow mehr Katzen als menschliche Bewohner.

Ob das die verwilderten Nachkommen der Herforthschen Zucht sind?, fragte sie sich. Jedenfalls wirkten die Tiere wild und ungepflegt. Mit ihrem struppigen Fell und den auffällig spitzen Ohren sahen sie aus wie kleine Luchse.

Mehrere Stunden wanderte Lea umher, und erst als die Sonne sich rötete, wurde ihr bewusst, wie viel Zeit verstrichen war.

Vergiss einstweilen die Geister, sagte sie sich. *Du hast Urlaub, und du verbringst ihn mitten in einem Paradies. Versuch, es zu genießen.*

Ihr Körper verstand die Botschaft, antwortete mit Entspannung, leichter Müdigkeit – und, als sie wieder auf dem Dorfplatz ankam, mit zunehmendem Hunger. Jäh wurde ihr bewusst, dass sie eine Ferienwohnung und keine Pension gemietet hatte, dass es Sonntagnachmittag war und dass der einzige Lebensmittelladen zweifellos geschlossen hatte. Sie hatte ihre Reise ohne jeglichen Proviant angetreten, und in ihrem Wagen befand sich lediglich eine Flasche Mineralwasser. Am Dorfplatz gab es ein kleines Gasthaus, doch Lea hatte sich kaum auf zwanzig Schritte genähert, als sie ein handgeschriebenes Schild an der Tür bemerkte: So + Mo RUHETAG.

Mein Gott, ich bin wirklich in der tiefsten Provinz, dachte sie betroffen. Offenbar blieb ihr nichts anderes übrig, als sich ins Auto zu setzen und in einem der Nachbarorte nach einem Restaurant zu suchen.

Zunächst aber kehrte sie in ihre Wohnung zurück, um sich frisch zu machen und ihre vom Wandern staubigen Schuhe gegen ein sauberes Paar zu tauschen. Als sie schließlich in den Hausflur trat, begegnete sie Kai Zirner, der eben die Treppe herabkam.

»Hallo!«, grüßte er salopp. »Ich hoffe, Sie hatten einen schönen ersten Tag. Haben Sie alles, was Sie brauchen?«

»Ähm, nicht ganz«, gab Lea zu. »Aber das ist meine eigene Schuld. Ich habe gar nicht ans Essen gedacht.«

Kai Zirner schlug sich mit der Hand vor die Stirn. »Ach, natürlich, es ist ja Sonntag! Verzeihen Sie, ich hätte Sie vorwarnen sollen, dass der Gasthof nicht jeden Tag geöffnet hat. Sie können gern mit nach oben kommen und sich aus unserem Kühlschrank bedienen.«

»Danke, das ist nicht nötig. Ich gehe irgendwo in einem der Nachbarorte etwas essen.«

»In Groß Heide gibt es ein ganz hervorragendes Restaurant«, bemerkte Kai Zirner. Er zögerte einen Moment. »Ich will mich ja nicht aufdrängen, aber ... es ist recht langweilig hier. Mein Onkel hat nicht einmal einen Fernseher. Er behauptet, Fernsehen macht dumm. Meistens geht er früh schlafen, und dann sind die Abende lang. Also, kurz gesagt – darf ich Sie zum Essen einladen?«

Lea spürte einen wohligen kleinen Schauder. Jörg Hausmann hatte sie nach drei Monaten noch nicht gefragt, ob sie mit ihm essen gehen wolle – sein Pech.

»Gern«, erwiderte sie. »Für ein wenig Gesellschaft wäre ich dankbar.«

»Wunderbar!« Kai strahlte. »Können Sie fünf Minuten warten? Ich will nur meinem Onkel Bescheid sagen und mir etwas anderes anziehen.«

Lea nickte und sah zu, wie er sich umwandte und leichtfüßig die Treppe hinaufhuschte – immer zwei Stufen auf einmal, wie ein übermütiger Schuljunge, der sich auf einen Ausflug freut.

Er ist wirklich süß, dachte sie. *Pass bloß auf, Lea, du willst dich doch nicht schon am Tag deiner Ankunft auf einen Urlaubsflirt einlassen, oder? Du gehst nur mit ihm essen, also halte Distanz.*

Der gute Vorsatz währte nicht lange. Es war schwierig, zu jemandem Distanz zu halten, der so umgänglich und zugleich so charmant war wie Kai Zirner. Schon auf der Fahrt – sie fuhren mit seinem Wagen, da er den Weg kannte – fanden sie zu der gemeinsamen Ansicht, dass »Herr Zirner« und »Frau Petersen« sehr steif klang, wenn man miteinander essen gehen wollte. Noch bevor sie den Nachbarort erreichten, nannten sie sich beim Vornamen.

»Und Sie sind also Journalistin, Lea?«, sagte Kai. »Was für ein interessanter Beruf! Da kann ich leider nicht mithalten.«

Lea musterte die gediegene Innenausstattung des BMWs. Sie ließ darauf schließen, dass Kais Beruf immerhin mehr Geld einbrachte als die Tätigkeit einer Redakteurin.

»Und was machen Sie?« Lea stellte die unvermeidliche Gegenfrage.

»Ach, Sie werden enttäuscht sein.« Seine Stimme klang fast entschuldigend. »Stellen Sie sich den langweiligsten Beruf vor, der Ihnen einfällt.«

»Buchhalter«, riet Lea.

»Nicht ganz.« Kai lächelte. »Steuerberater.«

»Oh! Wer betreut denn Ihre Klienten, während Sie hier bei Ihrem Onkel sind?«

»Ich habe in Uelzen ein paar Angestellte, die sich darum kümmern. Wenn etwas Wichtiges anliegt, muss ich natürlich erreichbar sein.« Er klopfte auf die Brusttasche seines Sakkos, in der ein Handy steckte.

»Und Ihre Familie kommt ohne Sie klar?«

»Ich habe keine – abgesehen von meinem Onkel.«

»Nanu? Keine Frau, keine Kinder?«

»Nichts von alldem«, sagte Kai leichthin.

Lea wartete darauf, dass er die Frage zurückgab. Es dauerte einen Moment, doch er enttäuschte sie nicht.

»Und Sie? Auch keinen Anhang?«

»Doch, einen sechzehnjährigen Sohn.«

»Keinen Vater dazu?«

Lea winkte ab. »Nur ein biologischer, wie man so schön sagt.«

Sie hatte wenig Lust, über Ralf zu sprechen, der sie vor langer Zeit auf der Universität umworben und dann sitzen gelassen hatte, als sie ungewollt schwanger geworden war. Tatsächlich hatte sie kaum um ihn getrauert, denn sie wusste, dass er kein guter Vater gewesen wäre. Selbst David hatte kein Interesse mehr an einem näheren Kontakt bekundet, nachdem er sich vor drei Jahren ein einziges Mal mit Ralf getroffen hatte.

»Er ist ganz nett«, erinnerte sich Lea an Davids lakonischen Bericht. *»Aber eigentlich ist er nur irgendein fremder Mann.«*

»Und was macht Ihr Sohn, während Sie hier sind?«, fragte Kai nun und riss Lea aus ihren Gedanken.

»Er ist auf einer Klassenfahrt.«

Kai erkundigte sich ausführlich nach David – es mochte reine Höflichkeit sein, doch Lea war es gleichgültig. Das Thema trug sie bis zur nächsten Ortschaft, auf einen kleinen Parkplatz und schließlich in ein gut besuchtes und geschmackvoll eingerichtetes Restaurant, wo sie sich an einen Tisch am Fenster setzten. Kai hatte nicht zu viel versprochen: Bedienung und Küche waren exzellent. Lea, die inzwischen großen Hunger hatte, orderte ein rustikales Menü aus Lammfilet, Folienkartoffeln und Gemüse, das sie bis zum letzten Happen verzehrte.

»Erstaunlich«, bemerkte Kai, der sich seinerseits mit einem Salat beschied. »Sie gehören wohl nicht zu den Frauen, die sich vor der Bestellung nach den Kalorienwerten erkundigen.«

Lea lachte und nahm einen Schluck von ihrem Rotwein. »Auf keinen Fall. Schlankheitswahn ist etwas für Zwanzigjährige – das habe ich längst hinter mir.«

»Aber noch nicht lange, oder? Sie sind doch gerade mal dreißig, nehme ich an.«

Lea lächelte pflichtschuldig über das Kompliment. Er

musste wissen, dass es nicht stimmen konnte, schließlich hatte sie ihren sechzehnjährigen Sohn erwähnt.

»Sechsunddreißig«, sagte sie geradeheraus. Mit ihrem Alter war sie ebenso wenig zurückhaltend wie mit ihrem Appetit.

»Dann gehören Sie wohl zu den Leuten, die essen können wie die Weltmeister und trotzdem schlank bleiben«, bemerkte Kai. »Beneidenswert.«

Standardkompliment Nummer zwei, dachte Lea. *Er legt sich wirklich ins Zeug.* In Wahrheit war sie keineswegs makellos schlank, wusste jedoch aus Erfahrung, dass ihre knapp siebzig Kilo sich in einer Art und Weise verteilten, die bei Männern gut ankam.

»Ich selbst muss mich immer zurückhalten«, erklärte Kai, der in mäßigem Tempo seine Salatschüssel leerte. »Hoher Blutdruck, wissen Sie? Da darf man nicht auch noch dick werden.«

»Ach ...« Lea winkte ab. »Man kann es auch übertreiben. Essen gehört zu den Freuden des Lebens, die man genießen sollte.«

Kai seufzte. »Leicht gesagt. Es gibt so viele schöne Dinge, die man gern genießen würde, wenn die Vernunft nicht dagegenspräche.«

Er warf ihr einen kurzen Blick zu – kurz genug, um nicht aufdringlich zu wirken, lange genug, um der harmlosen Bemerkung Nachdruck zu verleihen.

Ohoh, dachte Lea. *Darauf gibt es wohl kaum eine unverfängliche Erwiderung. Am besten wechsle ich das Thema.*

Sie sprachen über das eine und andere unverfängliche Thema, von der Qualität des Hausweins bis zu den Vorzügen und Nachteilen ihres Landurlaubs. Lea schwärmte von der wunderschönen Landschaft in der Umgebung des

Dorfes. Kai dagegen zuckte die Achseln und meinte, es sei auf Dauer recht langweilig im Wendland. Er sehnte sich nach der Betriebsamkeit der Stadt und konnte es kaum erwarten, Verchow wieder den Rücken zu kehren.

»Immerhin stehen die Aussichten gut«, meinte er. »Meinem Onkel geht es besser, als ich erwartet habe. Nur das Treppensteigen macht ihm Probleme. Er hatte kürzlich einen leichten Herzinfarkt, aber es scheint, dass er sich zusehends erholt.«

»Kann sich denn sonst niemand um ihn kümmern?«, fragte Lea. »Hat er keine anderen Angehörigen?«

Kai schüttelte den Kopf. »Seine Frau ist früh gestorben. Er lebt seit zwanzig Jahren allein.«

»Oh«, sagte Lea betroffen. »Ich hatte mich schon über die Größe des Hauses gewundert …«

»Als er es damals kaufte, hoffte er, es würde bald von einer großen Familie bevölkert werden. Leider ging sein Traum nicht in Erfüllung. Das Schicksal wollte es anders.«

»Sicher war es auch schwer für Sie, als Ihre Tante starb.«

»Ich habe sie nie kennengelernt.«

»Nanu – wieso das?«

»Wir … hatten damals keinen Kontakt«, erklärte Kai verlegen. »Mein Vater war Rudis älterer Bruder, aber die beiden hatten sich zerstritten und sprachen nicht miteinander. Erst mit zwölf Jahren erfuhr ich, dass ich überhaupt einen Onkel habe. Im Gegensatz zu meinem Vater komme ich bestens mit Rudi zurecht.«

»Verstehe.« Lea begriff, dass das Thema ihm unangenehm war, und schlug angesichts der vorgerückten Zeit vor, bald aufzubrechen. Kai stimmte erleichtert zu und bestand darauf, für beide zu zahlen. Lea widersprach nicht. Emanzipation hin oder her, sie wusste sehr genau, dass seine Gehaltsklasse weit über der ihren lag und es ihm nichts ausmachte.

Als sie gegen zehn Uhr nach Verchow zurückfuhren, blickte Lea aufmerksam in den Wald hinaus. Ihre Gedanken, durch Kais Gesellschaft bisher nachhaltig zerstreut, kehrten zu Christine Herforth zurück. Erst jetzt wurde ihr bewusst, dass sie sich auf derselben Straße befanden, die angeblich von Christines Geist heimgesucht wurde. Diesmal war sich Lea ziemlich sicher, am rechten Straßenrand die Auffahrt ausgemacht zu haben, die zum ehemaligen Anwesen der Herforths führte. Irgendwo zwischen diesem Punkt und dem Ortseingang musste sich der umgeknickte Leitpfosten befinden, der laut Hedwig Heller den Erscheinungsort des Geistes markierte.

»Sie sind so still«, bemerkte Kai, den Blick auf die Straße gerichtet. »Woran denken Sie?«

Als Lea nicht antwortete, sondern weiterhin aus dem Seitenfenster spähte, zog er von selbst den treffenden Schluss.

»Diese Geistergeschichte?«, fragte er.

»Hmm?« Lea, aus ihren Gedanken gerissen, wandte sich fast schuldbewusst zu ihm um.

»Um ehrlich zu sein: Ich verstehe nicht ganz, warum Sie Ihre Zeit damit vergeuden«, meinte Kai. »Sie haben ja gehört, dass selbst mein Onkel diese Gerüchte für Unfug hält. Ich selbst bin schon sechsmal in Verchow gewesen – bei Tag wie bei Nacht –, habe immer diese Straße benutzt und noch nie irgendetwas Ungewöhnliches gesehen.«

»Wahrscheinlich haben Sie recht«, stimmte Lea zu. Sie hatte wenig Lust, Kai zu offenbaren, was sie am Nachmittag von den Einwohnern des Ortes erfahren hatte, und entschloss sich, das Thema nicht zu vertiefen.

Zurück in Verchow betraten sie gemeinsam das Haus und verabschiedeten sich im Flur, während Lea ihre Wohnungstür aufschloss.

»Das war ein schöner Abend«, sagte Kai, offenbar in dem Bedürfnis, die Zeit noch ein wenig zu dehnen.

»Ja, finde ich auch«, antwortete Lea schlicht und trat über die Schwelle. »Vielen Dank für Ihre Einladung.«

Kai wirkte verlegen, als könnte er sich nicht entschließen, sich endgültig zu verabschieden. Lea spürte deutlich, dass er hoffte, noch auf einen Moment hereingebeten zu werden. Die Erkenntnis war nicht unangenehm. Im Gegenteil, sein offenkundiges Interesse rührte sie. Dennoch lag ihr im Augenblick nichts ferner, als seinem Wunsch zu entsprechen.

»Gute Nacht!«, sagte sie, wobei sie sich dabei ertappte, ihrer Stimme unwillkürlich einen sanften, beinahe tröstenden Klang zu verleihen.

»Ihnen auch«, antwortete er.

Lea schloss die Tür, lauschte und hörte schließlich, wie er die Treppe hinaufstieg – behutsam, vermutlich um seinen Onkel nicht zu wecken.

Fast betroffen stellte sie fest, dass sie Kai ehrlich mochte. Es war lange her, dass sie einen so angenehmen Abend mit einem Mann verbracht hatte, ohne sich entweder gelangweilt oder bedrängt zu fühlen. Es war ihm gelungen, ihre Aufmerksamkeit zu binden – so sehr, dass sie nicht einmal daran gedacht hatte, David anzurufen. Sie empfand ein vages Schuldgefühl, dann aber sagte sie sich, dass ihr Sohn wahrscheinlich erleichtert war, einmal für vierundzwanzig Stunden in Ruhe gelassen zu werden. Vermutlich vergnügte er sich mit seinen Klassenkameraden auf irgendeiner Zimmerparty und hatte ihren Anruf nicht vermisst. Dennoch konnte sich Lea nicht zurückhalten, ihm zumindest eine SMS zu schicken – nur wenige Worte: *»Bin gut angekommen. Bleibe eine Woche. Hoffe, du amüsierst dich. Gruß, Mum.«*

Lea packte ihre Sachen aus, weihte die Dusche ein und

legte sich in das Doppelbett, das zwar viel zu groß, doch wunderbar bequem war. Eine Zeitlang lauschte sie in die Nacht hinaus und stellte erstaunt fest, wie still es draußen war: Aus ihrer Stadtwohnung war sie stets irgendeine Geräuschkulisse gewohnt, selbst wenn sie nur im fernen Rauschen des Verkehrs auf der nahen Umgehungsstraße bestand. Hier jedoch, in diesem Dreihundert-Seelen-Dorf fernab aller größeren Verkehrsverbindungen, war die Stille vollkommen und fast ein wenig unheimlich. Nicht einmal das kaum merkliche Summen irgendeines elektrischen Gerätes lag in der Luft, wie sie es von Klimaanlagen, Radioweckern oder einem Fernseher im Stand-by-Modus gewohnt war.

Über ihr, im Obergeschoss des Hauses, knarrte eine Diele. Vermutlich war es Kai, der sich zu Bett schlich.

Warum habe ich ihn nicht hereingebeten?, fragte sich Lea plötzlich. In der Stille und Einsamkeit des Schlafzimmers erschien ihr der Gedanke nicht mehr so absurd wie vorhin an der Wohnungstür.

Wer weiß, wo das geendet hätte, antwortete eine zweite Stimme in ihrem Kopf.

Und wenn schon!, gab Lea forsch zurück.

Du kennst ihn doch gar nicht!, mahnte die Gegenstimme. *Erst seit heute Morgen.*

Na und? Vielleicht ist gerade das ewige Vernünftig-Sein daran schuld, dass ich seit zehn Jahren Single bin. Eigentlich wird es höchste Zeit, dass ich mal ein wenig Spaß habe.

Einige Zeit noch zog sich das innere Streitgespräch hin, dann tat die Stille ihre Wirkung, und Lea schlief ein – weit früher, als es sonst ihre Gewohnheit war.

Montag

Lea träumte.

Sie stand vor einem kleinen Haus mit reetgedecktem Dach, Hedwig Hellers Haus nicht unähnlich. Allerdings befand es sich nicht – wie in der Realität – im Dorfkern von Verchow, sondern mitten in einem düsteren Wald, fast wie ein Hexenhaus im Märchen. Die Haustür war angelehnt. Lea öffnete sie, trat in einen mit Holzdielen ausgelegten Flur und näherte sich dem Durchgang zu einem Wohnraum. An einem großen Eichentisch saß eine Frau, den Kopf in die Hände gestützt, vor sich eine dampfende Teetasse. Lea blieb stehen. Ihr Herz klopfte heftig, als die Frau sehr langsam das Gesicht hob und zu ihr aufblickte.

Es war Iris – ihre Freundin aus alter Zeit, unverändert und keinen Tag älter als siebzehn.

Unvermittelt fühlte Lea heiße Tränen in sich aufsteigen.

Endlich habe ich dich wiedergefunden, sagte sie, während sie an den Tisch trat.

Iris blickte sie an, scheinbar teilnahmslos und ohne das leiseste Lächeln.

Setz dich, Lea, flüsterte sie. *Komm, trink einen Tee mit mir.*

Lea setzte sich auf einen altmodischen geschnitzten

Stuhl ihr gegenüber. Iris schob langsam die Teetasse zu ihr herüber.

Trink.

Auch der Tee roch wie jener, den Frau Heller aufgetischt hatte – seltsam, fremdartig. Lea trank, ohne die Freundin aus den Augen zu lassen.

Was ist mit dir geschehen?, fragte sie. *Wo bist du all die Jahre gewesen?*

Ich weiß nicht, gab Iris immer noch flüsternd zurück. *Ich kann mich nicht erinnern.*

Ich habe so lange nach dir gesucht, sagte Lea und streckte die rechte Hand aus, um die linke ihrer Freundin zu ergreifen, die auf dem Tisch ruhte. Iris jedoch zog die Hand augenblicklich zurück.

Du kannst mich nicht berühren, Lea, flüsterte sie und wandte sich ab. *Es ist unmöglich.*

Verwirrt suchte Lea ihren Blick. *Warum?*

Iris verharrte einen Moment, zur Seite gewandt, das Gesicht von ihrem schwer herabhängenden Haar verdeckt. Dann wandte sie sich Lea erneut zu – doch das Gesicht, das aus dem Schatten der Haare auftauchte, war plötzlich grauenhaft verändert: alt, faltig, mit eingefallenen Wangen und dunklen Ringen unter den glanzlosen Augen.

Weil ich tot bin.

Auch ihre Stimme hatte sich verwandelt: Plötzlich klang sie hohl und dunkel wie ein Widerhall aus großer Tiefe.

Ich bin tot, Lea.

Ihre Lippen, verblasst und von Falten zerschnitten, bebten bei diesen Worten. Dann öffneten sie sich weit und immer weiter, als fiele der Unterkiefer ins Bodenlose, und offenbarten eine pechschwarze Höhle ohne jegliche Konturen – keine Zunge, keine Zähne, nichts als gähnende Schwärze. Es war, als blickte Lea in einen Abgrund.

Grauen erfasste sie, und noch im Traum versuchte sie zu schreien, stellte jedoch fest, dass sie keinen Laut hervorbringen konnte.

Lea erwachte mit einem verzweifelten Stöhnen und brauchte mehrere Sekunden, um zu begreifen, wo sie sich befand. Der Albdruck lastete auf ihr wie ein zentnerschweres Gewicht. Angestrengt bemühte sie sich, ruhiger zu atmen, und legte eine Hand auf ihr wild klopfendes Herz. Erst nach einigen Minuten glitt ihr Blick zum Fenster hinüber. Draußen graute bereits der Morgen. Der Wecker auf dem Nachttisch zeigte sechs Uhr dreißig.

Iris … In den vergangenen Jahren war es immer wieder vorgekommen, dass Lea von ihr geträumt hatte. Niemals jedoch war sie von derart erschreckenden Bildern heimgesucht worden, selbst in ihrer Jugend nicht, als der Verlust der Freundin noch frisch und jeden Tag gegenwärtig gewesen war.

Lea glaubte nicht daran, dass Menschen in der Lage waren, anderen Menschen im Traum Botschaften zu senden. *Alles, was im Traum geschieht, entspringt dem eigenen Denken*, erinnerte sie sich an eine Sentenz, die sie einmal gelesen hatte. *Unbewusst bin ich überzeugt, dass Iris tot ist – deshalb hat mein Gehirn ihr Bild erschaffen und ihr diese Worte in den Mund gelegt.*

Die Erklärung war beruhigend, konnte das Grauen jedoch nicht vollständig vertreiben. Lea ahnte, warum dem so war: Sie hatte sich darauf eingelassen, erneut die Spuren eines verschwundenen Mädchens zu verfolgen. Es rührte traumatische Erinnerungen auf, zerrte an ihrer Seele. Umso fester jedoch war sie entschlossen, das Rätsel um Christine Herforth zu lösen. Womöglich würde das die Erinnerungen zum Verblassen, die Stimmen zum Schweigen bringen.

Lea stand auf, ging unter die Dusche und schließlich auf die Terrasse, um sich in einen Plastikstuhl zu setzen und den Sonnenaufgang zu betrachten. Das Frühstück musste warten, bis der örtliche Supermarkt öffnete. Wenigstens hatte sie in ihrer Handtasche noch eine kleine Tüte mit Instantkaffee gefunden. Sie bereitete sich eine Tasse zu. Die Zeit strich dahin. Die Sonne stieg höher und tauchte den rückwärtigen Garten der Zirners in herrliches Licht. Ebenso wie der Vorgarten war er voller Rosenbüsche, deren rote, weiße und gelbe Blüten wie verstreute Edelsteine schimmerten.

Gegen halb neun verließ Lea das Haus und machte sich auf den Weg zu dem kleinen Supermarkt an der Hauptstraße, wo sie noch zehn Minuten vor der Tür wartete, bis eine ältere Frau aufschloss und sie hereinließ. Lea war die einzige Kundin und nutzte die Leere in dem kleinen Laden, um gemächlich umherzuschlendern und planvoll ihren Korb zu füllen.

»Sie wohnen bei den Zirners, nicht wahr?«, fragte die Frau, die an der Kasse Platz genommen hatte.

Lea nickte erstaunt. Sie war noch keine zwei Tage hier und hatte nur mit wenigen Menschen gesprochen. Dennoch schien offenbar schon das gesamte Dorf zu wissen, wer sie war. Unauffällig spähte sie auf das Namensschildchen, das die Frau auf ihrer Bluse trug. GÄTNER stand darauf, und Lea folgerte, dass die Kassiererin die Ehefrau des Landwirts war, den Hedwig Heller erwähnt hatte.

»Und Sie interessieren sich für unseren Geist?«, fragte Frau Gätner, während sie mit routiniertem Griff die Waren scannte.

»Woher wissen Sie denn das?«, entgegnete Lea.

»Eine Nachbarin hat gehört, wie Sie sich mit Herrn Winkelmann unterhalten haben«, antwortete Frau Gätner. Es schien ihr nicht im mindesten peinlich zu sein. Im

Gegenteil: Ihre Stimme klang beinahe vorwurfsvoll, als wäre es eine Unverfrorenheit, in einem Verchower Garten laut zu sprechen.

Mein Gott, ich muss vorsichtiger sein, dachte Lea. *Bei der Geschwindigkeit des hiesigen Tratsches weiß bis zum Mittag vermutlich jeder im Dorf, welche Kaffeemarke ich gekauft habe und welchen Eyeliner ich benutze.*

»Glauben Sie bloß nicht alles, was die Leute so reden!«, sagte Frau Gätner verächtlich. »Ich jedenfalls habe an der Straße noch nie einen Geist gesehen. Und den Quatsch, den mein Mann erzählt, brauchen Sie sich gar nicht erst anzuhören.«

»Verstehe«, brummte Lea unbestimmt und zückte ihr Portemonnaie, um zu signalisieren, dass sie dieses einseitige Gespräch nicht fortsetzen wollte.

»Vierzehn achtundzwanzig«, quittierte Frau Gätner die Zurückweisung frostig.

Lea bezahlte, raffte ihren Einkauf so schnell wie möglich zusammen und verließ den Laden.

Sie hörte das Klingeln ihres Handys bereits, als sie die Wohnungstür aufschloss. Sicher war es David, der wissen wollte, warum sie sich tags zuvor nicht noch einmal gemeldet hatte. Rasch ließ Lea die Einkaufstüte fallen und griff nach dem Telefon, das auf dem Wohnzimmertisch lag.

»David?«

»Hallo, ich bin's – Jörg.«

Lea brauchte einen Moment, bis sie die Stimme ihres Kollegen aus der Redaktion erkannte. »Oh! Nett, von dir zu hören.«

»Wie geht es dir? Hast du einen schönen Urlaub?«

»Naja …« Lea lachte verlegen. »Du weißt ja, ich gehe

nebenbei dieser Geisterlegende nach. Es ist interessanter, als ich dachte.«

»Deswegen rufe ich auch an. Ich kümmere mich ja um deinen Posteingang, und heute Morgen ist eine weitere E-Mail eingegangen – vom selben anonymen Absender wie neulich.«

»Tatsächlich?«, staunte Lea.

»Was er diesmal schreibt, ist allerdings noch verrückter«, meinte Jörg. »Ich jedenfalls werde nicht schlau daraus. Wenn du möchtest, schicke ich die Mail an deine private Adresse weiter.«

»Ja, tu das bitte!«, bat Lea, zog ihre Reisetasche zu sich heran und kramte nach ihrem Laptop. »L-Petersen@hotmail.de.«

»Schon erledigt«, sagte Jörg. »Vielleicht kannst du mehr damit anfangen als ich.«

»Danke. Ach, und wenn du schon dabei bist ...«

»Ja?«

»Du sagtest einmal, du kennst jemanden, der in Hamburg an einem Onlineprojekt mitarbeitet – digitale Archivierung sämtlicher lokaler Tageszeitungen in Norddeutschland.«

»So ist es. Eines Tages wird das wahrscheinlich eines der größten Zeitungsarchive sein.«

»Ist es möglich, dieses Archiv nach Namen zu durchsuchen? Die ganze Geschichte dreht sich nämlich um ein verschwundenes Mädchen, und ich würde gern überprüfen, was damals in der Presse stand.«

»Was genau brauchst du?«, fragte Jörg, wie gewöhnlich zu jeder Hilfe bereit.

»Lokalzeitungen vom Frühjahr 1986. Wichtig wäre alles, was vom Verschwinden einer Christine Herforth aus Verchow handelt.«

»Ich weiß nicht, ob das Archiv bis in die achtziger Jahre

zurückreicht, aber ich werde nachfragen«, versprach Jörg. »Allerdings habe ich frühestens morgen Gelegenheit dazu.«

»Kein Problem.«

»Wenn ich tatsächlich eine Zeitungsmeldung finde, werde ich sie dir per Mail zuschicken.«

»Wirklich lieb von dir«, sagte Lea dankbar. »Dafür hast du etwas gut.«

»Ist doch selbstverständlich. Mach dir eine schöne Zeit, und arbeite nicht zu viel! Schließlich bist du im Urlaub.«

»Dir auch eine schöne Zeit!«, beendete Lea das Gespräch.

Sie schloss das Handy, klappte ihren Laptop auf und startete das Internet. Tatsächlich fand sie in ihrem Postfach eine weitere E-Mail von jener ominösen Adresse vor, die außer dem Provider keinerlei Hinweis auf die Identität des Absenders erkennen ließ. Lea konnte nicht umhin, ihrem Kollegen zuzustimmen – die Botschaft war noch kryptischer als beim ersten Mal.

Tom Thanatar
Verhanden, Niederlande
Dichotomia I, 17, 4
Dichotomia III, 36
Spectra 12, 1

Das war alles. Kopfschüttelnd starrte Lea auf die unverständlichen Zeilen. Wer auch immer ihr anonymer Informant sein mochte, er machte es ihr nicht leicht.

Das erneute Summen des Handys riss sie aus ihren Gedanken – und diesmal war es tatsächlich David.

»Hi, Mum. Was machst du?«

Lea freute sich so über seinen Anruf, dass sie die Frage zunächst überhörte und ihn stattdessen nach seinen eigenen Erlebnissen ausfragte. Wie sich herausstellte, hatte die Klasse eine längere Wanderung quer durch den Taunus hinter sich und war eben erst ins Schullandheim zurückgekehrt. David war bester Laune, hatte aber wenig zu erzählen. Weder das Wandern noch die Landschaft schienen besonderen Eindruck auf ihn gemacht zu haben.

»Und was machst du?«, fragte er zum zweiten Mal. »Ich habe dieses Verchow mal bei Google-Maps gesucht. Das ist ja finsterstes Hinterland! Wieso bist du denn ausgerechnet dorthin gefahren?«

Lea beschloss, ihn einzuweihen. Gewöhnlich erzählte sie ihrem Sohn kaum etwas von ihrer Arbeit. Als sie jedoch mit den anonymen E-Mails begann, war Davids Interesse augenblicklich geweckt. Seine Fragen ermutigten sie, alles wiederzugeben, was seit ihrer Ankunft in Verchow geschehen war – mit Ausnahme des Abendessens in Gesellschaft von Kai Zirner.

»Das ist ja der reinste Krimi!«, sagte David ehrlich beeindruckt. »Und ich dachte, du schreibst bloß über Stadtfeste und Bürgerinitiativen.«

»Na ja, ob das jemals in der Zeitung landet, ist eine andere Frage«, meinte Lea. »Aber ich finde die Geschichte einfach spannend.«

»Das kann man wohl sagen! Hey, stell dir vor, diese Christine ist wirklich ermordet worden, und dein namenloser Informant ist ein geheimer Mitwisser, der das aufdecken will. Hast du schon mal daran gedacht, die Polizei einzuschalten?«

»Ich weiß nicht«, meinte Lea unbehaglich. »Das Mädchen ist vor vierundzwanzig Jahren verschwunden, und der Fall ist längst abgeschlossen. Was habe ich denn schon in der Hand, abgesehen von unverständlichen E-Mails?«

»Vielleicht lässt der Absender sich ermitteln«, überlegte

David ernsthaft. »Man müsste die IP-Adresse des Computers herausfinden, der die Mails versendet.«

»Geht das?«, staunte Lea, die nicht erwartet hatte, dass ihr Sohn die Angelegenheit derart ernst nahm.

»Sicher geht das, es ist allerdings schwierig. Ich werde mal Justin fragen, der kennt sich mit solchen Dingen aus.«

»Großartig!«

»Was stand denn in der Mail, die du heute Morgen bekommen hast?«

»Gute Frage«, sagte Lea. »Irgendein seltsamer Code mit einer Adresse in den Niederlanden.« Sie öffnete erneut die Mail. »Das Erste könnte ein Name sein, allerdings ziemlich exotisch: Tom Thanatar, Verhanden, Niederlande.«

Lea hörte, wie David durch die Zähne pfiff.

»Sagtest du *Thanatar?*«

»Ja.« Lea stutzte. »Sagt dir der Name etwas?«

»Allerdings. Tom Thanatar ist ein Comiczeichner. Maja ist ein großer Fan von ihm. Sie betet ihn geradezu an. Er hat wohl eine Art Kultstatus bei gewissen Leuten.«

»Das ist ja unglaublich!« Lea konnte ihre Freude über die prompte Lösung des Rätsels kaum verbergen. »Und der Rest? Verhanden, Niederlande?«

»Hast du das mal ins Internet eingegeben?«

»Nein, noch nicht …«

»Warte kurz, Mum. Ich leihe mir mal eben Justins Handy. Er hat einen mobilen Netzzugang.« Für eine halbe Minute hörte Lea undeutliches Stimmengewirr im Hintergrund, dann war David wieder da. »Alles klar. Verhanden heißt der Verlag, der die Bücher von diesem Tom Thanatar herausbringt. Ich habe die Website vor mir, aber es ist alles auf Holländisch.«

»In der Mail folgt dann noch eine Art Code: *Dichoto-*

mia I, Dichotomia III und *Spectra*, immer von Zahlen gefolgt.«

»Kein Problem.« Lea hörte, wie David sich von einer Seite zur nächsten klickte. »*Dichotomia* und *Spectra* sind Buchtitel: So heißen einige der Comics von Thanatar. Die Zahlen könnten auf einzelne Bände und Seiten hinweisen.«

»Du bist genial!«, sagte Lea schmunzelnd.

»Offenbar will dein anonymer Hinweisgeber, dass du dir diese Comics anschaust.«

»Aber warum nur?«, sinnierte Lea. Plötzlich kam ihr eine Idee. »Du sagtest doch, dass Maja ein Fan von diesem Thanatar ist. Glaubst du, dass sie die Comics dabeihat?«

»Schon möglich.« David klang plötzlich unsicher.

»Du könntest nicht zufällig versuchen, sie dir auszuleihen?«

David schwieg einen Moment. Das Stimmengewirr im Hintergrund wurde leiser. Offenbar hatte er sich in irgendeine ruhige Ecke zurückgezogen, vielleicht ins Bad oder auf den Flur.

»Das ist nicht so einfach, Mum«, sagte er schließlich mit veränderter Stimme. »Ich würde dir gerne in der Sache helfen, aber … also, es ist so … Eigentlich kenne ich Maja kaum.«

»Aber du hast doch schon mit ihr gesprochen – oder etwa nicht?«

»Na ja, schon, aber nur so oberflächliches Zeug, und es waren immer andere Leute dabei.«

Lea begriff. Sie wusste, dass David für diese Maja schwärmte, doch offensichtlich war es eine stille Schwärmerei, von der das Mädchen nicht das Geringste ahnte. Eigentlich, sagte sie sich, hätte sie das wissen müssen: David war nicht der Typ, der sich anderen aufdrängte, schon gar nicht, wenn Gefühle im Spiel waren. Der lockere Umgang, den er mit seiner Mutter oder mit männlichen Freunden pflegte, täuschte leicht darüber hinweg, dass er im Grunde schüchtern war.

»Vielleicht«, schlug Lea behutsam vor, »wäre das ja eine Möglichkeit, mit ihr ins Gespräch zu kommen.«

»Indem ich sie bitte, mir Comics auszuleihen?« Davids Stimme klang skeptisch.

»Frauen mögen es, wenn Männer sich für das interessieren, was sie interessiert«, gab Lea schmunzelnd zu bedenken.

»Ach, Mum, so einfach ist das nicht. Maja ist nicht wie andere Mädchen.«

»Wieso?«

»Na ja«, druckste David herum. »Es ist ... nicht so leicht, sie anzusprechen. Sie redet nicht viel. Meistens sitzt sie still in einer Ecke und schaut mit einem wissenden Ausdruck in die Gegend, als ob sie jeden durchschauen könnte. Nie macht sie mit, wenn die anderen herumalbern. Immer hält sie sich abseits. Zuerst dachte ich, sie ist ein bisschen eingebildet, aber inzwischen weiß ich es besser. Ich glaube, sie sieht Dinge, die andere Leute nicht sehen. Irgendwie erscheint es mir immer, als hätte sie ein Geheimnis.«

Sieh an, dachte Lea. *Da haben sich zwei Sensible gefunden – oder zumindest wäre es David zu wünschen, wenn sie sich fänden.*

»Ich überlasse es dir«, sagte sie laut. »Du musst sie nicht fragen. Es ist mir schon unangenehm, dich überhaupt in meine Recherchen einzuspannen. Eigentlich wollte ich dir gar nichts von der Sache erzählen.«

»Ich überleg's mir«, versprach David. »Vielleicht hast du ja recht, und es ist tatsächlich eine Gelegenheit, mit ihr ins Gespräch zu kommen – auch wenn ich nicht gerade wie jemand aussehe, der sich für Tom Thanatar interessiert.«

»Wieso? Was hat das mit dem Aussehen zu tun?«

»Ich glaube, die meisten seiner Fans sind ein bisschen wie Maja ... Gothics, falls dir das etwas sagt.«

»Allerdings.« Lea dachte an die Beschreibung, die ihr der Lehrer Winkelmann von Christine Herforth gegeben hatte. »Schwarze Klamotten, Silberkreuze und weißes Make-up?«

»Nicht ganz so drastisch«, meinte David, »aber es geht in diese Richtung.«

Das ist ja hochinteressant, fand Lea. Nie hätte sie erwartet, dass ihr Sohn – zurückhaltend und eher unauffällig – sich ausgerechnet zu einem solchen Paradiesvogel hingezogen fühlte. *Wir haben etwas gemeinsam, David*, dachte sie verblüfft. *Uns beide interessiert ein schwarz gekleidetes sechzehnjähriges Mädchen, das von einem Geheimnis umgeben ist.*

Nachdem sie das Gespräch mit David beendet hatte, gönnte Lea sich ein spätes, dafür umso reichlicheres Frühstück. Zu ihrem Erstaunen konnte sie durch das Terrassenfenster beobachten, dass Rudolf Zirner im Garten stand und seine Rosen beschnitt. Offenbar ging es ihm besser. Schließlich hatte Kai noch am Vorabend gesagt, er könne nur mit Schwierigkeiten Treppen steigen.

Gegen elf Uhr verließ Lea das Haus. Zirner, der sie bemerkte, als sie die Gartenpforte öffnete, grüßte von weitem mit einem freundlichen Kopfnicken. Als Lea seinen Gruß erwiderte, empfand sie fast etwas wie Schuldgefühl. Ob der Mann wusste, dass sie den gestrigen Abend zusammen mit seinem Neffen verbracht hatte?

Wenn er es weiß, scheint es ihm nichts auszumachen, stellte sie fest und bemühte sich, nicht an Kai, sondern an ihre Pläne für den heutigen Tag zu denken.

Lea hatte sich vorgenommen, ihre Befragung der Einwohner von Verchow auszudehnen. Seit sie am Morgen durch Frau Gätner erfahren hatte, dass offenbar längst das halbe Dorf über den Grund ihres Besuchs Bescheid wusste, empfand sie keine Scheu mehr dabei, an fremden Haustüren zu klingeln.

»Ich bin Journalistin und interessiere mich für das sogenannte weiße Mädchen«, eröffnete sie jedes Mal das Gespräch.

Die Reaktionen waren höchst unterschiedlich. Leas erster Kandidat war ein älterer Mann, der sie misstrauisch von Kopf bis Fuß anstarrte, sich ihr Anliegen zweimal wiederholen ließ und ihren Presseausweis verlangte.

»Ich weiß von nichts«, sagte er schließlich unwirsch. »Fragen Sie woanders!«

Als Nächstes geriet Lea an eine polnische Putzfrau, die ihr radebrechend erklärte, dass die Herrschaften berufstätig und nicht vor neunzehn Uhr zu Hause seien. Im dritten Haus traf Lea einen sechsjährigen Jungen an, der schüchtern die Tür öffnete und beteuerte, er habe Fieber – offenbar hielt er sie für eine Lehrerin, der er erklären musste, warum er um diese Zeit nicht in der Schule war.

Schließlich näherte sich Lea dem Gätnerschen Hof, der aus einem gedrungenen Wohnhaus und mehreren Ställen bestand. Den Geruch von Hühnern und Schweinen nahm Lea bereits aus einiger Entfernung wahr. Auf einem eingezäunten Wiesenstück grasten zwei schmächtige Islandpferde, am Zaun prangte ein handgeschriebenes Schild: 1 x REITEN 10 EURO, KINDER 5 EURO. Der Zustand der Gebäude, von denen der Putz blätterte, ließ die Vermutung zu, dass der Bauer auf diesen kleinen Zuverdienst angewiesen war.

Als Lea die offene Auffahrt hinaufging, trat der Bauer soeben aus dem Schweinestall, einen leeren Bottich in den Händen. Er war etwas älter als seine Ehefrau, ungefähr sechzig, und verbreitete einen durchdringenden Geruch nach Schweiß und Alkohol. Lea ahnte bereits, dass sie nicht willkommen war, als sie seinem Blick begegnete.

»Kann ich helfen?«, sagte er und meinte unüberhörbar das Gegenteil. Lea übersetzte sich die Frage ungefähr so: *Was haben Sie hier zu suchen?*

»Guten Morgen, Herr Gätner«, versuchte sie es mit ausgesuchter Höflichkeit. »Ich würde Sie gern etwas fragen. Es geht um das sogenannte weiße Mädchen. Ich bin Journalistin, und …«

»Ach *Sie* sind das«, brummte Gätner, übersah ihre ausgestreckte Hand und stellte den Bottich ab. »Ich habe schon gehört, dass Sie hier herumschnüffeln.«

»Und *ich* habe gehört, dass auch Sie das weiße Mädchen gesehen haben«, erwiderte Lea unerschrocken. Sie erinnerte sich genau an die Geschichte, die Gerhard Winkelmann ihr über den Bauern erzählt hatte: Angeblich hatte dieser vor Schreck über das Auftauchen der Erscheinung seinen Wagen gegen einen Baum gesetzt.

Gätner sog hörbar die Luft ein, und seine schmalen Augen blitzten. »Jetzt hören Sie mal gut zu.« Seine Stimme klang gepresst und gleichzeitig drohend. »Manche Dinge lässt man lieber ruhen. Es hat schon seinen Sinn, dass diese ganze verrückte Familie ins Grab gestiegen ist.«

»Sie meinen die Herforths?«, hakte Lea nach. »Also sind auch Sie überzeugt, dass die Erscheinung etwas mit Christine Herforth zu tun hat?«

»Diese Leute haben dem Dorf nur Unglück gebracht«, versetzte Gätner. »Allen geht es besser, seit sie fort sind.«

Lea musterte den Mann, sein verhärmtes Gesicht mit der geröteten Nase des Gewohnheitstrinkers, dann den Hof, der verwahrlost und wenig gepflegt wirkte.

»Den Eindruck habe ich nicht«, bemerkte sie.

»Ich möchte wissen, was Sie das angeht«, brummte Gätner und wandte sich zum Gehen.

»Was für ein Unglück haben die Herforths denn über das Dorf gebracht?«, bohrte Lea und versuchte, ihn im Gespräch zu halten.

Gätner jedoch ging bereits mit schweren Schritten auf das Haus zu.

»Von mir erfahren Sie nichts«, rief er ihr über die Schulter zu. »Gar nichts! Und verlassen Sie jetzt mein Grundstück.«

Lea sah ein, dass sie hier nicht weiterkam, und wandte sich ab. Dabei stolperte sie fast über eine grau gescheckte Katze, die sich im Gebüsch seitlich der Auffahrt versteckt hatte und plötzlich hervorschoss, um mit einem erschrockenen Fauchen zum nahen Waldrand zu fliehen.

»Und wehe, Sie füttern die Katzen!«, rief Gätner ihr nach. »Ich würde die Biester eigenhändig erschlagen, wenn ich nicht befürchten müsste, dass irgendwelche Tierschützer mich deswegen anzeigen!«

Die Haustür fiel ins Schloss. Lea verließ den Hof, trotz der Unwilligkeit des Bauern um einige Erkenntnisse bereichert. Bereits der Lehrer Winkelmann hatte angedeutet, dass die Herforths in Verchow nicht beliebt gewesen waren. Gätners Verhalten bestätigte diese Behauptung. Von welchem Unglück jedoch hatte er gesprochen? Bisher wusste Lea nur, dass Christines Vater als glückloser Künstler verachtet worden war und dass ihre Mutter als verschroben bis hochnäsig gegolten hatte. Was aber hatten die Herforths den Einwohnern von Verchow angetan, dass mancher sie noch jetzt, nach so vielen Jahren, derart abgrundtief hasste? Die Katzenplage, die sie dem Dorf hinterlassen hatten, war wohl kaum ein ausreichender Grund.

Das nächste Haus, das Lea ansteuerte, war ein zweistöckiger Fachwerkbau inmitten eines Gartens mit akkurat gestutztem Gras und Zierbüschen, die wie Soldaten in Reih und Glied standen. »Harald Heimberger, Ortsvorsteher«, stand in verschnörkelter Schrift auf einer hölzernen Zierscheibe neben der Haustür. Erwartungsvoll drückte Lea die Klingel. Sie wusste, dass in sehr kleinen Dörfern ein Ortsvorsteher die Funktion des Bürgermeisters innehatte, was zu der Hoffnung berechtigte, dass Harald Heimberger ebenjene Fragen beantworten konnte, die ihr Gespräch mit dem Bauern aufgeworfen hatte.

Eine Frau öffnete, trotz vorgerückten Alters gut aussehend und gepflegt, mit rotem Lockenhaar und einer randlosen Brille auf der zierlichen Nase. Sie wirkte scheu, öffnete die Tür nur einen Spalt breit und sorgte dafür, dass der größte Teil ihres Körpers dahinter verborgen blieb.

»Ja?« Selbst ihre Stimme klang misstrauisch bis ängstlich.

»Frau Heimberger?«, mutmaßte Lea. »Ich bin Journalistin und hätte einige Fragen zu ...«

»Mein Mann ist in der Gemeindeverwaltung«, unterbrach Frau Heimberger sie rasch, offenbar in der Absicht, sich keinesfalls auf ein Gespräch einzulassen. »Er wird erst am frühen Abend zurück sein.«

»Oh, das macht nichts.« Lea lächelte freundlich. »Vielleicht können ja auch Sie mir weiterhelfen.«

Frau Heimbergers himmelblaue Augen hinter der Brille weiteten sich erschrocken.

»Das glaube ich nicht«, sagte sie und zog sich, wie zur Bekräftigung der Worte, ein Stück weiter hinter die Tür zurück.

»Es geht um die Herforths – die Familie des Mädchens, das vor Jahren hier verschwunden ist«, sagte Lea.

Die Angesprochene nickte, immer noch mit ängstlichem Gesichtsausdruck. Offenbar fand sie nicht den Mut, sich der Situation zu entziehen, indem sie einfach die Tür zuschlug.

»Ich habe festgestellt, dass die Herforths keinen guten Ruf im Ort genossen haben. Können Sie mir sagen, woran das liegt?«

»Sie sollten vielleicht lieber mit meinem Mann sprechen«, sagte Frau Heimberger, in deren Gesichtsaudruck inzwischen Panik lag. »Gegen sieben müsste er zurück sein.«

»Kannten Sie die Herforths persönlich?«, fragte Lea und überging die Ausflucht.

Frau Heimberger errötete tief. »Ich muss Sie bitten, später wiederzukommen.«

Es sollte vermutlich resolut klingen, doch ihre helle Stimme flatterte wie die eines schuldbewussten Kindes. Bevor Lea weiterfragen konnte, schloss die Frau die Tür – behutsam, als fürchtete sie das brutale Geräusch des einschnappenden Schlosses.

Mein Gott, was für ein verschüchtertes Wesen, dachte Lea erstaunt. *Entweder ist der Herr Ortsvorsteher ein regelrechter Haustyrann, oder sie hat etwas zu verbergen. Womöglich beides.*

Einstweilen brach Lea ihre Erkundung ab, denn es war bereits früher Nachmittag, und ihr Magen verlangte den gewohnten Mittagsimbiss. So kehrte sie in ihre Ferienwohnung zurück, holte einen Joghurt und eine Banane aus dem Kühlschrank und ließ sich am Wohnzimmertisch nieder, um zu rekapitulieren, was sie in Erfahrung gebracht hatte. Beim Essen konnte sie stets am besten denken, und manchmal hatte sie dabei Eingebungen, die zur Lösung eines Rätsels beitrugen.

Eines zumindest war bereits deutlich geworden: Die

Herforths waren alles andere als beliebt gewesen. Manche Dorfbewohner scheuten sich, über sie zu sprechen, manche der Alteingesessenen hassten sie geradezu – insbesondere ein verarmter und offensichtlich alkoholkranker Bauer. Hatten die Herforths auf irgendeine Weise dazu beigetragen, Gätners Landwirtschaft zu ruinieren?

Nein, antwortete Leas sichere Intuition. *Gätner sagte, alles sei besser geworden, nachdem die Herforths fort gewesen seien – damit hat er sicher nicht seinen Hof gemeint, denn der sieht aus, als stünde er kurz vor der Insolvenz. Und warum errötet die Ehefrau des Ortsvorstehers bei der Frage, ob sie die Herforths gekannt hat?*

Lea stellte ihren halb ausgelöffelten Joghurt beiseite, zog den Laptop heran und rief das Internet auf.

Martin Herforth, tippte sie in die Suchmaske. *Kunstmaler.*

Ein einziges Suchergebnis wurde angezeigt: Ein Bericht über eine »Künstlerkate« in Dannenberg, wo offensichtlich seit Jahrzehnten Workshops für Maler stattfanden. Schirmherrin war eine begüterte Kunstsammlerin, die Stipendien für den Workshop ausschrieb. Die Teilnehmer wurden jeweils vier Wochen lang in dem Landhaus einquartiert, erhielten eine Verpflegungspauschale und durften nach Ablauf der Zeit die dort entstandenen Werke in einer Ausstellung präsentieren.

Lea suchte lange, bis sie auf eine Bildergalerie stieß, die die Geschichte der »Künstlerkate« bis in die achtziger Jahre zurück dokumentierte. Für jeden Jahrgang fand sich ein Gruppenfoto der Teilnehmer vor der Kulisse desselben malerischen Gartens mit hohen Eschen und einem Seerosenteich, versammelt vor einer Staffelei im Vordergrund. Lea entdeckte Martin Herforths Namen in der Bildunterschrift des ältesten der Fotos aus dem Gründungsjahrgang 1982. Er stand ganz rechts und etwas abseits von den übrigen: ein Mann Ende dreißig mit ebenmäßigen Gesichtszügen, braunem Lockenhaar und dem anziehend naiven Lächeln eines Schuljungen.

Ein schöner Mann, dachte Lea. *Sicher erfolgreicher bei Frauen als in seinem Gewerbe.*

Letzteres war offensichtlich: Kein einziges Werk des Malers fand Erwähnung in irgendeiner Kunstzeitschrift, nicht einmal eine Fußnote zur Person tauchte in den Weiten des Internets auf. Als Maler hatte Martin Herforth nicht einmal den mäßigen Bekanntheitsgrad jener lokalen Heimatkünstler erreicht, über die Lea gelegentlich im Lüneburger Raum berichtete.

Seine Ehefrau war noch schwerer zu finden, denn Lea kannte weder ihren Vor- noch ihren Mädchennamen. Schließlich jedoch erinnerte sie sich an die Passion der Gutsbesitzerin und versuchte es mit »Herforth Katzen«. Sie machte sich keine großen Hoffnungen. Katzenzüchter trafen sich zwar auf Ausstellungen, über die gelegentlich ein Pressebericht erschien, doch mussten jene Veranstaltungen, an denen Christines Mutter vielleicht teilgenommen hatte, länger zurückliegen als die Verbreitung des Internets.

Dennoch erbrachte die Suche einen Treffer: Lea landete auf einer Homepage, deren Besitzerin vierzehn Katzen hielt und das Leben jeder einzelnen vom Säuglingsalter bis zum Tod in Bildern dokumentiert hatte. Eine komplette Seite befasste sich mit der Biografie von »Kater Benny«, der stattliche neunzehn Jahre alt geworden war. Gleich das erste Foto auf der Seite zeigte, laut Bildunterschrift, »Benny im zarten Alter von drei Wochen mit seiner liebevollen ›Mama‹ Maria Herforth.«

Das schlecht belichtete Bild, deutlich aus der Zeit vor der digitalen Fotografie stammend, zeigte eine beleibte Frau mit kurzem dunklem Haar, die den kleinen Kater an ihre mächtige Brust drückte. Ihre Gesichtszüge berührten Lea eigentümlich. Sie wirkten weich, formlos, beinahe verwaschen: große kugelrunde Augen ohne erkennbare Wimpern, blasse Brauen und Lippen, großflächige Wangen und ein leichtes Doppelkinn.

Das also ist Christines Mutter, dachte Lea. *Ob es stimmt, dass Martin Herforth sie des Geldes wegen geheiratet hat?*

Aus Erfahrung wusste Lea nur zu gut, dass solche Gerüchte oft entstanden, wenn ein auffallend attraktiver Mann eine unauffällige, aber begüterte Partnerin hatte. Ebenso oft – auch das wusste sie – waren die Gerüchte pure Verleumdungen. Martin Herforth hatte sich nach dem Verschwinden der Tochter, die er mit dieser Frau gezeugt hatte, in der Scheune des Gutshofs erhängt. In Leas Augen hatte er damit unzweifelhaft bewiesen, wie viel ihm seine Familie bedeutet hatte.

»Sie haben eine neue E-Mail«, meldete der Computer plötzlich. Lea rief ihr Postfach auf, halb darauf gefasst, eine weitere Nachricht ihres anonymen Hinweisgebers vorzufinden. Stattdessen stellte sie zu ihrer Überraschung fest, dass Jörg Hausmann ihr geschrieben hatte.

»Liebe Lea, Du hast Glück. Der Archivservice konnte mir weiterhelfen. Anbei Berichte über das vermisste Mädchen.«

Zwei digitalisierte Zeitungsausschnitte waren als Dateien angehängt. Lea vertiefte sich augenblicklich in die Berichte.

11. Mai 1986

Größte Suchaktion in der Geschichte des Landkreises

Die Suchaktion nach der sechzehnjährigen Christine H. aus Verchow wurde gestern auf ein größeres Gebiet ausgeweitet. Eckpunkte seien jetzt die umgebenden Ortschaften Zadrau, Siemen und Ranzau, ließ der Leiter der Sonderkommission, Kriminalrat Arthur Dreesen, im Rahmen einer Pressekonferenz verlauten. Mehr als dreißig Beamte seien im Einsatz, außerdem eine Staffel von Spürhunden.

Bislang fehlt jede Spur von Christine H., die am vergangenen Freitag verschwand, nachdem sie abends gegen 21 Uhr an der Bushaltestelle in Verchow ausgestiegen war. Nach Angaben der Eltern befand sich die Schülerin auf dem Rückweg von einer längeren Reise und hatte ihr Kommen telefonisch angekündigt. Christines Vater, der sie von der Haltestelle abholen sollte, fand seine Tochter jedoch nicht vor. Die Polizei in Lüchow schließt ein Verbrechen als Ursache ihres Verschwindens nicht aus. Es sei durchaus möglich, so Kriminalrat Dreesen, dass Christine zu einem Unbekannten ins Auto gestiegen sei, um sich bis zum 2 km entfernten Haus ihrer Eltern mitnehmen zu lassen, das relativ abgeschieden im Verchower Forst liegt.

14. Mai 1986
Noch immer keine Spur im Fall der vermissten Christine

Von der sechzehnjährigen Christine H., die am letzten Freitag verschwand, fehlt noch immer jede Spur. Die polizeiliche Suchaktion wurde gestern Abend ergebnislos abgebrochen. Der Leiter der Sonderkommission bat die Bevölkerung, jeden Hinweis auf Christines Verbleib der Polizei in Lüchow oder einer anderen Polizeidienststelle zu melden.

Christine H. ist 1,68 m groß und schlank, hat schwarz gefärbtes, toupiertes Haar und trägt einen auffälligen Ohrring in Gestalt einer Schlange sowie eine Halskette mit einem Totenkopf. Nach Angaben des Busfahrers war sie mit einer weiten schwarzen Bluse und dunklen Jeans bekleidet. Zuletzt gesehen wurde sie am Freitag, dem 8. Mai, gegen 21 Uhr an der Bushaltestelle in Verchow.

Neben dem Text war ein Foto zu sehen. Die Qualität war mäßig, dennoch war Lea gefesselt: Christine hielt den Kopf gesenkt und blickte von schräg unten in die Kamera, eine Haltung, die ihr einen abschätzenden, fast misstrauischen Ausdruck verlieh. Sie war stark geschminkt, das Gesicht erschien weiß, wie gepudert. Die Augen waren mit dunklem Eyeliner ummalt, wirkten unheimlich und auf eigentümliche Weise älter als der Rest des Gesichts.

... als hätte sie ein Geheimnis. Lea fielen plötzlich die Worte ein, mit denen ihr Sohn seine Maja beschrieben hatte. *Ich glaube, sie sieht Dinge, die andere Leute nicht sehen.*

Lea war entschlossen, mehr zu erfahren, und verlor keine Zeit. Rasch rief sie das Internettelefonbuch auf, wählte die Nummer der Polizei in Lüchow und erkundigte sich nach Kriminalrat Dreesen. Wie sich herausstellte, war er schon seit langem pensioniert, und seine Privatnummer kannte niemand. Erneut durchforstete Lea das Telefonbuch. Es gab nur drei Privatanschlüsse auf den Namen Dreesen in Lüchow, und schon der erste erwies sich als Treffer.

»Sind Sie der Polizeibeamte, der damals die Suche nach der verschwundenen Christine Herforth geleitet hat?«, erkundigte sich Lea, nachdem sie sich vorgestellt hatte.

»Das ist lange her«, erwiderte Dreesen, der eine angenehme volltönige Bassstimme hatte. »Ich bin schon seit neun Jahren außer Dienst.«

»Aber Sie erinnern sich doch bestimmt – es war die größte Suchaktion, die jemals in dieser Gegend stattfand. Ich wollte fragen, ob Sie mir mehr über das Mädchen und über die Umstände seines Verschwindens erzählen können. Beispielsweise habe ich gehört, dass Christine schon zuvor mehrfach als vermisst gemeldet worden war. Ist das richtig?«

Dreesen schwieg einen Moment.

»Und Sie sind Journalistin, ja?«, hakte er vorsichtig nach.

»So ist es.«

»Hören Sie«, fuhr Dreesen mit veränderter Stimme fort. »Dieser Fall ist fünfundzwanzig Jahre her, und alle Ergebnisse unserer Ermittlungen wurden in einer Pressekonferenz sowie in den lokalen Zeitungen veröffentlicht. Mehr kann ich Ihnen dazu nicht sagen.«

»Sie meinen: Mehr *dürfen* Sie mir nicht sagen?«, wandte Lea ein. »Handelt es sich um Dinge, die unter den Schutz der Privatsphäre der Beteiligten fallen?«

»Wie gesagt: Ich kann Ihnen nicht weiterhelfen«, beschied Dreesen, »schon gar nicht am Telefon.«

»Vielleicht könnten wir uns ja treffen«, schlug Lea recht kühn vor.

Dreesen seufzte tief. »Verehrte Dame, ich bin zweiundsiebzig Jahre alt und genieße meinen Ruhestand, soweit mein Rheuma mir das erlaubt. Wenn Sie irgendwelche Informationen wollen, dann besorgen Sie sich die damaligen Zeitungsmeldungen oder lesen Sie in der Vermisstendatei des Landeskriminalamtes nach.«

Lea sah ein, dass sie nicht weiterkam, entschuldigte sich für die Störung und beendete das Gespräch. Eine Zeitlang grübelte sie, welchen weiteren Weg sie einschlagen sollte, überflog noch einmal die Zeitungsausschnitte – und verfiel schließlich auf die naheliegendste Idee. Alle Artikel, die sich mit Christines Verschwinden befassten, stammten vom selben Journalisten, einem R. Mircwiz. Dieser seltene Name fand sich nur ein einziges Mal im Lüchower Telefonbuch, und Lea geriet prompt an seine Ehefrau, die ihr mitteilte, er sei noch immer bei der Zeitung tätig und zur Stunde in der Redaktion. Umso besser, dachte Lea, notierte die Durchwahl, die Frau Mircwiz ihr anstandslos gab, und wählte erneut.

»Das ist aber lange her!«, staunte Roman Mircwiz, nachdem Lea ihr Anliegen erklärt hatte. »Ja, ja, Christine … Ich komme nicht mehr auf den Nachnamen, aber ich erinnere mich gut an die Geschichte. Sie war meine erste größere Story. Ich hatte damals gerade erst bei der Zeitung angefangen und war froh, dass man mir die Berichterstattung übertrug.«

»Glauben Sie, dass Sie sich noch an ein paar Einzelheiten erinnern können?«, erkundigte sich Lea. »Ich meine, nicht nur an das, was in der Zeitung stand.«

»Kommt darauf an, was Sie wissen wollen«, meinte Mircwiz. »Allerdings habe ich im Augenblick wenig Zeit. Ich muss gleich zu einem Meeting mit meinem Chefredakteur.«

»Das kenne ich«, erwiderte Lea verständnisvoll.

»Aber wenn ich einer Kollegin weiterhelfen kann, will ich's gerne versuchen«, erbot sich Mircwiz. »Hätten Sie vielleicht Lust, heute Abend gegen sieben ins ›Chickorey‹ in Lüchow zu kommen? Da könnten wir in Ruhe reden. Meistens bin ich nach Dienstende sowieso noch auf einen Schoppen dort.«

»Wunderbar!«, bekräftigte Lea die Verabredung und notierte Namen und Adresse des Wirtshauses.

Als Lea gegen halb sieben die Wohnung verließ, stieß sie im Hausflur fast mit Kai Zirner zusammen, der eben die Treppe herabkam.

»Hallo!«, grüßte er fröhlich. »Wie geht es Ihnen?«

»Danke, gut.«

»Sie gehen noch aus?«

»Ja, ich habe eine Verabredung«, sagte Lea.

Kais Lächeln schwand.

»Ein Informant«, fügte Lea hinzu, die sich sicher war, seinen enttäuschten Ausdruck richtig zu deuten.

»Ah.« Sein Gesicht hellte sich sofort auf. »Haben Sie morgen Abend auch schon etwas vor? Ich dachte nur, dass wir vielleicht …«

»Ich weiß noch nicht, was morgen anliegt«, half ihm Lea aus der Verlegenheit. »Es hängt vom Fortgang meiner Recherchen ab. Aber wenn ich nichts weiter zu tun habe, bin ich für eine Einladung dankbar.«

»Abgemacht! Sagen Sie mir einfach Bescheid, wenn Sie Zeit haben.«

»Bestimmt«, versprach Lea und wandte sich zum Gehen. »Aber jetzt muss ich los. Bis morgen!«

Sie schloss die Haustür, vielleicht ein wenig zu heftig – doch es war ihr wichtig, dass sie auch wirklich ins Schloss fiel. Der Gedanke, dass Kai ihr nachblicken könnte, während sie über den Kiesweg zur Gartenpforte ging, erfüllte sie mit vagem Unbehagen.

Warum eigentlich?, fragte sie sich. *Er wäre doch nicht der erste Mann, der mir auf den Hintern starrt.*

Trotzdem, meldete sich die skeptische Stimme, die stets aus den Tiefen ihres Unterbewusstseins auftauchte, wenn sie sich zu einem Mann hingezogen fühlte. *Hältst du diese erneute Verabredung für eine gute Idee? Muss er das nicht so verstehen, als wärst du leicht zu haben?*

Schluss damit!, befahl Lea. *Ich gehe nur mit ihm essen. Schließlich habe ich Urlaub und arbeite trotzdem den ganzen Tag an einer potenziellen Story: Da habe ich mir ein wenig Zerstreuung am Abend verdient.*

Lea fuhr eine knappe halbe Stunde über Land, bis sie die Kreishauptstadt Lüchow erreicht hatte, die angesichts ihrer kommunalen Bedeutung überraschend beschaulich und provinziell wirkte. Das »Chickorey«, eine winzige Eckkneipe, befand sich in der Nähe des Bahnhofs. Nach Roman Mircwiz brauchte sie nicht lange zu suchen, denn er war abgesehen von zwei Pärchen der einzige Gast und winkte ihr bereits zu, als sie eintrat.

Mircwiz erwies sich als ein sympathisch unkomplizierter Mann von Mitte fünfzig, der sofort zu plaudern begann und Lea über ihre Zeitung ausfragte. Bei einem rasch bestellten Schwarzbier erörterten sie mit zunehmender Vertraulichkeit die Vorzüge und Nachteile ihres Berufs, die Entwicklung der Presse im Allgemeinen und am Ende sogar die Macken ihres jeweiligen Chefredakteurs.

»Sie wollten etwas über Christine Herforth wissen«, kam Mircwiz schließlich von sich aus zum Thema. »Seit ihrem Anruf heute Nachmittag habe ich in meinem Gedächtnis gegraben und mich tatsächlich an vieles erinnert. Worum geht es eigentlich? Machen Sie eine Story daraus?«

»Ich glaube nicht, dass mein Chef daran interessiert ist«, meinte Lea. »Schließlich gibt es keinen aktuellen Bezug – abgesehen davon, dass einige Verchower behaupten, sie hätten Christines Geist an der Landstraße gesehen.«

»Tatsächlich?« Mircwiz lachte. »Sieh mal einer an: Die Leute plagt wahrscheinlich das schlechte Gewissen.«

Lea horchte auf. »Wieso das?«

»Die Hintergründe kenne ich auch nicht genau. Irgendjemand aus Verchow soll die Herforths einmal angezeigt haben; das zumindest hat mir ein älterer Kollege erzählt. Es ging, glaube ich, um ihre Katzen, die frei in den Wäldern herumstreiften und im Dorf zu einer Art Plage wurden. Angeblich gab es sogar einen Artikel darüber in irgendeinem Wochenblatt – aber das war vor meiner Zeit, und der Kollege wusste auch nichts Genaueres.«

»Schade!«

»Allerdings, denn eigentlich hätte die Polizei doch zumindest einen möglichen Zusammenhang prüfen müssen. Eine Anzeige bedeutet schließlich, dass jemand Feinde hat. Ich habe damals den Kripobeamten gefragt, der die Ermittlungen leitete – aber der sagte nur, das sei eine uralte Sache gewesen, die sich als haltlos herausgestellt habe und mit Christines Verschwinden nicht im Zusammenhang stehe.«

Lea nickte. »Herrn Kriminalrat Dreesen habe ich bereits kennengelernt. Ich weiß, dass er nicht sehr mitteilsam ist.«

»Trotzdem war es kein Geheimnis, dass die Herforths in Verchow äußerst unbeliebt waren«, meinte Mircwiz. »Bei Suchaktionen nach verschwundenen Kindern gibt es oft ganze Trupps von freiwilligen Helfern, gerade in ländlichen Gebieten. Doch im Fall von Christine Herforth meldete sich niemand. Auch gab es keinen einzigen Hinweis, nachdem wir den Aufruf in der Zeitung gebracht hatten – normalerweise gehen nach einer Vermisstenmeldung Hunderte von Hinweisen ein, auch wenn der größte Teil davon wertlos ist. Ich habe damals verschiedene Anwohner in Verchow interviewt. Das war sehr aufschlussreich: Niemand schien die Sache ernst zu nehmen. Fast alle sagten übereinstimmend, die Tochter der Herforths sei schon mehrmals von zu Hause weggelaufen und treibe sich wahrscheinlich irgendwo in einer größeren Stadt herum. Ein Mann rief mir sogar über den Gartenzaun zu, man könne froh sein, dass dieses Luder aus dem Dorf verschwunden sei.«

»Wissen Sie noch, wer das war?«

»Tut mir leid.« Mircwiz schüttelte den Kopf. »Es ist so lange her …«

»Er bezeichnete Christine als ›Luder‹ – haben Sie eine Ahnung, was er damit meinte?«

»Ich glaube schon. In der Redaktion hatten wir nur ein Foto von ihr, das der Vater der Polizei zur Verfügung gestellt hatte, aber es war deutlich zu erkennen, dass Christine nicht in ihre dörfliche Umgebung passte.«

»Sie war ein Gothic-Mädchen, nicht wahr? Ich habe das Foto gesehen.«

»Ein Gruftie, wie man damals sagte«, nickte Mircwiz. »Aber nicht nur das. Sie war ganz allgemein ein Problemkind. Die Polizei befragte natürlich auch Lehrer und Mitschüler, und wie sich herausstellte, war sie tatsächlich schon mehrfach von zu Hause weggelaufen. Die Eltern hatten sie vor ihrem endgültigen Verschwinden bereits zweimal als vermisst gemeldet.«

»Wusste man, wo sie gewesen ist?«

Mircwiz zuckte die Achseln. »Vielleicht hat sie sich in irgendeine Stadt geflüchtet, wo es eine gleichgesinnte Szene gab. Vielleicht war auch ein Freund im Spiel, von dem niemand etwas wusste … Keine Ahnung. Die Polizei hat die Eltern sicher ausführlich befragt, aber derlei private Dinge gibt man natürlich nicht an die Presse weiter.«

»Mir ist zu Ohren gekommen, dass Christines Vater sich wenige Tage später in der Scheune seines Gutshofs erhängt hat.«

»Stimmt. Ich glaube, ich weiß auch, warum.«

»Tatsächlich?«, staunte Lea.

»Er kam zu spät, um sie von der Bushaltestelle abzuholen«, sagte Mircwiz. »Angeblich sprang sein Wagen nicht an – zumindest hat er das der Polizei erzählt. Allerdings schien der Beamte, dem ich diese Information entlockte, Zweifel an dieser Aussage zu haben. Was auch immer der Grund war, jedenfalls wäre Christine nicht verschollen, wenn der Vater rechtzeitig zur Stelle gewesen wäre. Wahrscheinlich wartete sie einige Zeit vergeblich, beschloss dann, zu Fuß bis zum Haus ihrer Eltern zu gehen – und wurde irgendwo auf halber Strecke von einem unbekannten Autofahrer zum Einsteigen genötigt. Daher gab sich Christines Vater die Schuld an ihrem Verschwinden … und brachte sich um, nachdem die Suchaktion erfolglos geblieben war und er annehmen musste, dass seine Tochter tot sei.«

»Haben Sie die Herforths damals persönlich interviewt?«

»Ich habe es versucht.« Mircwiz seufzte. »Viel konnte ich nicht in Erfahrung bringen. Allerdings verstand ich endlich, warum die Herforths in Verchow einen so seltsamen Ruf hatten.«

»Erzählen Sie doch!«, bat Lea ungeduldig.

»Na ja, sie bewohnten einen Gutshof, der – glaube ich – der Frau gehörte. Auf dem gesamten Gelände stolperte man alle drei Meter über irgendeine Katze. Als ich ankam, hockten die Tiere bereits auf dem Gartenzaun und stierten mich an. Es war geradezu unheimlich. Frau Herforth fand ich im Hof. Sie saß auf einer Gartenbank, eine ihrer Katzen im Arm. Ich sagte mein übliches Sprüchlein auf, bat darum, einige Fragen stellen zu dürfen, aber die Frau reagierte überhaupt nicht. Sie starrte einfach an mir vorbei und streichelte die Katze, ganz mechanisch wie eine Puppe. Ihr Mann muss mich wohl sprechen gehört haben, denn er kam aus der Scheune, wo er sein Atelier hatte – er war Maler, müssen Sie wissen.«

»Ist mir bekannt«, sagte Lea zustimmend. »Konnten Sie wenigstens mit ihm sprechen?«

»Kaum. Seine Antworten hatten wenig mit meinen Fragen zu tun. Ich erinnere mich, dass er Dinge sagte wie: *Nun haben Sie doch, was Sie wollen. Warum belästigen Sie uns noch? Wollen Sie Mitleid heucheln, oder kommen Sie aus Schadenfreude?* – So in der Art. Ich trat rasch den Rückzug an, nicht aus Ärger, sondern weil er mir leid tat und ich begriff, dass er mit den Nerven am Ende war. Er war ein junger Mann, um die vierzig, gut aussehend, aber er hatte dunkle Ringe unter den Augen, und einer seiner Mundwinkel zuckte unbeherrscht. Ich sah zu, dass ich wegkam, und versuchte es nicht wieder.«

»Können Sie sich Martin Herforths Reaktion erklären?«

»Ich denke schon. Wie gesagt: Die Herforths waren unbeliebt in ihrem Dorf, und vermutlich schlug ihnen nach dem Verschwinden ihrer Tochter nicht gerade mitleidige Anteilnahme entgegen. Der Vater galt als versponnener Künstler, der vom Geld seiner Gattin lebte, und von der Mutter munkelte man, sie sei psychisch gestört. Und was Christine betrifft, so war sie den Nachbarn wahrscheinlich mindestens so suspekt wie ihre Eltern: Ein sechzehnjähriges Mädchen, das sich das Gesicht weiß schminkte, ausschließlich Schwarz trug und sich mit exotischem Schmuck behängte. Selbst der Polizei fiel bei der Befragung von Mitschülern auf, dass alle gleichlautend aussagten, Christine habe keine Freunde. Jugendliche dieser Art sind die typischen Ausreißer – kein Wunder, dass sie immer wieder aus Verchow floh. Sie war genau der Typ, vor dem brave Nachbarn ihre gleichaltrigen Kinder warnen: Habt bloß keinen Umgang mit diesem Wechselbalg, sonst verhext sie euch!«

»Kaum zu glauben«, sagte Lea nachdenklich. »Dabei hatte ich immer gedacht, das Wendland sei ein Paradies für Leute, die gegen den Strom schwimmen.«

»Dieser Eindruck täuscht«, behauptete Mircwiz. »Ich könnte Ihnen ein Lied davon singen, aber ich will nicht von mir sprechen. Das Wendland hat vielleicht den Ruf eines Sherwood Forest für Geächtete, aber die Alteingesessenen sind von den vielen Robin Hoods in ihrer Nachbarschaft keineswegs begeistert. – Und wer könnte es ihnen verdenken? Es gibt Landwirte hier, die in der zehnten Generation sandige Geestböden bebauen und von den niedrigen Erträgen kaum leben können. Es gibt kleine Selbstständige, die mit Mühe ihre Familien durchbringen, und es gibt – vor allem – sehr viele alte Menschen. Das Wendland ist eine der strukturschwächsten Regionen in ganz Deutschland: kaum Arbeitsplätze, keine Bodenschätze, keine Industrie. Selbst die Bahnstrecken wurden nach und nach stillgelegt. Glauben Sie mir: In Wahrheit ist dieses Land ein malerisches Armenviertel und für manche seiner Bewohner eher Gefängnis als Asyl. Was glauben Sie, was diese Leute beim Anblick der Künstler, Aussteiger und Umweltaktivisten empfinden, die sich in ihrer Nachbarschaft niederlassen?«

»Vermutlich Verachtung«, Lea nickte. »Und gleichzeitig Neid.«

»Ich gehöre noch zur Achtundsechziger-Generation und kenne dieses Drama aus eigener Erfahrung«, sagte Mircwiz. »Viele von uns träumten damals vom einfachen Leben, zogen hierher – und mussten zu ihrem Schrecken feststellen, dass die Einheimischen sie als Störenfriede und verwöhnte Luxuskinder ansahen, die nicht wussten, was ehrliche Arbeit bedeutete.« Er seufzte tief. »Ich kann verstehen, dass manche junge Leute um jeden Preis von hier wegwollen – so viel zu Christine Herforth. Ich nehme an, sie wollte diesem deutschen Transsylvanien einfach entfliehen, wo sich Fuchs und Hase Gute Nacht sagen.«

Lea konnte ein Lächeln nicht unterdrücken. »Vermute ich richtig, dass Sie Sympathie für das Mädchen empfinden?«

»Das ist sicher nicht schwer zu erraten«, gab Mirkwic zu. »Zwar trage ich kein Schwarz und behänge mich nicht mit Totenköpfen, doch in den Augen der Einheimischen bin auch ich ein Außenseiter: ein typischer Intellektueller mit linksliberalen Neigungen. Als ich mit Mitte zwanzig hierherzog, bewirkten schon mein Bart und meine langen Haare, dass anständige Leute die Straßenseite wechselten.« Mit einem wehmütigen Lächeln fuhr er sich durch sein Haar, das inzwischen grau und kurz geschnitten war.

»Warum sind Sie nicht fortgegangen?«, fragte Lea. »Sicher hätten Sie auch andernorts Arbeit gefunden.«

»Es ergab sich nicht«, meinte Mircwiz mit einem resignierten Achselzucken. »Ich hatte meinen Job, dann kam meine Frau, das erste Kind, das gemeinsame Haus. Ich bin hier sozusagen festgewachsen – der Same keimt, wo der Wind ihn hinträgt, und sei es auch auf kargem Boden. Aber ich beklage mich nicht, denn ich hätte jederzeit die Wahl gehabt, meinem Leben eine andere Richtung zu geben. Es gibt Schlimmeres. Denken Sie an Christine Herforth: Sie bekam *keine* Chance. Die Wurzel wurde ausgerissen, noch bevor sich die Pflanze entwickeln und zum Licht drehen konnte. Irgendjemand beschloss, den Schandfleck von Verchow auszutilgen – und es würde mich nicht wundern, wenn all die anständigen, braven, biederen Bürger im Ort heimlich applaudiert hätten.«

»Sie glauben also, dass Christine ermordet wurde?«, folgerte Lea. »Womöglich von jemandem aus Verchow? Ist es das, was Sie andeuten wollen?«

Mircwiz, der in sein leeres Bierglas gestarrt hatte, hob die Augen und blickte ihr mit einem resignierten Ausdruck ins Gesicht. »Was glauben Sie denn? Für Hexen gibt es selbst im Märchen kein Happy End. Meistens werden sie verbrannt.«

Es war gegen halb neun, als Lea die Heimfahrt antrat. Roman Mircwiz hatte sich mit der Begründung verabschiedet, seine Frau werde ihm noch ein heimliches Verhältnis andichten, wenn er länger ausbliebe. Pflichtschuldig hatte Lea sein Lachen erwidert und sich herzlich bei ihm bedankt. Der Ausflug hatte sich in jeder Beziehung gelohnt: Der Journalist war eine angenehme Gesellschaft gewesen, und darüber hinaus hatte er dem Bild, das sich Lea von Christine Herforth gemacht hatte, einige aufschlussreiche Facetten hinzugefügt.

Angenommen, er hat recht, dachte Lea, als sie in Groß Heide auf die Waldstraße abbog. *Angenommen, Christine wurde ermordet – und kannte ihren Mörder ...*

Es war Mai und die Dämmerung eben erst hereingebrochen. Die Straße war dunkel. Lediglich die Leitpfosten blitzten im Kegel der Scheinwerfer auf. Lea schauderte unwillkürlich. Auch damals, als Christine verschwand, war Mai gewesen, sogar in etwa die gleiche Tageszeit. Vierundzwanzig Jahre waren vergangen, doch die einsame Straße hatte bestimmt genauso ausgesehen wie jetzt: ein dunkles Band in der Nacht, umgeben vom tiefen Schwarz des Kiefernwaldes, durch dessen Kronen der Mond schimmerte. Hatte das Mädchen tatsächlich beschlossen, zu Fuß die zwei Kilometer von Verchow bis zum Hof ihrer Eltern zu gehen? Lea versuchte, sich in ihre Situation zu versetzen. Was hätte sie selbst getan?

Ich hätte jemanden angerufen, dachte sie, *ein Funktaxi im Notfall. Auf keinen Fall wäre ich einfach drauflosgewandert.*

Dann erst fiel ihr ein, dass junge Leute im Jahr 1986 noch keine Handys bei sich getragen hatten. Natürlich hätte Christine auch ins Dorf gehen, an irgendeiner Tür klingeln und um Hilfe bitten können – doch wie Roman Mircwiz ausführlich dargelegt hatte, war das Verhältnis zwischen den Herforths und der Dorfbevölkerung nicht gerade innig gewesen.

Draußen in der Dunkelheit glitten die Leitpfosten vorbei, einer nach dem anderen, in den üblichen Fünfzig-Meter-Abständen. Der Anblick war in gewisser Weise beruhigend: ein Stück Berechenbarkeit inmitten der Wildnis ringsum, regelmäßige Lichtblitze in der Finsternis, verlässlich wie die Taktschläge eines Metronoms.

Und so stutzte Lea, als einer der Lichtblitze ausblieb. Erstaunt blickte sie zum rechten Fahrbahnrand. Dann fielen ihr die Worte von Frau Heller ein: Einer der Leitpfosten war abgeknickt, weil Bauer Gätner ihn vor Jahren umgefahren hatte. Offenbar hatte sich die Kommune nie um die Behebung des Schadens gekümmert.

Oh mein Gott!

Leas Fuß rutschte vom Gas. Sie sah es nur für einen kurzen Moment, schemenhaft aufflammend neben dem Lichtkegel ihrer Scheinwerfer: einen hellen Fleck unter den Bäumen am rechten Straßenrand. Mit erschrocken geweiteten Augen starrte sie zur Seite, als die Erscheinung an ihr vorüberglitt, verlor die Kontrolle über das Steuer und spürte, wie der Wagen schlingerte.

Verdammt!

Es gelang ihr gerade noch, auf die Bremse zu treten, bevor ihr Fiesta von der Fahrbahn abkam, die nicht einmal durch einen Bordstein vom angrenzenden Unterholz getrennt war. Ein tief hängender Ast schrammte knirschend am rechten Kotflügel vorbei. Als der Wagen endlich stillstand, atmete Lea keuchend aus. Sie brauchte mehrere Sekunden, um die verkrampften Hände vom Lenkrad zu lösen.

Ich habe es gesehen … ich habe es wirklich gesehen.

Es war ohne jeden Zweifel ein menschliches Gesicht gewesen, in Kopfhöhe unter den Bäumen schwebend, ohne dass der dazugehörige Körper zu erkennen war. Lea blickte in den Rückspiegel, dann wandte sie sich um und spähte durch die Heckscheibe nach hinten. Sie sah nichts, abgesehen vom schwachen Schein der Rücklichter. Lediglich die hohen Wipfel der Kiefern waren als tiefschwarze Schatten vor dem anthrazitfarbenen Nachthimmel auszumachen.

Leas erster Impuls war, weiterzufahren und so schnell wie möglich Verchow zu erreichen. Ihr Fuß schwebte bereits über dem Gaspedal, als sie sich zur Ordnung rief.

Du Hasenfuß! War es nicht das, worauf du die ganze Zeit gewartet hast? Das ist deine Chance, der Sache auf den Grund zu gehen!

Langsam und konzentriert schaltete Lea in den Rückwärtsgang und ließ das Gas kommen. Im Schritttempo glitt der Wagen zurück auf die Straße.

Zwanzig Meter vielleicht ... höchstens dreißig.

Sie setzte zurück bis zu jener Stelle, an der sie die Erscheinung gesehen zu haben glaubte, hielt an und blickte sich um. Ohne dass sie es verhindern konnte, zitterte ihr Fuß auf dem Gaspedal, was zur Folge hatte, dass der Motor ins Stottern kam und mit einem trockenen Röcheln ausging. Vollkommene Stille senkte sich über die dunkle Straße. Nur die Baumwipfel rauschten leicht im Wind.

Nichts ..., da ist überhaupt nichts.

Hatte sie sich die Erscheinung eingebildet? War es vielleicht nur ein für Sekundenbruchteile angeleuchteter Busch oder ein knorriger Baumstamm gewesen, den ihre Fantasie in eine menschliche Gestalt verwandelt hatte?

Als Lea eben begann, diese Möglichkeit zu erwägen, sah sie es erneut – und diesmal bestand kein Zweifel. Der helle Schemen tauchte einige Meter weiter entfernt aus der Dunkelheit auf, tiefer zwischen den Bäumen als zuvor. Es war eindeutig ein Gesicht, von schimmernd marmorner Hautfarbe wie ein Fleck aus diffusem Mondlicht, durchschnitten von tief herabhängenden schwarzen Haarsträhnen. Der starre Blick der Gestalt war auf die Straße gerichtet, direkt in Leas ungläubig geweitete Augen. Diesmal bewegte sich die Erscheinung und glitt langsam von links nach rechts, um schließlich erneut zu verschwinden, wahrscheinlich im Schatten eines Baumstamms.

Lea bemerkte, dass ihr Herz heftig klopfte, und atmete tief, um sich zu beruhigen.

Also gut …, es ist ein Mensch. Da drüben steht ein Mensch zwischen den Bäumen und beobachtet mich. Er oder sie trägt schwarze Kleidung und hat schwarzes Haar, und deshalb sehe ich nur das Gesicht. Was hindert mich, auszusteigen und im wahrsten Sinn des Wortes diesem Spuk ein Ende zu machen?

Bislang hatte es nur wenige Situationen in Leas Leben gegeben, die ihr ungewöhnlichen Mut abverlangten – ein Interview mit der einzigen Überlebenden eines schweren Verkehrsunfalls, eine Fahrt mit einem Heißluftballon, eine Zahnwurzelbehandlung. Nichts davon war auch nur entfernt mit dem zu vergleichen, was sie in diesem Augenblick erwog. Sollte sie tatsächlich aussteigen?

Komm schon! Du glaubst nicht an Gespenster, und du bist eine mutige, selbstbewusste Frau!

Das Türschloss klickte leise, als Lea die Verriegelung löste. Entschlossen packte sie den Griff und öffnete die Tür. Kühle Nachtluft strich über ihr Gesicht, als sie sich seitwärts vom Fahrersitz schob. Drüben im Wald, etwa in der Richtung, wo die unheimliche Erscheinung verschwunden war, knackte ein Zweig.

»Hallo?«, rief Lea, neben der geöffneten Wagentür stehend. »Ist da jemand?«

Ihre Stimme klang eigenartig dünn in der umgebenden Stille.

Hätte ich doch den Motor wieder angeworfen, dachte sie beklommen. Das gleichmäßige Brummen hätte zu ihrer Beruhigung beigetragen. Nun jedoch hörte sie nichts als das leise Rauschen der Baumwipfel – eine unbehagliche Geräuschkulisse, in der jedes Rascheln oder Knistern ebenso gut auf den Wind wie auf Schritte hindeuten mochte.

»Wenn Sie da sind, dann zeigen Sie sich bitte! Ich möchte nur mit Ihnen reden.«

Eigentlich hätte sie sich angesichts dieser Worte zu ihrem Mut gratulieren müssen, – tatsächlich jedoch bebte sie vor unterdrückter Angst.

Also gut ..., niemand antwortet. Steig wieder ein und fahr ins Dorf zurück!

Doch Lea zögerte.

Sofort!, verlangte die Stimme der Angst gebieterisch. *Du hast es versucht. Das sollte genügen.*

Im selben Moment jedoch tauchte das schemenhafte Gesicht zum dritten Mal aus der Dunkelheit auf: Weit entfernt zwischen den Bäumen, mindestens fünfzig Meter von der Straße entfernt. Es war nun kaum mehr als ein schwach schimmernder Fleck, nur auszumachen, indem man längere Zeit auf dieselbe Stelle starrte. Lea zweifelte noch an ihrer Beobachtung – als diese plötzlich zur Gewissheit wurde, weil die Erscheinung sich abermals zu bewegen begann. Diesmal glitt sie nicht seitwärts hinter einen Baum, sondern entfernte sich, als ginge die Gestalt, der das Gesicht gehörte, langsam rückwärts. Wenn es so war, bewegte sie sich mit erstaunlicher Lautlosigkeit, denn kein Knacken verriet ihre Schritte. Auch wandte die Unbekannte das Gesicht nicht ab – noch immer war es starr zur Straße gerichtet, und Lea glaubte zu fühlen, wie der Blick jener fremden Augen den ihren festhielt.

Ich soll ihr folgen, begriff Lea. *Sie will, dass ich nachkomme.*

Noch vor wenigen Minuten, in der Sicherheit ihres allseitig verschlossenen Wagens, hätte Lea diesen Gedanken weit von sich gewiesen. Nun aber, da sie im Freien stand und die Nachtluft auf dem Gesicht spürte, fiel ihr die Entscheidung leichter. Langsam beugte sie sich hinab, um den Zündschlüssel abzuziehen und in die Tasche zu stecken. Dann schloss sie behutsam die Wagentür und umrundete die Motorhaube, bis sie unmittelbar vor dem Waldrand stand. Erst jetzt fiel ihr auf, dass wenige Meter zur Rechten eine Schneise durch das Unterholz führte – einst wahrscheinlich ein Wirtschaftsweg, jedoch so stark überwuchert, dass er kaum noch zu erkennen war. Die Erscheinung, noch immer als heller Fleck wahrnehmbar, schwebte ein Stück abseits des Wegs unter den Bäumen.

»Was wollen Sie?«, rief Lea, mehr um ihre eigene Stimme zu hören als in Erwartung einer Antwort.

Die Erscheinung verharrte kurz, dann glitt sie weiter rückwärts.

Lea betrat den Waldweg. Gras knisterte unter ihren Schuhen, als sie sich vorwärtstastete, eine Hand ausgestreckt, um nicht in tief hängende Äste hineinzulaufen.

Warum tust du das?, fragte sie sich. *Es ist stockdunkel, du kennst die Gegend nicht, und da drüben schimmert ein Gesicht unter den Bäumen, das womöglich irgendeiner Verrückten gehört.*

Es ist nur ein Mensch, antwortete eine innere Stimme in dem Bedürfnis, sie zu beruhigen und ihr Wagnis zu rechtfertigen.

Ja, aber ein Mensch, der die Rolle eines Gespenstes spielt, gab Lea zu bedenken. *Wie krank muss man sein, um so etwas zu tun? Diese Psychopathin könnte über dich herfallen, sobald sie dich tief genug in den Wald gelockt hat.*

Lea biss die Zähne zusammen und zwang sich, die Stimme zu ignorieren. Langsam pirschte sie weiter voran, den Blick auf jene Stelle gerichtet, wo sie das Gesicht zuletzt gesehen hatte. Inzwischen schien es sich in den tiefsten Schatten zurückgezogen zu haben, denn Lea konnte sein schwaches Schimmern nicht mehr ausmachen. War die Unbekannte überhaupt noch vor ihr – oder hatte sie erreicht, was sie wollte, und schlich sich nun von der Seite heran, um sich auf sie zu stürzen?

Ein plötzlicher Schauder überlief Lea. Sie hielt inne, lauschte, wandte den Blick in alle Richtungen. Hinter sich konnte sie, gefiltert durch Zweige und Gestrüpp, undeutlich die Scheinwerfer des stehenden Wagens erkennen. Der Lichtkegel schien bereits weit entfernt. Wie tief mochte sie in den Wald eingedrungen sein? Hundert Meter? Hundertfünfzig?

Dann knackte ein Zweig. Lea fuhr herum – und erblickte das weiße Gesicht ein gutes Stück voraus, noch immer seitlich des Wirtschaftswegs. Diesmal erkannte sie es deutlicher als zuvor, denn ein Mondstrahl fiel durch die Wipfel der Kiefern und ließ die bleichen Wangen schimmern wie blanke Knochen.

»Also gut!«, rief Lea absichtlich laut, um nicht nur der Unbekannten, sondern auch sich selbst ihre Entschlossenheit zu versichern. »Ich komme! Ich spiele Ihr Spiel mit. Wenn Sie nicht sprechen wollen, dann zeigen Sie mir einfach, was ich tun soll!«

Wie zur Antwort glitt das Gesicht abermals rückwärts, heraus aus dem Mondlicht und tief in den Schatten.

Nur noch ein kleines Stück, schwor sich Lea, um ihre Angst zu beherrschen. *Nur noch fünfzig Meter, dann kehre ich um.*

Langsam setzte sie ihren Weg fort. Farnwedel streiften ihre nackten Unterarme, und abgefallene Zweige knackten unter ihren Sohlen. Ihr Blick schoss wachsam umher, versuchte, die Dunkelheit zu durchdringen, Konturen auszumachen. Doch das unheimliche Gesicht zeigte sich nicht mehr – stattdessen wichen die Bäume zurück, und Lea trat auf eine Lichtung hinaus, die mit niedrigem Buschwerk bewachsen war. Das Mondlicht erhellte die verfallenen Überreste eines kleinen Hauses: Eingebrochene Mauern ragten aus dem Gestrüpp empor und bildeten ein lang gezogenes Rechteck, überrankt von Kletterpflanzen. Unmittelbar vor Leas Füßen lagen zerbrochene Latten, die vermutlich einst zu einem Gartenzaun gehört hatten.

»Hallo?« Lea drehte sich um sich selbst. »Sind Sie hier?«

Was würde ich für eine Taschenlampe geben!, dachte sie. Von hier aus waren nicht einmal mehr die fernen Lichter ihres Wagens zu erkennen. Stattdessen schloss der Wald die Lichtung wie ein schwarzer Ringwall ein. Instinktiv ging Lea auf die Ruine zu, deren Mauern im Mondschein eine helle Fläche bildeten – eine Insel aus Licht inmitten der umgebenden Finsternis.

Das Haus musste bereits seit Jahrzehnten verlassen sein. Die vielfach geborstenen Mauern waren kaum noch hüfthoch, vom Dach war keine Spur mehr zu erkennen. Hier und dort ließ ein rechteckiger Absatz in den Wänden eine ehemalige Fensteröffnung erahnen. An der Rückwand des Hauses ragte ein Kamin aus Bruchsteinen in die Höhe. Auch eine Tür gab es – zumindest einen Durchgang, beidseitig begrenzt von abgetragenem Mauerwerk mit rissigem Putz.

Lea betrat den nackten Betonboden, durchzogen von Sprüngen, aus denen wucherndes Unkraut hervortrat.

»Hallo?«, wiederholte sie.

Eigentlich war mit einem Blick zu erkennen, dass sich niemand in der Ruine aufhielt, denn die niedrigen Mauerreste boten kein Versteck. Dennoch rief Lea ein zweites und auch ein drittes Mal. Wo war die Unbekannte? Warum hatte sie sie hierhergelockt?

»Also gut«, sagte Lea mit gedämpfter Stimme, nun zu sich selbst. »Ich weiß nicht, warum ich hier bin – und bei dieser Dunkelheit hat es auch keinen Zweck, es herausfinden zu wollen. Ich gehe jetzt zurück und komme bei Tag wieder.« Sie hob die Stimme. »Haben Sie gehört? Ich gehe!«

Keine Antwort – kein Geräusch, weder nah noch fern, kein Aufblitzen irgendeines bleichen Schemens zwischen den Bäumen.

Lea verließ das Haus, betrat das Gras der Lichtung und versuchte, sich zu orientieren, woher sie gekommen war. Wo lag der Waldweg, der sie hierhergeführt hatte? Selbst im Mondschein konnte sie die Schneise nicht mit Bestimmtheit ausmachen.

Den Blick zum Wald gewandt, versäumte Lea, auf den Boden vor ihren Füßen zu achten – und schrie erschrocken auf, als sie ins Leere trat. Eine Sekunde lang versuchte sie mit rudernden Armen das Gleichgewicht zu halten, dann stolperte sie und fiel vornüber. Reflexhaft riss sie die Unterarme vor die Brust und milderte ihren Sturz ein wenig. Dennoch kam der Aufprall jäh und heftig. Ein Stoß fuhr durch ihren Körper, ein Bein verdrehte sich und die Brille flog ihr von der Nase.

Oh Gott …

Hastig rollte sie sich zur Seite, spürte feuchte Erde unter den Fingern und rappelte sich auf.

Eine Falle …

Panisch tastete sie nach ihrer Brille, bekam sie endlich zu fassen und blickte sich um. Sie war über den Rand einer Grube gestürzt, stellte jedoch fest, dass sie deren Tiefe im ersten Schreck überschätzt hatte. Der Boden lag nur knapp einen Meter tiefer als das umgebende Gelände, und die Wände waren leicht schräg. Leas Furcht, sich ernsthaft verletzt zu haben, erwies sich als unbegründet:

Als sie mit zittrigen Fingern ihre Glieder betastete, spürte sie keinen Schmerz – lediglich ein leichtes Ziehen im linken Bein, wo sie sich vermutlich einen Muskel gezerrt hatte.

Ganz ruhig! Es ist nichts passiert.

Im ersten Moment hatte sie sich ein furchtbares Bild ausgemalt: Dass irgendein perverser Mensch sie belauert hatte und auf sie zusprang, während sie benommen von ihrem Sturz in der Grube lag. Die Lichtung jedoch war still und verlassen wie zuvor. Zudem war die Erdverwerfung, wie Lea bei genauerer Betrachtung feststellte, kaum als Fallgrube geeignet. Nachdem sie sich einigermaßen gefasst hatte, kletterte sie ohne Mühe heraus und klopfte sich die Erde von den Kleidern. Dabei fiel ihr Blick auf die Schneise, die sich kaum zehn Meter entfernt unter den Bäumen öffnete.

Das ist der Weg! Jetzt aber nichts wie fort von hier!

Der Schreck, der ihr noch immer in den Gliedern saß, verlieh ihr die Kraft zu laufen. Diesmal blickte sie nicht zur Seite in den Wald und kümmerte sich auch nicht um tief hängende Äste. Stattdessen rannte sie, wie sie selten im Leben gerannt war.

Es waren keine zweihundert Meter – gleich muss das Licht des Wagens auftauchen.

Und tatsächlich: Schon nach kurzer Zeit blitzten die Scheinwerfer zwischen den Ästen auf. Lea rannte darauf zu, stolperte ein weiteres Mal – diesmal über eine Baumwurzel –, fing sich jedoch sogleich wieder und gelangte schließlich zum Straßenrand.

Gott sei Dank … Gott sei Dank …

Ungestüm riss sie die Wagentür auf, ließ sich auf den Fahrersitz fallen, warf die Tür hinter sich zu und hieb auf den Knopf für die Zentralverriegelung. Dann saß sie eine Zeitlang still im Innern der erleuchteten Kabine, genoss das Gefühl der Sicherheit und wartete darauf, dass ihr Herzschlag sich beruhigte.

Tief durchatmen, Lea.

Im Schein der Innenbeleuchtung musterte sie ihre Blessuren: Ihre Arme waren zerkratzt, die Schuhe mit Erde beschmiert, und die Hose würde sie reinigen lassen müssen – ansonsten jedoch war sie unversehrt.

Jetzt könnte ich einen Schluck Rotwein gebrauchen, dachte sie plötzlich. *Und es wäre schön, eine menschliche Stimme zu hören.*

Automatisch griff sie nach ihrem Handy, das im Handschuhfach lag, ohne recht zu wissen, wen sie anrufen sollte. David? Jörg Hausmann? Oder vielleicht gar die Polizei?

Das Handy nahm ihr die Entscheidung ab: »Kein Netz«, meldete das Display.

Ein Funkloch … Kein Wunder in dieser abgelegenen Gegend.

Lea legte das Handy zurück, schob den Schlüssel ins Zündschloss und startete den Wagen.

Im Haus der Zirners brannte kein Licht mehr, als Lea kurze Zeit später Verchow erreichte. Leise schloss sie die Haustür auf und tastete sich durch den dunklen Flur, da sie vor lauter Aufregung den Lichtschalter nicht wiederfand. Als sie endlich in ihrer Wohnung stand, ließ sie sich auf das Sofa fallen und atmete tief durch.

Dann erst fragte sie sich, was sie tun sollte. Auf dem Rückweg ins Dorf hatte sie erwogen, die Polizei einzuschalten. In Ruhe betrachtet, erschien ihr dieser Gedanke jedoch absurd. Was sollte sie erzählen – dass eine unbekannte Person, die nicht einmal deutlich zu erkennen gewesen war, sie in den Wald gelockt hatte? Die Polizisten würden sie vermutlich für hysterisch halten und behaupten, sie habe sich das Gesicht im Dunkeln nur eingebildet.

Erneut zog sie ihr Handy hervor. Die Verbindung war wieder da, und das Display zeigte zwei entgangene Anrufe an: Davids Nummer erschien. Ob sie ihn um diese Zeit noch zurückrufen konnte?

Lea wählte, und tatsächlich meldete sich ihr Sohn nach wenigen Sekunden.

»Hey, Mum! Klasse, dass du noch anrufst. Ich hab dir viel zu erzählen! Stell dir vor: Ich habe die Comics bekommen.«

Sobald sie die vertraute Simme hörte, löste sich Leas Mitteilungsbedürfnis auf und sie beschloss, ihre jüngsten Erlebnisse nicht zu erwähnen.

»Super! War es schwer?«

»Na ja …« David lachte verlegen. »Eine Mutprobe war's schon. Ich habe Maja nach dem Abendessen angesprochen.«

»Und? Wie war's?«, fragte Lea ehrlich gespannt.

»Voller Erfolg! Maja hat alle Bücher von diesem Thanatar und schleppt sie ständig mit sich herum.«

»Das meinte ich nicht. Wie war sie zu dir?«

»Ähm …«, druckste David herum, »eigentlich ganz nett.«

»Ganz nett? Das ist alles?«

»Ich habe dir doch erzählt, dass sie nicht so leicht zugänglich ist. Zuerst hat sie schon ein bisschen komisch geschaut. Wahrscheinlich dachte sie, es wäre eine plumpe Art von Anmache. Aber dann habe ich ihr gesagt, dass ich mich für diesen Thanatar interessiere, und sie ist sofort aufgetaut.«

»Ist doch toll!«

David seufzte. »Oder auch nicht. Ich habe den Eindruck, dass sie ein wenig in diesen Typen verknallt ist.«

»Wie – in den Comiczeichner?« Lea lachte. »Sie kennt ihn doch überhaupt nicht.«

»Nee, aber sie findet ihn eben supercool. Auf der Webseite seines Verlags ist ein Foto von ihm. Zugegeben, er sieht gut aus – ein bisschen wie Bill Kaulitz, der Sänger von Tokio Hotel, mit langen Haaren und so.«

»Oh, verstehe …«

Lea wollte bereits zu einer Erklärung ansetzen, dass derlei Schwärmereien pubertierender Mädchen in der Regel nicht ernst zu nehmen seien, besann sich dann jedoch eines Besseren. David hätte gespürt, dass sie ihn trösten wollte, und womöglich wäre sie ihm damit zu nahegetreten.

»Und die Comics hat sie dir geliehen?«, fragte sie stattdessen.

»Ja – allerdings musste ich einen heiligen Eid schwören, sie unzerknittert zurückzubringen. Die Dinger sind nämlich schwer zu kriegen. Alles ab achtzehn, zum Teil sogar indiziert. Maja musste sie von ihrem älteren Bruder bestellen lassen, mit Angabe des Geburtsdatums und allem Drum und Dran.«

»Nanu, warum das? Sind es etwa Pornos?«

»Nein, Quatsch. Sie sind … irgendwie beunruhigend. Verstörend. Ziemlich schrecklich, auf eine schwer zu beschreibende Weise.«

»Gewaltdarstellungen?«

»Ja, aber nicht die übliche Hack-and-Slay-Show. Eigentlich sind es überhaupt keine zusammenhängenden Geschichten, eher wirre Bilderfolgen … wie in einem Traum, oder im Drogenrausch.«

»Sag bloß, du kennst dich damit aus?«

»Nein, Mum«, sagte David eine Spur genervt, »ich habe dir schon hundertmal erklärt, dass ich keine Drogen nehme. Also: Willst du nun etwas über die Comics wissen oder nicht?«

»Entschuldige«, lenkte Lea ein, zog ihren Laptop heran, der immer noch auf dem Wohnzimmertisch stand, und rief noch einmal die anonyme Mail auf, die sie am Morgen bekommen hatte. »Hast du *Dichotomia* bekommen?«

»Ja, liegt hier vor mir. Das ist offenbar der bekannteste Comic von Thanatar. Es sind drei Teile, jeder so fünfzig Seiten lang.«

»Worum geht es da?«

»Gute Frage.« Lea hörte David blättern. »Die ganze Geschichte ist ohne Worte – kein Text, nicht mal Sprechblasen. Soweit ich sehe, läuft da einfach ein Typ durch die Gegend, dessen Kopf zwei Gesichter hat. Das vordere sieht aus wie das von einem Mann, während auf seinem Hinterkopf ein zweites Gesicht ist, das wie eine Frau aussieht. Der Hintergrund ist total düster, fast schwarz; man muss einige Zeit draufschauen, um überhaupt etwas zu erkennen. Der Kerl – wenn es denn ein Kerl ist – wandert durch Wälder und Ruinen, dann steht er plötzlich auf einem Friedhof. Immer wieder kniet er sich hin und lauscht am Boden, als ob er dort irgendetwas hören würde. Auf einigen Bildern ist der Erdboden im Querschnitt gezeigt: Man sieht, dass er voller Knochen und Schädel ist, und alle Schädel haben weit aufgerissene Münder, als ob sie zu dem Mann hinaufschreien.«

»Uuh«, machte Lea. »Schauriges Zeug.«

»Es ist um einiges gruseliger, wenn man es sieht, statt nur davon erzählt zu bekommen.«

»In der Mail stand: *Dichotomia I, 17, 4*. Kannst du damit etwas anfangen?«

»Ich denke schon. 17 ist sicherlich die Seitenzahl, bezogen auf Band 1.« Erneut blätterte David. »Und 4 dürfte das vierte Bild auf der Seite sein.«

»Beschreib mir das Bild.«

»Also: Der Kerl wandert gerade über einen Friedhof. Man sieht Grabsteine im Hintergrund, und auf einigen stehen Namen … Ah, jetzt verstehe ich, was gemeint ist.«

»Nämlich?«

»Auf dem letzten Bild rechts unten ist ein Grabstein zu erkennen, auf dem *C. v. Verchow* steht.«

»C von …?«

»C, Punkt, V, Punkt, wie die Abkürzung eines Adelsnamens.«

»Und Verchow? Genauso geschrieben wie der Ort?«

»Wenn der sich vorne mit V und hinten mit W schreibt, ja.«

»Hm.« Lea dachte nach. »Steht da noch etwas?«

»Ja, die Lebensdaten. 1970 bis 1986.«

In Leas Kopf rastete etwas ein. »1970 bis 1986«, murmelte sie. »Christine Herforth verschwand 1986, im Alter von sechzehn Jahren. *C. v. Verchow:* Christine aus Verchow.«

»Schwacher Hinweis«, meinte David. »Das könnte reiner Zufall sein. Glaubst du wirklich, es gibt einen Zusammenhang zwischen diesen Comics und der Geschichte, die du recherchierst?«

»Mein anonymer Informant jedenfalls scheint das zu glauben.« Lea überflog erneut die E-Mail. »Der zweite Hinweis bezog sich auf *Dichotomia III, 36*.«

David schlug nach.

»Mein Gott …, den Band hatte ich mir noch gar nicht angesehen.« Seine Stimme klang verändert. »Ich möchte mal wissen, wie man zu so einer kranken Fantasie kommt.«

»Geht es immer noch um den Mann mit den zwei Gesichtern?«

»Ja. Ein Polizist führt ihn zu einem Galgen und hängt

ihn auf. Detailgenau ausgemalt: Man sieht, wie er zappelt und erstickt, wie der Kopf anschwillt und aus beiden Mündern die Zunge hervorbleckt – die eine vorn aus dem männlichen Gesicht, die andere aus dem weiblichen.«

Lea schauderte. Zwar sah sie die Bilder nicht vor sich, doch Davids schwankende Stimme ließ sie auf deren Ausdruckskraft schließen. »Hast du Seite 36 vor dir?«

»Ja, das ist die letzte Seite«, stellte David fest. »Man sieht den Galgenberg und einen Querschnitt durch den Erdboden, mit Gras obendrauf. Unter der Erde ist eine Höhle zu erkennen, in der irgendein Vogel steckt – ich glaube, es ist ein Schwan. Sein Körper ist völlig verdreht, aber er reckt den Hals nach oben und scheint mit aufgerissenem Schnabel zu schreien.«

»Irgendwelche Buchstaben oder Zahlen?«

»Nein ..., das heißt – doch! Wenn man genauer hinsieht, sind in den Strichen, die das Gras andeuten, ein paar Buchstaben versteckt.«

»Nämlich?«

»Ein E, ein R, irgendwo weiter hinten ein H, dann ein Kreis ...«

»Verchow?«, ahnte Lea.

David schwieg einen Moment.

»Tatsache. Dann sind diese zwei Striche hier das V, und die letzten vier bilden zusammen das W.«

»Das ist kein Zufall mehr«, stellte Lea fest.

»Wahrscheinlich nicht«, räumte David unbehaglich ein.

»Der letzte Hinweis bezieht sich auf einen Comic namens *Spectra*«, sagte Lea. »Hast du den auch bekommen?«

»Ja, ich glaube, er war dabei ...« David wühlte hörbar zwischen den Heften. »Hier. Da scheint es überhaupt keine zusammenhängende Geschichte zu geben, kein Bild hat etwas mit dem nächsten zu tun. Lauter Horrorzeug: Zombies, Vampire, Gespenster, und immer wieder lebende Tote, die ihre Sargdeckel hochstemmen und schreiend den Kopf herausstrecken – zugegebenermaßen genial gezeichnet.«

»In der Mail steht: Seite 12, Bild 1.«

David blätterte.

»Ah ja, das Bild ist fast vollständig schwarz, aber wenn man genau hinsieht, erkennt man eine Frau oder ein Mädchen in einem dunklen Kleid. Es sieht aus, als ob ihr Gesicht körperlos in der Luft schwebt. Im Hintergrund kann ich die Umrisse von Bäumen erkennen und den Mond. Und hier – am äußersten rechten Rand im Vordergrund – ist eine Art Pfeiler, der dem Mädchen etwa bis zur Hüfte reicht.«

»Ein Leitpfosten?«, erriet Lea. »Wie an einer Straße?«

»Möglich ... Mir fällt gerade noch etwas auf: Links oben ist ein sichelförmiger Mond zu erkennen. Die Spitzen der Sichel sind aber gar nicht spitz, sondern eckig. Wenn man genau hinschaut, sieht es aus wie ein Buchstabe: ein großes C.«

Lea hielt den Atem an. »C – wie Christine.«

Beide schwiegen einen Moment.

»Okay«, sagte David schließlich. »Ich gebe zu, das ist echt krass. Es scheint wirklich einen Zusammenhang zu geben. Aber wie ist das möglich? Was weiß dieser holländische Comiczeichner über ein Mädchen, das vor Jahrzehnten aus einem Dorf im Wendland verschwunden ist? Dem Foto nach zu schließen ist er gerade mal Mitte zwanzig und lag damals noch in den Windeln.«

»Allerdings, das ist die Frage ...« Lea knetete sich nachdenklich die Lippen. »Ich muss mehr über diesen Mann herausfinden. Am besten rufe ich morgen einmal seinen Verlag an. Vielleicht spricht dort jemand Deutsch und kann mir biografische Daten über ihn geben. Schließlich muss er nicht gebürtiger Niederländer sein – und ein Foto kann täuschen. Vielleicht ist er in Wahrheit viel älter.«

»Am Ende hat *er* diese Christine umgebracht«, spekulierte David. »Wenn seine Bedürfnisse so krank sind wie seine Fantasie als Zeichner, könnte ich mir das ohne weiteres vorstellen. Vielleicht ist er ein Serienkiller – diese Irren geben der Öffentlichkeit doch gern verschlüsselte Hinweise auf ihre Verbrechen.«

Du siehst zu viele schlechte Filme, wollte Lea schon sagen, doch sie sprach den Satz nicht aus. Angesichts ihrer jüngsten Erlebnisse hielt sie nahezu alles für möglich. Sie ertappte sich dabei, dass sie Davids Idee ernsthaft erwog.

»Ich habe Christine übrigens auch gesehen«, hörte sie sich plötzlich sagen, »oder zumindest einen Menschen, der ihre Rolle spielt.«

»Was?« David lachte halb ungläubig, halb verunsichert.

»Vor nicht einmal einer Stunde, an der Straße im Wald.«

Sie überwand sich endlich, die gesamte Geschichte zu erzählen. David lauschte sprachlos.

»Das ist ja der reinste Horror«, murmelte er, nachdem Lea geendet hatte. »Unfassbar! Meinst du nicht, dass es langsam Zeit wird, die Polizei einzuschalten?«

»Ich denke nicht«, wehrte Lea ab. »Bislang habe ich nichts in der Hand als eine undeutliche Beobachtung an der Straße, die anonymen Mails und die Hinweise in den Comics. Ich muss zuerst mehr herausfinden.«

»Würde es dir helfen, wenn du selbst einen Blick in die Comics werfen könntest? Ich habe hier keinen Scanner, aber ich kann die betreffenden Seiten mit Justins Handy fotografieren und sie dir zuschicken. Die Qualität wird nicht sehr gut sein, denn für die Übertragung muss ich sie skalieren – aber es wäre besser als nichts.«

»Großartig! Würdest du das tun?«

»Sicher.« David machte eine Pause, und als er weitersprach, offenbarte seine Stimme etwas, das Lea zum ersten Mal bei ihm wahrnahm: echte Besorgnis. »Was immer du tust, Mum – pass auf dich auf, ja?«

»Werde ich«, versprach sie ernst.

Lea verbrachte eine unruhige Nacht, wälzte sich von einer Seite auf die andere und stand mehrmals auf, um einen Schluck zu trinken oder in den nächtlichen Garten hinauszublicken. Als sie endlich einschlief, war es nach drei Uhr.

Erneut träumte sie – erstaunlicherweise nicht von ihren Erlebnissen am Vorabend, sondern von Gerhard Winkelmann, dem pensionierten Lehrer. Sie stand wieder in seinem Garten und sprach mit ihm, während er mit kräftigen Stichen seines Spatens den Boden bearbeitete. Erst nach einiger Zeit bemerkte Lea, dass er kein Unkraut ausstach, wie er es am Vortag getan hatte, sondern eine rechteckige Grube aushob.

Wonach graben Sie eigentlich?, hörte sie sich fragen.

Winkelmann wandte ihr das Gesicht zu.

Ich habe es Ihnen doch erklärt, sagte er. *Die Wenden glaubten, dass ein Begrabener mit offenen Augen im Sarg liegt und nach seinen Angehörigen ruft, weil er es nicht ertragen kann, in sein finsteres Gefängnis unter der Erde gebannt zu sein.*

Er nahm den Spaten wieder auf und setzte seine Arbeit fort.

Ist hier denn jemand begraben?, fragte Lea entsetzt. *Hier – mitten in Ihrem Garten?*

Hören Sie die Schreie nicht?, fragte Winkelmann, hielt

erneut inne und wischte sich Schweiß von der Stirn. *Hören Sie genau hin.*

Lea horchte. Und plötzlich war ihr tatsächlich, als hörte sie eine Stimme, gedämpft wie aus dem Innern eines geschlossenen Raums. Es war die Stimme eines Mädchens, das verzweifelt um Hilfe schrie, und sie drang von unten herauf – unmittelbar durch den Boden vor Leas Füßen.

Dienstag

Am folgenden Morgen fühlte Lea sich unwohl und zerschlagen. Zwei Nächte lang hatte sie schlecht geschlafen, obwohl das Bett bequem und die Umgebung so still und friedlich war, wie sie es aus ihrer Stadtwohnung kaum kannte. Seit vielen Jahren hatte sie keine Albträume gehabt und zweifelte nicht daran, dass die Beschäftigung mit dem Fall Christine Herforth sie belastete – doch umso weniger war sie bereit, ihre Nachforschungen aufzugeben.

Gleich nach dem Frühstück überprüfte sie ihre E-Mails und fand Davids Nachricht vor, die nicht weniger als dreißig Fotos enthielt. Lea verbrachte eine ganze Stunde damit, die Bilder zu vergrößern und aufmerksam zu studieren. Seinem Versprechen gemäß hatte David zahlreiche Seiten aus den Thanatar-Comics abgelichtet, nicht nur diejenigen, über die sie gesprochen hatten, sondern auch diverse andere. Jedes Bild war akkurat bezeichnet, zum Beispiel »Dichotomia I, 17, 4«, und an manche Dateien hatte er sogar Kommentare angehängt. Lea schmunzelte ein wenig, denn sie kannte die Vorliebe ihres Sohns für Ordnung und Genauigkeit.

Das Schmunzeln verging ihr, als sie sich in die Zeichnungen vertiefte. Wie David geschildert hatte, handelten sie von schaurigen Themen, jedoch nicht in einer oberflächlich brutalen Weise, sondern subtil und beklemmend. Das Fehlen jeglichen Textes ließ die Bilder noch ausdrucksvoller wirken. Das zeichnerische Talent des Autors stand jedenfalls außer Frage, denn es gelang ihm, in reinem Schwarz-Weiß und mit wenigen Strichen frappierende Wirkungen zu erzielen. Viele Bilder waren fast schwarz, und nur einige helle Flecke deuteten Konturen und Gestalten an. Schon beim allerersten Bild – dem Cover von *Dichotomia I* – erschrak Lea geradezu, denn es stellte nur ein einzelnes Auge dar, das dem Betrachter aus dem Schatten einer kapuzenähnlichen Kopfbedeckung mit einem brillant eingefangenen Ausdruck des Entsetzens entgegenstarrte. David hatte die Seite hinzugefügt, auf der der Grabstein mit der Inschrift »C. v. Verchow« zu sehen war, sowie mehrere darauffolgende Seiten. Der doppelgesichtige Held der Geschichte – sofern es denn überhaupt eine Geschichte war – wanderte durch surreale Schauplätze, durch finstere Wälder und Ruinenstädte. Vermummte Gestalten begegneten ihm, hielten ihm Knochen, menschliche Organe oder blutbefleckte Messer entgegen – und stets folgte ein Bild, das eines seiner beiden Gesichter zeigte, mal das männliche, mal das weibliche, von Angst verzerrt.

So muss sich ein Horrortrip anfühlen, dachte Lea. Sie hatte nie im Leben harte Drogen genommen, doch von solchen Erlebnissen gehört: Oft vernahmen die Betroffenen Stimmen, manchmal aus der Luft oder in ihrem eigenen Kopf, manchmal aus Wänden oder aus dem Boden.

Als Nächstes vertiefte Lea sich in *Spectra* und fand rasch jenes Bild, das der Erscheinung an der Landstraße in Verchow ähnelte. Die Anspielung war unverkennbar: Das bleiche Gesicht, das unter den Bäumen schwebte, sah bis in jede Einzelheit genau so aus, wie Lea es am Vorabend mit eigenen Augen gesehen hatte.

Der Zeichner kennt es nicht aus Beschreibungen, dachte sie sofort. *Er hat es selbst gesehen, so viel ist sicher. – Wer bist du, Tom Thanatar? Sicher ist das nicht dein bürgerlicher Name. Was verbirgst du noch, abgesehen von deiner Identität?*

Lea öffnete die letzten Dateien und fand einen Kommentar von David: »Mum, das hier solltest du dir auch ansehen.«

Der Comic hieß *Sepulchra* und handelte von einem Menschen, der aufgrund seiner Kahlköpfigkeit nicht eindeutig als Mann oder Frau zu identifizieren war. Lea tippte jedoch auf eine Frau, vor allem aufgrund der zarten Gesichtszüge. Die Heldin fand sich eingeschlossen in einem unterirdischen Labyrinth, dessen mit Knochen gefüllte Wandnischen andeuteten, dass es sich um eine Krypta handelte. Zahllose Bilder zeigten ihr schreckerfülltes Gesicht, unheimlich beleuchtet durch eine brennende Fackel, mit der sie sich von Raum zu Raum tastete und vergeblich nach einem Ausgang suchte. Immer wieder schrie sie mit nach oben gewandtem Kopf – zwar hatte der Zeichner auch hier auf Sprechblasen verzichtet, doch der Gesichtsausdruck mit dem weit aufgerissenen Mund und den zusammengekniffenen Augen, aus deren Winkeln Tränen flossen, war unverkennbar. Die Geschichte hatte weder eine ausführliche Handlung noch ein eigentliches Ende. Erst das vorletzte Bild zeigte einen Querschnitt durch den Boden, ähnlich wie bei *Dichotomia III:* Unten war die Frau zu erkennen, die in einer Ecke ihres Kerkers kauerte und unhörbar schrie, darüber die Erde, durchsetzt von Knochen, und ganz oben der Erdboden, auf dem gesichtslose Gestalten umherliefen, ohne das Drama in der Tiefe zu ahnen. Lea rief die letzte Seite auf – und erstarrte.

Das ganzseitige Schlussbild, im Querformat gezeichnet, zeigte ein verfallenes Haus inmitten eines dichten Waldes. Die Wände waren bis auf Hüfthöhe abgetragen, hier und dort gähnte eine Fensternische, und an einer der Giebelwände ragte ein Kamin aus Bruchsteinen auf.

Das Haus!, durchfuhr es Lea schaudernd. *Das Haus im Wald, das ich gestern entdeckt habe! Jede Einzelheit stimmt!*

Eine Weile starrte sie ungläubig auf das Bild – und entdeckte erst nach längerem Hinsehen den Mond, der am rechten Bildrand über den Bäumen stand. Wieder war er sichelförmig, jedoch mit eckigen Enden, sodass er wie der Großbuchstabe »C« aussah.

Unverzüglich rief Lea die Webseite des holländischen Verlages auf, der Tom Thanatars Werke veröffentlichte, fand eine Telefonnummer und griff nach ihrem Handy. Zwar konnte sie kein Wort Holländisch, vertraute aber darauf, dass es ihr gelingen würde, sich verständlich zu machen. Diese Hoffnung wurde nicht enttäuscht, denn der Mitarbeiter, der ans Telefon ging, verstand rasch ihr Anliegen und stellte sie zu einer Kollegin durch.

»Guten Tag, mein Name ist Anike Mathijs«, meldete sich eine freundliche Frauenstimme in perfektem Deutsch. »Was kann ich für Sie tun?«

»Lea Petersen. Ich bin Journalistin, rufe aus Deutschland an und hätte ein paar Fragen zu Tom Thanatar. Können Sie mir weiterhelfen?«

»Gern«, antwortete Frau Mathijs. »Ich betreue seine deutschen Fans – Leserpost, Autogrammservice und so weiter.«

»Daraus schließe ich, dass Herr Thanatar viele Leser in Deutschland hat.«

»So ist es. Er stammt selbst aus Deutschland, publiziert

aber bei uns, weil die deutschen Behörden einige seiner Werke indiziert haben.«

»Können Sie mir biografische Daten über ihn geben? Geburtsort und -jahr zum Beispiel?«

»Es tut mir leid, sein Lebenslauf ist geheim. Herr Thanatar legt großen Wert auf den Schutz seiner Privatsphäre.«

»Verstehe. Dann nehme ich an, dass Sie mir auch seinen bürgerlichen Namen nicht nennen können – ›Thanatar‹ ist doch gewiss ein Pseudonym.«

»Auch in diesem Punkt darf ich Ihnen leider keine Auskunft erteilen.«

«Auf Ihrer Webseite wurde ein Foto des Autors veröffentlicht. Bei all der Geheimniskrämerei zweifle ich, ob der Abgebildete tatsächlich Tom Thanatar ist. Können Sie mir dazu etwas sagen?«

Frau Mathijs antwortete nicht.

Lea seufzte. »Gut, ich will Sie nicht in Bedrängnis bringen. Aber ich gehe davon aus, dass der Mann auf dem Foto *nicht* der Autor ist, sondern einfach dem Bild entsprechen soll, das sich seine Fans von ihm machen.«

»Ich kann dazu …«

»… nichts sagen«, unterbrach Lea sie resigniert. »Ich verstehe schon. Also gibt er sicher auch keine Interviews und vermeidet öffentliche Auftritte.«

»Stimmt.«

»Gestatten Sie mir trotzdem noch eine Frage: Sie haben erwähnt, dass Sie für Leserpost zuständig sind. Daraus schließe ich, dass Sie Post an Herrn Thanatar weiterleiten und folglich im Besitz seiner Adresse sind.«

»Nun – nicht ganz«, sagte Frau Mathijs zurückhaltend. »Briefe und E-Mails werden an seine Agentin in Deutschland weitergeleitet. Sie regelt alles Übrige. Direkten Kontakt zu Herrn Thanatar haben wir nicht. Meines Wissens hat selbst sein Lektor nie persönlich mit ihm gesprochen.«

»Und ich nehme an, dass auch die Daten seiner Agentin vertraulich sind?«

»So ist es.«

»Aus alldem schließe ich, dass ich praktisch keine Möglichkeit habe, mit dem Mann Kontakt aufzunehmen, richtig?« Lea wollte die Katze aus dem Sack lassen – in der vagen Hoffnung, ein wenig Druck auszuüben und ihre Gesprächspartnerin zu größerer Mitteilsamkeit zu bewegen. »Das ist sehr bedauerlich. Ich habe nämlich Hinweise, die vermuten lassen, dass er Mitwisser eines Verbrechens ist. Seine Werke enthalten verschlüsselte Andeutungen über lange zurückliegende Geschehnisse in einem kleinen Dorf in Niedersachsen. Meinen Sie nicht, dass es in Herrn Thanatars eigenem Interesse wäre, mit mir darüber zu sprechen – bevor sich womöglich die Polizei dafür interessiert?«

Frau Mathijs schwieg einen Moment, antwortete jedoch schließlich – zu Leas Überraschung – in vollkommen ruhigem Ton.

»Solche Vermutungen hören wir oft, Frau Petersen.«

»Tatsächlich?«

»Oh ja. Ganze Fanclubs beschäftigen sich damit, geheime Botschaften aus den Werken von Herrn Thanatar herauszulesen – Zahlencodes, versteckte Buchstaben und Worte, Hinweise auf Orte, Daten und dergleichen. Seine Comics haben Kultstatus, und da sie keinen Text enthalten, sind sie für spekulative Interpretationen vorzüglich geeignet – etwa wie eine Hieroglyphenschrift, zu der ein Schlüssel fehlt. Es vergeht kaum ein Tag, an dem ich nicht irgendwelche E-Mails bekomme, bei denen es um geheime Botschaften geht. Einige seiner Fans glauben, dass Tom Thanatar ein Medium ist und in seinen Werken Visionen verarbeitet, die sich auf tatsächlich stattgefundene Verbrechen beziehen.«

»Und was antworten Sie auf diese Anfragen?«

»Ich sende sie an Herrn Thanatars Agentin weiter. Ob er sie beantwortet oder auch nur liest, kann ich nicht sagen.«

»Verstehe«, murmelte Lea entmutigt.

»Wenn Sie sich für diese Dinge interessieren«, bot Frau Mathijs an, »kann ich Ihnen die Adressen mehrerer Fanforen im Internet geben, deren Mitglieder sich über Geheimcodes in Herrn Thanatars Werken austauschen. Mehr kann ich leider nicht für Sie tun.«

Lea ließ sich die Adressen geben, bedankte sich und beendete das Gespräch.

Die Fanforen erwiesen sich als enttäuschend, auch wenn Lea über die Zahl der Teilnehmer staunte und einen Eindruck davon gewann, wie nachhaltig die Werke des Zeichners seine Leser beschäftigten. Ein komplettes Forum beschäftigte sich ausschließlich mit der *Dichotomia*-Trilogie, wobei die Mitglieder sich in den wildesten Theorien über Sinn und Hintersinn der Comics ergingen. Einer vertrat die These, dass Thanatar transsexuell sein müsse, da der Held des Comics über zwei Gesichter verfügte. Ein anderer wies darauf hin, dass das Motiv von begrabenen oder unter der Erde gefangenen Menschen, die sich verzweifelt bemerkbar zu machen versuchten, in allen drei Teilen des Comics wiederkehrte, und zog Parallelen zu Edgar Allan Poe und Dostojewski. »Schreiende Gräber«, lautete der Titel seines Eintrags, »Das Motiv des Lebendig-Begraben-Werdens bei Tom Thanatar«. Wieder andere interpretierten die Geschichten als Hinweise auf tatsächliche Ereignisse, etwa eine ungeklärte Mordserie in Hessen oder den Jahre zurückliegenden Freitod eines bekannten Popsängers. Nach Hinweisen auf Verchow und das Verschwinden von Christine Herforth suchte Lea hingegen vergeblich. Zwar beschäftigten sich tatsächlich einige Posts mit der Grabinschrift »C. v. Verchow«, doch fassten alle Fans die Inschrift als Personennamen auf und fanden zu keiner plausiblen Interpretation. Ein Forenmitglied war so weit gegangen, mit nahezu allen Familien namens »Verchow« in ganz Deutschland Kontakt aufzunehmen, um nachzufragen, ob sie Angehörige verloren hätten.

Das Klingeln des Handys unterbrach Leas Exkursion im Internet. Es war David, der sich erkundigen wollte, ob sie die Fotos mit den Comicseiten erhalten hatte. Lea bejahte dankend, erzählte von ihrem Anruf beim Verlag und von dem Fanforum.

»Das wird ja immer spannender«, meinte David. »Meine Mum, die Detektivin – cool!«

Lea lachte verlegen. »Na ja, viel habe ich bis jetzt noch nicht aufgedeckt. Ich irre nur von einem Rätsel zum nächsten.«

»Immerhin kann ich mir jetzt vorstellen, wie dein anonymer Informant auf die Sache gestoßen ist.«

»Tatsächlich? Wie denn?«

»Ist doch klar: Bestimmt ist er ein Fan von diesem Thanatar, vielleicht sogar Mitglied in dem Forum, das du gerade vor dir hast. Er hat die Diskussion über den Namen Verchow verfolgt, hat das Internet durchforstet und ist am Ende auf ›Ghost-Trusters‹ gestoßen, wo das weiße Mädchen von Verchow erwähnt wird. Nun ist er überzeugt, dass Thanatars geheime Botschaft etwas mit dieser Geistererscheinung zu tun hat – und schickt einen anonymen Hinweis an eine Lokalzeitung, in der Hoffnung, dass der Zusammenhang aufgeklärt wird und seine Interpretation sich als richtig erweist.«

»Tatsächlich, so muss es sein«, erkannte Lea beeindruckt. »Du bist eindeutig der bessere Detektiv von uns beiden!«

»Ich zähle nur zwei und zwei zusammen«, meinte David. »Es ist doch sehr wahrscheinlich, wenn man bedenkt, dass ganze Fanclubs sich mit diesen Comics beschäftigen und nach geheimen Botschaften darin suchen. Hey, da fällt mir ein: Ich sollte Maja fragen! Vielleicht ist sie selbst in diesem Forum und kennt andere Mitglieder. Womöglich kommen wir auf diese Weise deinem Informanten auf die Spur.«

»Das wäre großartig«, stimmte Lea zu. »Traust du dich denn?«

»Auf diesen Thanatar ist sie *immer* anzusprechen«, sagte David und lachte ein wenig sarkastisch. »Wie gesagt, sie schwärmt für den Kerl. Die Mädchen behaupten sogar, dass sie sein Foto auf Posterformat vergrößert in ihrem Zimmer hängen hat.«

»Das Foto ist übrigens garantiert nicht echt. Deine Maja sollte sich an den Gedanken gewöhnen, dass ihr Idol womöglich Horst Müller heißt, über vierzig ist und eine Glatze hat.«

Erneut lachte David. »Das sollte ich ihr wohl lieber nicht erzählen.«

»Oder gerade«, meinte Lea. »Vielleicht beginnt sie dann endlich, sich für real existierende Jungen in ihrem Alter zu interessieren.«

»Da habe ich wenig Hoffnung«, winkte David ab. »Aber immerhin ist Thanatar ein guter Aufhänger, um mit ihr ins Gespräch zu kommen. Ich werde es auf jeden Fall versuchen.«

»Und ich sollte mir inzwischen das verfallene Haus im Wald bei Tageslicht ansehen«, beschloss Lea. »Es sieht exakt so aus wie die Ruine in Thanatars *Sepulchra*.«

»Im Ernst?« David klang fast erschrocken. »Auf die

Idee bin ich gar nicht gekommen. Ich dachte bloß, der Comic könnte dich interessieren, weil er von einem Mädchen oder einer Frau handelt. Wo ist denn da ein Haus abgebildet?«

»Auf der letzten Seite, die du mitgeschickt hast. Es ist eindeutig das Haus im Wald, das ich gestern gesehen habe.«

»Ich werd verrückt«, murmelte David. »Dieser Thanatar weiß also wirklich etwas über Christines Tod. Stell dir vor, vielleicht hat er sie dort begraben! Sagtest du nicht, du wärst über eine Grube gestolpert?«

»Du glaubst immer noch, er könnte Christines Mörder sein?«

»Na klar!«, ereiferte sich David. »Vielleicht ist dein anonymer Informant der Sache schon auf eigene Faust nachgegangen, hat das Haus im Wald gefunden und dort zu graben begonnen, um die Leiche zu suchen.«

Aus irgendeinem Grund hatte Lea sofort das deutliche Gefühl, dass David sich irrte, dennoch konnte sie einen Schauder nicht unterdrücken.

»Ich werde es mir genauer ansehen«, sagte sie. »Gleich heute.«

»Sei bloß vorsichtig, Mum!«

Lea nickte. »Versprochen.«

Zunächst aber vertiefte Lea sich in die Zeichnungen Tom Thanatars und erwog alle möglichen Theorien. Davids Erklärung, dass ihr Informant ein Fan Thanatars sein müsse, hatte sie überzeugt. Ursprünglich hatte sie vermutet, der unbekannte Mailschreiber könnte selbst aus Verchow stammen, doch in der Tat war es wahrscheinlicher, dass sein Ausgangspunkt die Hinweise in den Comics waren. Er wusste nichts über das Schicksal von Christine Herforth, sondern hatte lediglich den Ortsnamen identifiziert und von der Erscheinung an der Landstraße gehört. »Ihr Name beginnt mit C«: Das hatte er zweifellos aus dem immer wiederkehrenden C-förmigen Sichelmond in den Comics geschlossen – ein gebürtiger Verchower hätte sofort an Christine gedacht, denn alle Einheimischen kannten ihre Geschichte.

Davids Vermutung jedoch, dass Tom Thanatar Christine ermordet hatte, konnte Lea nicht teilen. Eine rationale Begründung hätte sie nicht nennen können, doch fiel ihr beim Betrachten der Zeichnungen immer wieder auf, dass die Comics das Geschehen eindeutig aus der Sicht des Opfers schilderten. Thanatar identifizierte sich unverkennbar mit dem zweigesichtigen Mann, der in *Dichotomia III* zum Galgen geführt wurde, und ebenso mit der eingeschlossenen Frau in *Sepulchra*. Allzu realistisch waren Angst und Schrecken in den Gesichtern der Figuren gemalt. Ein psychopathischer Mörder jedoch – das hatte Lea einmal gelesen – war in der Regel nicht in der Lage, die Leiden seiner Opfer nachzuempfinden und sich ihre Gefühle vorzustellen.

Die einzige Rolle, die Lea dem Zeichner zuweisen konnte, war folglich die eines Mitwissers. Er wusste oder ahnte, was mit Christine Herforth geschehen war, und teilte es in seinen Comics auf verschlüsseltem Wege mit. Doch wozu? Wenn ihm daran lag, Christines Verschwinden aufzuklären, wäre eine Aussage bei der Polizei zweifellos zweckdienlicher gewesen als die Erfindung von Bildergeschichten, die vieldeutig und selbst seinen Fans ein Rätsel waren. Irgendetwas hinderte ihn daran, die Dinge beim Namen zu nennen – sichtbar ausgedrückt durch seinen Verzicht auf Texte und Sprechblasen in den Comics. Wovor fürchtete er sich?

Inzwischen war es nach vierzehn Uhr, und der Hunger zwang Lea, ihre Grübeleien vorläufig beiseitezuschieben und sich ein Mittagessen zuzubereiten. Dann rüstete sie sich für ihre Exkursion in den Wald. Während sie sich umzog, klopfte es an der Tür. Lea öffnete – und blickte in das jungenhafte Gesicht Kai Zirners.

»Hallo!«, grüßte er. »Ich wollte eigentlich nur fragen, ob es bei heute Abend bleibt.«

»Oh …« Lea, die die Verabredung bei all der Aufregung schlicht vergessen hatte, schluckte betroffen. »Ja, doch … gern …, wenn es etwas später sein darf? Ich habe noch etwas vor.«

»Ich nehme nicht an, dass Sie mich daran teilhaben lassen?«, mutmaßte Kai.

»Na ja …« Lea lachte verlegen. »Ich glaube nicht, dass Sie große Lust haben, sich ein verfallenes Gebäude im Wald anzusehen.«

Kai legte den Kopf schief. »Ein Gebäude im Wald? Gehört das zu Ihren Nachforschungen?«

Lea nickte.

»Draußen ist herrliches Wetter«, meinte Kai. »Und ein Waldspaziergang wäre mir gerade recht.«

»Na dann …«

»Prima! Ich sage nur kurz meinem Onkel Bescheid.«

Er wollte sich bereits abwenden und die Treppe hinaufsteigen, als Lea etwas einfiel.

»Warten Sie, Kai! Könnten Sie vielleicht Ihren Onkel fragen, ob er das Haus kennt? Es liegt einen halben Kilometer vor dem Ortseingang, an einem Wirtschaftsweg, der nach Norden in den Wald führt.«

»In Ordnung, ich frage ihn.«

Lea verließ das Haus und wartete draußen bei ihrem Wagen. Sie wusste nicht recht, wie sie es Kai erklären sollte, doch für einen Spaziergang war ihr der Zielort selbst bei Tageslicht zu unheimlich. Sie würde sich sicherer fühlen, wenn sie das Auto bei sich hatte.

»Ah – diesmal chauffieren Sie?«, fragte Kai, der kurze Zeit später erschien und sich auf den Beifahrersitz fallen ließ. »Das verspricht ja spannend zu werden.«

»Vielleicht auch nicht«, schränkte Lea vorsorglich ein. »Womöglich werden Sie sich langweilen.«

»In Ihrer Gesellschaft? Das glaube ich kaum.«

Lea wandte ihr Gesicht ab, um das Lächeln zu verbergen, das dieses Kompliment hervorrief. Da ihr keine schlagfertige Antwort einfiel, schob sie den Zündschlüssel ins Schloss und ließ den Wagen an.

Sie fuhren die kurze Strecke bis zu jenem Punkt an der Landstraße, wo der abgeknickte Leitpfosten von Bauer Gätners einstigem Unfall zeugte. Wie sich herausstellte, war der alte Wirtschaftsweg zwar überwuchert, doch noch immer breit genug, um befahren zu werden. Lea bog ab, und eine Weile holperten sie im Schritttempo durch den Wald.

»Glauben Sie nicht, dass es zu Fuß angenehmer wäre?«, meinte Kai.

»Nein«, antwortete Lea. »Ich war gestern Abend zu Fuß hier, und ich versichere Ihnen, dass dieser Ausflug alles andere als angenehm war.«

»Wieso?« Kai lachte. »Haben Sie etwa das Gespenst gesehen?«

Lea nickte ernst.

»Wie – tatsächlich?«

»Ich sah ein Gesicht im Dunkeln, als ich aus Lüchow zurückkehrte, und hielt an. Die Unbekannte – wahrscheinlich war es eine Frau – lockte mich über diesen Waldweg bis zu dem Haus, das ich mir anschauen möchte.«

»Das ist nicht Ihr Ernst!« Kai schien beeindruckt. »Da spielt also tatsächlich jemand den Geist dieses verschwundenen Mädchens?«

»Offensichtlich.«

»Wahrscheinlich irgendwelche Jugendlichen aus dem Ort, die die Geschichte von ihren Eltern gehört haben und sich einen Jux machen wollen«, meinte Kai leichthin.

»Schon möglich«, sagte Lea, obwohl sie diese Erklärung eigentlich für ausgeschlossen hielt. »Aber ich wüßte es gern genauer.«

Sie erreichten den Rand der Lichtung, und Lea stellte den Wagen ab. Als sie ausstieg, erkannte sie den Ort kaum wieder: In der Nacht hatte er bedrohlich und unübersichtlich gewirkt, im hellen Tageslicht dagegen offenbarte er sich als annähernd rechteckiges Grundstück, in dessen Mitte, märchenhaft romantisch, die überwachsene Hausruine stand. Lea musste an Gemälde von Caspar David Friedrich denken, an verfallene Schlösser zwischen rauschenden Baumwipfeln.

»Apart«, urteilte Kai, der sich mit verschränkten Armen an einen Baum lehnte. »Fast der richtige Platz für ein Picknick – nur ein bisschen viel Schutt für meinen Geschmack.«

»Haben Sie Ihren Onkel nach dem Haus gefragt?«, wollte Lea wissen.

»Oh ja, habe ich«, erinnerte sich Kai. »Er sagt, dass die meisten Leute im Ort das Haus kennen. Der Waldweg führt nach Norden in einer großen Schleife zum Dorf zurück. Spaziergänger mit Hunden kommen gelegentlich hierher.«

»Weiß Ihr Onkel, wem das Haus gehört hat?«

»Er sagt, dass es schon seit mehr als fünfzig Jahren eine Ruine ist. Nach dem Zweiten Weltkrieg wurden hier Flüchtlinge aus Schlesien untergebracht, aber später verfiel das Haus, weil es nicht mehr gebraucht wurde. Anfang der Achtziger ist dann irgendeine alternative Kommune hier eingezogen – Kernkraftgegner, die Aktionen gegen das Atommülllager in Gorleben planten. Rudi sagt, sie hätten die Ruine einfach in Besitz genommen und begonnen, sie auszubauen, mit improvisiertem Dach, Kamin und allem Drum und Dran. Er erinnert sich gut daran, weil er beruflich mit der Sache zu tun hatte.«

»Wie das?«

»Rudi war doch beim Bauamt tätig. Die Ökofreaks hatten das Haus einfach ›instandbesetzt‹ – so nannte man das damals – und natürlich hatten sie für die Umbauten keine Genehmigung eingeholt. Irgendjemand zeigte sie an, und die Polizei ließ das Gebäude räumen. Rudi wurde beauftragt, die Baustelle zu inspizieren, um Gefahren für die Umwelt auszuschließen.«

»Ah, verstehe.«

Lea ging über die Lichtung, blickte sich um und suchte nach der Grube, über deren Rand sie in der vergangenen Nacht gestolpert war. Im Tageslicht war die Stelle nicht schwer zu finden – ein dunkler Fleck inmitten des dichten Teppichs aus Büschen und Farnen. Die Grube war annähernd kegelförmig, kaum zwei Meter breit und einen Meter tief. Der Aushub bildete einen ringförmigen Krater.

»Was ist das denn?«, fragte Kai, der an Leas Seite getreten war.

»Hier bin ich gestern Nacht hineingestolpert … Irgendjemand hat hier gegraben.«

»Da drüben auch!«, bemerkte Kai, der sich umblickte. Tatsächlich hatte er eine zweite Bodenverwerfung entdeckt, von ähnlicher Form und Tiefe, jedoch halb verdeckt von Farnbüscheln.

»Das muss schon länger her sein«, erkannte Lea. »Der Aushub ist mit Gras bedeckt.« Sie umrundete das verfallene Haus, den Blick zu Boden gerichtet, und entdeckte mehrere weitere Gruben von unterschiedlicher Größe und Tiefe.

»Das sieht ja aus wie ein Kriegsschauplatz«, bemerkte Kai, der ihr mit gerunzelter Stirn folgte. »Ein Krater neben dem anderen.«

»Die meisten scheinen ziemlich alt zu sein«, stellte Lea fest. »Es sieht fast so aus, als wäre hier über Monate oder Jahre hinweg an verschiedenen Stellen gegraben worden.«

»Warum sollte jemand das tun? Kann es nicht sein, dass der Boden einfach instabil ist und von selbst einsinkt?«

Lea schüttelte den Kopf. »Hier hat jemand systematisch gesucht.«

»Aber wonach?«

Als Lea nicht antwortete, blickte Kai sie ungläubig von der Seite an. »Sie denken doch wohl nicht an dieses verschollene Mädchen?«

»Doch, genau daran denke ich«, bestätigte Lea, ließ sich am Rand eines der Krater nieder und befühlte den Boden. »Offenbar gibt es jemanden, der überzeugt ist, dass sie hier auf dieser Lichtung verscharrt wurde.«

Kai ließ ein verunsichertes Lachen hören. »Ach kommen Sie … Glauben Sie nicht eher, dass das Ganze das Werk irgendwelcher Jugendlicher ist? Laut meinem Onkel wurden die Wälder damals mit Spürhunden durchkämmt. Hier hat man sicher zuerst gesucht – in unmittelbarer Nähe der Straße.«

»Dennoch scheint jemand zu glauben, dass das Mädchen hier begraben liegt.«

Nachdem sie die Lichtung umrundet hatte, inspizierte Lea noch einmal das Haus. Selbst hier gab es eine Stelle, die von den Bemühungen des unbekannten Fahnders zeugte: Der Betonboden des einstigen Bades, erkennbar an einer Auflage aus verblichenen Kacheln, war aufgerissen. Die Spuren ließen auf mühevolle Arbeit mit einem Handwerkszeug schließen, wahrscheinlich einer Spitzhacke. Auch hier war ein Krater entstanden, der bis ins Erdreich unterhalb der Fundamente des Hauses führte. Ein zerschlagenes Abwasserrohr ragte aus einer Seitenwand der Grube.

»Die Gemeinde sollte sich darum kümmern«, meinte Kai kopfschüttelnd. »Das ist ja lebensgefährlich mit all diesen Fallgruben! Vielleicht sollte ich mit meinem Onkel reden, damit dieser Abenteuerspielplatz planiert wird.«

»Tun Sie das nicht, Kai!«, bat Lea ernsthaft. »Diese Gruben sind die heißesten Spuren, auf die ich bisher gestoßen bin. Es scheint, dass irgendjemand seit Jahren immer wieder hierherkommt, um Grabungen vorzunehmen.«

»Und weshalb sollte er glauben, dass das Mädchen ausgerechnet hier begraben liegt?«, fragte Kai skeptisch.

»Das erscheint mir offensichtlich«, sagte Lea. »Bestimmt hat er Christines Geist an der Straße gesehen. Ich meine, die Frau, die diesen Geist spielt. Wahrscheinlich hat sie ihn bis zu dieser Lichtung geführt – so wie mich gestern Abend –, und seitdem ist er überzeugt, dass hier der Ort sein muss, an dem Christine starb.«

In ihrem Geist formte sich ein überraschend klares Bild des Unbekannten: Er stand zu Christine Herforth in einer besonderen Beziehung, hatte sich nie damit abgefunden, dass die polizeilichen Untersuchungen ohne Ergebnis geblieben waren, und suchte daher seit Jahren nach ihrer Leiche. Das ließ auf eine Person schließen, deren Besessenheit ans Pathologische grenzte.

»Wenn Sie noch lange grübeln, werde ich eifersüchtig«, scherzte Kai. »Ich muss mir wohl irgendeinen Trick einfallen lassen, um Ihre Aufmerksamkeit wiederzugewinnen.«

»Entschuldigen Sie.« Lea lächelte verlegen. »Aber jetzt

bin ich fertig. Ich habe herausgefunden, was ich wissen wollte.«

»Wunderbar!«, sagte Kai. »Dann können wir ja gehen. Was halten Sie davon, wenn wir diese Schutthalde mit dem gemütlichen Restaurant in Groß Heide vertauschen?«

»Um diese Zeit? Es ist gerade erst Nachmittag.«

Kai zuckte die Achseln. »Dann machen wir eben vorher noch einen schönen Spaziergang. Das regt den Appetit an.«

Lea zögerte.

»Na, kommen Sie schon!« Kai lehnte sich an eine der verwitterten Mauern und zeigte sein jungenhaftes Lächeln. »Sie haben doch eigentlich Urlaub, oder nicht?«

Lea nickte ergeben. »Also gut.«

Sie verließen die Ruine, fuhren ein Stück über Land, bis der Wald sich lichtete, und spazierten eine volle Stunde über Wiesen und Felder. Es war angenehm, wie Lea zugeben musste, denn das ruhige Dahinschlendern klärte ihren Kopf und reinigte ihre Gedanken. Kai gab sich alle Mühe, sie zu unterhalten, erwähnte mit keinem Wort ihre Nachforschungen und fragte sie stattdessen über ihren Beruf und ihre Lebensgeschichte aus. Lea gab bereitwillig Auskunft und genoss sein Interesse. Fast kam sie sich ein wenig unhöflich vor, da sie kaum Gelegenheit fand, ihn ihrerseits nach seinem Leben zu befragen. Zwei- oder dreimal wagte sie einen zaghaften Vorstoß in dieser Richtung, doch Kai winkte ab.

»Der Alltag eines Steuerberaters ist nicht besonders spannend«, sagte er. »Zum Glück erledigen meine Angestellten die Routinearbeit, sodass ich mich um besondere Kunden kümmern kann.«

»Zählt zufällig auch Ihr Onkel zur Kundschaft?«, mutmaßte Lea.

Kai lächelte verschämt. »Sie haben es erraten. Er ist recht vermögend, und wenn ich schon einmal hier bin, kümmere ich mich natürlich auch um seine Finanzen. Um die Wahrheit zu sagen: Die Vermietung der Ferienwohnung war meine Idee. Wozu hat man Immobilien, wenn man sie kaum nutzt und andererseits auch keinen Profit daraus zieht? Das Haus war für eine vierköpfige Familie gedacht, aber Rudi bewohnt seit Jahrzehnten nur noch drei Zimmer im ersten Stock. Nun ist er Vermieter, und ich erledige seine Buchhaltung.«

»Sie tun viel für ihn«, bemerkte Lea.

»Er ist mein einziger Verwandter«, nickte Kai, »und ich bin – glaube ich – so etwas wie sein angenommener Sohn.«

»Dann erben Sie wahrscheinlich auch das Haus?«, wagte Lea zu fragen.

Kai seufzte. »Ja, so ist es. Glauben Sie nicht, dass mir das angenehm ist! Rudi hat mich gebeten, sein Testament aufzusetzen – ein beklemmendes Gefühl, vor allem, wenn man sich selbst als Erben einsetzen soll.«

»Das kann ich verstehen«, sagte Lea und nickte. Sie konnte sich nur mit Mühe zurückhalten, ihm tröstend über den Arm zu streichen.

In der Folge mieden sie das Thema, und nach einiger Zeit meldete Kai das Bedürfnis nach einer Tasse Kaffee an, dem Lea dankbar beipflichtete. So kehrten sie um und stiegen erneut in den Wagen, um nach Groß Heide weiterzufahren. Das Lokal, in dem sie bereits einmal gegessen hatten, erwies sich um diese Tageszeit als nahezu leer. Dem ersten Kaffee folgte ein zweiter. Die Zeit ging dahin, und als sich das Restaurant gegen sechs Uhr mit Gästen füllte, animierten die verlockenden Gerüche aus der Küche schließlich auch Lea und Kai zu einer Bestellung.

Bis sie gegen acht Uhr aufbrachen und nach Verchow zurückfuhren, fanden die beiden unverfänglichen Gesprächsstoff. Unterwegs jedoch ertappte Lea sich dabei, dass sie innerlich abschaltete und nur noch einsilbige Antworten gab. Es dämmerte bereits, und die Landstraße begann sich allmählich in das zu verwandeln, was sie am Vorabend gewesen war: Schauplatz eines unheimlichen Erlebnisses, das Lea nur mit Mühe verdrängt hatte.

»Du bist so still«, bemerkte Kai, der inzwischen, ohne Antrag oder Erklärung, zum »Du« übergegangen war.

Lea nickte. »Am liebsten würde ich mich an der Straße auf die Lauer legen.«

»Glaubst du, das Geistermädchen erscheint wieder?«, fragte Kai, wobei er sich um einen scherzhaften Ton bemühte.

»Ich gebe zu, wahrscheinlich ist es nicht«, räumte Lea ein. »Sie wurde innerhalb mehrerer Jahre nur selten gesehen, gibt also vermutlich nicht jede Nacht eine Vorstellung. Trotzdem sagt mir mein Gefühl, dass ich Glück haben könnte.«

»Na gut«, meinte Kai. »Mir ist es recht, solange ich bei dir sein darf.«

Lea gab sich Mühe, seine letzten Worte nicht überzubewerten, hielt nach dem abgeknickten Leitpfosten Ausschau und bremste, als er in Sicht kam. Dann setzte sie rund fünfzig Meter zurück und lenkte den Wagen auf den schmalen Randstreifen. Farne und Buschwerk streiften über die Seitenfenster, und unter den Rädern knackten Zweige. Die Tarnung war nicht perfekt, doch Lea hoffte, dass das satte Rot des Wagens in der Dämmerung mit dem Gebüsch verschmelzen würde. Sie stoppte, schaltete den Motor und nach kurzer Überlegung auch das Innenlicht ab.

»Und jetzt?«, fragte Kai, als sie keinerlei Anstalten zum Aussteigen traf.

»Nichts weiter«, sagte Lea. »Ich werde warten, bis es dunkel ist.«

»Im Ernst?«

»Wenn es dir zu langweilig ist, fahre ich dich nach Hause und komme allein wieder.«

»Nein, nein, schon gut!«, wehrte Kai ab. »Ich bleibe bei dir.«

Eine Zeitlang schwiegen beide und blickten die verlassene Straße hinunter. Die Schatten des Waldes verschmolzen zu schwarzen Wänden. Irgendwo in der Nähe schrie eine Eule. Ansonsten herrschte vollkommene Stille. Eine Viertelstunde verging, ohne dass ein einziges Fahrzeug die Landstraße passierte.

»Wie lange willst du warten?«, fragte Kai.

»Wenn sie kommt, dann in Kürze«, sagte Lea überzeugt. »Sie zeigt sich immer gegen einundzwanzig Uhr, das hat mir eine Frau im Dorf versichert. Gestern war es genauso.«

»Einundzwanzig Uhr.« Seufzend warf Kai einen Blick auf seine Armbanduhr. »Dann müssen wir noch eine gute halbe Stunde überbrücken. Tja, was macht man nachts an einer einsamen Straße in einem geparkten Wagen, um sich die Zeit zu vertreiben?«

»Ich weiß, dass du die Sache nicht sonderlich ernst nimmst«, bemerkte Lea.

»Doch, doch – ich nehme sie ernst, weil *du* sie ernst nimmst«, behauptete Kai und drehte sich auf dem Beifahrersitz zu ihr um. »Ich halte es zwar für das wahrscheinlichste, dass sich nur irgendjemand einen Jux erlaubt, doch deswegen würde ich dich um keinen Preis allein lassen.«

Seine Stimme klang plötzlich ungewöhnlich warm und sanft.

Pass bloß auf!, warnte die altbekannte Stimme in Leas Kopf. *Er meint es ernst, und die Gelegenheit ist günstig. War es wirklich eine gute Idee, hier mit ihm zu parken?*

Sie zwang sich, seinen Blick nicht zu erwidern, sondern weiterhin durch die Frontscheibe nach draußen zu starren.

»Lea?«

Kai hatte sich ihrem Gesicht genähert. Seine Stimme schien nur noch eine Handbreit von ihrem Ohr entfernt. Unwillkürlich fühlte sie, wie sich ihre Muskeln in der Erwartung verkrampften, seinen Atem an ihrem Hals zu spüren.

»Ja?«, gab sie in neutralem Ton zurück.

»Könnten wir ... eine Abmachung schließen?«, raunte Kai.

»Eine Abmachung?«

Sie spürte sein Lächeln, ohne es zu sehen. »Die Abmachung«, flüsterte er, »besteht darin, dass du Stopp sagst, wenn ich zu weit gehe.«

Ohne eine Antwort abzuwarten, näherte er sich ihrem Gesicht, bis seine Wange die ihre streifte.

Was für ein kluger Schachzug, dachte Lea. *Ich soll Stopp sagen. Auf diese Weise schiebt er mir die Verantwortung zu.*

»Kai ...«, begann sie in der Absicht, ihn mit vorsichtigen Worten in die Schranken zu weisen.

»Mmm?«, brummte er, die Wange immer noch an ihrer, sodass sie das Vibrieren seiner Stimme spüren konnte.

Lea zögerte. *Ich möchte das eigentlich nicht,* lag ihr auf der Zunge, doch plötzlich, wie in einem verspäteten Reflex, überlief sie ein angenehmer Schauder. Seine Wange fühlte sich gut an – glatt rasiert, doch eben rau genug, um seine Männlichkeit ahnen zu lassen.

»Ach ... nichts«, flüsterte sie.

Nichts?, echote die skeptische Stimme in ihrem Inneren. *Was soll das heißen? Du kennst ihn erst seit drei Tagen, und das hier geht eindeutig zu weit. Wenn du dem einen Riegel vorschieben willst, musst du es jetzt tun.*

Aha, antwortete Lea in Gedanken, plötzlich sarkastisch. *Vielen Dank für den Hinweis. Könntest du jetzt mal für einen Augenblick still sein und mich genießen lassen?*

Die kritische Stimme verstummte schlagartig – vermutlich vor Schreck, weil Lea ihren Rat noch nie derart entschieden zurückgewiesen hatte.

»Du denkst schon wieder«, stellte Kai mit einem leisen Seufzen fest. »Was ist es diesmal?«

»Nichts«, wiederholte Lea und fühlte endlich, wie ihre Muskeln sich entspannten. Auch Kai schien es zu spüren. Ermutigt wandte er den Kopf, und Lea fühlte seinen Atem über ihre Lippen streichen. Den ersten, zögerlichen Kuss nahm sie reglos entgegen. Beim zweiten öffnete sie die Lippen, und den dritten forderte sie selbst, indem sie eine Hand auf seinen Hinterkopf legte und ihn an sich zog.

Mein Gott, wie habe ich das vermisst, dachte sie plötzlich, und das Verlangen überfiel sie mit einer Macht, wie sie nur aus jahrelanger Entbehrung erwachsen konnte. Leas Leben war nie unerfüllt oder gar langweilig gewesen, schon gar nicht, seit David auf der Welt war – plötzlich aber schien ihre Rolle als Mutter ebenso ausgelöscht wie ihr Alter. Lea war wieder siebzehn, saß bei Nacht in einem geparkten Wagen und küsste einen Jungen.

Während sie jedoch im wirklichen Alter von siebzehn weit zurückhaltender gewesen war, fielen nun alle Hemmungen von ihr, die einst Furcht und mangelnde Erfahrung ihr auferlegt hatten. Es gab nichts mehr zu fürchten: Es gab keine besorgten Eltern, die darauf warteten, dass sie nach Hause kam, keinen Vater, der sich beschweren würde, wenn die Sitzpolster des Wagens eingedrückt oder zerkratzt waren, und keine Mutter, die sie beiseitenehmen würde, um ein ernstes Gespräch über Verhütung mit ihr zu führen. *Es hat auch seine Vorteile, erwachsen zu sein,* dachte Lea – und wie aus Versehen schob sie Kais rechte Hand, die auf ihrer Taille ruhte, ein Stück weiter bis zur Hüfte hinab. Er drückte sie an sich, und da keiner von beiden bereit war, sich vom anderen zu lösen, wälzten sie sich eine Weile ungeduldig, bis es Lea endlich gelang, über den Schalthebel auf den Beifahrersitz zu klettern. Unversehens fand sie sich auf Kais Schoß wieder, packte seinen Kopf mit beiden Händen und küsste ihn so heftig, dass er nach Luft schnappte.

»Wow!«, flüsterte er, als sie sich von ihm löste. »Du bist ja so stürmisch wie ein Teenager.«

Lea schmunzelte. »Auch *du* hast das Recht, Stopp zu sagen, wenn es dir zu schnell geht – das nennt man Gleichberechtigung.«

»Den Teufel werde ich tun!«, wehrte er ab und zog sie erneut an sich. Diesmal fanden sich ihre Lippen nicht. Stattdessen barg Lea seinen Kopf an ihrem Hals und begann sich langsam in den Hüften zu wiegen. Eine Weile schloss sie die Augen, genoss die Bewegung und hörte Kais beschleunigten Atem an ihrem Hals. Als sie die Augen wieder öffnete, blickte sie über den Rücksitz direkt auf die Heckscheibe des Wagens. Abwesend nahm sie einen hellen Fleck hinter dem Glas wahr, einen Schemen draußen in der Dunkelheit. Erst nach einem Moment der Verwirrung erkannte sie die Konturen: umschattete Augen über bleichen Wangen, durchbrochen von einzelnen Strähnen pechschwarzen Haars. Das Gesicht war ganz nahe. Es schwebte nur wenige Zentimeter von der Scheibe entfernt in der Dunkelheit.

Mit einem erschrockenen Keuchen fuhr Lea in die Höhe, prallte mit dem Kopf gegen die niedrige Decke.

»Was ist los?«, raunte Kai benommen unter ihr. »Habe ich dir wehgetan?«

»Das Gesicht!«, rief Lea entsetzt. »Es ist an der Heckscheibe – ganz nahe beim Wagen!«

In diesem Moment glitt der Schemen in der Dunkelheit rückwärts und entfernte sich.

»Was?« Kai schien wie aus einem Traum zu erwachen. »Wo?«

Er verdrehte den Oberkörper, um über die Schulter zu spähen. Lea rutschte von seinem Schoß und zog sich auf den Fahrersitz zurück. Beschämt bemerkte sie, dass sie zitterte.

»Ich sehe nichts«, sagte Kai achselzuckend. »Bist du sicher ...«

»Natürlich bin ich sicher!«, schrie Lea, außerstande, ihre Aufregung zu beherrschen. Ihr erster Impuls bestand darin, die Fahrertür aufzureißen und ins Freie zu stürzen, um die Beobachterin zu stellen – doch Angst verdrängte die Idee.

Kai seufzte. »Wenn es dich beruhigt, sehe ich nach.« Er griff nach der Beifahrertür.

Nein, bleib bei mir!, wollte Lea impulsiv ausrufen, bezwang sich jedoch. Weder vor sich selbst noch vor Kai wollte sie als ängstliche Frau dastehen, die eingeschüchtert im Wagen blieb, während ihr männlicher Beschützer sich der Bedrohung stellte.

»Wir sehen gemeinsam nach«, entschied sie.

Kai zuckte die Achseln. »Wie du willst.«

Beide Türen schwangen gleichzeitig auf. Kühle Nachtluft strich über Leas Gesicht, als sie sich umsah. Die Straße lag vollkommen leer und still unter dem Nachthimmel. Hier und dort ließ der Mond ein Stück Asphalt aufschimmern. Der Wald zur Rechten jedoch war undurchsichtig wie eine schwarze Wand.

»Nichts zu sehen«, sagte Kai, der um den Wagen herumging und das Heck inspizierte.

»Auch keine Fußspuren?«, fragte Lea.

»Bei der Dunkelheit unmöglich zu sagen. Hast du eine Taschenlampe im Wagen?«

Lea wollte gerade verneinen, als das Knacken eines Zweigs sie herumfahren ließ. Auch Kai blickte auf und lauschte.

»Sie ist da, glaub es mir!«, beteuerte Lea flüsternd.

Kai ging ein paar Schritte auf den Waldrand zu. »Hallo?«

Für einige Sekunden blieb alles still. Dann glaubte Lea ein fernes Rascheln zu hören, wie von einem flüchtenden Reh, das sich entfernte. Das Geräusch wurde rasch schwächer und ging im Rauschen der Baumwipfel unter.

»Wahrscheinlich hast du recht«, sagte Kai. »Da war tatsächlich jemand.«

»Wenn ich es dir doch sage!«, beharrte Lea. »Es war dasselbe Gesicht, das ich gestern Abend gesehen habe, ebenso hell geschminkt und mit denselben dunkel umrandeten Augen.«

Kai seufzte. »Ich glaube dir ja. Aber wir können ihm – oder ihr – nicht folgen. Es ist stockdunkel, und die Bäume schlucken auch noch das bisschen Mondlicht. Wir würden uns verirren, uns sämtliche Kleider zerreißen und froh sein, wenn wir am Ende den Wagen wiederfänden.«

Lea nickte resigniert.

»Lass uns nach Hause fahren«, riet Kai. »Wenn du willst, kannst du ja morgen wiederkommen und bei Tageslicht nach Spuren suchen.«

Er schickte sich an, wieder in den Wagen zu steigen, zögerte jedoch, als er Leas versteinerten Gesichtsausdruck bemerkte.

»Lea?« Er ließ die Wagentür los, trat zu ihr und legte einen Arm um ihre Taille. »Kommst du?«
Sie nickte abwesend.

Schweigsam fuhren sie nach Verchow zurück, und Lea war froh, als das Ortsschild im Lichtkegel der Scheinwerfer aufblitzte. Das Dorf war wie ausgestorben, nur hier und dort flackerte das bläuliche Licht eines laufenden Fernsehers durch geschlossene Vorhänge. Ohne ein weiteres Wort mit Kai zu wechseln, fuhr Lea die Sackgasse zum Haus der Zirners hinauf und stellte den Wagen ab. Beide stiegen aus und gingen über den Kiesweg des Vorgartens zur Haustür. Lea schloss auf – leise, um Kais Onkel nicht zu wecken – und schlich über den Flur zu ihrer Wohnungstür. Kai folgte ihr auf dem Fuß.

»Weißt du noch, wo wir stehen geblieben waren, als das Gespenst uns den schönen Abend verdarb?«, fragte er mit einem leichten Lächeln.

Lea wandte sich zu ihm um.

Ein Kuss zum Abschied?, dachte sie. *Ob das wohl genügt, um mich zurückziehen zu dürfen?*

Sie küsste ihn flüchtig, die Türklinke in der Hand.

»Wir sehen uns morgen, Kai«, sagte sie. »Ich glaube, ich muss jetzt ein wenig allein sein. Und ich brauche meinen Schlaf. Seit ich hier eingezogen bin, habe ich nicht besonders gut geschlafen.«

Kai hob eine Augenbraue.

»Oh, es liegt nicht am Bett«, versicherte Lea. »Ich weiß auch nicht, was es ist.«

»Womöglich wird es besser, wenn du nicht allein schläfst«, meinte Kai verschwörerisch.

Lea seufzte, blickte zu Boden und strich sich eine Haarsträhne aus der Stirn.

Warum eigentlich habe ich gerade behauptet, dass ich

allein sein möchte?, fragte sie sich. *Gewohnheit? Feigheit? Angst vor dem, was ich selbst in Gang gebracht habe?*

Als sie das Gesicht wieder hob, hatte sie sich gefasst, und ihre Zurückhaltung war verflogen.

»Vielleicht hast du recht.« Sie trat einen Schritt zurück und ließ die Tür offen. »Komm herein.«

Mittwoch

In dieser Nacht blieb Lea tatsächlich von Albträumen verschont. Als das Zwitschern der Vögel sie weckte, stellte sie erstaunt fest, dass es bereits nach neun Uhr war. Das Sonnenlicht, gedämpft durch die Vorhänge vor dem Schlafzimmerfenster, warf einen rötlichen Glanz auf die Schultern des Mannes, der schlafend neben ihr lag. Es war warm, und sie hatten die Bettdecken zur Seite geschoben, sodass Lea sich mit einem Gefühl der Zärtlichkeit in der Betrachtung seines nackten Körpers verlieren konnte.

Und darauf hättest du beinahe verzichtet?, dachte sie seufzend. *Ein schöner Mann … und noch dazu ein guter Liebhaber. Habe ich das verdient?*

Ja, fand sie plötzlich, *habe ich.* Es war lange her, dass sie zum letzten Mal an der Seite eines Mannes aufgewacht war. Zwar hatte sie seit der Geburt ihres Sohnes keineswegs das Leben einer Nonne geführt, doch sämtliche Affären waren von kurzer Dauer und im Rückblick enttäuschend gewesen. Seit mehr als vier Jahren war überhaupt nichts mehr gelaufen, aber der Grund dafür lag – wie Lea inzwischen glaubte – in ihrer eigenen Zurückhaltung. Es war gar nicht so sehr die Mutterrolle, die sie von Abenteuern abgehalten hatte, sondern eher das fortschreitende Alter: Man wurde anspruchsvoll, plante auf lange Sicht, urteilte kritischer und bedachte Konsequenzen.

Eigentlich schlimm, dachte Lea. *Es wird höchste Zeit, wieder ein bisschen Spontaneität zu wagen.* Diesmal beschloss sie, keine Gedanken an die Zukunft zu verschwenden, und hoffte lediglich, dass das seit Jahren mitgeschleppte Kondom in ihrer Handtasche – Verfallsdatum: Dezember 2008 – seinen Zweck erfüllt hatte.

Leise stand sie auf, schlich sich ins Wohnzimmer und setzte Kaffee auf, wobei sie sich beherrschen musste, um nicht vor sich hin zu summen. Sie fühlte sich eigentümlich beschwingt. Während sie am Küchentresen lehnte und die Kaffeemaschine schnurrte, lächelte sie in sich hinein.

Ich hatte schon fast vergessen, wie sich das anfühlt: voll gepumpt mit Hormonen, Muskelkater in den Beinen, trockener Schweiß auf der Haut.

Ein Klopfen an der Wohnungstür riss sie aus ihren Gedanken. Rasch huschte sie ins Schlafzimmer zurück, schlüpfte in ein leichtes Sommerkleid, das sie bisher noch gar nicht getragen hatte, und eilte barfuß zur Tür. Als sie einen Spalt breit öffnete, blickte sie in das besorgte Gesicht Rudolf Zirners.

»Guten Morgen. Entschuldigen Sie, aber ist mein Neffe vielleicht hier? Ich dachte, er wäre zum Einkaufen gefahren, aber sein Wagen steht draußen.«

»Oh.« Lea errötete. »Nein, er … er ist …«

Zirner zog die Augenbrauen hoch, als aus dem Schlafzimmer das Knarren des Bettes zu hören war.

»Rudi?«, rief Kai verschlafen.

Der alte Mann blickte in Richtung der Schlafzimmertür, dann auf Lea, die mit zerzausten Haaren und in nachlässig geschlossenem Kleid vor ihm stand. Sein Gesichtsausdruck war unergründlich.

»Ist schon gut!«, rief er zurück. »Lass dir Zeit! Ich wollte dich nur bitten, ob du noch den Ventilator vom Dachboden holen könntest, bevor du wegmusst. Du weißt ja, ich komme die Leiter nicht mehr hoch …«

»Ja, kein Problem!«, antwortete Kai.

Rudolf Zirner warf Lea einen verschmitzten Blick zu und wandte sich zum Gehen. »Tut mir leid, wenn ich gestört habe. Schönen Tag noch!«

Als Lea die Tür geschlossen hatte und ins Wohnzimmer zurückging, kam Kai ihr entgegen – halb nackt, nur in Jeans und Socken. Während Lea noch überlegte, ob es unangemessen förmlich wäre, ihm einen »Guten Morgen« zu wünschen, schloss er sie in die Arme, drängte sie mit dem Rücken gegen den Kühlschrank und küsste sie stürmisch.

»Hey!«, lachte sie verlegen, als er sie freigab. »Lass mich mal atmen.«

»Ungern!«, gab er grinsend zurück. »Am Morgen schmeckst du fast noch besser als in der Nacht – falls das überhaupt möglich ist. Wenn Rudi mich nicht brauchen würde …«

»Er sagte doch, es hätte Zeit.«

»Leider nicht viel.« Widerstrebend löste sich Kai von ihr. »Ich muss heute noch weg, und zwar möglichst vor elf Uhr.«

»Nanu? Wohin willst du denn?«

Kai seufzte. »Nach Uelzen. Es gibt da einen Kunden, um den ich mich persönlich kümmern muss.«

»Wann kommst du wieder?«

»Morgen Abend.«

»Du bleibst eine Nacht fort?«

»Nicht zu vermeiden. Morgen früh muss ich mit dem Finanzamt über die Aussetzung von Verzugszinsen verhandeln – die Umsatzsteuer des Kunden ist längst überfällig. Du kannst mir glauben, dass ich die Nacht lieber bei dir verbringen würde.«

»Könntest du in Uelzen vielleicht ... etwas besorgen?«, bat Lea verlegen. »Hier im Ort gibt es ja nicht einmal eine Apotheke ...«

Kai grinste, während er sein Hemd überstreifte. »Geht es um Kondome, die *nicht* seit zwei Jahren abgelaufen sind?«

Lea nickte errötend.

»Ich kümmere mich darum. Versprochen.«

Sie gönnten sich noch ein schnelles Frühstück, doch Kai war bereits auf dem Sprung und verließ die Wohnung bald, um nach oben zu gehen und seinem Onkel den gewünschten Dienst zu leisten. Er versprach, sich noch zu verabschieden, bevor er fuhr. Lea wurde die Zeit nicht lang, denn Kai war kaum gegangen, als ihr Handy klingelte. Sie ahnte bereits, dass es David war.

»Mum! Du klingst so fröhlich – gute Laune heute?«

»Äh – ja.« Unwillkürlich riss Lea sich ein wenig zusammen.

»War was Besonderes?«, fragte David.

»Ach, nein«, schwindelte Lea, die sich nicht auf Erklärungen einlassen wollte. »Gibt es bei dir etwas Neues?«

»Wie man's nimmt. Ich hatte gestern Abend ein längeres Gespräch mit Maja – unser erstes, das länger als fünf Minuten dauerte. Sie hat mich sogar auf ihr Zimmer eingeladen. Allerdings mussten wir aufpassen, dass die Betreuer es nicht merken.«

»Sieh an!«, sagte Lea ehrlich interessiert. »Und wie war's?«

»Na ja ...«, druckste David. »Silke war dabei – die Freundin, mit der sie ihr Zimmer teilt. Deshalb konnten wir nicht ganz so offen reden. Aber immerhin hat sie mir einiges über Tom Thanatar erzählt.«

»Weiß sie denn etwas über ihn?«

»Nicht wirklich«, meinte David. »Sie findet ihn einfach supercool, hat mir noch mehr Comics von ihm gezeigt und auch diverse Fanforen, in denen sie Mitglied ist. Das Forum, von dem du mir gestern erzählt hast, war auch dabei. Allerdings kennt sie keines der anderen Mitglieder persönlich.«

»Schade.«

»Ansonsten weiß sie auch nicht mehr über diesen Thanatar als andere Fans. Zu Hause hat sie ein Autogramm von ihm, das ihr der Verlag geschickt hat, nachdem sie einmal dorthin gemailt hat. Und sein Foto hat sie auch aufgehängt.«

»Hast du ihr gesagt, dass das Foto wahrscheinlich gar nicht echt ist?«

»Angedeutet.« David lachte. »Aber sie wollte es nicht glauben. Dieser Typ ist für sie einfach der absolute Traum, und sie lässt nicht zu, dass man an ihm zweifelt. Sie sagt, er ist ein Visionär, ein Genie – und wahrscheinlich ein Medium, jemand, der Dinge sieht, die andernorts oder zu anderen Zeiten geschehen sind.«

»Ja, das sagte die Frau vom Verlag auch«, erinnerte sich Lea. »Glaubst du, dass das stimmt?«

»Ach, Mum, das ist doch Quatsch.«

Mein Sohn, der Realist, dachte Lea schmunzelnd. Mit Übersinnlichem durfte man ihm nicht kommen. Schon als Sechsjähriger hatte er sich über mangelnde Logik in den Märchen ereifert, die Lea ihm vorgelesen hatte.

»Ich glaube kein Wort davon«, bekräftigte David. »Und Silke übrigens auch nicht. Ich habe genau gesehen, wie sie die Augen verdrehte, als Maja mit ihrer Hymne auf diesen Kerl anfing. Schon komisch: Ansonsten hat Maja nämlich den totalen Durchblick. Sie redet selten – jedenfalls im Unterricht –, aber wenn sie einmal etwas sagt, ist es immer klug und treffend, sodass alle sich wundern. Bei Deutschaufsätzen sahnt sie grundsätzlich Einsen ab. Wie kann sie nur gleichzeitig so dumm sein, wenn es um diesen Thanatar geht?«

»Auch intelligente Menschen sind manchmal ein wenig blind, wenn sie für jemanden schwärmen«, meinte Lea. »Findest du sie deswegen weniger interessant?«

David zögerte einen Moment. »Nein«, gab er schließlich zu. »Eher im Gegenteil. Ich bin wohl selbst ein wenig blind, was Maja betrifft.«

Lea lachte verständnisvoll.

Sie beendeten das Gespräch bald, denn Davids Klasse plante einen Tagesausflug, und der Aufbruch stand kurz bevor. Lea vertrieb sich die Zeit, indem sie einen weiteren Kaffee trank, verspürte schließlich das Bedürfnis nach frischer Luft, öffnete die Terrassentür und trat in den hinteren Garten hinaus. Hier war sie bisher noch nicht gewesen. Dass Kais Onkel ein begeisterter Gärtner war, hatte Lea längst begriffen, erst aus der Nähe jedoch gewann sie einen Eindruck von der Mühe und Sorgfalt, die der Mann auf seine Pflanzen verwendete. Der Garten war parkartig angelegt, mit schmalen Wegen zwischen üppigem Grün, einer weißen Holzbank und einem Teich, jedoch nicht künstlich dekorativ, sondern mit viel Freiraum für Wildwuchs. Es gab keinen gestutzten Rasen. Stattdessen wucherten ganze Kolonien von Löwenzahn und Stiefmütterchen, aus denen die prächtigen Rosenbüsche aufragten wie Kronen.

Lea umrundete den Teich, der von Seerosen bedeckt war. Der Weg führte zu einer Art Laube, gebildet aus den Ästen dreier Kirschbäume, in deren Schatten eine Bank stand. Zwischen den Stämmen war ein rundes Areal freigeharkt und mit Rosenblättern bestreut worden. In seiner Mitte lag ein flacher, unbehauener Feldstein. Lea trat näher – und erschrak, als sie feststellte, dass Buchstaben und Zahlen in die Oberfläche gemeißelt waren.

Karin Zirner
1946–1985

»Keine Sorge, ich habe meine Frau nicht im Garten vergraben«, sagte eine Stimme.

Lea fuhr herum und erblickte Rudolf Zirner, der mit einem Rechen in der Hand den Gartenweg herabkam.

»Oh«, stammelte sie, »es tut mir leid, wenn ich …«

»Schon gut.« Zirner winkte ab, lehnte den Rechen an einen der Bäume und trat zu dem Stein. »Meine Frau liegt auf dem Friedhof in Lüchow«, erklärte er. »Aber meine gesundheitliche Verfassung erlaubt es nicht mehr, ständig dorthin zu fahren. Deshalb habe ich diese Gedenktafel anfertigen lassen … So kann ich jeden Tag bei ihr sein, zumindest in Gedanken.«

Leas Beschämung ging in Ergriffenheit über. Sie wusste nichts über die Familie der Zirners, erinnerte sich jedoch, dass Kai den frühen Tod seiner Tante erwähnt hatte. *1985 – das ist fünfundzwanzig Jahre her,* dachte sie gerührt. *Und er denkt immer noch jeden Tag an sie.* Rasch überschlug sie das Alter der Verstorbenen.

»Ihre Frau starb … mit Ende dreißig?«

Zirner nickte. »Nach einer Fehlgeburt. Streptokokken-Infektion mit septischem Schock.« Er blickte auf, und Lea bemerkte, dass seine Augen gerötet waren. »Wissen Sie, wie selten so etwas heutzutage ist? Vor hundert Jahren starb noch jede zweite Frau im Kindbett, aber heute liegt die Wahrscheinlichkeit unter eins zu zehntausend.«

Lea schwieg betroffen, da ihr keine angemessene Erwiderung einfiel. Glücklicherweise trat im selben Moment Kai durch die offene Terrassentür, eine Reisetasche über der Schulter.

»Ach, *da* seid ihr!« Mit federndem Schritt kam er zu ihnen herüber. »Ich muss jetzt los, es wird höchste Zeit.«

Rudolf Zirner nickte. »Fahr vorsichtig.«

Kai wandte sich Lea zu, zögerte einen Moment – und küsste sie schließlich auf den Mund. »Bis morgen!«

Als er ging, schwankte Lea zwischen Freude und Verlegenheit. War es angemessen, ihre Gefühle in Gegenwart von Kais Onkel zu offenbaren? Schließlich kannten sie sich erst seit wenigen Tagen, während Rudolf Zirner noch heute um seine vor Jahrzehnten verstorbene Gattin trauerte.

»Machen Sie sich meinetwegen keine Sorgen«, sagte er, als hätte er Leas Gedanken erraten. »Ich wünsche Kai das Allerbeste, in jeder Beziehung. Er ist wie ein Sohn für mich, umso mehr, da mir eigene Kinder versagt blieben. Er mag Sie, und es tut ihm gut, dass Sie hier sind. Das Zusammenleben mit einem alten Mann ist nicht sonderlich spannend für ihn.«

Lea schwieg, denn seine Offenheit beschämte sie ein wenig.

»Sie sind nicht verheiratet?«, fragte Zirner, den Blick auf die Gedenkplatte gerichtet.

Lea schüttelte den Kopf. »Ich habe einen Sohn«, überwand sie sich zu gestehen. »Er ist sechzehn. Mit seinem Vater habe ich schon seit langem keinen Kontakt mehr.«

Zirner nickte bedächtig. »Es ist nicht gut, wenn ein Junge ohne Vater aufwächst. Aber wer weiß, vielleicht bleibt es ja nicht dabei. Mein Neffe ist ein eingefleischter Junggeselle, aber wenn Sie sich Mühe geben …«

Lea lachte verlegen und zugleich befreit. Dass der Mann ihr Verhältnis derart wohlwollend, ja hoffnungsvoll betrachtete, hatte sie nicht erwartet.

»Ich ... weiß im Moment noch nicht recht«, begann sie zurückhaltend.

»Warten Sie's ab«, meinte Zirner. »Was zusammengehört, das findet sich, manchmal innerhalb weniger Tage. Bei mir und Karin war es genauso.«

Lea folgte seinem Blick, der auf der Gedenktafel ruhte. »Sie sind wirklich sehr nett, Herr Zirner. Bitte sagen Sie mir, falls Sie während Kais Abwesenheit irgendwelche Hilfe brauchen. Ich würde mich bemühen, ihn so gut wie möglich zu ersetzen.«

»Danke, aber das wird nicht nötig sein. Ich werde mich um die Rosen kümmern wie jeden Tag, mir den Gemüsekuchen von gestern aufwärmen und früh schlafen gehen. – Und was haben Sie vor? Sagen Sie nicht, dass Sie immer noch Nachforschungen über dieses verschwundene Mädchen anstellen!«

»Ehrlich gesagt, doch«, gab Lea zu, die bereits einen Plan für den Tag gefasst hatte. »Am liebsten würde ich mir einmal das ehemalige Anwesen der Herforths ansehen. Sie sagten neulich, dass der Gutshof leer steht?«

Zirner seufzte und wandte den Blick von der Gedenktafel ab. »Er *stand* lange Zeit leer, weil sich kein Erbberechtigter ermitteln ließ. Eigentümer war also einstweilen der Staat. Vor zehn Jahren aber hat irgendein schwerreicher Kerl den Hof gekauft. Er ist praktisch nie dort und lässt sich auch nicht im Dorf blicken. Meines Wissens wohnt er in Hamburg.«

»Woher wissen Sie das?«

»Ich war damals noch beim Bauamt tätig, und der Käufer beantragte die Ausschachtung einer neuen Klärgrube. Abwasserentsorgung ist hier in der Gegend ein echtes Problem: Es gibt keine flächendeckende Kanalisation, und auf vielen abgelegenen Grundstücken müssen eigene Sammelbecken gebaut werden.«

»Aber Sie kennen den neuen Besitzer nicht persönlich?«

»Nein«, brummte Zirner. »Ich hatte bloß seinen Antrag auf dem Tisch. Niemand im Dorf kennt ihn. Das Haus dient ihm vermutlich als Kapitalanlage. Offenbar wird es nicht einmal vermietet.«

»Sind Sie sicher?«

»Nein, sicher bin ich nicht. Ich weiß auch nur, was die Leute so erzählen. Viele waren natürlich neugierig, als das Haus verkauft wurde, und ein paar Spaziergänger haben sich mehr oder weniger absichtlich dorthin verirrt. Angeblich ist nie jemand dort, abgesehen von einer Haushälterin, die gelegentlich den Hof fegt. Das Haus hat nicht einmal einen Briefkasten an der Straße, und es wird auch keine Mülltonne herausgestellt. Wenn Sie mehr wissen wollen, fragen Sie am besten Frau Gätner. In Sachen Klatsch ist sie immer bestens informiert.«

Lea erinnerte sich an die unfreundliche Frau im Laden und beschloss, Zirners Ratschlag lieber nicht zu beherzigen. »Ich denke, ich werde am besten selbst einmal dort vorbeischauen. Wo liegt der Hof?«

»An der Straße nach Groß Heide, etwa zwei Kilometer hinter dem Ortsausgang.«

Lea verabschiedete sich, um in ihre Wohnung zurückzukehren, entschloss sich, angesichts des späten Frühstücks auf ein Mittagessen zu verzichten, und brach am späten Vormittag zu ihrer Erkundung auf. Erneut fuhr sie die Waldstraße entlang, passierte den umgeknickten Leitpfosten und hielt Ausschau nach der Auffahrt, die zum ehemaligen Grundstück der Herforths führte. Wie sich herausstellte, lag diese noch ein ganzes Stück weiter westlich. Es war kein Wunder, dass Lea sie bislang übersehen hatte, denn sie war weder asphaltiert noch von einem Zaun begrenzt. Erst bei genauerem Hinsehen war ein verwittertes Schild mit der Aufschrift PRIVATWEG zu entdecken, das sich in den Schatten der Bäume duckte.

Lea stellte ihren Wagen ab und schlug den Weg ein, der mitten in den Wald führte. Rund hundert Schritte zählte sie, bis die Bäume zurückwichen und sich zu einer Lichtung öffneten, die die Größe eines Fußballfeldes besaß. In der Mitte des offenen Platzes erhob sich ein mächtiges, zweistöckiges Herrenhaus, mit dreieckig überdachten Fenstern und Säulen zu beiden Seiten der Eingangstür. Die gesamte Vorderfront war malerisch mit wildem Wein überwachsen. Mehrere Wirtschaftsgebäude, niedrige Schuppen und eine massige Scheune mit Giebeldach gruppierten sich in einiger Entfernung.

Das gesamte Gelände war von einem mannshohen Maschendrahtzaun umgeben, der auch ein gemauertes Tor mit schmiedeeisernen Gitterflügeln umschloss. Probeweise drückte Lea gegen eines der Gitter, das zu ihrer Überraschung mühelos aufschwang. Langsam ging sie auf das Herrenhaus zu, stieg die breite Treppe hinauf und suchte vergeblich nach einer Klingel. Noch nicht einmal ein Türklopfer war zu finden.

Eine Berührung an ihrem Bein erschreckte Lea. Instinktiv trat sie mit dem linken Fuß aus, hörte ein Fauchen und erblickte eine gescheckte Katze, die die Treppe hinabsprang und im Gebüsch verschwand. Offenbar hatte das Tier sich vertrauensvoll an Leas Wade geschmiegt, und sie hatte ihm vor Schreck einen Fußtritt versetzt.

Sieh an: Ganz unbewohnt ist dieser Hof also doch nicht.

Wie zur Bestätigung öffnete sich im selben Moment die Tür zu einem Geräteschuppen, und heraus trat eine Gestalt in einem knöchellangen Kleid, das Haar von einem Kopftuch bedeckt. In der rechten Hand trug sie eine Harke, in der linken einen Plastikeimer. Ohne Lea zu bemerken, die etwa dreißig Schritte entfernt stand, steuerte sie auf eine Gruppe verwilderter Büsche zu und setzte das Werkzeug an, um Unkraut auszujäten.

»Hallo?«, rief Lea.

Die Frau reagierte nicht. Erst als Lea die Treppe hinabstieg und auf sie zuging, hob sie den Kopf.

»Guten Tag«, begann Lea höflich. »Bitte entschuldigen Sie mein Eindringen, aber das Tor stand offen.«

Die Frau richtete sich auf, ohne die Harke loszulassen. Lea hatte ein seltsames Gefühl der Irritation beim Anblick ihres Gesichts: Es wirkte bis auf einige Falten seitlich des Mundes alterslos. Die Augen mit den langen Wimpern sowie die zierliche Nase bildeten einen eigentümlichen Kontrast zu dem schmallippigen Mund und dem kräftigen, fast männlichen Kinn.

»Ich bin Journalistin«, erklärte Lea.

Die Frau starrte sie einen Moment fragend an, legte beide Hände auf ihre Ohren, dann auf ihren Mund und schüttelte den Kopf.

Taubstumm, schloss Lea, die diese Geste schon einmal gesehen hatte. *Verflixt, das macht die Sache nicht einfacher.*

Die Frau half ihr aus der Verlegenheit, indem sie in eine Tasche ihres Kleides griff und eine handbeschriebene Karte hervorholte.

Ich mache hier sauber.
Wenn Sie ein Nachricht für Herr Berger haben,
bitte Sie geben mir oder schreiben auf.

Lea las den Text zweimal, abgelenkt von der Betrachtung der Hand, die ihr die Karte entgegenhielt – einer schmalfingrigen, edel geformten Hand mit sauber manikürten Nägeln.

»Herr Berger? Ist das der Eigentümer?«, fragte sie, wobei sie vergaß, dass ihr Gegenüber sie gar nicht hören konnte. Die Frau jedoch nickte, was Lea vermuten ließ, dass sie die Worte von ihren Lippen ablas.

»Ist Herr Berger hier?«, fragte sie ermutigt.

Die Haushälterin verneinte stumm.

»Kommt er in Kürze wieder?«

Erneutes Kopfschütteln.

»Wissen Sie, wo ich ihn erreichen kann?«

Abwehrend erwiderte die Frau Leas Blick und wies erneut auf die Karte: »*... bitte Sie geben mir oder schreiben auf.*«

»Verstehe«, sagte Lea. »Nein, ich habe keine Nachricht für Herrn Berger. Vielen Dank trotzdem.«

Und in Ermangelung weiterer Fragen, die sich sinnvollerweise mit ja oder nein beantworten ließen, wandte Lea sich um und trat den Rückweg an. Sie spürte, dass die Frau ihr nachblickte, und vermied es, sich umzudrehen, bis sie das Tor hinter sich geschlossen hatte und den Waldweg zur Straße zurückging.

Also gut, Rudolf Zirner hat recht: Der Hof steht leer. Vermutlich ist der Eigentümer niemals hier und bezahlt lediglich eine Haushälterin, die sich um das Nötigste kümmert. Trotzdem kommt es mir merkwürdig vor, ein so großes Haus nicht wenigstens zu vermieten.

Auf dem Rückweg ins Dorf beschloss Lea, ein paar Erkundigungen einzuziehen. Sobald sie wieder in ihrer Wohnung war, rief sie die Stadtverwaltung in Dannenberg an und fragte sich zum Amtsgericht durch, wo sich das

Grundbuchamt befand. Vorsorglich verschwieg sie diesmal ihren Beruf und behauptete stattdessen, sich für den Kauf des Hauses zu interessieren.

»Wer ist der Besitzer? Bisher konnte ich nur herausfinden, dass er mit Nachnamen Berger heißt. Können Sie mir seine Kontaktdaten geben?«

»Leider nein«, erwiderte eine freundliche Büroangestellte. »Dazu berechtigt uns das Gesetz nur, wenn Sie ein begründetes Interesse nachweisen können. Allerdings sehe ich gerade, dass hier eine Telefonnummer steht, die herausgegeben werden darf. Es handelt sich um eine Frau Ilkic, die sich um alle Angelegenheiten im Zusammenhang mit dem Grundstück kümmert.«

Lea ließ sich die Nummer geben, dankte und legte auf. Unter der Nummer von Frau Ilkic meldete sich der Anrufbeantworter einer Anwaltskanzlei. Lea verzichtete darauf, eine Nachricht zu hinterlassen. Anfangs hatte ein unbestimmtes Gefühl ihr suggeriert, der Hausbesitzer könnte in irgendeiner Beziehung zu den Herforths stehen, nun jedoch vermutete sie, dass es sich um einen Spekulanten handelte, der vermutlich reihenweise Immobilien aufkaufte und deren Betreuung einer Anwältin überließ. Vielleicht lebte er nicht einmal in Deutschland, sondern leitete sein Imperium von Mallorca oder von den Malediven aus.

Lea schob die Angelegenheit einstweilen beiseite, trank einen Kaffee und legte sich – ganz gegen ihre Gewohnheit – eine halbe Stunde ins Bett, um in Ruhe nachdenken zu können. Als ihr Handy klingelte, fuhr sie erschrocken hoch, denn sie hatte mit halb geschlossenen Augen vor sich hin gedämmert und war dabei fast eingeschlafen.

»Jörg Hausmann«, meldete sich ihr Redaktionskollege. »Ich hoffe, ich störe nicht.«

»Ach was, wobei denn!«, wehrte Lea ab, die ehrlich

erfreut war, seine Stimme zu hören. »Wie läuft es in der Redaktion?«

»Ach, nur das Übliche«, meinte Jörg. »Wie geht's dir? Schlägst du dich immer noch mit dieser Vermisstengeschichte herum?«

»Ehrlich gesagt, ja«, gab Lea zu.

»Dann habe ich etwas, das dich vielleicht interessieren wird. Mein Bekannter beim Hamburger Archivservice hat es ausgegraben.«

»Tatsächlich? Worum handelt es sich denn?«

»Zwei Meldungen aus einem wendländischen Wochenblatt vom Oktober 1984. Vielleicht gibt es keinen Zusammenhang, aber der Computer sprang auf die Stichwörter *Verchow* und *Christine* an. Es geht um irgendeine Tierseuche, die von Katzen übertragen wurde.«

»Christines Mutter züchtete Katzen«, sagte Lea. »Das klingt nach einem Treffer.«

»Ich habe dir den Artikel geschickt.«

»Großartig! Tausend Dank.«

Sie verabschiedeten sich mit gegenseitigen guten Wünschen, und Lea öffnete sofort ihren Laptop, um sich die Artikel anzusehen.

Katzenseuche im Verchower Forst

11. Oktober 1984. Wie das Veterinäramt in Lüchow gestern bestätigte, häufen sich in Verchow und Umgebung seit kurzem Fälle von Toxoplasmose. Die Infektionskrankheit, die alle Säugetiere und auch den Menschen befallen kann, wird hauptsächlich durch Katzen übertragen und gilt im Allgemeinen nicht als gefährlich. Oft verlaufe die Erkrankung gänzlich symptomfrei, sagte ein Sprecher des Amtes. Allenfalls bestehe ein Risiko für Menschen mit geschwächter Immunabwehr. Eine Gefahr für die Allgemeinheit sehe man jedoch nach bisheriger Einschätzung nicht.

Landwirt Hans F. aus Verchow beurteilt die Lage kritischer: Aufgrund der Seuche, so der 42-Jährige, habe er bereits mehrere Jungschweine verloren. Tierarzt Frank S. behandelt die verbliebenen Tiere prophylaktisch mit Medikamenten, wodurch dem Bauern erhebliche Kosten entstehen. Die Quelle der Seuche müsse ausfindig gemacht werden, meint auch Rechtsanwalt Harald J. Es sei nicht auszuschließen, dass sich der Erreger durch eine Katzenzucht in unmittelbarer Nähe der Ortschaft verbreitet habe. »Die Tiere streifen frei in den Wäldern und auch im Dorf umher«, berichtet der 36-Jährige. »Dieser Plage sollte Einhalt geboten werden.« Die Veterinärbehörde veranlasst derzeit eine Prüfung.

Streit um Katzenseuche

16. Oktober 1984. Ein alter Gutshof, romantisch einsam gelegen im Verchower Forst: Das ist die Heimat der Familie G. und ihrer 26 Norwegischen Waldkatzen.

»Sie sind mein Ein und Alles«, sagt Züchterin Maria G. (41), ihren 5 Kilo schweren Lieblingskater »Teddy« im Arm, während Tochter Christine (14) mit den sechs Wochen alten Katzenbabys spielt. Liebe und Fürsorge erhalten die langhaarigen Samtpfoten bei Maria G. im Überfluss, und auch Auslauf haben sie zur Genüge. Vor kurzem jedoch ist eine Wolke am Himmel des Katzenparadieses aufgetaucht: In der benachbarten Ortschaft Verchow grassiert die Parasitenkrankheit Toxoplasmose bei Haus- und Nutztieren. Hauptüberträger der Seuche sind Katzen. Ein Dorfbewohner hatte die Familie G. angezeigt, der Inspektor der Veterinärbehörde stand bereits vor der Tür.

»Ich kann mir das überhaupt nicht erklären«, klagt Maria G. »Meine Katzen sind gesund!« Deutlichere Worte findet Ehemann Martin G. (40): »Das ist nichts weiter als üble Nachrede. Es wäre nicht das erste Mal, dass man versucht, uns mit haltlosen Beschuldigungen das Leben schwer zu machen.« Genauer will sich der freiberufliche Kunstmaler nicht äußern.

Die Inspektion erbrachte das Ergebnis, dass die Zucht der Familie G. nicht durch Toxoplasmose verseucht ist. Zwar machen rund zwei Drittel aller Katzen irgendwann eine Erkrankung mit dem Parasiten durch, bleiben danach jedoch lebenslang immun. Eine Impfung gegen die Krankheit, die in seltenen Fällen auch beim Menschen grippeähnliche Symptome auslösen kann, gibt es nicht. Frau G. bekam lediglich die Auflage, ihr Grundstück mit einem mindestens zwei Meter hohen Zaun zu sichern, damit die Tiere keine Ausflüge mehr in die Umgebung unternehmen. »Teddy« und seine 25 Artgenossen werden also zukünftig in der heimischen Scheune jagen müssen, wenn sie einmal Lust auf eine Maus verspüren.

Hochinteressant, dachte Lea. Die genannten Personen zu identifizieren bereitete ihr keine Schwierigkeiten. Als Insiderin wusste sie, dass Familiennamen in Zeitungsberichten meistens geändert wurden, wobei man den Anfangsbuchstaben nicht selten durch einen anderen ersetzte, der im Alphabet davor oder dahinter stand. Maria »G.« war ohne Zweifel Maria Herforth, und hinter »Hans F.« konnte sich nur Hans Gätner verbergen, der einzige Landwirt im Ort. Somit klärte sich auf, warum der Bauer noch nach Jahren einen solchen Groll gegen die Herforths hegte: Ihren Katzen schrieb er die Verbreitung der Seuche zu, die ihn mehrere Jungtiere und gewiss eine Menge Geld für die Behandlung der Überlebenden gekostet hatte. Vermutlich war er es gewesen, der die Herforths angezeigt hatte.

Doch war das wirklich der ursprüngliche und einzige Grund der Feindseligkeiten gewesen? Oder hatte die Tierseuche für Gätner nur einen Anlass geboten, um einer schon länger gehegten Abneigung gegen die Herforths Ausdruck zu verleihen? *»Es wäre nicht das erste Mal, dass* *man versucht, uns mit haltlosen Beschuldigungen das Leben schwer zu machen«*, hatte Martin Herforth gesagt – und das wies darauf hin, dass die Anzeige nur ein Akt einer seit langem bestehenden Fehde gewesen war. Worin bestand der wahre Grund des Streits?

Einstweilen kam Lea zu keinem Schluss. Sie bereitete sich ein frühes Abendessen zu und fragte sich, wie sie den Rest des Tages verbringen sollte. Am liebsten hätte sie Kai bei sich gehabt, denn seine Gegenwart hatte noch vor kurzem jeden Gedanken an ihre Recherchen auf wohltuende Weise verdrängt. Flüchtig erwog sie, ihn anzurufen, dann erst fiel ihr ein, dass sie seine Handynummer gar nicht hatte.

Auf der Suche nach Zerstreuung streifte Lea durch die Wohnung, fand auf einem Bord ein paar Bücher, stellte aber rasch fest, dass nichts Lesenswertes dabei war. Auch einen Fernseher gab es nicht – sie erinnerte sich an Kais Worte, dass sein Onkel nichts von modernen Medien hielt. So blieb ihr nichts anderes übrig, als am Balkonfenster zu stehen und in den Garten hinauszublicken, über den sich allmählich die Dämmerung senkte.

Entspann dich, befahl sie sich selbst. *Schaffst du es nicht einmal, dich ein wenig abzulenken?*

Sie schaffte es nicht. Gegen einundzwanzig Uhr saß Lea in ihrem Wagen und fuhr die Landstraße Richtung Groß Heide hinab – mit Tempo vierzig, den Blick auf den linken Straßenrand gerichtet. Der umgeknickte Leitpfosten kam in Sicht, glitt vorüber und verschwand im Dunkeln. Kein weißes Gesicht schwebte unter den Bäumen.

Na komm schon!, dachte Lea. Diesmal war sie entschlossen, die Unbekannte zu ertappen und ihr Geheimnis ein für allemal zu lüften. Noch am Vortag hatte sie sich gefürchtet, obwohl Kai bei ihr gewesen war. Heute jedoch hätte sie ohne weiteres den Mut aufgebracht, aus dem Wagen zu springen und die Erscheinung zu stellen – wenn sie denn auftauchte. Lea fuhr etwa einen Kilometer weiter, hielt an, wendete auf offener Straße und fuhr die gleiche Strecke zurück. Wieder passierte sie den abgebrochenen Leitpfosten; wieder war der Wald ringsum dunkel und verlassen.

Lea sah auf ihre Uhr: zehn nach neun. Sie erreichte das Ortsschild von Verchow, wendete erneut und fuhr die Strecke ein drittes Mal ab, nun im Schritttempo. In Gedanken plante sie bereits, was sie tun würde, wenn die unheimliche Gestalt erschien. Diesmal würde sie sich nicht auf Verfolgungsspielchen einlassen. Besser war es vermutlich, rasch und geradewegs auf die Unbekannte zuzugehen, bevor sie sich in den Wald zurückziehen konnte. Sie durfte nicht zögern und musste die passenden Worte parat haben: *Bitte warten Sie, ich möchte nur mit Ihnen reden!* Vielleicht sollte sie sogar hinzufügen, dass sie Journalistin war.

Und wenn es eine Verrückte ist?, fragte sich Lea beklommen. *Wenn vernünftige Worte sie gar nicht erreichen?*

Wieder passierte sie den Leitpfosten und sah nichts als dunkle Kiefernstämme am Straßenrand.

... Worte sie gar nicht erreichen ...

Lea trat auf die Bremse. Eine plötzliche Erkenntnis hatte sie gestreift. Deutlich erinnerte sie sich ihrer ersten Begegnung mit der Erscheinung, die reglos dagestanden hatte, ohne auf ihre Rufe zu reagieren.

Taubstumm – das ist es! Sie kann sich nicht in Worten mitteilen, und das ist der Grund, warum sie dieses Theater spielt.

Vor ihrem inneren Auge erschien das seltsam alterslose Gesicht der Haushälterin, die sie auf dem ehemaligen

Anwesen der Herforths getroffen hatte. Ließ sich dieses Gesicht nicht mit ein wenig Schminke leicht in die Totenmaske verwandeln, die an der Landstraße umging? Warum hatte die Frau mitten im Hochsommer ein knöchellanges Kleid und ein Kopftuch getragen – etwa zur Tarnung? Fürchtete sie, von jemandem wiedererkannt zu werden, der sie in Christines Gestalt an der Straße gesehen hatte? Wenn Leas Vermutung zutraf, stellte sich noch eine weitere Frage: Wer war die Haushälterin des ominösen Herrn Berger?

Christine?, dachte Lea plötzlich, und der aus dem Nichts aufleuchtende Verdacht verursachte ihr eine Gänsehaut.

Unmöglich war es nicht. Christine Herforth war lediglich verschwunden, doch es hatte nie einen klaren Hinweis gegeben, dass sie ermordet worden war, abgesehen von den vieldeutigen Bildern des Comiczeichners Tom Thanatar. Wenn sie am Leben war, musste sie inzwischen etwa vierzig Jahre alt sein.

Aber sie war doch nicht taubstumm! Diese Behinderung ist angeboren. Man wacht nicht eines Tages plötzlich auf und hat seine Stimme verloren.

Es sei denn, fiel ihr plötzlich ein, *man hat etwas so Schreckliches erlebt, dass es einem buchstäblich und dauerhaft die Sprache verschlagen hat.*

Lea dachte an Zeitungsmeldungen über Menschen, die jahrelang in Isolationshaft gehalten worden waren – Tragödien, die sich meistens unter irgendwelchen Militärregierungen abspielten. Die Gefangenen kamen, sofern sie überhaupt am Leben blieben, als stumme Wracks wieder ans Tageslicht, apathisch, geistig verwirrt und kaum noch der Sprache mächtig. Gab es nicht auch Berichte über Kinder, die von geisteskranken Verwandten in geschlossenen Räumen eingesperrt worden waren? Lea erinnerte sich, dass sie von solchen Fällen gelesen hatte und dass das auffälligste Merkmal der nach Jahren Befreiten – abgesehen von vollkommener Verwahrlosung – stets ihre Stummheit war.

Angenommen, Christine ist damals irgendetwas Schreckliches zugestoßen, überlegte sie. *Angenommen, sie wurde von irgendeinem Psychopathen gefangen gehalten, konnte am Ende aber entkommen.*

– *Und warum gibt sie dann diese Geistervorstellung an der Straße?*, vervollständigte eine innere Stimme Leas Gedanken zu einem Dialog.

– *Ganz einfach: um auf ihr Schicksal aufmerksam zu machen, was auch immer mit ihr geschehen ist.*

– *Dafür gäbe es doch wohl einfachere Möglichkeiten. Warum geht sie nicht zur Polizei?*

– *Sie ist stumm.*

– *Aber sie kann schreiben. Denk an das Pappschildchen.*

– *Dann gibt es nur eine mögliche Erklärung: Sie wagt nicht offenzulegen, was mit ihr geschehen ist, weil sie Angst vor dem Täter hat. Er muss also noch in ihrer Umgebung leben. Womöglich wohnt er bis zum heutigen Tag in Verchow. Und das ist auch der Grund, warum Christine sich nicht zu erkennen gibt, sondern eine falsche Identität benutzt.*

Der plötzliche Fluss ihrer Gedanken machte Lea geradezu fiebrig vor Aufregung. Sie spürte deutlich, dass zumindest einige ihrer Vermutungen in die richtige Richtung zielten. Erneut startete sie den Wagen. Diesmal jedoch wendete sie nicht, sondern fuhr weiter bis zu der Einmündung, die zum Gutshaus der Herforths führte. Hier stellte sie den Wagen ab, stieg aus und tastete sich durch den nächtlichen Wald bis zum Gittertor des Hofs. Es war Vollmond, sodass die Konturen der Gebäude selbst im Dunkeln leicht zu erkennen waren. Soweit Lea sehen konnte, brannte nirgends Licht. Probeweise drückte sie gegen einen der Gitterflügel, der tagsüber noch angelehnt gewesen war – nun jedoch war das Tor verschlossen.

Ob sie hier ist?, fragte Lea sich unbehaglich. Bewohnte Christine das Haus? Oder war sie tatsächlich nur Haushälterin, hatte sich die Stelle bei dem ahnungslosen Eigentümer irgendwie erschlichen und kam nur gelegentlich, wobei sie ihre Besuche für das Geisterschauspiel an der Straße nutzte?

Wahrscheinlich Letzteres, schloss Lea. *Sie spielt ihre Rolle nicht ständig, andernfalls wäre sie selbst an einer so einsamen Straße häufiger gesehen worden. Heute zum Beispiel war sie nicht dort. Wahrscheinlich kommt sie nur ein- oder zweimal in der Woche, und in der Zwischenzeit steht das Haus tatsächlich leer.*

Während sie darüber nachdachte, musterte Lea den Drahtzaun. Darüberzuklettern war unmöglich, dazu war er eindeutig zu hoch. Sie erschrak fast bei der Erkenntnis, dass sie nach einem Weg in den Hof suchte.

Willst du wirklich dort hinein? Lea, das ist Hausfriedensbruch!

Eine Zeitlang ging sie unschlüssig am Zaun entlang, umrundete das Grundstück zur Hälfte. Die Rückseite des Wohnhauses kam in Sicht, während die Scheune aus Leas Blickfeld verschwand. An dieser Stelle war der Zaun dem Haus viel näher und nur durch einen verwilderten Garten von den Souterrainfenstern getrennt, die zu ebener Erde lagen. Lea blieb stehen und spähte hinüber. Alle Fenster waren geschlossen, die Rahmen verwittert und teilweise von Spinnweben überzogen. Eines jedoch, das Fenster ganz in der Mitte, war einen Spaltbreit geöffnet.

Erschrocken fuhr Lea herum, als sie hinter sich ein Rascheln vernahm. Das Herz stockte ihr vor Schreck, und instinktiv presste sie sich mit dem Rücken gegen den Zaun. Etwas Dunkles, Vierbeiniges schoss an ihr vorbei und streifte um Haaresbreite ihren Knöchel.

Nur eine Katze, erkannte sie aufatmend. Dann sah sie zu ihrem Erstaunen, dass das Tier am Fuß des Zauns im Gebüsch verschwand und im nächsten Moment auf der anderen Seite wieder auftauchte. Kurz beleuchtete der Mond das gescheckte Fell und die spitzen Ohren, dann huschte die Katze zum angelehnten Kellerfenster und schlüpfte ins Haus.

So ist das also, dachte Lea. *Die Katzen der Herforths mögen verwildert sein, aber ihre Nachkommen gehen hier immer noch ein und aus. Offenbar gibt es jemanden, der ihnen buchstäblich eine Hintertür offen hält.*

Sie ging in die Knie und prüfte den Zaun. Tatsächlich war das Maschengitter im unteren Drittel von einem der Metallpfeiler abgelöst und umgebogen, sodass ein dreieckiger Durchgang entstand.

Groß genug, befand Lea. Ohne Zögern ließ sie sich am Boden nieder und schob sich langsam vorwärts. Die Öffnung war klein, und so war sie gezwungen, sich tief zu ducken und unter dem Zaun hindurchzurobben. Mit schmutzigen Kleidern kam sie schließlich wieder auf die Beine und stand nun im Garten des Hauses.

Jetzt bin ich wirklich eine Einbrecherin. Ist die Sache das Risiko wert? Was suche ich hier überhaupt?

Sie konnte sich die Fragen nicht mit Bestimmtheit beantworten. Worin auch immer ein Beweis für die Richtigkeit ihres Verdachts bestehen mochte, sie würde es wissen, wenn sie ihn gefunden hatte. Einstweilen jedenfalls war das geöffnete Fenster eine Versuchung, der sie nicht widerstehen konnte.

Obwohl sie davon ausging, dass das Haus leer war, schlich Lea auf Zehenspitzen zur Rückwand, duckte sich ins Gras und tastete nach dem Fenster. Wie sich herausstellte, war es mit einem altmodischen Metallriegel in seiner Stellung fixiert, der sich leicht von außen erreichen ließ. Lea hakte den Riegel aus, schob das Fenster weiter auf und ließ sich mit den Beinen voran ins Innere des Hauses gleiten. Ihre Füße trafen auf nackten Betonboden. Für einen Moment war sie nahezu blind, denn während draußen der Mond geleuchtet hatte, war sie nun von vollkommener Finsternis umgeben. Vorsichtig tastete sie sich an der Wand voran, in der Hoffnung, einen Lichtschalter zu finden.

Vielleicht gibt es gar keinen, sagte eine ungebetene Stimme in ihrem Inneren. *Vielleicht ist sogar der Strom abgestellt. Schließlich steht dieses Haus seit Jahren leer.*

Vorsichtig tastete sie sich voran.

Bitte, bitte … Licht!

Endlich: ein Türrahmen und gleich daneben ein Kippschalter. Lea legte ihn um, und zu ihrer Erleichterung flammte eine nackte Deckenbirne auf. Blinzelnd orientierte sie sich und erkannte, dass der Raum nicht viel mehr als eine Abstellkammer war, ein Würfel aus Gussbeton ohne jegliches Mobiliar. An einer Wand stand eine grüne Plastikwanne, aus der ein Wischmob hervorragte, und in einer Ecke neben dem Fenster war ein Napf mit Katzenfutter platziert. Die einzige Tür des Raums wurde durch einen Stopper aus Schaumstoff spaltbreit offen gehalten.

Perfekter Service für Katzen, dachte Lea. *Sie können jederzeit herein und hinaus.*

Vorsichtig schob sie die Tür auf und gelangte in einen Korridor, an dem sich weitere Türen und ganz am Ende eine Treppe zum Erdgeschoss befanden. Aufs Geratewohl öffnete sie eine der Türen und entdeckte einen mannshohen Heizkessel, dessen Armaturen durch ein schwaches rotes Licht erkennen ließen, dass die Anlage in Betrieb war. Die nächste Tür führte lediglich zu einem winzigen Verschlag von der Größe eines Besenschrankes, in dem sich die Sicherungskästen befanden. Lea erwog gerade, die Treppe zum Erdgeschoss hinaufzusteigen, als ihr eine weitere Tür am entgegengesetzten Ende des Korridors auffiel. Sie war hölzern und mit Schnitzarbeiten verziert, wodurch sie sich auffallend von den Stahltüren der übrigen Räume unterschied.

Das muss ein älterer Teil des Kellers sein, dachte Lea, *aus Zeiten, als noch Pferdekutschen auf den Straßen fuhren.* Sie ging zum Ende des Korridors, drückte die gusseiserne Klinke herab und öffnete die Tür.

Sie wurde nicht enttäuscht: Eine kurze Treppe führte in ein tiefer gelegenes Kellergewölbe, dessen Wände gemauert waren, während der Boden aus gestampftem Lehm bestand. Glücklicherweise war auch hier elektrisches Licht installiert worden. Der Schalter befand sich gleich neben dem Treppenabsatz. Als die Glühbirne aufflammte, erblickte Lea einen weitläufigen Raum, der im Gegensatz zum oberen Teil des Kellers mit Unmengen von Gerümpel zugestellt war. Ausrangierte Möbelstücke säumten die Wände, darunter Tische, Stühle, Schränke und Vitrinen, ein mannshoher Spiegel mit barockem Goldrahmen und eine Holztruhe mit eisernen Beschlägen. Neben einer Staffelei türmten sich Dutzende von Keilrahmen mit Ölgemälden.

Lea stieg die Treppe hinab und musterte die Bilder. Es waren Landschaftsgemälde, mehrheitlich Feld- und Waldansichten mit leuchtenden Blumen und stimmungsvollen Sonnenuntergängen. Jedes Bild zeigte am rechten unteren Rand eine Signatur: *M. Herf.*

Ich wusste es, dachte Lea. *Das sind die Hinterlassenschaften der Herforths. Schließlich gab es keine Erben, die sich um den Nachlass kümmern konnten. Daher hat der neue Besitzer einfach alles in den Keller geschafft.*

Neugierig ging sie von einem Möbelstück zum nächsten, öffnete die Schränke, zog Schubladen aus Kommoden und klappte auch die schwere Holztruhe auf. Sie fand muffig riechende, altmodische Kleider, einen Stapel zusammengefalteter Tischdecken, Tafelgeschirr, einige Dutzend Bücher und gebündelte Papiere. Eine Vitrine enthielt mehrere Pokale, deren Beschriftung verriet, dass es sich um Preise von Katzenausstellungen handelte. In den Schubladen unter der Glasfläche türmten sich Stammbäume und Impfpässe der Tiere nebst einigen großformatigen Fotoalben. Lea hob eines der Alben heraus, blätterte und fand Porträtaufnahmen Dutzender Katzen, jedes mit Namen versehen und liebevoll mit Farbstiften umrahmt. Eines der Fotos zeigte einen schwarzen Kater namens »Smoky« in den Armen eines etwa zwölfjährigen Mädchens.

Lea verharrte und blickte in das hübsche Gesicht, das noch keine Spur von weißer Schminke oder dunklem Lidschatten zeigte. Christine sah aus wie ein ganz normales Mädchen, trug eine pinkfarbene Bluse und strahlte in die Kamera. Ihre Verwandlung in das Gothic-Girl mit der schwarzen Mähne und dem ernsten, beinahe düsteren Blick schien einer späteren Entwicklungsphase anzugehören.

Unvermittelt riss ein Geräusch Lea aus ihrer Betrachtung: Es klang, als schlüge irgendwo oben im Haus eine Tür zu. Sie erstarrte, das Album in den Händen, und lauschte angespannt. Einen Moment lang blieb alles ruhig, dann jedoch tappten Schritte auf der Treppe zum Erdgeschoss.

Oh mein Gott … Nein!

Lea besaß gerade noch genug Geistesgegenwart, um das Album in die Schublade zurückzulegen, statt es an Ort und Stelle fallen zu lassen. Rasch huschte sie die Stufen zur Tür hinauf, erreichte den Korridor und versuchte sich hektisch zu erinnern, welche Tür zu dem Raum mit dem offenen Fenster geführt hatte. Doch es war zu spät: Wiederum knarrte die Treppe am anderen Ende des Gangs, und plötzlich flammte die Deckenbeleuchtung auf.

Lea tat das Einzige, was ihr unter diesen Umständen übrig blieb: Sie zog sich in das Kellergewölbe zurück, schloss die Holztür von innen und blickte sich fieberhaft nach einem Versteck um. Erst jetzt fiel ihr auf, dass sich neben der Vitrine eine weitere Tür befand, die kaum mannshoch war und vermutlich zu einem Vorratsraum gehörte. Rasch löschte sie das Licht und tastete sich hinüber. Ihre Finger fanden die Tür, die zum Glück nicht verriegelt war und nur leise knarrte, als sie hindurchschlüpfte. Ein muffiger Geruch umfing Lea und sie vermutete, dass sie sich in einem uralten Kartoffelkeller befand. Die Luft war kühl und feucht. Schwer atmend drückte sie sich mit dem Rücken gegen die geschlossene Tür und versuchte sich zu beruhigen.

Also gut … Es ist doch jemand hier. Lea, du warst unvorsichtig bis an die Grenze der Dummheit! Was hast du dir bloß dabei gedacht?

Eine gusseiserne Klinke knirschte vernehmlich, die Holztür zum Kellergewölbe knarrte. Schritte tappten über die Stufen. Erneut flammte das Licht auf – Lea konnte es deutlich sehen, denn die Seitentür zum Kartoffelkeller bestand nur aus grob behauenen Brettern, sodass der Schein der Deckenbirne durch zahllose Ritzen und Spalten drang. Unfähig, ihre Neugier zu bezwingen, spähte sie durch eine der Spalten, die kaum breit genug gewesen wäre, um einen Bleistift hindurchzustecken.

Ein Mensch hatte den Kellerraum betreten und durchmaß ihn mit langsamen Schritten. Lea konnte zunächst nur ein Stück nacktes Bein erkennen. Eine Katze – nicht die gescheckte von vorhin, sondern eine schneeweiße – folgte der Gestalt und schmiegte sich an ihre Wade. Eine Hand senkte sich herab, um dem Tier über den Kopf zu streichen.

Diese Hand, dachte Lea beim Anblick der zartgliedrigen Finger. *Ich habe sie schon einmal gesehen.* Vorsichtig verlagerte sie ihr Gewicht und reckte sich ein wenig, um durch eine andere Spalte zu blicken, die einen besseren Winkel bot.

Ihre Vermutung bestätigte sich: Die Gestalt stand mitten im Raum und blickte sich forschend um. Den Kopf hatte sie abgewandt, doch Lea sah ihr Gesicht in dem hohen Barockspiegel an der Wand. Es war von langem schwarzem Haar eingerahmt, hatte eine weiche Augenpartie und eine zierliche Nase, doch ein unpassend kräftiges Kinn.

Lea unterdrückte ein Keuchen, denn sie hatte nicht nur zweifelsfrei die Haushälterin erkannt, die ihr am Nachmittag gegenübergestanden hatte, sondern zugleich einige Ungereimtheiten bemerkt, die den Körperbau der Unbekannten betrafen. Sie trug lediglich ein dunkles T-Shirt und eine Unterhose, als wäre sie vom Sofa oder aus dem Bett geholt worden, und das knochige Profil der stark behaarten Schienbeine war ebenso irritierend wie die flache Brust. Die vermeintliche Haushälterin drehte sich auf der Stelle, und Lea erhaschte einen Blick auf die Vorderseite ihres Beckens, wo die Hose sich in charakteristischer Weise ausbeulte.

Das ist ein Mann!

Darüber konnte kein Zweifel bestehen. Seine Maskerade war vermutlich nicht einmal schwierig, denn das alterslose Gesicht ging ohne weiteres als das einer Frau durch, zumal auf Wangen und Kinn nicht einmal ein Schatten eines Bartes zu erkennen war. Der Unbekannte war mittelgroß und von untersetzter Statur, doch die zartgliedrigen Hände und Füße ließen seine Frauenrolle glaubhaft erscheinen, solange der Rest des Körpers unter einem knöchellangen Kleid verschwand. Das lange schwarze Haar war ohne Zweifel eine Perücke: Es glänzte allzu geschmeidig, und an den Schläfen glaubte Lea den Ansatz des natürlichen Haars zu erkennen, das graublond und kurz war.

Ungläubig starrte sie durch den Spalt. Damit also zerrann ihre Theorie, die Haushälterin könne in Wahrheit Christine Herforth sein. Ein Mann lebte auf diesem Hof, offensichtlich allein, und spielte die Rolle der Putzfrau – wahrscheinlich um den Eindruck zu erwecken, das Haus stehe leer.

Trotzdem könnte er es sein, der Christines Geist darstellt, erkannte Lea plötzlich. *Das Gesicht braucht nur eine Schicht Schminke – schließlich hat er Übung darin, sich als Frau zu verkleiden. Aber warum tut er das?*

Das Holz knarrte unter ihren Fingern, denn in ihrer Erregung hatte sie sich eng an die Tür gedrückt, um besser sehen zu können. Augenblicklich fuhr der Unbekannte herum, und sein Blick schoss zu der Tür herüber. Entsetzt zog sich Lea von ihrem Beobachtungsplatz zurück und kroch in die Finsternis seitlich des Eingangs.

Von wegen taubstumm …

Ihr Herz klopfte heftig. Der heimliche Bewohner des Hofs verfügte eindeutig nicht nur über männliche Gene, sondern auch über ein intaktes Gehör. Schritte näherten sich der Tür.

Was jetzt?, hämmerte es in Leas Kopf. *Was soll ich tun?*

Sie drückte sich mit dem Rücken gegen die Wand, zog

die Knie an und bemühte sich krampfhaft, nicht zu atmen.

Die Tür wurde aufgeschoben. Eine Taschenlampe flammte auf, deren Lichtkegel über die Wände geisterte. Lea verharrte im Schatten neben der Tür, schloss die Augen und konzentrierte sich auf ihren Atem.

Bitte, komm nicht herein! Bleib draußen! Vergewissere dich nur, dass niemand hier ist.

Eine Katze maunzte. Lea blinzelte – im selben Moment, als der Lichtkegel der Taschenlampe verlosch. Die Tür wurde wieder geschlossen. Dunkelheit senkte sich über den Raum. Schritte entfernten sich und tappten die Stufen zum Korridor hinauf. Der Lichtschalter klickte, und nun erlosch auch die Beleuchtung nebenan. Die schwere Holztür fiel ins Schloss.

Mehrere Minuten lang kauerte Lea wie erstarrt an der Wand, legte eine Hand auf ihr heftig pochendes Herz und wagte nicht, sich zu rühren. Angestrengt lauschte sie, konnte jedoch kein Geräusch mehr hören. Offenbar war der Bewohner des Hauses zu dem Schluss gekommen, dass das nächtliche Gerumpel in seinem Keller lediglich von einer der Katzen verursacht worden war.

In vollkommener Dunkelheit tastete Lea sich in den größeren Raum zurück, bemüht, jedes Geräusch zu vermeiden. Es war mühsam, denn sie sah nicht einmal die eigene Hand vor den Augen und fürchtete jeden Moment, gegen irgendein Möbelstück zu stoßen. Es dauerte nahezu eine Minute, bis sie die Stufen erreicht hatte und den Lichtschalter wiederfand.

Im erneut aufflammenden Licht wirkte das Kellergewölbe seltsam übersichtlich und harmlos. Die Seitentür zu dem Kartoffelkeller, in dem Lea sich versteckt hatte, stand offen. Neben ihr am Boden hatte der unbekannte Hausbewohner die Taschenlampe abgestellt.

Leas erster Impuls war, so schnell wie möglich zu verschwinden, dann aber siegte ihre Neugier. Sie hatte das Interieur des Anbaus bislang gar nicht gesehen, sondern die Augen geschlossen, als der Unbekannte hineingeleuchtet hatte. Was mochte sich dort drinnen verbergen? Entschlossen kehrte sie um, ergriff die Taschenlampe und trat erneut in die kühle, feuchte Luft hinter der Brettertür.

Der Anblick ließ ihr Herz, das sich eben erst beruhigt hatte, wieder schneller schlagen. Die Taschenlampe erhellte keine ausrangierten Möbel. Stattdessen war der würfelförmige Raum bis auf eine umgestülpte Holzkiste am Boden völlig leer. Neben der Kiste stand ein sechsarmiger Kerzenleuchter, und auf ihr waren Papiere, Hefte, Fotos und sogar Schmuckstücke ausgebreitet, drapiert wie zu einem Stillleben. Lea ging in die Knie und musterte die Gegenstände. Das seltsame Gefühl überkam sie, vor einem Altar zu knien.

Es ist tatsächlich ein Altar, erkannte sie mit einer Mischung aus Faszination und Schauder.

Die vergilbten Fotos, einige lose herumliegend, andere in stehenden Bildhaltern arrangiert, zeigten alle dasselbe junge Mädchen: mal im Porträtformat, mal beim Spielen im Hof, auf einem Pony reitend, mit Katzenbabys im Arm oder an der Hand ihrer Mutter. Die Bilder deckten einen Zeitraum von vielen Jahren ab, augenscheinlich vom Kindergartenalter bis zur Pubertät. Die Gesichtszüge von Christine Herforth jedoch waren stets deutlich zu erkennen. Auf den ältesten Fotos zeigte sich ein hübsches Mädchen mit dunkelblondem Lockenhaar, meist in farbenfrohen Kleidern und mit strahlendem Lächeln; die späteren dokumentierten ihre Wandlung zu einer nachdenklich bis skeptisch dreinblickenden Jugendlichen in zunehmend düsterem Outfit und mit schwarz gefärbtem Haar.

Lea musterte die Papiere, die auf dem hölzernen Altar verteilt lagen. Sie erwiesen sich größtenteils als Schulhefte, gefüllt mit einer kindlich runden, später spitzen und zunehmend krakeligen Schrift. Lea blätterte die Hefte aufmerksam durch, begierig nach jedem Hinweis. Sie fand ganze Seiten, die nicht mit Text, sondern mit Zeichnungen bedeckt waren, wahrscheinlich aus gedankenloser Langeweile hingekritzelt. Sie verrieten ein bemerkenswertes Talent: Mit wenigen Strichen hatte Christine Personen porträtiert oder karikiert, bei denen es sich gewiss um Mitschüler oder Lehrer handelte. Andere Zeichnungen zeigten düstere Szenarien, zumeist stilisierte Friedhofsansichten mit kunstvoll verschnörkelten Grabsteinen, gotischen Säulen und Wasserspeiern in Dämonengestalt.

Die Begabung muss von ihrem Vater herrühren, vermutete Lea. Während jedoch Martin Herforth idyllische Landschaftsbilder in Öl malte, hatte seine Tochter mit Bleistift und Kugelschreiber schaurige Kulissen wie für einen Horrorfilm entworfen. Lea blätterte weiter – und stieß auf ein loses Blatt, das mit einer Art Gedicht bekritzelt war.

Wie sollst du es sonst ertragen?
Die Dummheit, die Heuchelei,
die Feigheit der Spießer, die nichts wagen
Lehrer, Eltern, Polizei.
So vernagelt, so verlogen,
brave Hunde an der Leine
Fernsehshows sind ihre Drogen
Koks ist meine

Lea starrte lange auf das Blatt, dessen Lineatur verriet, dass es aus einem Schulheft herausgerissen worden war.

Koks … So lautete das Szene-Kurzwort für Kokain.

Unwillkürlich musste sie an ihre Jugendfreundin Iris denken, die ebenfalls zu Drogen gegriffen hatte, um ihrem Alltag zu entfliehen. Bei Iris war es Heroin gewesen – die Königin der Opiate, euphorisierend und einschläfernd zugleich, rasch wirksam, ebenso schnell abhängig machend und in letzter Instanz oft tödlich. Christine dagegen schien sich an Stimulanzien gehalten zu haben. Kokain – auch dies wusste Lea – war ein aufputschendes Mittel, das Hunger, Schmerz und Müdigkeit vertrieb und nichts zurückließ als ein überwältigendes Gefühl von Stärke und Gleichgültigkeit gegenüber dem Rest der Welt. War es das, was Christine gebraucht hatte?

Aber wie hat sie das angestellt? Wie ist sie hier in der tiefsten Provinz an harte Drogen gekommen?

Ihr fiel ein, was der Lehrer Gerhard Winkelmann erzählt hatte: Dass Christine manchmal wochenlang der Schule ferngeblieben war, vermutlich, um sich in irgendeiner größeren Stadt herumzutreiben. Am Tag ihres Verschwindens hatte sie ihre Eltern angerufen und ihre Rückkehr angekündigt, nachdem sie zwei Wochen lang verschollen gewesen war. Wo hatte sie sich herumgetrieben? In Hamburg vielleicht, wo es eine umfangreiche Drogenszene gab? Hatte sie womöglich einen Entzug hinter sich gebracht und wollte nach Hause zurückkehren, um sich mit ihren Eltern zu versöhnen?

Lea suchte weiter, fand jedoch keine vergleichbaren Hinweise mehr. Die meisten der zerfledderten Hefte enthielten lediglich Schulaufsätze. Dennoch überflog sie einige der Texte, vor allem diejenigen aus den höheren Klassenstufen.

Hat die Verstädterung im Zuge der industriellen Revolution die Lebensbedingungen der Menschen eher verbessert oder verschlechtert? Begründen Sie Ihre Meinung.

Dazu hatte Christine Folgendes geschrieben:

Ich weiß schon, was Sie hören wollen: Dass die Leute vom Land in die Städte ziehen mussten, um dort in den Fabriken zu arbeiten, dass sie den Rückhalt in ihren bäuerlichen Familien verloren haben, dass sie zu zehnt in notdürftigen Unterkünften wohnen mussten und so weiter. Wir sprechen ja seit Wochen im Unterricht darüber. Ich meine aber, dass die Verstädterung den Menschen trotzdem Vorteile gebracht hat. Wer sein ganzes Leben in einem Bauerndorf verbringt, kriegt so gut wie nichts von der Welt zu sehen und macht alles genauso wie seine Vorfahren, ohne jemals über den Tellerrand zu sehen. Ich behaupte, Landleben macht dumm oder sorgt zumindest dafür, dass beschränkte Leute auch beschränkt bleiben. Was war so toll daran, vor hundert Jahren in irgendeinem Kuhdorf zu hocken? Wenn man Pech hatte, suchten die Eltern einem auch noch den Ehemann aus, möglichst aus der Nachbarschaft. Dann durfte man von morgens bis abends auf seinem Hof ackern, bis man einen krummen Rücken bekam, ein paar Inzuchtkinder kriegen und am Ende bei der neunten oder zehnten Geburt krepieren. Toll.

Ich glaube, dass es den Abwanderern gutgetan hat, in die Städte zu ziehen. Da mussten sie zwar in den Fabriken arbeiten, hatten aber doch wenigstens viele Menschen um sich – und wo viele Menschen sind, gibt es auch neue Ideen. Man kann Leute kennenlernen, man kann Freundschaften schließen und sich seinen Ehemann selbst aussuchen. Und man stellt die eigene Lebensweise infrage, weil man auf Menschen trifft, die anders leben als man selbst. Deshalb sind alle guten Ideen, die die Menschheit wirklich weitergebracht haben, in Städten entstanden, von der Erfindung der Schrift bis zur Arbeiterbewegung. Ich würde jedem, der in einem Ort unter 10 000 Einwoh-

ner lebt, raten, in eine Stadt zu ziehen. Später kann man ja aufs Land zurückkehren und da seinen Lebensabend genießen, aber immerhin hat man dann etwas von der Welt gesehen und regt sich weder über die »Jugend von heute« auf noch über die ungestutzten Büsche in Nachbars Garten.

Dem Text folgte eine Notiz des Lehrers:

Sehr subjektiv, aber mit Elan begründet. 2-/Wk

»Wk« war vermutlich niemand anders als der Geschichtslehrer Gerhard Winkelmann.

Lea blätterte weiter, las hier und dort einen Absatz, fand jedoch nichts mehr von Interesse und griff schließlich nach einem in marmorierte Pappe gebundenen Buch. Als sie es aufschlug, stieß sie abermals auf Bilder: Zeichnungen, größtenteils mit Bleistift ausgeführt, bedeckten Seite um Seite. Hier und dort war ein Datum hingekritzelt.

Es ist ein Tagebuch, erkannte Lea. Statt ihre Erlebnisse aufzuschreiben, hatte Christine das Tagesgeschehen in Bildern festgehalten, teilweise sogar in Bildergeschichten, die wie Comics wirkten, jedoch ohne Sprechblasen auskamen.

Wie Tom Thanatar, dachte Lea sofort. *Irgendeine Verbindung besteht zwischen den beiden: dasselbe Talent, derselbe Stil, beide kommen ohne Wörter aus.*

Erneut lebte ihre Idee auf, dass Christine noch am Leben sein könnte. War sie es womöglich, die sich unter dem Pseudonym »Thanatar« verbarg?

Das wird immer absurder, wies Lea sich selbst zurecht. *In diesem Haus lebt ein Mann, der sich als Frau tarnt – und ich spekuliere über eine Frau, die sich als Mann ausgibt.*

Es war zu früh, irgendwelche Schlüsse zu ziehen. Umso weniger konnte Lea sich dazu durchringen, das Tagebuch an seinen Platz zurückzulegen. Es war mehr als hundert Seiten dick und vermutlich – wenn man lernte, die Bilder zu verstehen – randvoll mit aufschlussreichen Informationen. Die Daten begannen mit »3.August 1983« und reichten, mit längeren Pausen, bis zum Frühjahr des Jahres 1986 – dem Jahr, in dem Christine verschwunden war.

Lea überlegte nicht lange. Ihre Skrupel, dem Hausfriedensbruch noch einen Diebstahl hinzuzufügen, waren bedeutend geschrumpft, seit sie mit eigenen Augen gesehen hatte, welches falsche Spiel die vermeintliche Haushälterin trieb. Entschlossen schob sie das Tagebuch in ihren Hosenbund, drapierte die übrigen Papiere so, dass sein Fehlen nicht auf den ersten Blick zu erkennen war, und trat den Rückweg an. Sorgfältig schloss sie die Tür, stellte die Taschenlampe an ihren Platz zurück, schlich die Stufen zum Korridor hinauf und löschte das Licht. Nun galt es nur noch, den Raum mit dem offenen Fenster wiederzufinden, um so rasch wie möglich ins Freie zu entkommen.

Donnerstag

Lea verbrachte eine schlaflose Nacht, nachdem sie ohne weitere Zwischenfälle den Rückweg bewältigt hatte und in ihre Ferienwohnung zurückgekehrt war. Sie fand nicht einmal die Ruhe, ihre beschmutzten Kleider abzulegen und unter die Dusche zu gehen. Stattdessen ging sie nervös im Wohnzimmer auf und ab und wünschte sich verzweifelt, mit irgendjemandem reden zu können. Die Zeit kroch dahin, bis sie es schließlich nicht mehr aushielt, nach ihrem Handy griff und die Nummer von Jörg Hausmann wählte, um eine Nachricht auf seiner Mailbox zu hinterlassen.

»Bitte ruf mich an, wenn du morgen früh in der Redaktion bist! Es ist dringend.«

Die Uhr über der Küchenzeile zeigte halb vier. Lea überwand sich, eine halbe Stunde still auf dem Sofa zu verbringen und zumindest ein wenig zu dösen. Christines Tagebuch lag neben ihr auf dem Glastisch, doch irgendein Instinkt riet ihr ab, sich in die Zeichnungen zu vertiefen – wahrscheinlich hätten sie ihre Erregung noch gesteigert. Stattdessen schloss sie die Augen und bemühte sich, abzuschalten.

Irgendwann in den frühen Morgenstunden musste Lea schließlich doch eingeschlafen sein, denn sie schreckte aus einem Traum hoch und fand sich in recht unbequemer Haltung, mit schmerzendem Rücken, auf dem Sofa wieder. Stöhnend setzte sie sich auf und presste eine Hand in die Flanke, die sich über die ungefederte Schlafstatt beschwerte.

Jede Nacht Albträume, dachte sie erschöpft. *Das geht schon so, seit ich hier bin.*

Sie erinnerte sich genau: In ihrem Traum war sie wieder im Haus der Herforths gewesen, eingeschlossen in dem finsteren Kartoffelkeller mit dem Altar. Diesmal war die Tür fest verriegelt gewesen – obwohl Lea sich nicht erinnern konnte, in der Realität Schloss oder Riegel bemerkt zu haben. Aus dem Parterre des Hauses hatte sie Schritte gehört, wahrscheinlich diejenigen des unheimlichen Mannes, der sich als Frau verkleidete. Während sie jedoch in der vergangenen Nacht alles darangesetzt hatte, unbemerkt zu bleiben, hatte sie in ihrem Traum gerufen, geschrien und sogar mit den Fäusten gegen die Decke getrommelt, um ihn auf sich aufmerksam zu machen. Sie hatte gewusst, dass sie in dem finsteren Verlies gefangen war, und ihre einzige Hoffnung hatte darin bestanden, dass er sie befreite. Doch er war nicht in den Keller herabgekommen. Alles, was sie gehört hatte, waren seine bedächtigen Schritte gewesen, die sich mal nach links entfernten, dann wieder nach rechts, als ginge er nachdenklich auf und ab.

Benommen sah Lea auf die Uhr: kurz nach acht. Sie zwang sich, aufzustehen und endlich die schmutzigen Kleider abzustreifen. Dann gönnte sie sich eine heiße Dusche, die wider Erwarten guttat und ihren Kopf klärte. Als sie aus dem Bad zurückkam, ein Handtuch um die nassen Haare geschlungen und ein zweites um die Hüften, klingelte das Telefon.

Endlich …

Rasch nahm sie das Handy auf und sah mit Erleichterung Jörgs Nummer auf dem Display.

»Lea! Was ist los?«

Diesmal verschwieg sie nichts, sondern legte rückhaltlos offen, was in den letzten zwei Tagen geschehen war, mit Ausnahme ihrer Beziehung zu Kai Zirner. Jörg schwieg anhaltend, gerade so, als hätte es ihm die Sprache verschlagen.

»Tja, und jetzt weiß ich nicht recht, was ich tun soll«, schloss Lea. »Dieser Kerl, der sich für eine Frau ausgibt, hat definitiv etwas mit der Geschichte zu tun. Vielleicht ist er wirklich als Hausmeister angestellt, aber der Besitzer des Hauses weiß garantiert nicht, was er dort heimlich treibt. Vielleicht sollte ich die Polizei rufen …«

»Das solltest du nicht«, sagte Jörg bestimmt.

»Warum nicht?«

»Was willst du der Polizei erzählen? Es ist kein Verbrechen, sich als Frau zu verkleiden. Vielleicht ist der Typ schlicht Transvestit. Er hat nichts Strafbares getan – im Gegensatz zu dir.«

»Aber ich bin sicher, dass er es ist, der seit Jahren dieses Geistertheater an der Straße inszeniert!«

»Dafür würde man ihn allenfalls wegen groben Unfugs drankriegen – vorausgesetzt, du hättest Beweise, und die hast du nicht.«

»Er hat eine Art Altar mit Christines Sachen eingerichtet«, fuhr Lea beharrlich fort, »mit den Hinterlassenschaften einer Ermordeten! Ist das nicht verdächtig genug?«

»Mag sein.« Jörgs Stimme klang eher besorgt als skeptisch. »Aber von diesem Altar solltest du niemandem etwas erzählen, erst recht nicht der Polizei. Wie willst du denn erklären, dass du davon weißt? Lea, du bist in ein Haus eingedrungen und du hast ein Buch gestohlen!«

»Es gehört ihm nicht!«, verteidigte sich Lea.

»Woher willst du das wissen? Vielleicht ist dieser Mann

der legale Eigentümer des Hofs und wird von den Leuten im Dorf nur deshalb für eine Haushälterin gehalten, weil er gerne Frauenkleider anzieht. In diesem Fall solltest du froh sein, wenn *er* dich nicht anzeigt! Er wird das Fehlen des Buchs bemerken, und dann wird er auch wissen, dass die Geräusche, die er im Keller hörte, nicht von einer seiner Katzen stammten. Er weiß, dass jemand bei ihm eingebrochen ist, und vermutlich kann er sich auch denken, dass du es warst. Immerhin weiß das ganze Dorf, dass du dich für diese Geistergeschichte interessierst.«

Lea biss sich auf die Lippen. Was Jörg sagte, war nicht von der Hand zu weisen.

»Ich glaube trotzdem nicht, dass er mich anzeigt«, sagte sie in dem Bemühen, sich zu rechtfertigen. »Er hat selbst zu viel zu verbergen. Offenbar hockt er doch seit Jahren inkognito auf diesem Hof und erweckt den Anschein, das Haus sei unbewohnt, damit er seine Rolle als Christines Geist spielen kann. Was auch immer er damit bezweckt, jedenfalls wird er sich nicht freiwillig die Polizei ins Haus holen.«

»Umso schlimmer.« Jörg seufzte gequält. »Ich will dich ja nicht beunruhigen, aber … hast du schon einmal ernsthaft darüber nachgedacht, was du da eigentlich tust? Du versuchst, einen Mord aufzuklären! So etwas ist gefährlich, Lea. Und besonders gefährlich ist es, nachts in die Häuser irgendwelcher verdächtiger Personen einzubrechen, Spuren zu hinterlassen und die Aufmerksamkeit auf dich zu ziehen. Ich kann nur hoffen, dass dieser Transvestit einfach ein harmloser Spinner ist – andernfalls müsste ich mir Sorgen um dich machen.«

Lea fiel keine Erwiderung ein. Jörg hatte recht: In ihrem Eifer, dem Rätsel auf den Grund zu gehen, war sie zu weit gegangen und hatte nicht an die Konsequenzen gedacht.

»Okay.« Sie atmete tief aus. »Sag mir ehrlich: Was sollte ich deiner Meinung nach tun?«

»Abreisen«, riet Jörg, »und zwar möglichst noch heute. Wenn du willst, kannst du ja von hier aus weiter recherchieren.«

»Abreisen?« Lea dachte an Kai, der am Nachmittag zurückkehren würde. »Das kann ich nicht.«

Jörg seufzte. »Na schön. Aber versprich mir, in Zukunft vorsichtiger zu sein.«

»Ich passe schon auf mich auf«, versprach Lea. »Aber es ist süß, dass du dir Sorgen um mich machst.«

Jörg schwieg verdutzt, und auch Lea wurde plötzlich verlegen. Der letzte Satz war ihr herausgerutscht, bevor sie darüber nachgedacht hatte. Hatte sie wirklich »süß« gesagt?

»Ruf mich an, wenn ich dir irgendwie helfen kann«, sagte Jörg schließlich mit veränderter Stimme – es klang, als bemühte er sich um einen neutralen Tonfall.

Lea nickte. »Mache ich.«

Lea beschloss, den Tag im Haus zu verbringen und auf Kai zu warten, stellte jedoch bei einem Blick in den Kühlschrank fest, dass sie außer Butter und ein paar Scheiben Käse nichts mehr auf Lager hatte. Selbst der Kaffee war bedenklich zur Neige gegangen. Sie trank viel zu viel – ein Indiz für ihre Anspannung.

Na schön ... Ein wenig frische Luft wird mir guttun.

Sie zog sich an und verließ das Haus, um den kleinen Supermarkt an der Hauptstraße aufzusuchen. Der Laden hatte eben erst geöffnet und war noch nahezu leer. Als Lea ihren Korb gefüllt hatte und zur Kasse ging, war sie erleichtert, diesmal nicht die unfreundliche Frau Gätner dort zu sehen, sondern einen jungen Mann, der die Kundin vor ihr bediente.

»Hallo, Frau Heimberger«, grüßte er lächelnd, als die Frau ihre Einkäufe auf das Band stellte. »Wie geht es Ihnen?«

»Gut«, flüsterte die Frau, deren rötliches Lockenhaar Lea sofort wiedererkannte: Sie war die Ehefrau des Ortsvorstehers Harald Heimberger. Die einsilbige Antwort hauchte sie mit kaum hörbarer Stimme, als fürchtete sie sich, laut zu sprechen. Gleichzeitig bemerkte sie Lea hinter sich und zuckte zusammen.

Mein Gott, was für ein verschüchtertes Geschöpf, dachte Lea, die sich an ihren Besuch bei den Heimbergers erinnerte. Etwas indiskret musterte sie die Waren, die der junge Mann soeben scannte: Diät-Joghurt, Diät-Käse, Diät-Margarine und ein Magazin mit der Schlagzeile »Schlank in drei Wochen: Die neue Methode aus den USA«.

Ehrliches Mitleid überkam Lea. Sie selbst hatte jeden Schlankheitswahn schon vor Jahren erfolgreich abgetan, bedauerte jedoch alle Frauen, denen dieses Thema permanent Laune und Appetit verdarb. Frau Heimberger – rund zwanzig Jahre älter als Lea, dabei gut aussehend und mit reizvoller weiblicher Figur – war ein typisches Opfer dieser Manie.

»*Sie* müssen doch nicht abnehmen«, sagte Lea, die sich angewöhnt hatte, auch gegenüber Fremden ihre Meinung deutlich auszusprechen. »Warum tun Sie sich das an? Sie sehen prima aus!«

Frau Heimberger erstarrte und warf ihr einen Seitenblick zu, in dem nackte Panik flackerte.

»Finde ich auch«, stimmte der freundliche Kassierer unerwartet zu. »Vierzehn achtundneunzig.«

Frau Heimberger kramte mit zittrigen Fingern nach ihrer Kreditkarte, wobei sie den Kopf gesenkt hielt, sodass die rötlichen Locken ihr Gesicht verbargen. Während der Kassierer die Zahlung abwickelte, raffte sie hektisch ihre Einkäufe in eine Tüte und schickte sich an, den Laden zu verlassen.

»Vergessen Sie Ihre Mastercard nicht!«, rief der junge Mann ihr nach, die Karte in der ausgestreckten Hand. Erschrocken hielt sie inne, kehrte um, ergriff die Karte und huschte ohne Gruß oder Dank zur Tür.

»Arme Frau«, sagte Lea, die ihr nachblickte, während sie ihre Einkäufe auf das Band stellte. »Was ist denn nur los mit ihr?«

Der Kassierer zuckte die Achseln. »Sie ist immer so ängstlich. Vor Frau Gätner fürchtet sie sich besonders. Sie kommt immer nur donnerstags hierher, wenn ich Dienst habe.« Er musterte Lea interessiert. »Sie sind die Journalistin, nicht wahr?«

Lea lächelte. »Ist wohl zwecklos, es zu leugnen – hier kennt ja doch jeder jeden.«

Der junge Mann lachte gutmütig. »Tja, daran müssen Sie sich gewöhnen. Mir geht es auch nicht anders. Ich wohne in Groß Heide und bin nur einmal die Woche hier, aber trotzdem kennt jeder im Dorf meine Schuhgröße, meine Zigarettenmarke, mein Autokennzeichen und meine komplette Lebensgeschichte – keine Ahnung, woher. Es hat auch sein Gutes …« Er grinste verschmitzt. »Wenn ich mal den Geburtstag irgendeines Verwandten vergessen habe, brauche ich bloß den nächsten Kunden zu fragen.«

Lea erwiderte sein Lachen, zahlte und verabschiedete sich mit einem freundlichen Kopfnicken.

Draußen auf der Straße begegnete sie erneut Frau Heimberger, die mit gesenktem Kopf nahe der ehemaligen Bushaltestelle stand, die Einkaufstüte schützend vor den Leib gedrückt. Offenbar wartete sie auf jemanden. Ihre ganze Haltung drückte Furcht aus, als rechnete sie jeden Moment mit einem Schlag aus unbekannter Richtung. Wiederum empfand Lea Mitleid und bereute zugleich, die Frau in Verlegenheit gebracht zu haben. Einem Impuls folgend, trat sie an ihre Seite.

»Frau Heimberger? Bitte entschuldigen Sie. Es tut mir leid, dass ich vorhin so indiskret war. Aber ich meinte es ganz ehrlich, als ich sagte, dass Sie prima aussehen.«

Die Angesprochene zuckte zusammen, biss sich auf die Lippen und schlug die Augen nieder. Ratlos stand Lea neben ihr. *Herr im Himmel – am liebsten würde ich sie in die Arme nehmen.*

In diesem Moment näherte sich ein dunkelblauer Mercedes, bremste und fuhr unmittelbar vor ihnen an den Straßenrand. Ein Mann mit dunkler Sonnenbrille lehnte sich über den Beifahrersitz und öffnete die Tür.

»Nun komm schon!«, rief er ungeduldig, als Frau Heimberger sich zögernd in Bewegung setzte, um neben ihm Platz zu nehmen. Dabei sah sie Lea verschüchtert an. Der Mann folgte dem Blick, schien plötzlich zu erraten, wen er vor sich hatte, und starrte Lea feindselig an.

»Lassen Sie gefälligst meine Frau in Ruhe!«, sagte er barsch.

»Guten Tag, Herr Heimberger«, erwiderte Lea betont höflich. »Ich freue mich, Sie kennenzulernen. Ihre Frau und ich hatten nur eine kleine Unterhaltung, weil wir uns zufällig beim Einkaufen trafen.«

»Unterhaltung?« Heimberger wandte sich wütend seiner Frau zu, die erschrocken den Kopf schüttelte.

»Keine Sorge«, fügte Lea hinzu. »Sie hat den Mund genauso wenig aufgemacht, wie sie es jetzt tut – dafür sorgen Sie offenbar.«

»Ich möchte wissen, was Sie das angeht!«, knurrte der Ortsvorsteher. »Wir reden nicht mit Ihnen, verstanden? Meine Frau nicht und ich auch nicht!«

»Verstanden«, bestätigte Lea. »Dann wünsche ich Ihnen noch einen schönen Tag.«

Heimberger quittierte den freundlichen Wunsch mit einem Schnauben, knallte die Tür zu und ließ den Wagen an. Die Reifen quietschten, als der Mercedes auf die Straße zurückscherte und mit aufheulendem Motor das Ortsschild passierte.

Mit diesem Mann habe ich es mir offensichtlich verdorben, dachte Lea beinahe amüsiert. *Und das, obwohl er mich nicht einmal kennt. Was befürchtet er eigentlich? Weiß seine Frau etwas, das für mich von Interesse ist?*

Nachdenklich schlenderte sie mit ihrer Einkaufstüte ins Dorf zurück.

Unter der Wohnungstür fand Lea zu ihrem Erstaunen einen handgeschriebenen Zettel vor:

Kai hat gerade angerufen, er muss noch etwas erledigen und kommt wohl erst gegen acht. Ich soll Sie grüßen! Bin im Garten, falls Sie etwas brauchen. R. Zirner.

Lea schmunzelte. Sie hatte die Wohnungstür unverschlossen gelassen, und es rührte sie, dass der alte Mann nicht einfach hereingekommen war, sondern den Zettel unter der Tür durchgeschoben hatte. Offenbar respektierte er die Intimsphäre der Gäste im eigenen Haus.

Acht Uhr, dachte sie und spürte beim Gedanken an Kais Rückkehr einen Stich freudiger Erregung. Was sollte sie anziehen? Sollte sie das Bett neu beziehen, oder sah das allzu berechnend aus? Sollte sie auf Lippenstift verzichten, der ja doch verschmieren würde?

Albernes Mädchen, schalt sie sich selbst. *Du bist doch keine siebzehn mehr! Jetzt wird erst einmal gegessen. Zeit zum Aufgeregtsein hast du später noch genug.*

Sie brühte sich einen Kaffee auf, zog sich mit dem

Frühstückstablett auf die Couch zurück und beschloss, endlich Christines Tagebuch in Augenschein zu nehmen. Das war eine gute Idee, denn der geheimnisvolle Fund absorbierte augenblicklich ihre Aufmerksamkeit. Lea vertiefte sich derart darin, dass sie das Abräumen vergaß und Stunden auf der Couch verbrachte, das Buch auf den Knien.

Es war nicht leicht, den Sinn der Zeichnungen zu verstehen, die teilweise ohne ersichtlichen Zusammenhang aufeinanderfolgten. Auch die dargestellten Personen gaben Lea Rätsel auf, wenngleich sie rasch begriffen hatte, wie Christine sich selbst darstellte: in Gestalt eines Mädchens, dessen Gesicht zur Hälfte durch lang herabhängendes Haar bedeckt war. Die Figur wirkte abstrakt und zugleich gespenstisch, zumal ihr Körper nur mit wenigen Strichen angedeutet war. Noch einmal prüfte Lea das erste Datum im Buch, »3. August 1983«. Zu dieser Zeit war Christine vierzehn Jahre alt gewesen – ein durchschnittliches, wenngleich hübsches Mädchen mit dunkelblondem Lockenhaar. Die Selbstporträts im Tagebuch hingegen zeigten sie von Anfang an mit glattem Haar. Ihre Kleider waren stets dicht schraffiert, sodass sie nahezu schwarz wirkten. Es schien, als hätte Christine sich bereits damals in jener Gestalt gesehen, deren reales Ebenbild sie erst in den folgenden Jahren geworden war.

Die Zeichnungen, größtenteils mit Bleistift oder schwarzem Kugelschreiber ausgeführt, zeigten das Mädchen in den verschiedensten Situationen, einmal allein vor einer Waldkulisse, ein andermal auf einem Pferd reitend, dann an einem Tisch sitzend, den Kopf in eine Hand gestützt und offensichtlich über Schularbeiten brütend. Die anderen Personen, die auf einigen Bildern erschienen, wirkten wie Karikaturen: Christines Mutter beispielsweise, deren Gesicht fast vollständig aus einer riesigen Brille bestand, ragte stets aus einem Pulk von Katzen auf, die sich um ihre fülligen Beine drängten. Auch Martin Herforth hatte Lea bald entdeckt, denn auf einigen Zeichnungen stand er im Hintergrund vor einer Staffelei. In treffender Parodie einer Künstlergeste war seine Hand anmutig erhoben, mit zwei vornehm abgespreizten Fingern, während an der Spitze des Pinsels ein Farbtropfen zitterte.

Kein schmeichelhaftes Bild, das sie von ihren Eltern entwirft, dachte Lea. *Die Mutter eine Matrone in einem Meer von Katzen, der Vater ein selbstverliebter Schöngeist.*

Neugierig blätterte sie weiter und fand Zeichnungen, deren Hintergründe Pulte und Tafeln andeuteten, also vermutlich Szenen in der Schule darstellten. Verschiedene Schüler waren zu erkennen, Mädchen und Jungen, außerdem Lehrer, die sich von ihnen abhoben, indem sie nahezu doppelt so groß gezeichnet waren. Jeder einzelne schien eine Karikatur seiner selbst zu sein, mit auffällig übertriebenen Merkmalen wie steifen Haarbüscheln, vorspringenden Nasen, Bärten und Brillen. Alle Personen waren ständig in Aktion: Ein Lehrer verteilte Hefte, zwei Mädchen zankten sich um eine Bürste, Jungen bolzten auf dem Schulhof, gerieten in eine Rauferei oder zogen sich gegenseitig an den Haaren. Nur das Mädchen mit dem halb verdeckten Gesicht – Christine – stand stets abseits, zumeist am linken Bildrand, ohne an den Spielen und Streitereien der anderen teilzunehmen. Stattdessen waren ihre Augen stets auf einen imaginären Punkt außerhalb des Bildes gerichtet.

Sie hatte keine Freunde, erinnerte sich Lea an die Worte von Gerhard Winkelmann.

Beim Gedanken an Winkelmann blätterte sie noch einmal zu einer Zeichnung zurück, die sie an den Lehrer erinnerte. Damals war er ein Vierteljahrhundert jünger gewesen, doch Lea war sich ziemlich sicher, die hohe Stirn und das Ziegenbärtchen wiederzuerkennen. Dann erst fiel ihr auf, dass die Figur eine Krawatte trug, auf der mit wenigen Strichen ein Muster skizziert war – sah man genauer hin, bildete es den Buchstaben »W«.

Das ist kein Zufall, erkannte Lea und musterte rasch die übrigen Zeichnungen. Und tatsächlich: Obwohl alle Personen stark vereinfacht dargestellt waren, trug jede Einzelne irgendwo am Körper ein Muster, das die Form eines Buchstabens ergab. Ein Junge beispielsweise, der mit feistem Grinsen dargestellt war, trug eine Art Pullover mit V-Ausschnitt – wobei der Ausschnitt so tief herabgezogen war, dass das »V« wie eine Inschrift auf seiner Brust prangte. Ein Mädchen wiederum war mit einer Halskette dargestellt, deren Anhänger in etwa die Form einer Schlange besaß und ohne Mühe als »S« gelesen werden konnte.

Aufgeregt blätterte Lea weiter, in der Hoffnung, auf identifizierbare Personen zu stoßen. Früher als erwartet wurde sie fündig, denn unter der Überschrift »12. Oktober 84« fand sich eine ganzseitige Zeichnung im Querformat, die sofort ihre Aufmerksamkeit fesselte. Am unteren Bildrand, unnatürlich klein dargestellt, standen die drei Herforths, Christine mit zu Boden gewandtem Gesicht, die Mutter mit der Katzenwolke um die Füße und der Vater mit der Staffelei unter dem Arm. Den oberen Teil des Bildes füllte ein halbrunder Tisch aus, der die Familie einschloss. Hinter diesem Tisch saßen – überlebensgroß dargestellt – drei Männer und blickten mit finsteren Gesichtern auf die Herforths herab. Anfangs erkannte Lea keinen von ihnen, dann jedoch entdeckte sie auf der breiten Brust eines der Männer eine Spirale, die mit etwas Fantasie ein »G« ergab. Der drohende Gesichtsausdruck mit dem strichförmigen Mund über gespaltenem Kinn war so charakteristisch, dass Lea augenblicklich an den Bauern Gätner denken musste. Dieser Verdacht wurde zur Gewissheit, als ihr auffiel, dass die Nase des Mannes sehr dick und dunkel schraffiert war, ähnlich einer Schnapsnase in einem Comic.

Sieh an, dachte Lea. *Offenbar hatte Gätner schon damals ein Alkoholproblem.*

Den Vorsitz der Veranstaltung, die frappierend an eine Gerichtsverhandlung erinnerte, führte eine mächtige Figur in der Mitte, noch größer dargestellt als ihre Beisitzer, mit arrogantem Blick und kreisrund gestutztem Vollbart. Hier musste Lea nicht lange nach einer Inschrift suchen, denn der Mann trug eine Krawatte, auf der deutlich »HH« zu lesen war, ein Buchstabe unter dem anderen.

Harald Heimberger, dachte Lea sofort, *der Ortsvorsteher.*

Die dritte Gestalt rief keine Assoziationen wach, obwohl es Lea gelang, ein »T« auf ihrem Hemd zu identifizieren.

Oktober 1984, fiel ihr plötzlich ein. *Zu dieser Zeit grassierte die Katzenseuche in Verchow.* Offensichtlich hatte Christine symbolisch dargestellt, wie ihre Familie von den Einwohnern des Dorfes beschuldigt wurde, für die Verbreitung der Krankheit verantwortlich zu sein. Die Person mit dem »T« war möglicherweise der Tierarzt, der damals Gätners Schweine behandelt hatte.

Mit größtem Interesse blätterte Lea weiter – und stieß auf eine Lücke, denn nach einer freigelassenen Seite begannen die nächsten Eintragungen bereits mit »Mai 85«. Die Bilder zeigten andere Motive, und auch der Zeichenstil der mittlerweile fünfzehnjährigen Christine hatte sich verändert: Er war deutlich professioneller, detailreicher und zugleich düsterer geworden. Manche Zeichnungen zeigten überhaupt keine Personen mehr, sondern unbekannte Schauplätze, bevorzugt Friedhöfe mit kunstvoll schattierten Grabsteinen. Auf einem Bild lehnte sich Christine gegen eine Mauer, die Beine im Gras ausgestreckt, den Blick gesenkt. Ihr Gesicht war weit ausdrucksvoller gezeichnet als früher. Die Augen, nun dunkel umrandet, blitzten unheimlich aus dem Schatten ihres schwer herabfallenden Haars. Schüler oder Lehrer tauchten überhaupt nicht mehr auf, dafür mehrmals ein Junge, der Christine heimlich zu beobachten schien. Bald fiel Lea auf, dass es kaum eine Zeichnung gab, auf der dieser Junge nicht zu sehen war, oft versteckt am Bildrand, wo sein Gesicht mit übergroßen Augen hinter einem Baum hervorspähte, durch ein Mauerloch blickte oder sich aus dichtem Buschwerk erhob. Auf einer ganzseitigen Zeichnung, an deren Rand »Juli 85« gekritzelt war, lag Christine mit ausgebreiteten Armen im Gras, von oben gesehen, sodass ihre Haltung der eines Gekreuzigten ähnelte. Lea fiel auf, dass das Mädchen sich erstmals eine Andeutung weiblicher Form gegeben hatte, denn eine Wellenlinie quer über dem Körper deutete ihre Brüste an. Am rechten Bildrand hinter einem Baum – unter Vernachlässigung der perspektivischen Einheit im Profil dargestellt – hockte der Junge, blickte mit hervorquellenden Augen zu ihr hinüber und presste eine Hand in seinen Schoß. Die karikaturhafte Darstellung war von brutaler Deutlichkeit: Er masturbierte.

Wer ist der Kerl?, dachte Lea. Er schien Christine ständig zu verfolgen, während sie ihn nicht beachtete. Aufmerksam suchte Lea nach dem üblichen Buchstabencode – und erkannte endlich, dass der gestreifte Pullover des Jungen einen auffälligen Querbalken zeigte, der zwei waagerechte Balken zu einem »Z« vervollständigte.

Z… Zirner?, dachte Lea plötzlich. Das war gewiss ein voreiliger Verdacht, denn sicher hatte es in den letzten dreißig Jahren diverse Menschen in Verchow gegeben, deren Familienname mit einem Z begann.

Unsinn, beschwichtigte sie sich. *Kai ist heute fünfunddreißig, war damals also erst zehn Jahre alt – und er hat erwähnt, dass seine Familie nicht in Verchow lebte.*

Erneut musterte sie die Zeichnungen, wobei ihr auffiel, dass der halbrunde Halsausschnitt des gestreiften Pullovers als »U« gelesen werden konnte, mit dem »Z« direkt darunter.

U. Z. – Ob das seine Initialen sind?

Lea blätterte weiter und fand Zeichnungen völlig anderen Inhalts, auf denen der Junge nicht auftauchte. Christine saß augenscheinlich in einem Zugabteil. Ein Schaffner streckte den Kopf herein und machte eine drohende Geste, weil sie ihre Füße auf die gegenüberliegende Bank gelegt hatte. Es folgten Skizzen von Wolkenkratzern, Brücken und mehrspurigen Straßen. Auf einem Bild erkannte Lea deutlich das markante Profil der Michaeliskirche in Hamburg. Christine, dargestellt als dunkle Figur in einer farblosen Menschenmenge – wie ein schwarzes Schaf unter lauter weißen –, schien durch die Straßen zu irren. Auf dem nächsten Bild sah man sie zusammen mit anderen dunklen Gestalten auf einer Treppe sitzen, über der das Schild einer U-Bahn-Station aufragte. Es folgten ganze Serien von Bildern, die immer mehr unbekannte Personen darstellten, darunter eine spindeldürre Frau mit eingefallenem Gesicht, ein Mädchen, auf deren Schulter eine Ratte hockte, ein Junge mit Irokesenfrisur sowie mehrere gesichtslose Gestalten in schwarzer Kleidung. Auf einem Bild überreichte das Mädchen mit der Ratte Christine ein Röhrchen, das Lea zunächst für eine Zigarette hielt. Dann jedoch entdeckte sie im Hintergrund den

Jungen mit der Irokesenfrisur, der sich über einen Tisch beugte, ein ähnliches Rohr im linken Nasenloch. Auf der Tischplatte war ein kleines Häufchen Pulver zu erkennen.

Es folgten surreale Bilder voller fantastischer Szenerien wie aus einem experimentellen Film: Christine flog mit ausgebreiteten Armen über Baumwipfel hinweg; aus einer Mauer griffen Hände nach ihr, dann plötzlich regneten Fische vom Himmel, und am Ende fand sie sich in einem Meer von Tausendfüßlern, die an ihren Kleidern hinaufkrabbelten.

Es ist, wie ich vermutet habe, dachte Lea. *Sie ist in Hamburg gewesen und in die Drogenszene geraten. Selbst ihre Erlebnisse im Rausch hat sie minutiös als Zeichnungen festgehalten.*

Auf den letzten Seiten des Tagebuchs erreichten die Daten das Frühjahr 1986. Die Schauplätze wechselten: Mal war im Hintergrund die Stadt mit ihren Hochhäusern zu erkennen, dann wieder eine Baumkulisse, die auf das heimatliche Verchow hindeutete. Christines Vater stand mit aufgerissenem Mund vor ihr, offenbar schimpfend, während ihrer Mutter, die sich im Hintergrund hielt, absurd große Tränen unter der Brille hervorquollen. Dann folgte ein mit stilisierten Herzen verziertes Bild: Christine küsste den Jungen mit der Irokesenfrisur, während ein großes Fragezeichen über den Köpfen der beiden aufleuchtete.

Das allerletzte Bild jedoch stellte wiederum Christine und den Jungen mit den Initialen »UZ« dar: Offensichtlich floh sie vor ihm, die Hände abwehrend ausgestreckt, während er sie mit verdrehten Augen und grotesk heraushängender Zunge verfolgte. Das Bild hätte komisch gewirkt, wäre nicht der Gesichtsausdruck beider Figuren von erschreckender Eindringlichkeit gewesen. Christine wirkte abweisend und verwirrt, der Junge dagegen fanatisch wie ein Verrückter.

Lea schlug das letzte Blatt um. Seine Rückseite war leer. Auf der Innenseite des Einbands jedoch fand sich eine hastige Notiz in zittriger Schrift:

ProSanita
Dammtorstraße

Es dauerte lange, bis Lea sich imstande fühlte, das Buch wegzulegen und ihre Gedanken zu ordnen.

ProSanita – das ist eine bekannte Drogenberatungsstelle in Hamburg, die stationäre Entzüge durchführt. Kein Zweifel: Christine war kokainabhängig. Das war auch der Grund, warum sie immer wieder von zu Hause ausriss und wochenlang in der Schule fehlte. Sie trampte oder fuhr mit dem Zug nach Hamburg, um sich Stoff zu beschaffen – und um mit Menschen zusammen zu sein, die ihre Probleme verstanden. Man sagt zwar, ein Drogenabhängiger habe keine Freunde, doch scheint es, dass sie in Hamburg auf gleichgesinnte Jugendliche getroffen ist und sich sogar verliebt hat. Sie wollte fort aus Verchow, und die Gothic-Scene in Hamburg war ihr Asyl, zumindest eine Zeitlang. Schließlich jedoch notierte sie sich die Adresse einer Drogenberatungsstelle. Ob sie einen Entzug durchgestanden hat? War das der Grund, warum sie an jenem Tag im Mai ihre Eltern anrief und ankündigte, sie wolle nach Hause zurückkehren?

Lea schob die Puzzleteile in Gedanken hin und her, war sich am Ende jedoch sicher, dass ihre Rekonstruktion zutraf. Offen blieb nur die Frage, was Christine zugestoßen war und was die Versöhnung mit ihren Eltern vereitelt hatte. Sie war mit dem Bus in Verchow angekommen. Ihre Freunde aus der Drogenszene konnten also nichts mit ihrem Verschwinden zu tun haben. Womöglich hatte sie sich zuvor bereits von ihnen getrennt, um den Entzug antreten zu können.

Aber was ist mit dem Jungen aus Verchow? Was ist mit U. Z.?

Lea war instinktiv sicher, dass er auf irgendeine Weise in die Angelegenheit verwickelt war. Er hatte Christine ständig belauert, offenbar bereits vor ihren Ausflügen nach Hamburg, und auf dem letzten Bild floh sie sogar vor ihm. Wusste er, was sie in Hamburg tat? Wusste er, dass sie Drogen nahm – und vielleicht sogar, dass sie sich dort verliebt hatte? Gab es womöglich ein denkbar schlichtes Motiv für Christines Ermordung: Eifersucht?

Lea hatte völlig die Zeit vergessen, sodass sie erschrocken hochfuhr, als jemand an der Tür klopfte.

Oh Gott – Kai! Vor Schreck ließ sie das Tagebuch fallen, das aufgeschlagen am Boden landete. Ihr Blick flog zur Uhr über der Küchenzeile: halb sieben. Er war also doch früher zurückgekommen – und überraschte sie völlig unvorbereitet, ungeschminkt, in Jeans und T-Shirt auf dem Sofa.

»Moment!«, rief sie zur Tür hin, während sie aufsprang, um ins Schlafzimmer zu hetzen, einen raschen Blick in den Spiegel zu werfen und notdürftig ihre Frisur zu ordnen. »Ich komme schon!«

Als sie endlich die Wohnungstür öffnete, war ihr Erstaunen groß, denn sie sah sich nicht Kai gegenüber, sondern einer Frau, deren scheue Haltung in seltsamem Kontrast zu ihrer eleganten Kleidung stand. Sie drückte sich mit dem Rücken gegen das Treppengeländer, als würde sie verzweifelt Halt suchen. Rötliche Locken fielen über ihre ängstlich flackernden Augen.

»Frau Heimberger?«, stieß Lea ungläubig hervor.

»Herr Zirner hat mich hereingelassen«, hauchte sie mit ihrer leisen Mädchenstimme und wies zur angelehnten Haustür. »Er sagte mir, dass Sie zu Hause sind. Kann ich mit Ihnen reden?«

Es klang, als bäte sie inständig um Gnade vor einem Gericht.

»Natürlich!«, sagte Lea. »Kommen Sie herein.«

Sie trat beiseite, während Frau Heimberger eintrat und sich mit scheuen Blicken umsah, beide Hände um ihre Handtasche gekrallt, die sie schützend vor die Brust presste.

»Möchten Sie einen Kaffee?«, fragte Lea und ging zum Couchtisch, um das seit Stunden stehen gelassene Frühstücksgeschirr abzuräumen. Christines Tagebuch schob sie dabei mit einer unauffälligen Fußbewegung unter das Sofa.

Frau Heimberger nickte nervös. »Mit viel Milch bitte.«

»Setzen Sie sich doch!« Lea wandte ihr den Rücken zu, während sie an der Kaffeemaschine hantierte. »Ich freue mich, dass Sie mich besuchen kommen.«

»Es ist nur ... wegen der Unterschriftenaktion«, antwortete Frau Heimberger.

Lea hielt inne, denn sie glaubte sich verhört zu haben. »Unterschriftenaktion?«

»Gegen die neuen Baugrundstücke am Dorfring.«

»Was für Baugrundstücke?« Stirnrunzelnd wandte Lea sich zu ihr um. Frau Heimberger hatte sich auf dem Sofa niedergelassen, saß in verkrampfter Haltung da und starrte vor sich auf den Glastisch.

»Der Landkreis plant, vier Hektar nördlich des Dorfrings als Bauland zu veräußern.« Ihre Stimme klang plötzlich mechanisch. »Das ist eine ernste Bedrohung für die historisch gewachsene Struktur unseres Ortes. Mein Mann kämpft in der Gemeindeverwaltung seit langem gegen dieses Projekt, und privat sammeln wir Unterschriften für eine Petition im Landtag.«

»Oh«, machte Lea, die nicht recht glauben konnte, dass das der wahre Grund ihres Besuchs war. Sie füllte zwei Tassen Kaffee, trug sie zum Tisch und setzte sich auf einen der Sessel, Frau Heimberger gegenüber.

»Wie kommen Sie darauf, dass mich dieser Streit um Bauland interessiert?«, fragte sie. »Sie wissen doch sicherlich, dass ich hier nur Feriengast bin.«

Frau Heimberger schlug die Augen nieder und biss sich auf die Unterlippe. Einmal mehr wirkte sie nicht wie eine Frau Mitte fünfzig, sondern eher wie ein getadeltes Schulmädchen. Aufmerksam betrachtete Lea ihr rundes, kaum vom Alter gezeichnetes Gesicht, die großen wasserblauen Augen, die zierliche Nase, die blassen Lippen. Auf ihre schüchterne Weise war sie eine attraktive Frau und in ihrer Jugend vermutlich eine Schönheit gewesen, was sich jedoch keineswegs fördernd auf ihr Selbstbewusstsein ausgewirkt zu haben schien. Ihr unsicheres Auftreten verriet einen Menschen, der sich sein Leben lang unter drohenden Schlägen geduckt hatte. Erneut fühlte Lea eine seltsame Regung des Mitleids, und als sie das Wort ergriff, tat sie es mit ausgesucht sanfter Stimme.

»Frau Heimberger«, begann sie vorsichtig, »gehe ich recht in der Annahme, dass diese Unterschriftenaktion nur ein Vorwand war, weil Sie zufällig Herrn Zirner im Garten antrafen?«

Frau Heimberger schwieg, die Kaffeetasse in der Hand, ohne sie zum Mund zu führen.

»Ich nehme an, dass Ihr Ehemann nichts von diesem Besuch wissen darf«, fuhr Lea fort. »Seien Sie beruhigt. Von mir erfährt er es bestimmt nicht.«

Bei diesen Worten schien sich Frau Heimberger ein wenig zu entspannen, was sich in einem zittrigen Seufzen äußerte. Sie überwand sich, einen winzigen Schluck zu trinken. Dann setzte sie die Tasse ab und wagte endlich, Lea in die Augen zu sehen.

»Sie sind doch Journalistin, nicht wahr?«

Lea nickte.

»Und Sie interessieren sich für das … Gespenst.«

»Für Christine Herforth und ihr Verschwinden vor vierundzwanzig Jahren«, bestätigte Lea.

»Werden Sie in der Zeitung darüber schreiben?« Erneut flackerte Angst in Frau Heimbergers Augen.

»Wahrscheinlich nicht«, beruhigte Lea sie. »Sie brauchen sich also keine Sorgen zu machen: Was immer Sie mir erzählen wollen, bleibt unser Geheimnis. Sie werden nicht eines Tages ihren eigenen Namen in der Zeitung lesen.«

»Versprechen Sie das?«, flüsterte Frau Heimberger.

Lea nickte erneut. »Ich verspreche es. Und nun sagen Sie mir bitte, warum Sie hier sind.«

Frau Heimberger holte tief Luft, als müsste sie sich für eine Aufgabe wappnen, die ihre ganze Kraft erforderte.

»Sie waren so nett«, begann sie beinahe beschämt. »Heute Morgen im Laden …«

»Im Gegenteil«, winkte Lea ab, »ich war indiskret, und das tut mir leid.«

»Aber Sie meinten es ehrlich. Das habe ich gespürt.« Gerührt bemerkte Lea, dass die Augen der Frau vor Feuchtigkeit glänzten. »Würden Sie mich Mara nennen?«, bat sie unvermittelt.

Lea lächelte. »Ich bin Lea. Stellen Sie sich einfach vor, wir wären alte Freundinnen.«

Die Angeredete schluckte, nahm für einen Moment die Brille ab und wischte sich wie ein Kind mit dem Ärmel über die Augen.

»Sie haben überall im Dorf nach den Herforths gefragt«, setzte sie schließlich an. »Und bestimmt hat man Ihnen eine Menge scheußlicher Sachen über sie erzählt.«

»Nun ja ..., dass sie nicht besonders beliebt waren, ist mir in der Tat aufgefallen.«

»Glauben Sie nichts davon!«, fuhr Frau Heimberger plötzlich auf, ohne die Stimme zu heben – sie klang eher noch leiser als zuvor, fast verschwörerisch. »Es waren gute Menschen, ganz gleich, was man heute über sie sagen mag.«

»Frau ... *Mara*«, korrigierte sich Lea, »darf ich daraus schließen, dass Sie die Herforths persönlich kannten?«

Mara Heimberger nickte. »Das Mädchen kannte ich nur vom Sehen, aber ... ihren Vater ...«

In Leas Kopf formte sich plötzlich ein derart zweifelsfreier Gedanke, dass sie sich zu einem Vorstoß ermutigt fühlte.

»Hatten Sie ein Verhältnis mit Martin Herforth?«, fragte sie unumwunden.

Mara wandte sich ab und blieb einen Moment stumm – dann nickte sie.

Ich wusste es, dachte Lea befriedigt. *Ich ahnte es von dem Moment an, als ich an ihrer Haustür klingelte und sie bei der Erwähnung der Herforths errötete.*

»Waren Sie damals schon mit ihrem jetzigen Mann verheiratet?«

Mara schwieg, doch Lea deutete es als Bestätigung.

»Dann ist das vermutlich der Grund, warum Ihr Mann nicht über die Herforths sprechen will«, schloss Lea.

»Er ist Kommunalpolitiker«, flüsterte Mara, noch immer mit abgewandtem Gesicht. »Es wäre ein Skandal für ihn, wenn irgendjemand es herausfände ...«

»Aber es ist vierundzwanzig Jahre her!«, ereiferte sich Lea. »Wen würde es heute noch interessieren, dass Sie Ihren Mann damals betrogen haben?«

»*Ihn* würde es interessieren«, gab Mara zittrig zurück. »Alles in seinem Lebenslauf muss perfekt sein, von seinem Einser-Examen als Jurist bis zu unseren drei erfolgreichen Kindern. Er duldet nicht, dass sein Ruf durch irgendeinen Makel getrübt wird.«

... wie zum Beispiel durch ein paar Gramm Übergewicht an seiner Gattin, dachte Lea. Wahrscheinlich war es Harald Heimberger, der seiner Frau die Diätprodukte verordnet hatte, damit sie repräsentabel blieb. Es hätte Lea nicht gewundert zu erfahren, dass er auch ihre Kleidung, ihre Lektüre und ihren gesellschaftlichen Umgang kontrollierte.

»Kommen wir auf Martin Herforth zurück«, bat sie. »Wie gut kannten Sie ihn? Ich meine, abgesehen davon, dass Sie beide ...«

»Gut genug, um zu wissen, dass das Gerede über ihn nicht stimmte!«, sagte Mara überraschend fest. »Es ist wahr: Er hatte nur geringen Erfolg als Maler – aber es ist *nicht* wahr, dass er Maria Herforth ihres Geldes wegen geheiratet hat.« Sie schluckte. »Er hat sie geliebt.«

»Und dennoch hatte er ein Verhältnis mit Ihnen?«

»Ich weiß, dass das schwer zu verstehen ist.« Maras Stimme sank erneut zu einem Flüstern herab. »Martin war ... ein Mensch mit einem großen Herzen. Ich glaube, er konnte es nicht ertragen, eine Frau unglücklich zu sehen.«

»Und Sie *waren* unglücklich«, folgerte Lea.

»Er sprach mich an, als ich ihm zufällig auf der Straße begegnete – ganz ähnlich, wie Sie es heute taten. Er trat einfach auf mich zu und sagte: *Sie sehen so unglücklich aus.* Das hatte noch nie jemand zu mir gesagt, schon gar kein Fremder. Ich blickte ihn an, und er blickte mich an mit seinen warmen braunen Augen. Schließlich fragte er: *Kann ich Ihnen irgendwie helfen?*« Mara verstummte.

»Und da war es um Sie geschehen«, vermutete Lea.

Mara nickte und schwieg längere Zeit, bevor sie weitersprach.

»Wir trafen uns nur selten, meistens, wenn ich zum Frisör oder zum Einkaufen nach Lüchow fuhr. Aber es war himmlisch, jedes einzelne Mal – das Schönste, was ich je erlebt habe. Erst später erfuhr ich, dass Martin schon mit mehreren Frauen im Dorf ein Verhältnis gehabt hatte. Eigentlich hätte ich rasend eifersüchtig sein müssen, aber seltsamerweise war ich es nicht. Ich kannte ihn inzwischen und wusste, dass er nicht der Gigolo war, den viele in ihm sahen. Er war einfach …«, sie suchte nach Worten, »… ein geborener Tröster. Es war sein Schicksal, zu lieben und geliebt zu werden. Er konnte nichts dagegen tun. Dabei litt er furchtbar, denn er hatte die schwersten Gewissensbisse gegenüber seiner Familie – doch sein Bedürfnis, Menschen glücklich zu machen, war stärker. Er war voller Mitleid und Zärtlichkeit, und er zog alle Frauen an, die genau das entbehrten. Wann immer er sich im Dorf blicken ließ, waren die Reaktionen die gleichen: Alle Frauen blickten sich nach ihm um – und alle Männer murrten und fluchten.«

Lea nickte versonnen. »Ich kann es mir in etwa vorstellen. Können Sie mir sagen, mit wem er sonst noch außereheliche Beziehungen unterhielt?«

»Ich weiß es nicht mit Sicherheit«, gab Mara zu. »Aber auf jeden Fall – bevor er mich traf – mit Frau Gätner.«

»Der Frau des Bauern?«

Mara nickte. »Und zeitweise wohl auch mit Angelika, der Frau eines Tierarztes im Dorf. Sie lebt nicht mehr hier. Die Familie ist kurz danach in die Stadt gezogen. Der Mann ist meines Wissens kürzlich gestorben.«

»Hieß dieser Tierarzt zufällig Frank mit Vornamen?«

Mara nickte erstaunt. »Ja, Frank Terhart. Woher wissen Sie das?«

»Ich habe einen alten Zeitungsartikel ausgegraben«, erklärte Lea. »Darin ging es um eine Krankheit, die wahrscheinlich von Katzen verbreitet wurde. Irgendjemand muss die Herforths in diesem Zusammenhang angezeigt haben, denn die Veterinärbehörde schickte ihnen einen Inspektor ins Haus. In diesem Artikel war sowohl von Herrn Gätner die Rede als auch von dem Tierarzt.« Sie hielt einen Moment inne, denn ein Gedanke streifte sie. »Die Beschwerdeführer waren also zwei von Martin Herforth betrogene Ehemänner ... Ich glaube nicht, dass das ein Zufall ist.«

»Martin glaubte das auch nicht«, stimmte Mara zu. »Er sagte damals, es sei ein Komplott, um sich an ihm zu rächen und seine Familie aus Verchow zu vertreiben. Er hielt den Tierarzt sogar für fähig, den Erreger selbst verbreitet zu haben, um dann die Schuld auf Maria Herforths Katzenzucht schieben zu können.«

»Hui.« Lea pfiff durch die Zähne. »Das ist ja ein starkes Stück. War es denn der Tierarzt, der die Herforths angezeigt hat, oder war es Gätner?«

Mara senkte beschämt den Kopf. »Keiner von beiden.«

»Sondern?«

»Mein Mann«, gab Mara kleinlaut zu. »Er war damals noch nicht Ortsvorsteher, aber Rechtsanwalt, und sowohl Terhart als auch Gätner kamen wegen der Sache zu ihm, um rechtliche Schritte gegen die Herforths einzuleiten.«

»Wissen Sie was?«, meinte Lea nachdenklich. »Das sieht mir fast nach einer Verschwörung aus: Drei betrogene Ehemänner schmieden gemeinsam einen Plan, um die Herforths aus Verchow zu vertreiben.«

Mara schüttelte den Kopf. »Das kann ich nicht glauben – nicht von meinem Mann.«

»Wusste er von Ihrer Beziehung zu Martin Herforth?«

Mara biss sich auf die Lippen. »Ob er es damals schon wusste, kann ich nicht sagen. Vielleicht.«

»Wann hat er es definitiv erfahren?«

»Spätestens 1986, als Christine Herforth verschwand.« Mara seufzte, und Lea bemerkte, dass ihre Augen sich mit Tränen füllten. »Es war furchtbar. Die Polizei kam zu uns – mein Mann war außer sich. Ich hatte solche Angst ... Ich fürchtete, er würde mich umbringen, wenn sie wieder fort wären.«

»Die Polizei kam zu *Ihnen?*« Erregt lehnte Lea sich vor. »Warum?«

Mara weinte eine Weile still vor sich hin, bevor sie flüsternd weitersprach. »Martin hatte versprochen, seine Tochter von der Bushaltestelle abzuholen – aber er kam zu spät und fand sie nicht mehr vor. Der Polizei hatte er zunächst erzählt, dass sein Wagen nicht angesprungen sei ... Aber er war kein guter Lügner, und sie glaubten ihm nicht. Stattdessen setzten sie ihn unter Druck, bis er die Wahrheit sagte.«

Leas Intuition regte sich erneut. »Er war bei *Ihnen*, nicht wahr?«,

Mara nickte zittrig. »Wir hatten uns in einem Hotel in Lüchow getroffen und völlig die Zeit vergessen. Irgendwann sprang Martin auf, sah auf die Uhr und meinte ganz erschrocken, er müsse sofort losfahren und seine Tochter abholen.«

»Ich verstehe«, nickte Lea. »Er hat es der Polizei gebeichtet – und daraufhin kamen die Beamten zu Ihnen, um sich die Geschichte bestätigen zu lassen.«

»Mein Mann tobte«, erinnerte sich Mara schaudernd. »So hatte ich ihn nie zuvor erlebt. Er drohte den Polizeibeamten, die Sache unbedingt geheimzuhalten. Als sie fort waren, telefonierte er sofort mit dem Staatsanwalt, um sich versichern zu lassen, dass meine Aussage in der Presseerklärung zu Christines Verschwinden nicht erwähnt würde ... Er war damals gerade in die Politik eingestiegen und sehr um seinen Ruf besorgt.«

»Und wie hat er Sie behandelt?«

»Ich hatte wahnsinnige Angst«, erinnerte sich Mara. »Aber er stellte mich nicht zur Rede – an jenem Abend nicht und auch niemals danach. Er schwieg die Angelegenheit tot. Allerdings begann er, mich zu bewachen, meine Verabredungen zu kontrollieren und mich scharf im Auge zu behalten, wann immer ich das Haus verließ.«

Lea, die sich dies lebhaft vorstellen konnte, nickte. »Haben Sie Martin Herforth danach noch einmal wiedergesehen?«

Mara begann abermals zu weinen und schüttelte den Kopf. »Er hielt sich von mir fern. Ich wartete verzweifelt darauf, dass er sich melden würde, aber er tat es nicht – und mein Mann ließ mich nicht mehr aus dem Haus. Erst eine Woche später erfuhr ich, dass Martin sich umgebracht hatte ...« Sie schluckte schwer. »Es ist alles meine Schuld. Weil er mit mir zusammen war, kam er zu spät, um seine Tochter abzuholen. Er gab sich selbst die Schuld an ihrem Verschwinden.«

Lea schwieg nachdenklich. Nun endlich begriff sie den rätselhaften Selbstmord des Mannes: Jahrelang hatte er außereheliche Verhältnisse gepflegt, und das hatte am Ende nicht nur seine Ehe zerrüttet, sondern ihn auch seiner Tochter beraubt. Ihr Verschwinden musste ihm erstmals schlagartig zu Bewusstsein gebracht haben, wie verhängnisvoll er seine Familie vernachlässigt hatte. Für Reue und Neubeginn jedoch war es zu spät gewesen. Christine war aller Wahrscheinlichkeit nach ermordet worden, und ihre Mutter hatte der Schock in eine Psychose getrieben. Martin Herforth hatte die Konsequenzen gezogen und sein eigenes Leben beendet.

»Hat er jemals über Christine gesprochen, wenn er mit Ihnen zusammen war?«, fragte sie.

»Nur selten«, antwortete Mara abwesend. »Er liebte seine Tochter, konnte sie aber nicht verstehen. Sie wollte zeitlebens fort aus Verchow, protestierte gegen alles und jeden, stritt sich ständig mit ihrer Mutter, schwänzte die Schule. Oft verschwand sie für mehrere Tage oder Wochen. Beim ersten Mal hatte Martin noch die Polizei eingeschaltet und nach ihr suchen lassen, dann hatte er es eine Zeitlang mit Hausarrest versucht – doch Christine fand immer wieder einen Weg zur Flucht. Am Ende resignierte Martin, glaube ich. Er sagte einmal, seine Tochter sei wie ein Vogel, den man fliegen lassen müsse. Trotzdem habe ich gespürt, dass er sehr darunter litt. Als sie schließlich anrief und sagte, dass sie nach Hause zurückkehren würde, war er so glücklich wie selten. Doch dann ging alles schief, weil ich ihn drängte, unsere Verabredung in Lüchow nicht fallenzulassen …« Wieder füllten sich ihre Augen mit Tränen.

»Es ist nicht Ihre Schuld«, sagte Lea sanft. »Und Martin Herforths Schuld ist es auch nicht. Irgendjemand hat Christine auf der Landstraße abgefangen, als sie zu Fuß zum Haus ihrer Eltern ging. – Haben Sie irgendeine Ahnung, wer es gewesen sein könnte?«

Mara hob das verweinte Gesicht und blickte Lea erstaunt an. »Aber die Polizei sagte doch, es sei am wahrscheinlichsten, dass irgendein Fremder …«

Lea schüttelte grimmig den Kopf. »Ich bin überzeugt, dass es jemand aus Verchow gewesen ist. Bedenken Sie: Christine war die allgemein verhasste Tochter eines allgemein verhassten Mannes. Es gab diverse betrogene Ehemänner, die ein Motiv hatten, sich an Martin Herforth zu rächen.«

Maras Augen hinter der randlosen Brille weiteten sich entsetzt. »Nein!«, stieß sie hervor. »Nein, das glaube ich nie und nimmer!«

»Ihr Mann hatte die Herforths seinerzeit wegen dieser Katzenseuche angezeigt«, erinnerte Lea sie. »Die Polizei wird also gewusst haben, dass zwischen ihm und den Herforths nicht gerade Freundschaft bestand. Hat man Ihren Mann nicht befragt, als Christine verschwand?«

»Nein!«, fuhr Mara auf. »Warum auch? Jeder im Dorf wusste, dass mein Mann der Anstand in Person war! Er hat zeitlebens nicht einmal einen Strafzettel für Falschparken bekommen und würde nie etwas Unrechtes tun.«

Lea konnte ein leichtes Schmunzeln nicht unterdrücken. Es war seltsam anzusehen, wie entrüstet die arme Frau plötzlich ihren tyrannischen Ehemann verteidigte.

»Wenn das die Schlüsse sind, die Sie aus meinen Worten ziehen, hätte ich nicht kommen sollen«, sagte Mara, deren Stimme nun ungewohnt fest klang. Sie machte Anstalten, sich zu erheben. »Wenn Sie meinen Mann verdächtigen …«

»Das tue ich nicht«, versicherte Lea und ergriff ihren Arm, um sie zum Sitzenbleiben zu nötigen. »Ich stelle nur Fragen und versuche, die Zusammenhänge zu verstehen. Ich glaube nicht, dass Ihr Mann etwas mit dem Verschwinden von Christine Herforth zu tun hat. Ich wundere mich nur, warum die Polizei ihn nicht auf die Anzeige angesprochen hat.«

Mara sank langsam auf das Sofa zurück. Ihre Entschlossenheit schien zu wanken, und sie senkte erneut den Kopf, während sie nervös am Verschluss ihrer Handtasche nestelte.

»Es war nichts Besonderes«, sagte sie leise.

»Nichts Besonderes?« Lea runzelte die Stirn.

»Na ja«, druckste Mara herum. »Mein Mann hat … öfter mal jemanden angezeigt. Er sagte immer, es sei nun einmal sein Beruf, für Recht und Ordnung zu sorgen.«

»Tatsächlich? Wen hat er denn noch angezeigt?«

»Ich weiß nicht genau … Er hat es mir nicht immer erzählt. Unsere früheren Nachbarn hat er einmal verklagt, weil sie einen Zaun zu nahe an der Grundstücksgrenze gezogen haben, und irgendwelche jungen Leute, die im Wald ein verfallenes Haus besetzt hatten.«

»Ach – das Haus an der Straße nach Groß Heide?«

Mara nickte erschrocken. »Warum? Ist das wichtig?«

»Nein, nein«, wehrte Lea rasch ab. »Sagen Sie, können Sie sich vorstellen, dass einer der anderen Männer, Herr Gätner zum Beispiel oder der Tierarzt, etwas mit Christines Verschwinden zu tun haben?«

Mara schüttelte stumm den Kopf, mit so heftig zusammengepressten Lippen, dass alle Farbe aus ihnen wich. »Ich sollte jetzt besser gehen«, flüsterte sie. »Ich ahnte ja nicht, dass Sie mich dazu bringen wollen, meine Mitbürger zu verdächtigen. Am Ende machen Sie es noch publik …«

»Das werde ich nicht tun«, versprach Lea. »Schon deshalb nicht, weil ich mir ausmalen kann, was Ihr Mann mit Ihnen anstellen würde. Gestatten Sie mir noch eine Frage: Wie lange leben Sie schon in Verchow?«

»Mein Mann und ich sind 1979 nach unserer Hochzeit hierhergezogen.«

»Also kennen Sie praktisch alle Dorfbewohner seit langem.«

»Ja, aber ich werde Ihnen nichts mehr sagen, ganz gleich, über wen!«

»Nur die Ruhe«, bat Lea. »Eine letzte Frage: Gab es

damals in den Achtzigern jemanden mit den Initialen U. Z. im Dorf?«

Mara starrte sie verständnislos an. »U. Z.? Wie kommen Sie darauf?«

In diesem Moment wurde ihr Gespräch unterbrochen, denn draußen im Flur ging die Haustür.

»Rudi?«, rief Kai.

Mara Heimberger schreckte augenblicklich hoch, presste ihre Handtasche an sich und huschte zur Tür.

»Warten Sie!«, rief Lea, die gleichfalls aufgesprungen war.

Doch Mara hatte bereits die Türklinke ergriffen, und als Schritte auf der Treppe davon zeugten, dass Kai in das obere Stockwerk hinaufgegangen war, schlüpfte sie hinaus und rannte fluchtartig zur Haustür. Lea trat ans Fenster und beobachtete, wie sie die Straße hinabeilte, alle paar Meter nervös um sich blickend, als fürchtete sie, verfolgt zu werden.

Das arme Geschöpf, dachte Lea zum wiederholten Mal. *Leider ist es in der Tat unwahrscheinlich, dass ihr Mann etwas mit Christines Verschwinden zu tun hat … Andernfalls würde ich den Kerl mit Freuden ins Gefängnis bringen.*

Lea hatte keine Zeit, die vielen neuen Informationen zu rekapitulieren, denn fünf Minuten später klopfte Kai an der Tür. Sie verschloss ihm den Mund mit einem Kuss, bevor er auch nur »hallo« sagen konnte, und zum Sprechen kamen sie erst eine volle Stunde später, als beide erschöpft auf dem Doppelbett im Schlafzimmer lagen.

»Was hast du denn in den zwei Tagen so getrieben?«, fragte Kai, der gedankenverloren mit ihren Haaren spielte.

Lea fühlte wenig Lust, über die jüngsten Ereignisse zu

sprechen und beschloss einstweilen, weder ihren Besuch im Haus der Herforths noch Mara Heimberger zu erwähnen.

»Ich habe auf dich gewartet«, antwortete sie.

Kai lächelte geschmeichelt. »Sonst nichts?«

»Nicht viel.« Lea drehte sich zur Seite und schmiegte sich an ihn. »Und du?«

Nun war er es, der abwinkte. »Lauter langweiliges Zeug. Ich denke, die Probleme meiner Kunden wären für dich ebenso wenig interessant wie der Zustand der Zimmerpflanzen in meiner Wohnung.«

»Ich fürchte, da hast du recht …« Leas Blick fiel auf den Wecker auf ihrem Nachttisch. Es war bereits nach neun. »War es schon dunkel, als du in Groß Heide auf die Waldstraße abgebogen bist?«

Kai hob die Augenbrauen. »Es dämmerte gerade. Wieso?«

»Hast du irgendetwas an der Straße gesehen?«

Kai seufzte beinahe mitleidig. »Immer noch auf Gespensterjagd?«

Lea zuckte die Achseln. »Ich wollte es nur wissen.«

»Und ich dachte, ich hätte dich auf andere Gedanken gebracht«, sagte Kai enttäuscht.

»Hast du auch«, versicherte Lea schuldbewusst. »Vielleicht brauche ich einfach mehr von dieser Therapie. Dreimal täglich könnte genügen.«

Er lachte. »Das lässt sich einrichten. Wenn ich darf, komme ich morgen früh wieder.«

»Kannst du die Nacht nicht bei mir verbringen?«

»Nichts täte ich lieber, aber ich muss mich um Rudi kümmern. Er legt Wert darauf, dass ich Wand an Wand mit ihm schlafe, falls doch einmal ein Notfall eintritt. Also werde ich dein luxuriöses Gemach doch wieder gegen das Kinderzimmer eintauschen müssen, aber was soll's« – er küsste Leas Schulter –, »ich kann ja an dich denken.«

Lea brauchte einen Augenblick, bis ihr aufging, was sie an seinen letzten Worten stutzig machte.

»Sagtest du *Kinderzimmer*? Ich dachte, dein Onkel hat keine Kinder.«

Kai blickte sie erstaunt an. Dann plötzlich schien er zu begreifen, seufzte und verdrehte die Augen. »Ach verflixt, nun ist es ja auch egal.«

»Was meinst du?«

»Also gut.« Kai blickte zur Decke. »Eigentlich soll ich es niemandem erzählen. Du musst mir versprechen, es für dich zu behalten – ebenso, wie ich es Rudi versprechen musste.«

Lea nickte erwartungsvoll.

»Rudi *hat* einen Sohn«, begann Kai mit schwerer Stimme. »Aber er redet nicht über ihn. Selbst mir hat er es nur erzählt, weil ich mich um sein Testament kümmern musste und weil es bei Nachlassfragen natürlich wichtig ist, jeden Erbberechtigten zu kennen.«

»Was ist mit seinem Sohn? Wo lebt er?«

Kai zuckte die Achseln. »Rudi weiß es nicht. Er hat ihn seit mehr als zwanzig Jahren nicht gesehen.«

»Hast du eine Ahnung, warum?«

»Nur vage«, gab Kai zu. »Wie gesagt, Rudi meidet das Thema. Soweit ich verstanden habe, war der Junge zeitlebens nicht von sehr stabiler Gesundheit. Er war wohl ungefähr sechzehn, als Rudi ihn in eine Spezialklinik nach Lüneburg bringen ließ. Dort blieb er mehrere Jahre, und irgendwann ließ er ausrichten, dass er keinen Kontakt mehr zu seinem Vater wünsche. Rudi hat ihn nie wieder gesehen.«

»Das ist ja furchtbar!«, flüsterte Lea betroffen. Gleichzeitig jedoch regte sich ihr journalistischer Instinkt, und sie zog ihre Schlüsse. Es gab nur eine einzige Art von Krankenhaus, die es einem Minderjährigen gestatten konnte, den Kontakt zu seinen Eltern abzulehnen. »Die Spezialklinik war nicht zufällig das Psychiatrische Landeskrankenhaus?«

Kai warf ihr einen halb erstaunten, halb resignierten Blick zu. »Du hast es erraten.«

»Und warum will dein Onkel nicht über diesen Sohn sprechen?«

Kai verzog den Mund. »Na ja, versuch ihn zu verstehen. Er hat damals innerhalb weniger Jahre seine ganze Familie verloren. Seine Frau starb nach einer Fehlgeburt, und dann wurde der Junge krank, verschwand in der Klinik und kam nie wieder. Es muss eine sehr schwere Zeit für Rudi gewesen sein.«

»Aber seine Frau schweigt er nicht tot«, stellte Lea fest. »Im Gegenteil, er hat eine Gedenkstätte für sie in seinem Rosengarten. Warum also verheimlicht er die Existenz seines Sohnes? Viele ältere Leute in Verchow müssen ihn doch gekannt haben.«

»Ein paar vielleicht, aber niemand ist so taktlos, Rudi darauf anzusprechen. Offenbar respektieren die Leute seinen Wunsch, nicht an den Jungen erinnert zu werden.«

»Aber warum will dein Onkel nicht an ihn erinnert werden?«

»Das hat er mir nicht verraten. Er deutete nur an, dass er – Rudi – sich für diesen Sohn schämen müsse.« Kai seufzte. »Ich hätte nicht mit dem Thema anfangen sollen. Genau das wollte Rudi vermeiden: dass die Leute neugierig werden, Fragen stellen und Klatsch in die Welt setzen.«

»Ich setze keinen Klatsch in die Welt, keine Sorge«, versprach Lea. »Ich frage mich nur, was zwischen den beiden vorgefallen sein mag.«

»Keine Ahnung. Nahe Verwandte sind nun einmal nicht immer die besten Freunde. Denk an meinen Vater: Er war Rudis Bruder, aber die beiden hatten sich derart zerstritten, dass jahrzehntelang kein Kontakt zwischen ihnen bestand. Ich wusste lange Zeit nicht einmal, dass ich einen Onkel habe, von einem Cousin ganz zu schweigen.«

In Leas Kopf verdichtete sich eine unbestimmte Ahnung. »Weißt du, *wann* der Sohn deines Onkels in die Klinik kam?«

»Wie gesagt, nicht lange nach dem Tod seiner Mutter.«

Lea erinnerte sich an die Steinplatte im Garten: Karin Zirner, gestorben 1985. Das Verschwinden von Rudolf Zirners Sohn fiel demnach etwa in dieselbe Zeit wie das von Christine Herforth.

»Kennst du seinen Namen?«

Kai nickte. »Uwe. Aber mehr weiß ich wirklich nicht über ihn. Tu mir einen Gefallen und lass uns über etwas anderes reden! Rudi wäre stocksauer, wenn er wüsste, was ich hier gerade ausplaudere.«

Lea entsprach seinem Wunsch, da sie spürte, dass er sich in die Enge getrieben fühlte. Sie verbrachten noch eine halbe Stunde mit belanglosen Plaudereien, bis Kai schließlich erklärte, dass er nach oben zurückkehren müsse. Mit Bedauern sah Lea zu, wie er sich anzog, begleitete ihn zur Wohnungstür und genoss eine leidenschaftliche Verabschiedung mit vielen letzten und ebenso vielen allerletzten Küssen, bis sie sich schließlich trennten.

Erst als Lea ins Schlafzimmer zurückkehrte und sich auf dem Bett ausstreckte, schaltete sich ihr Verstand wieder ein. Selbst ihre Verliebtheit konnte den Strom der Gedanken nicht hemmen, der sie nun, in der Stille des abgedunkelten Raums, unwiderstehlich mit sich fortriss.

Uwe Zirner … U. Z. Kai sagte, er sei etwa sechzehn

Jahre alt gewesen, als er erkrankt sei. Auch Christine Herforth war sechzehn. In ihrem Tagebuch taucht U. Z. immer wieder auf: Er beobachtet sie, stellt ihr nach, bedrängt sie … Auf dem letzten Bild flieht sie sogar vor ihm.

Lea vergaß Mara Heimberger, den selbstgerechten Ortsvorsteher und die Intrigen der betrogenen Ehemänner. Womöglich hatte Christines Verschwinden einen ganz anderen Grund. Die Lösung, nach der Lea bislang vergeblich gesucht hatte, war vielleicht viel naheliegender –, und das im wahrsten Sinn des Wortes, denn plötzlich trat ein Mensch in den Kreis der Verdächtigen, der einst im selben Haus gewohnt hatte wie sie jetzt.

Rudi deutete an, dass er sich für diesen Sohn schämen musste, echoten Kais Worte in Leas Geist. Doch warum? Was hatte Uwe Zirner Beschämendes getan? Womöglich etwas derart Schlimmes, dass seinem Vater nichts anderes übrig geblieben war, als ihn in die psychiatrische Klinik einweisen zu lassen?

Das Landeskrankenhaus hat eine forensische Abteilung, erinnerte sich Lea, *eine Abteilung für seelisch gestörte Straftäter. Nach Kais Worten war der Junge »zeitlebens nicht bei stabiler Gesundheit«, und das heißt doch wohl: dauerhaft psychisch krank. Und er war heftig in Christine verliebt, wie ihr Tagebuch verrät. Er verfolgte und bedrängte sie. Welche Auswüchse hat diese Besessenheit wohl angenommen? Ist es denkbar …?*

Natürlich war es denkbar, erkannte sie schaudernd. Die Triebe eines Sechzehnjährigen waren stark, und nicht jeder Jugendliche war so vernünftig und kontrolliert, wie Lea es von ihrem eigenen Sohn gewohnt war. Womöglich hatte er Christine vergewaltigt – und dann getötet, um den Folgen zu entgehen.

Ganz langsam, Lea, mahnte die skeptische Gegenstimme in ihrem Inneren. *Zügle deine Fantasie! Wenn Uwe*

Zirner etwas damit zu tun gehabt hätte und deswegen in die Psychiatrie gesteckt worden wäre, hätte die Polizei den Fall nicht ungelöst zu den Akten gelegt.
– *Vielleicht weiß ja niemand davon,* antwortete Lea. *Vielleicht hat niemand je herausgefunden, was der Junge getan hat – außer seinem Vater. Wie hätte Rudolf Zirner wohl reagiert, wenn er herausgefunden hätte, dass sein einziger Sohn ein Mörder war? Ganz gewiss hätte er nicht die Polizei verständigt. Stattdessen hätte er versucht, die Sache zu vertuschen, denn der Skandal im Dorf wäre ungeheuerlich gewesen. Indem er seinen Sohn in die Psychiatrie einweisen ließ, sorgte er dafür, dass der Junge sicher verwahrt wurde und kein weiteres Unheil mehr anrichten konnte, und gleichzeitig schützte er ihn auf diese Weise vor der Polizei. Uwe Zirner jedoch hat seinem Vater diese Maßnahme nicht gedankt. Stattdessen fühlte er sich verstoßen und brach später den Kontakt ab.*
– *Und dann?*, fragte die Stimme. *Was soll aus ihm geworden sein?*
– *Er ist wieder hier,* erkannte Lea plötzlich. *Er ist zurückgekehrt: ein seelisch schwer gestörter Mann in mittleren Jahren, der inkognito das Anwesen der Herforths bezogen und im Keller einen Altar mit Christines Hinterlassenschaften eingerichtet hat. Als Jugendlicher war er in sie verliebt gewesen, und diese Leidenschaft hat ihn – wie bei vielen krankhaft Besessenen – nie verlassen.*

Erneut schauderte Lea. Sie war sich bewusst, dass ihre Theorie derzeit völlig unbeweisbar war, doch allein die Vorstellung, dass der geheimnisvolle Bewohner des Herforth-Hauses Christines Mörder sein könnte, erfüllte sie mit Grauen. Sie war in seinen Keller eingedrungen, hatte sich vor ihm versteckt, seine seltsame Erscheinung nur wenige Meter entfernt im Spiegel gesehen. Was wäre geschehen, wenn er sie entdeckt hätte? Wozu war er fähig?

Hätte er sie umgebracht oder zumindest in dem Kellergewölbe eingesperrt, wo niemand ihre Schreie hören konnte?

Du übersiehst etwas, mahnte die Stimme. *Angenommen, du hättest recht, angenommen, Uwe Zirner wäre Christines Mörder. Warum sollte er dann in ihrer Gestalt an der Landstraße stehen und vorbeikommende Autofahrer erschrecken? Damit würde er doch geradezu auf sein Verbrechen hinweisen.*

– Keine Ahnung, was in so einem kranken Gehirn vor sich gehen mag. Womöglich kostümiert er sich als Christine, um sich selbst vorzuspiegeln, sie sei noch am Leben. Vielleicht versucht er auf diese Weise, ungeschehen zu machen, was er getan hat.

– Du denkst an ›Psycho‹, nicht wahr? Norman Bates, der in die Rolle seiner Mutter schlüpft, um nicht wahrhaben zu müssen, dass er sie umgebracht hat.

– Das ist gar nicht so abwegig. Dass er sich gern als Frau verkleidet, habe ich schließlich mit eigenen Augen gesehen.

Schluss jetzt!, würgte Lea den inneren Dialog ab. Es hatte keinen Sinn, sich in immer kühnere Spekulationen hineinzusteigern. Ob Uwe Zirner etwas mit Christines Tod zu tun hatte, konnte sie nur herausfinden, indem sie die einzigen Personen befragte, die etwas darüber wissen konnten: ihn selbst – oder seinen Vater. Die erste Möglichkeit schied faktisch aus. Der rätselhafte Bewohner des Herforthschen Hofs würde keine Fragen beantworten, erst recht nicht, wenn Leas Verdacht zutraf. In diesem Fall war es nicht einmal ausgeschlossen, dass sie mit einem unbedachten Vorstoß ihr Leben riskierte. Rudolf Zirner jedoch kam als Informant ebenso wenig in Betracht. Kai hatte deutlich zum Ausdruck gebracht, dass der Mann nicht über seinen Sohn zu sprechen wünschte. Normalerweise wäre Lea dies gleichgültig gewesen, denn als Journalistin war sie es gewohnt, unangenehme Fragen zu stellen. Diesmal jedoch waren die Umstände prekär: Kai hatte ihr das Versprechen abgenommen, die Geschichte für sich zu behalten, so wie er selbst es seinem Onkel versprochen hatte. Wenn dieser durch Lea erfuhr, dass Kai geplaudert hatte, konnten ernsthafte Verwicklungen die Folge sein. Unter keinen Umständen wollte sie Kai in den Rücken fallen – zumal eine solche Taktlosigkeit Zirners Mitteilungsbereitschaft nicht eben gefördert hätte.

Was soll ich tun?, grübelte Lea.

Diesmal war die Antwort ihrer inneren Stimme eindeutig und knapp: *Geh ins Bett! Schlaf darüber.*

Sie beschloss, der Stimme zu gehorchen.

Freitag

Lea war wieder siebzehn, stand im Badezimmer ihres früheren Elternhauses und schminkte sich für eine Party. Iris war bei ihr. Gemeinsam drängten sie sich vor dem Spiegel, lachten und zankten sich um den Kajalstift. Wie immer beneidete Lea ihre Freundin um deren ausdrucksvolle braune Augen und ummalte schließlich ihre eigenen – hellblauen – so dunkel, dass sie fast unheimlich wirkten.

Sieht komisch aus, meinte Iris skeptisch. *Glaubst du, das gefällt ihm?*

Die Szene wechselte, und plötzlich befanden sie sich in der alten Diskothek im Lüneburger Industriegebiet. Technomusik wummerte aus mannshohen Verstärkerboxen, während eine gesichtslose Menge auf der Tanzfläche im Rhythmus bebte. Lea stand abseits und blickte sich nach Iris um – da war sie, drüben an der Bar, einen Cocktail in der Hand und in ein angeregtes Gespräch mit einem Mann vertieft. Die Lautstärke der Musik brachte es mit sich, dass die beiden einander sehr nahe kommen und praktisch Wange an Wange stehen mussten, um sich unterhalten zu können. Ein glühender Stich der Eifersucht durchzuckte Lea, als sie in dem Mann Kai Zirner erkannte, untypisch gekleidet in eine schwarze Jeans und ein halb offenes, flattriges Hemd, in dessen Ausschnitt eine silberne Halskette schimmerte.

Lass ihn in Ruhe!, schrie Lea, als sie auf die beiden zustürmte. *Er gehört zu mir!*

Die beiden wandten sich erstaunt zu ihr um, Iris mit ungewohnt abweisender Miene, Kai mit milder Überraschung, als habe er sie nie zuvor gesehen. Die plötzliche Fremdheit der beiden ließ Lea zurückweichen. Mit klopfendem Herzen zog sie sich in eine Ecke neben der Bar zurück, ließ das Paar jedoch nicht aus den Augen. Iris flirtete heftig, wie es stets ihre Art gewesen war, und bald begannen die beiden hemmungslos zu knutschen. Lea bebte vor Zorn, wagte jedoch nicht einzugreifen. Nach einiger Zeit gingen Kai und Iris, eng umschlungen, in Richtung der Toiletten davon. Rasch verließ Lea ihren Beobachtungsposten und folgte ihnen in sicherem Abstand. Was hatten sie vor? Würden sie eine schnelle Nummer in der nächstbesten Kabine absolvieren? Es hätte Lea nicht gewundert, denn so etwas hatte Iris schon einmal getan.

Aber nicht mit Kai!, schwor sie sich, riss die Tür der Damentoilette auf – und fand sich plötzlich in einem Raum mit brüchigem Betonboden wieder, der von Schutt und losen Ziegeln übersät war. Die Decke war eingebrochen und öffnete sich zum Nachthimmel, an dem der Mond stand. Es gab keine Kabinen – nur ein einziges schmutziges Toilettenbecken, an der Wand auf ein nacktes Rohr montiert. Brille und Spülkasten fehlten.

Sie können nicht hier sein, dachte Lea, während sie sich in dem verwüsteten Raum umblickte. *Wo sollten sie sich verstecken?*

Dann aber drangen Schreie an ihr Ohr – Schreie einer weiblichen Stimme.

Iris? Leas Herz machte einen Satz, und sie lief ebenso panisch wie ziellos in dem leeren Raum umher. *Iris, wo bist du?*

Noch immer schrie dic Stimme verzweifelt, doch gedämpft, wie von fern oder aus einem Hohlraum unter der Erde.

Lea trat zu dem ramponierten Toilettenbecken, bemerkte, dass in dem Rohr kein Wasser stand, und beugte sich langsam hinab.

Iris? Bist du da unten?

Ihr Zorn auf die Freundin wich augenblicklich einem maßlosen Grauen, als sie begriff, dass die Schreie tatsächlich aus dem Abflussrohr heraufdrangen. Wie war das möglich? Was hatte Kai ihrer Freundin angetan?

Ich komme!, schrie Lea, *Hab keine Angst! Halt durch! Ich hole dich da raus, und dann wird alles wie früher sein.*

Aber wie? Wie gelangte man in die Kanalisation? Sollte sie die Feuerwehr rufen? Lea stürzte zum Ausgang, um in die Diskothek zurückzukehren und den erstbesten Menschen, den sie traf, um Hilfe zu bitten. Als sie jedoch die Tür aufriss, führte diese nur in einen weiteren dunklen Raum, der ebenso kahl und leer war wie die Toilette. In der Mitte des Raums saß ein Mann am Boden, der ihr den Rücken zuwandte. Lea bemerkte, dass er langes schlohweißes Haar hatte. Bei ihrem Eintreten erhob er sich mühsam, auf einen Stock gestützt, und drehte sich langsam zu ihr um.

Entsetzen ergriff Lea, und eine Gänsehaut kroch ihren Nacken hinauf, ließ ihre Kopfhaut prickeln und ihre Haare zu Berge stehen. Der Mann trug eine Art Theatermaske wie aus einer antiken Tragödie, mit schwarzen Löchern als Augen und einem riesigen klaffenden Viereck als Mund. Mit der einen Hand stützte er sich auf seinen Stock; mit der anderen hielt er Lea das gerahmte Porträt einer Frau entgegen, dessen Deckglas gesplittert und zersprungen war. Aus der konturlosen Höhle seines Mundes drang ein hohles fremdartiges Geräusch, eine Art langgezogenes Stöhnen, das nicht abbrach, sondern lauter und lauter wurde – bis Lea es nicht mehr ertragen konnte und ihrerseits schrie.

In Schweiß gebadet fuhr Lea hoch und tastete nach der Nachttischlampe. Der Wecker zeigte drei Uhr dreißig. Die Hitze, die sie so lange am Einschlafen gehindert hatte, war verflogen. Stattdessen fror sie, denn ihre Haut war feucht, und durch das weit geöffnete Fenster drang kühle Luft herein. Offenbar hatte sie zudem vergessen, die Tür zum Wohnzimmer zu schließen, sodass in dem kleinen Raum ein unangenehmer Durchzug herrschte.

Jede Nacht Albträume, dachte Lea resigniert. *Was ist nur los mit mir?*

Sie schwang die Beine aus dem Bett, schlüpfte in ihre Hausschuhe und schloss das Fenster. Dann ging sie zur Tür hinüber, um auch diese zu schließen – und verharrte erstaunt, als sie im Wohnzimmer ein bläuliches Leuchten wahrnahm. Es kam vom Glastisch neben der Couch.

Habe ich meinen Laptop angelassen? Meine Güte, bin ich neuerdings zerstreut.

Sie trat ins Wohnzimmer, machte Licht, ging zum Tisch und stellte fest, dass der tragbare Computer tatsächlich eingeschaltet war. Auf dem Bildschirm leuchtete eine ihrer E-Mails. *Warum läuft der Bildschirmschoner nicht?*, fragte sie sich. Dann erst kam ihr zu Bewusstsein, dass sie diese Mail am Vorabend gar nicht geöffnet hatte: Es war die Nachricht von Jörg Hausmann mit den Zeitungsartikeln über die Katzenseuche.

Ein Geräusch ließ Lea erstarren: ein fast unmerkliches Knarren wie von einer Schuhsohle. Es kam von hinten, aus der Richtung der Schlafzimmertür, die sie eben durchschritten hatte. Ein Schauder kroch ihr über den Rücken, weit schlimmer als vor wenigen Minuten im Traum.

Oh Gott … Jemand ist hier, hier in der Wohnung!

Unwillkürlich hielt sie den Atem an – und in der vollkommenen Stille glaubte sie, einen fremden Atem zu hören, sehr leise, doch eindeutig hinter ihr. Sie wagte nicht, sich umzuwenden, doch ihr Verstand zog den einzig möglichen Schluss: Irgendjemand war durch das offene Fenster in die Wohnung eingedrungen und stand jetzt wahrscheinlich hinter der Tür, die vom Schlafzimmer zum Wohnzimmer führte. Die sparsame Möblierung der Räume bot kein anderes Versteck.

Handy, dachte Lea fieberhaft. *Wo ist mein Handy …*

Mit Schrecken fiel ihr ein, dass sie es auf dem Nachtschrank im Schlafzimmer liegen gelassen hatte. Um es zu holen, musste sie an dem Unbekannten vorbei. Was sollte sie tun? Im Augenblick kam sie sich wie ein Kaninchen vor, das angesichts der Bedrohung einfach erstarrte. Schon manches Mal, wenn sie etwas Ähnliches in einem Fernsehkrimi gesehen hatte, war ihr die Frage durch den Kopf gegangen, wie sie in einer solchen Situation reagieren würde. Doch die Frage war stets abstrakt geblieben, denn ihre Lüneburger Stadtwohnung lag im zweiten Stock, und sie war nie allein gewesen, denn David schlief nebenan.

Ganz ruhig jetzt!, befahl sie sich selbst. Das Wichtigste war, jede Kurzschlusshandlung zu vermeiden. Wenn sie etwas Unüberlegtes tat oder gar um Hilfe rief, bestand die Gefahr, dass der Einbrecher seinerseits in Panik geriet und sie zum Schweigen brachte. Am besten tat sie so, als hätte sie keinen Verdacht geschöpft.

Lea zwang sich, ruhig zu atmen, vom Tisch zurückzutreten und das Bad anzusteuern, das neben der Wohnungstür lag. Dabei musste sie quer durch den Raum gehen, mit dem Rücken zu der Stelle, wo sie das Versteck des Eindringlings vermutete. Fünf Meter vielleicht – der

Weg schien ihr unendlich lang, denn sie wagte nicht, ihre Schritte zu beschleunigen. Ihr Nacken prickelte.

Und wenn es ein Vergewaltiger ist?, fragte die Stimme in ihrem Kopf.

Nein, erwiderte Lea. *Er kam durchs Fenster und ging auf geradem Weg ins Wohnzimmer, während ich im Bett lag. Er hätte längst über mich herfallen können, wenn das seine Absicht gewesen wäre.*

Sie erreichte das Bad, schlüpfte hinein und schloss die Tür von innen. Mit einem entschlossenen Ruck drehte sie den Schlüssel im Schloss. Dann ließ sie sich aufatmend gegen die Tür sinken und verharrte.

Ihre Erwartung wurde nicht enttäuscht: Schon im nächsten Augenblick hörte sie Geräusche aus dem Wohnzimmer. Füße tappten eilig über das Parkett, die Balkontür wurde entriegelt und aufgeschoben. Der Unbekannte ergriff die Flucht. Lea hörte ihn durch den Garten laufen, rund um das Haus zur Straßenseite. Rasch wechselte sie von ihrem Horchposten an der Tür zum Fenster, konnte jedoch nur einen undeutlichen Schatten erkennen, der sich rasch entfernte und mit der Dunkelheit verschmolz.

Lea ließ sich auf den geschlossenen Klodeckel sinken, um zu verschnaufen und nachzudenken. Ihr erster Impuls war, nach oben zu gehen und Kai zu wecken, der zweite, die Polizei zu rufen. Beides jedoch verwarf sie, nachdem sie Ordnung in ihre Gedanken gebracht hatte.

Das war kein gewöhnlicher Einbruch. Der Kerl ist an den Computer gegangen, um meine Mails zu lesen. Ich gehe jede Wette ein, dass seine Neugier mit meinen Recherchen zu tun hat. Er wollte wissen, was ich herausgefunden habe – vielleicht, weil ich auf der richtigen Spur bin und weil er sich bedroht fühlt.

Sie schloss die Tür auf, kehrte ins Wohnzimmer zurück und nahm den Raum sorgfältig in Augenschein. Erwartungsgemäß schien nichts gestohlen worden zu sein, obwohl die Schubladen einiger Schränke aufgezogen waren. Die Handtasche, die auf dem Küchentresen lag, war geöffnet und durchwühlt worden: Der Einbrecher hatte sie ausgeleert, ohne Brieftasche oder Bargeld an sich zu nehmen. Leas Notizblock lag aufgeschlagen neben dem Laptop. Zweifellos hatte der Unbekannte ihn durchgeblättert. Dann hatte er den Computer durchsucht, was keine große Mühe verlangte: Das Gerät war nicht passwortgesichert, und es gab nur ein einziges Benutzerprofil, das beim Einschalten automatisch aktiviert wurde. Wahrscheinlich hatte der Einbrecher sämtliche Mails gelesen, die sich im Postfach befanden.

Christines Tagebuch!, dachte Lea plötzlich. *Wo ist es? Hat er es mitgenommen?*

Dann erst erinnerte sie sich, dass sie das Buch bei Mara Heimbergers überraschendem Besuch unter das Sofa gekickt hatte. Sie ließ sich nieder, tastete danach und seufzte erleichtert auf, als sie den Einband zu fassen bekam. Dabei fiel ihr Blick auf ein einzelnes Haar, das am Boden lag. Mit spitzen Fingern hob sie es auf. Es war lang – doppelt so lang wie ihr eigenes Haar – und glänzte tintenschwarz.

Seine schwarze Perücke … Er trägt sie, wenn er sich als Christine verkleidet. Er war es: Der Bewohner des Herforth-Hauses! Niemand sonst im Dorf hat langes schwarzes Haar.

Lea schauderte bei dem Gedanken, dass der unheimliche Mann, der sich als Frau verkleidete, unmittelbar an ihrem Bett vorbeigegangen war. Sein Besuch erhärtete den Verdacht, den sie seit dem Vorabend hegte: Sein Verhalten ergab nur dann einen Sinn, wenn er tatsächlich Christines Mörder war. Er hatte herausfinden wollen, ob sie ihm bereits auf die Schliche gekommen war – und er hatte das Tagebuch gesucht, das einzige Dokument, das auf seine Identität hinwies.

Am schauerlichsten jedoch erschien Lea die Tatsache, dass er für den Einbruch seine Verkleidung angelegt hatte. Ob er sich auch das Gesicht weiß geschminkt hatte wie bei seinen Maskeraden an der Landstraße? Zeitweise schien er tatsächlich zu glauben, er *sei* Christine, offenbar in dem psychotischen Bestreben, seine Mordtat zu verdrängen. Um sich nicht eingestehen zu müssen, dass er Beweismittel verschwinden lassen wollte, war er als Christine gekommen, wahrscheinlich von der wahnhaften Idee besessen, er – oder vielmehr sie – müsse ihr Tagebuch zurückholen.

Lea richtete sich auf, bemerkte, dass ihre Beine zitterten, und ließ sich auf das Sofa fallen. Ihre Finger öffneten sich. Das schwarze Haar sank auf das aufgeschlagene Tagebuch. Automatisch griff sie nach ihrem Handy.

Die Polizei … Wer sonst konnte sie vor diesem Irren beschützen? Ihr Finger schwebte bereits über den Tasten.

Stopp, zwang sie sich zur Ruhe. *Was, wenn er wirklich Uwe Zirner ist?*

Ihr Traum schien es zu beweisen, und Lea vertraute dieser Intuition: Ihr Unterbewusstsein hatte Christine mit ihrer Jugendfreundin Iris verschmolzen und ihr den Mörder gezeigt – niemand anderen als Kai. Natürlich war nicht wirklich Kai gemeint. Der Traum deutete lediglich an, dass der Mörder zu Kai in näherer Beziehung stand. Tatsächlich war er sein Cousin. Wenn Lea die Polizei alarmierte, würde sie ihren Verdacht offenlegen müssen. Auch die Zirners würden befragt werden, und Rudolf Zirner würde erfahren, dass Kai sein Geheimnis verraten hatte. Kai wiederum wäre gewiss nicht erfreut, dass Lea die Familiengeschichte, deren Geheimhaltung sie ihm versprochen hatte, schon am nächsten Morgen den Behörden mitteilte. Und wozu das alles? Selbst wenn Leas Verdacht zutraf, würde man dem Bewohner des Herforth-Hauses weder den Einbruch noch gar den Mord an Christine nachweisen können. Das schwarze Haar stammte von einer Perücke, enthielt also keine DNA des Täters. Wahrscheinlich würde die Polizei ihn nicht einmal vernehmen können, da er sich heimlich im Herforth-Haus aufhielt und gewiss nicht an die Tür ging, wenn jemand klingelte. Und selbst wenn man ihn zufällig antraf, machte ein Verhör keinen Sinn. Schließlich gab er sich überzeugend als taubstumm aus.

Lea ließ die Hand mit dem Telefon sinken.

Nein, dachte sie. *Es ist noch nicht der richtige Zeitpunkt. Ich brauche Beweise ...*

Nachdem dieser Entschluss gefasst war, fühlte sie sich etwas ruhiger, wenn auch nicht besser. Sie legte das Telefon auf den Glastisch und erhob sich, um die Balkontür fest zu verriegeln. Christines Tagebuch steckte sie nach kurzer Überlegung in ihre Handtasche, wobei sie das schwarze Haar umsichtig zwischen zwei Seiten legte. Dann ließ sie sich wieder auf dem Sofa nieder, schloss die Augen und versuchte, an nichts zu denken.

Was auch immer ich als Nächstes unternehme, es hat Zeit bis zum Morgen, sagte sie sich.

Sie musste wieder eingeschlafen sein, denn als der Klingelton des Handys sie weckte, war es bereits nach acht Uhr. Benommen tastete Lea nach dem Telefon, setzte sich auf und sah die Nummer der Redaktion auf dem Display.

»Ja?«

»Jörg Hausmann hier.«

»Gott sei Dank«, seufzte Lea. »Ich muss dringend mit jemandem reden.«

»Gerne!« Jörgs Stimme klang angenehm frisch und

munter. »Du hast übrigens eine E-Mail von deinem Sohn, die aus irgendeinem Grund hier gelandet ist. Soll ich sie dir weiterschicken?«

»Ja, danke.«

»Du klingst so besorgt. Was ist los?«

Lea beschloss, ihm alles zu erzählen. Sie vertraute ihm, und als Unbeteiligter war er am ehesten in der Lage, Ordnung in ihre wirren Gedanken zu bringen. Als sie geendet hatte, schwieg er eine Weile, und Lea sah förmlich vor sich, wie er ungläubig den Kopf schüttelte.

»Du hast nicht die Polizei gerufen?«, fragte er.

»Du hast mir doch selbst davon abgeraten«, gab Lea zurück.

»Das war eine andere Situation. Jetzt aber ist erwiesen, dass jemand dich verfolgt und dir nachspioniert. Merkst du nicht, dass du dich mit deinen Nachforschungen in ernsthafte Gefahr bringst? Willst du weitermachen, bis der Kerl sich genötigt sieht, noch drastischere Maßnahmen zu ergreifen?«

»Du glaubst also auch, dass es der Bewohner des Herforth-Hofs war?«

»Nach dem, was du mir erzählt hast, kommt wohl niemand anders infrage.«

»Aber man wird ihm nichts nachweisen können«, gab Lea zu bedenken. »Ich muss zuerst noch mehr herausfinden. Vor allem muss ich wissen, ob er wirklich der verschollene Sohn meines Vermieters ist.«

»Und wie willst du das ohne die Hilfe der Polizei herausfinden, wenn er sich auf seinem Hof verschanzt?«

»Ich weiß es noch nicht«, murmelte Lea.

»Lea …« Es klang, als bemühte sich Jörg um einen besonders eindringlichen Ton. »Hör mir zu! Die ganze Sache gefällt mir nicht – und du kannst nicht verlangen, dass ich tatenlos zusehe, wie du dich in Gefahr bringst.«

»Ich bin ein erwachsener Mensch«, verteidigte sich Lea.

»Und *ich* würde mir mein Leben lang Vorwürfe machen, wenn dir etwas zustößt«, gab Jörg zurück.

»Tatsächlich? Warum?«

Jörg schwieg einen Moment. Lea begriff, dass sie ihn mit dieser Frage in Verlegenheit gebracht hatte.

»Ich denke, das weißt du genau«, sagte Jörg schließlich. »Schließlich bist du … eine besonders liebe Kollegin.«

Seine Stimme schwankte ein wenig, als hätte er eigentlich etwas anderes sagen wollen. Lea spürte einen angenehmen Schauer. Sie hatte immer gewusst, dass Jörg sie mochte, doch es war trotzdem schön, es ausgesprochen zu hören.

»Wie auch immer …« Jörgs Stimme festigte sich augenblicklich wieder. »Ich bin nach wie vor der Meinung, dass du abreisen solltest. Wenn du es nicht tust, werde *ich* die Polizei alarmieren.«

»Nein, bitte, tu das nicht!«, bat Lea erschrocken. »Ich spüre, dass ich kurz vor der Lösung des Rätsels stehe. Gib mir noch ein wenig Zeit.«

»Wie lange?«

»Ein paar Tage noch.«

»Hm.« Jörg schien nachzudenken. »Na schön, aber versprich mir, dass du auf dich aufpasst.«

»Ich verspreche es.«

Lea klickte das Handy aus und ließ sich auf die Couch zurücksinken. *Vielleicht hat er recht,* dachte sie. *Vielleicht sollte ich lieber heute als morgen abreisen.*

Doch sie kam nicht dazu, den Gedanken weiter zu erwägen, denn im selben Moment klopfte es an der Tür. Lea öffnete und blickte in Kais strahlendes Lächeln.

»Guten Morgen, meine Schöne!«, sagte er. »Ausgeschlafen?«

»Nicht wirklich«, seufzte Lea. »Ich bin ein wenig übernächtigt.«

Kai hob die Augenbrauen. »Tja, wenn das so ist, dann solltest du vielleicht zurück ins Bett. Soll ich dir dabei Gesellschaft leisten?«

Lea lachte und zog ihn an sich.

Es gelang Lea, ihre Sorgen vorläufig zu verdrängen. Anfangs hatte sie gefürchtet, ein wenig abwesend zu wirken, doch Kais Zärtlichkeiten trugen zu ihrer Entspannung bei. Später saßen beide bei einem rasch improvisierten Frühstück im Wohnzimmer, während von draußen Licht und Wärme der steigenden Sonne hereindrangen. In einiger Entfernung, irgendwo im hinteren Teil des Gartens, war das Klappern einer Heckenschere zu hören.

»Ist dein Onkel schon so früh im Garten zugange?«, fragte Lea zwischen zwei Schlucken Kaffee.

Kai zuckte die Achseln. »Wir sind beide früh aufgestanden. Genau wie ich konnte er es nicht erwarten, sich um das zu kümmern, was ihm am liebsten ist – in seinem Fall waren es die Rosen.«

»Ich hoffe nur, er hat nichts mitbekommen.«

Kai grinste. »Ich fürchte, du warst nicht zu überhören.«

Lea verschluckte sich fast an ihrem Kaffee. »Sieh mal an! Ich hätte gar nicht gedacht, dass du so selbstgefällig sein kannst«, entgegnete sie mit Würde.

»Nicht doch! Ich bin die Bescheidenheit in Person«, scherzte Kai demütig. »Und was meinen Onkel betrifft, brauchst du dir keine Sorgen zu machen. Er mag dich – auch wenn er nichts von deinen Recherchen hält und meint, du solltest die Sache aufgeben. Übrigens hat er mir erzählt, dass er heute Nacht aufgewacht ist, weil er Schritte im Garten hörte. Warst du das?«

Im Bruchteil einer Sekunde sondierte Lea ihre Möglichkeiten und beschloss, dass es klüger war, ihn nicht zu beunruhigen.

»Ja, das war ich«, antwortete sie in gleichgültigem Ton. »Ich habe dir ja erzählt, dass ich nicht schlafen konnte. Da bin ich noch ein wenig im Garten gewesen.«

In diesem Moment näherte sich eine Gestalt der Balkontür. Lea erkannte Rudolf Zirner, in einer Hand die Heckenschere. Kai erhob sich sofort und öffnete die Tür.

»Guten Morgen!«, grüßte Zirner in Leas Richtung. »Entschuldigen Sie, aber ich muss Ihnen meinen Neffen für fünf Minuten entführen.«

»Kein Problem!«, sagte Lea.

»Könntest du mir mit dem Holunderbusch helfen?«, wandte sich der Mann an Kai. »Er ist völlig abgestorben und muss dringend aus der Erde, sonst nimmt er den Rosen das Licht. Ich glaube, allein schaffe ich das nicht mehr ...«

»Bin schon da«, sagte Kai, schlüpfte in seine Schuhe und warf Lea einen »Dauert-nicht-lange!«-Blick zu, während er seinem Onkel in den Garten folgte. Lächelnd blickte Lea den beiden nach und leerte ihren Kaffee.

Ob er als Ehemann auch so hilfsbereit wäre?, fragte sie sich – und schalt sich sofort wegen dieser hausmütterlichen Entgleisung ihrer Gedanken. Kai war ihr Liebhaber und bislang nicht mehr als eine Urlaubsbekanntschaft, etwas anderes stand nicht zur Debatte. Dennoch ertappte sie sich zunehmend häufiger bei dem Gedanken, wie es wäre, mit ihm zusammenzuleben. Ob er ihre Beziehung überhaupt als etwas Ernstes ansah? Es fiel ihr schwer, dies einzuschätzen, da sie ihn im Grunde kaum kannte – weit weniger gut zum Beispiel als Jörg Hausmann.

Jörg ... Hatte er nicht am Morgen angedeutet, dass er sich ernste Sorgen um sie machte? Hatte er nicht gesagt, er würde es sich nie verzeihen, wenn ihr etwas zustieße? Dabei hatte seine Stimme eigentümlich befangen geklungen. *Ob er etwas für mich empfindet?*, fragte sich Lea. Der Gedanke war schmeichelhaft, rief jedoch zugleich einen Anflug von schlechtem Gewissen hervor.

»Du hast übrigens eine E-Mail von deinem Sohn«, erinnerte sie sich plötzlich an seine Worte. Richtig – das hatte sie vollkommen vergessen. Lea beugte sich über den Tisch, zog ihren Laptop heran und rief das Postfach auf. Tatsächlich fand sie eine Mail vor, die Jörg ungeöffnet an sie weitergeleitet hatte. Seltsamerweise war es nicht Davids übliche Adresse. Der Absender lautete zwar »David Petersen«, doch Lea wusste, dass seine Mailadresse bei einem anderen Provider geführt wurde. Stirnrunzelnd öffnete sie die Nachricht – und erstarrte, als sie den einzigen Satz las, aus dem sie bestand.

PASSEN SIE LIEBER GUT AUF IHREN SOHN AUF

Augenblicklich fing Leas Herz an zu rasen. Entsetzt schnappte sie nach Luft.

Oh nein …, bitte nicht …, bitte nicht …

Einen Moment saß sie wie erstarrt da, dann sprang sie auf und griff nach ihrem Handy, wobei sie die leere Kaffeekanne umwarf. Mit zittrigen Fingern klickte sie auf Davids Nummer und drückte das Telefon so fest ans Ohr, dass das sterile Fiepen des Freizeichens ihr durch Mark und Bein schnitt.

Geh ran!, flehte sie. *Bitte geh ran!*

»Hallo?«

Das war nicht Davids Stimme. Niemals meldete er sich nur mit »hallo«.

»Wer ist da?«, fragte Lea zittrig.

»Justin Schumacher.«

»Justin? Hier ist Lea – Davids Mutter.«

»Oh, hallo! Wie geht es Ihnen?«

»Wo ist David? Warum gehst du an sein Handy?«

»Er …« Davids Schulfreund und Zimmergenosse räusperte sich verlegen. »… ist nicht da.«

»Das habe ich auch begriffen!«, fuhr Lea ungehalten auf. Im Augenblick hatte sie weder Zeit noch Kraft für Höflichkeiten. »Justin, wo *ist* er?«

»Das weiß ich nicht genau.«

»Wie lange ist er schon weg?«

»Eine ganze Weile«, sagte Justin unbestimmt. »Gibt es ein Problem, Frau Petersen?«

»Ja, es gibt allerdings ein Problem.« Lea hatte Mühe, ihre Stimme zu kontrollieren. »Justin, bitte hilf mir! Wann genau ist er weggegangen, und warum?«

»Er sagte, er wollte nach dem Frühstück ein wenig nach draußen.«

»Wann war das?«

»Gegen acht.«

Leas Blick flog zur Uhr über dem Küchentresen: halb elf.

»Und du weißt nicht, wohin er gegangen ist?«

»Wahrscheinlich in den Wald hinter dem Schullandheim«, meinte Justin, der offenbar endlich bemerkte, dass Lea sich Sorgen machte. »Ist es dringend? Soll ich ihn suchen gehen?«

»Ja, bitte tu das! Sag ihm, er soll mich sofort anrufen – und wenn du ihn nicht finden kannst, ruf bitte selbst an!«

Sie gab ihre Nummer durch und beendete das Gespräch mit einem unguten Gefühl.

Keine Panik!, zwang sie sich selbst zur Ruhe. *Er macht nur einen Spaziergang im Wald.*

Er geht nie in irgendeinen Wald!, fuhr die andere Stimme dazwischen. *Wenn er allein sein will, sitzt er entweder am Computer oder liegt im Bett.*

»Hey, was ist denn los?« Lea erschrak, als sie Kais Hand auf ihrer Schulter spürte. Sie hatte ihn gar nicht wieder hereinkommen hören. »Du atmest so schnell. Geht es dir nicht gut?«

Lea, momentan außerstande zu antworten, ergriff haltsuchend seine Hand und drückte sie. Kai sah sie erstaunt von der Seite an. Dann fiel sein Blick auf den Computerbildschirm mit der geöffneten Mail.

»Was soll das denn bedeuten? Ist das ein schlechter Scherz?«

»Kein Scherz«, stieß Lea hervor. »Eine Drohung. Offenbar bin ich bei meinen Recherchen zu weit vorgedrungen.«

Kai runzelte die Stirn. »Du glaubst, das hat etwas mit deinen Nachforschungen über dieses verschwundene Mädchen zu tun?«

»Ohne Zweifel«, sagte Lea überzeugt. Sie ahnte, dass Kai ihr nicht glaubte, und erwog für Sekunden, ihm von dem nächtlichen Einbruch zu erzählen. Dem kam er jedoch zuvor, indem er einen Stuhl heranzog, sich neben sie setzte und ihr ernst ins Gesicht blickte. »Hast du versucht, deinen Sohn zu erreichen?«

»Ja, gerade eben. Du weißt ja: Er ist zurzeit auf Klassenfahrt. Sein Mitbewohner sagt, er sei seit acht Uhr verschwunden, angeblich, um im Wald spazieren zu gehen.«

»Dann wird es sicher auch so sein«, versuchte Kai sie zu beruhigen. »Atme erst mal durch! Ich glaube nicht, dass jemand deinem Sohn etwas antun würde, nur weil du hier im Dorf ein paar Leute ausgefragt hast. Es weiß doch niemand außer mir, dass du überhaupt einen Sohn hast.«

»Hast du es irgendjemandem erzählt?«

»Nein – wem denn? Ich kenne die Leute hier nur vom Sehen.«

»Und dein Onkel? Vielleicht hat er es jemandem gesagt.«

»Lea, beruhige dich! Alles wird gut. Sicher ruft dein Sohn in einer halben Stunde zurück, und du kannst die Sache vergessen.«

»*Das* vergesse ich bestimmt nicht!« Lea wies auf den Bildschirm. »Selbst wenn alles in Ordnung ist, kann ich es nicht riskieren, länger hierzubleiben – nicht, wenn mein Kind bedroht wird.«

Jörg Hausmann hatte recht: Offenbar hatte Lea sich zu weit vorgewagt. Sie war Christines Mörder auf der Spur und hatte leichtsinnigerweise seine Aufmerksamkeit erregt. Nun musste sie für ihr Gastspiel als Hobby-Detektivin büßen. *Ich muss heute noch abreisen,* dachte sie verzweifelt, *und am besten im ganzen Dorf verbreiten, dass ich mich nicht mehr mit der Angelegenheit beschäftige ...*

Sie erschrak heftig, als das Telefon in ihrer Hand vibrierte, und riss es ans Ohr.

»David?«

»Mum? Ist alles in Ordnung?«

Vor Erleichterung wurde Lea fast schwindelig, und sie atmete tief aus, während sie einen Blick mit Kai tauschte.

»David! Wo bist du gewesen?« Sie bemerkte, dass ihr die Tränen kamen, rang einen Moment um Fassung und stand schließlich auf, um mit dem Telefon im Schlafzimmer zu verschwinden und die Tür hinter sich zu schließen.

»Ist das wichtig?«, fragte David ungewöhnlich reserviert.

»Ja, verdammt noch mal, es *ist* wichtig!«, erwiderte Lea schroff. »Ich habe mir Sorgen gemacht.«

»Warum denn?«

»Das ist jetzt egal. Wo warst du, David? Warum hast du dein Handy nicht mitgenommen?«

Ihr Sohn schwieg einen Augenblick. »Ich … wollte nicht gestört werden.«

»Warum?«

»Na ja … also … ich war mit Maja weg.«

Lea ließ sich auf die Bettkante sinken und wischte sich die Tränen fort. »Mit Maja? Du warst mit Maja im Wald?«

»Ja. Ich habe Justin gesagt, er soll es niemandem verraten … Tut mir leid, Mum. Ich wusste ja nicht, dass du anrufen würdest.«

»Ist schon gut«, lenkte Lea ein, die allmählich ihre Fassung wiederfand. Alles war in Ordnung. Ihr Sohn war weder entführt noch bedroht worden, sondern hatte lediglich ein Rendezvous gehabt. Dankbar griff sie die Neuigkeit auf, um ihre Gedanken in andere Bahnen zu lenken. »Und? Wie war's?«

»Na ja …« David schien nach einer möglichst unverfänglichen Antwort zu suchen. »Interessant.«

»Interessant? Mehr gibt es nicht zu erzählen?«

»Was willst du denn wissen?«

»Habt ihr euch geküsst?« Lea wagte einen direkten Vorstoß.

David seufzte. »Mum … musst du das wirklich wissen?«

»Vergiss es«, sagte sie versöhnlich. »Das war eine dumme Frage. Entschuldige, ich bin im Moment nicht ganz bei mir.«

»Du klingst auch anders als sonst. Was ist denn los, Mum?«

Lea biss sich auf die Lippen. Unmöglich konnte sie David von der Drohung erzählen, die sie erhalten hatte – oder vielleicht doch? Einerseits wollte sie ihn um keinen

Preis beunruhigen, andererseits kannte sie ihn und wusste, wie besonnen er im Allgemeinen auf Krisen reagierte.

»Hast du eine zweite E-Mail-Adresse unter deinem richtigen Namen?«, fragte sie schließlich, um die Entscheidung aufzuschieben.

»Nein, ich habe nur die Adresse, die du kennst, *D-Pet94@Yahoo.de*. Warum fragst du?«

»Ach«, sagte Lea abwinkend. »Es ist wohl nicht von Bedeutung ... Irgendjemand hat mir unter falschem Absender eine Mail geschickt.«

»Dein anonymer Informant?«

»Nein, sicher nicht.«

»Was stand denn drin?«

»Nicht so wichtig.«

»Komm schon, Mum!«, drängte David. »Spuck's aus.«

»Also gut.« Lea überwand sich. »Darin stand, ich solle gut auf meinen Sohn aufpassen.«

David schwieg einen Moment. »Nur das? Sonst nichts?«

»David, es tut mir so leid!« Erneut fühlte Lea Tränen in sich aufsteigen. »Ich wollte dir das gar nicht erzählen. Offenbar bin ich bei meinen Recherchen zu weit gegangen.«

»Sieht so aus«, stimmte David nachdenklich zu. »Hast du jemanden im Verdacht?«

»Niemand Konkretes ..., aber das ist jetzt auch egal. Ich muss weg von hier. Ich wollte sowieso spätestens nächsten Montag zurück sein, wenn du nach Hause kommst. Am besten reise ich gleich morgen früh ab.«

»Schade!«, meinte David, offenbar nicht im mindesten beunruhigt, »wo du offenbar so nah dran bist.«

»Deine leichtsinnige Mutter hat uns beide in Gefahr

gebracht.« Die aufsteigenden Tränen begannen zu fließen. »Es tut mir so leid …«

»Nur die Ruhe, Mum«, sagte David. »Und hör auf zu heulen! Für mich klingt es so, als ob dir jemand einen Schrecken einjagen will. Glaubst du wirklich, dass jemand aus diesem Kuhdorf im Wendland schnell mal bis in den Taunus reist, um mich zu kidnappen?«

»Vielleicht sollte ich die Polizei rufen …«

»Vergiss es, Mum! Die können doch auch nichts machen. Wahrscheinlich nehmen sie dich nicht einmal ernst. Was glaubst du, wie viel blöder Spam im Internet herumfliegt? Der Vater von Dennis Wöhner ist mal bedroht worden, weil er an einer Unterschriftenaktion teilgenommen hat. Da hieß es: Dich linkes Schwein machen wir fertig! Glaubst du, der hat Polizeischutz bekommen? Auf der Wache haben sie bloß gesagt: ›Das ist kein konkreter Hinweis, gehen Sie mal schön wieder nach Hause.‹«

»Machst du dir keine Sorgen?«

»Ich sehe nicht ein, warum. Der Fall ist doch klar: Du bist irgendjemandem auf die Füße getreten, und derjenige will erreichen, dass du aus dem Dorf verschwindest. Jetzt wird er erst einmal nichts weiter unternehmen, sondern abwarten, was du tust.«

»Und was *sollte* ich tun?«, fragte Lea, mehr an sich selbst gewandt.

»Tja, wenn du dich wohler fühlst, morgen schon abzureisen, dann musst du das wohl machen. Aber tu's nicht meinetwegen. Ich passe schon auf mich auf!«

»Das glaube ich dir – aber trotzdem kann ich dich nicht in diese Sache hineinziehen«, entschied Lea. »Morgen früh werde ich meine Sachen packen.«

»Wie du meinst.«

»Versprichst du mir etwas? Auch wenn du es vielleicht für albern hältst?«

»Ich soll um acht zu Hause sein, zu niemandem ins Auto steigen und keine Bonbons von Fremden annehmen?«, scherzte David.

»Im Ernst, David!«, bat Lea. »Ich möchte, dass du vorläufig nicht allein weggehst.«

»Tu ich sowieso nicht. Ich würde die Tage am liebsten auf meinem Zimmer verbringen, wenn die Lehrer uns nicht ständig zu irgendwelchen Wanderungen scheuchen würden.«

»Aber wenn ihr einen Ausflug macht ...«

»Dann zählen sie sowieso alle halbe Stunde ihre Schäfchen. Keine Sorge, Mum, ich gehe schon nicht verloren! Das Problem ist eher, überhaupt mal zehn Minuten unbeaufsichtigt zu bleiben. Es war schon schwierig genug, mich mit Maja zu treffen.«

»Triffst du sie wieder?«

»Ich glaube schon.«

»Aber ihr geht nicht wieder in den Wald, oder?«

David seufzte genervt. »Also gut, wenn du Angst hast, dass der große böse Wolf kommt, mache ich einen Bogen um den Wald.«

»Gut. Und bis dahin ...«

»... passe ich auf mich auf, ja.«

»David?«

»Was ist denn noch?«

»Ich liebe dich.«

Das hatte sie so noch nie gesagt, und sie begriff schon im nächsten Moment, dass sie ihn in Verlegenheit brachte. David schwieg – wie so oft, wenn Gefühle zur Sprache kamen.

»Ja, dann ...«, begann Lea, um die peinliche Stille zu überbrücken.

»Ich dich auch, Mum«, erwiderte David unerwartet. »Mach's gut.«

Als Lea ins Wohnzimmer zurückkehrte, blickte Kai sie fragend an. »Und? Alles in Ordnung?«

Lea ließ sich neben ihn auf das Sofa sinken. »*Nichts* ist in Ordnung. Die Sache wächst mir über den Kopf ... ich muss abreisen.«

»Abreisen?«

»Gleich morgen.«

»Aber deinem Sohn geht es gut?«

»Ja. Trotzdem nehme ich diese Drohung ernst.«

»Vielleicht wäre es an der Zeit, dass du mich einweihst«, meinte Kai. »Bisher hast du mir so gut wie nichts über deine Recherchen erzählt. Du glaubst also, dass diese Drohung mit dem verschwundenen Mädchen zu tun hat?«

Lea nickte.

»Aber wie kommst du darauf?«, wollte Kai wissen. »Gibt es irgendeinen konkreten Anhaltspunkt? Komm schon, Lea – wenn du mir vertraust, solltest du mir die ganze Geschichte erzählen! Vielleicht kann ich dir helfen.«

Lea seufzte. Eigentlich gefiel ihr der Gedanke nicht, ausgerechnet Kai einzuweihen. Andererseits brauchte sie im Augenblick dringend Hilfe.

»Also gut«, begann sie. »Ich glaube zu wissen, wer Christine Herforth getötet hat. Erinnerst du dich an die Erscheinung an der Landstraße? Ich habe Grund zu der Annahme, dass diese falsche Christine von einem Mann dargestellt wird, der seit Jahren das ehemalige Haus der Herforths bewohnt.«

»Ich dachte, das Haus steht leer.«

»Dachte ich auch, aber ich war dort und traf den Kerl im Hof an. Er trägt Frauenkleidung und gibt sich als Putzfrau aus. Außerdem gibt er vor, taubstumm zu sein, indem er einen handgeschriebenen Zettel vorzeigt, wenn man ihn anspricht.«

»Bist du sicher, dass es ein Mann ist?«

»Ja. Aus der Nähe ist seine Tarnung nicht besonders gut.«

»Und woher willst du wissen, dass es dieser Kerl ist, der sich nachts an die Straße stellt? Warum sollte er das tun, wenn er etwas mit dem Tod des Mädchens zu tun haben?«

»Es ist kompliziert«, gab Lea zu. »Aber ich habe Informationen ...«

»Dann lass mich daran teilhaben!«, forderte Kai sie abermals auf.

»Na schön.« Lea stand auf, holte ihre Handtasche und zog das Tagebuch heraus. »Das hier gehörte Christine Herforth.«

Stirnrunzelnd nahm Kai das Buch entgegen und blätterte es durch. »Woher hast du das?«

Lea winkte ab. »Reden wir nicht darüber.«

»Doch, reden wir darüber!«, verlangte Kai. »Wie bist du an dieses Buch gekommen?«

»Ich habe es aus dem Herforth-Haus.«

»Wie das?«

»Ein Fenster stand offen.«

»Soll das heißen, dass du dort *eingestiegen* bist?«

Lea nickte.

»Na, du machst vielleicht Sachen ...« Kai schüttelte ungläubig den Kopf. »Gehört so etwas zur journalistischen Praxis? Was ist, wenn der Kerl dich anzeigt?«

»Wird er nicht«, sagte Lea. »Er hat gute Gründe, sich nicht die Polizei ins Haus zu holen.«

Kai hatte inzwischen bis zu jener Stelle geblättert, wo Lea das schwarze Haar zwischen die Seiten gelegt hatte. Er ergriff es mit spitzen Fingern und hielt es hoch. »Hast du das auch aus dem Haus?«

Lea nickte – es war einfacher, nicht auf die Gegenvisite

des Unbekannten in der vergangenen Nacht einzugehen. Womöglich hätte Kai darauf bestanden, augenblicklich die Polizei zu rufen, und das wollte Lea unbedingt vermeiden.

Kai betrachtete das Haar stirnrunzelnd. »Das ist ein Pferdehaar.«

»Ein *Pferdehaar?*«, fragte Lea erstaunt. »Bist du sicher?«

»Als Junge bin ich vier Jahre lang geritten«, sagte Kai. »Das ist eindeutig das Schweifhaar eines Rappen.«

»Interessant … es gehört wahrscheinlich zu der Perücke, mit der sich unser Verdächtiger als Christine verkleidet.«

»Und wie kommst du nun auf die Idee, dass er …?«

»Warte.« Lea griff in die Seiten, blätterte selbst und zeigte ihm die Bilder, auf denen der unbekannte Junge Christine verfolgte. »Schau: Er sitzt im Gebüsch und beobachtet sie …, stellt ihr nach …, bedrängt sie … Auf dem letzten Bild flieht sie sogar vor ihm.«

»Das kann doch alles Mögliche bedeuten«, meinte Kai skeptisch. »Vielleicht war er ihr Freund, und die beiden hatten Streit – oder er war einfach irgendein Jugendlicher, der sich in sie verliebt hatte.«

»Nicht *irgendein* Jugendlicher«, korrigierte Lea und wies auf das Buchstabenmuster, das den Pullover des Jungen zierte. »Christine hat alle Figuren in ihren Zeichnungen mit Initialen versehen. Siehst du? – U. Z.«

»Und wer soll das sein?«

Lea holte tief Luft. »Ich glaube, es ist dein Cousin – Uwe Zirner.«

Kai starrte sie mit offenem Mund an und ließ langsam das Buch sinken. »Das ist nicht dein Ernst.«

»Du selbst hast mir erzählt, dass dein Onkel ihn in die Psychiatrie einweisen ließ«, erinnerte ihn Lea. »Das muss kurz nach Christines Verschwinden gewesen sein. Später weigerte er sich, seinen Vater wiederzusehen. Stattdessen kehrte er Jahre danach unter falscher Identität nach Verchow zurück. Ich habe keinen Beweis, Kai, aber ich bin so sicher, dass ich es beschwören könnte: Der Sohn deines Onkels ist der heimliche Bewohner des Herforth-Hauses, und er ist es auch, der sich als Christine verkleidet – wahrscheinlich, um zu verdrängen, was er ihr angetan hat.«

Kai schüttelte den Kopf. »Das ist doch absurd, Lea.«

»Sagte dein Onkel nicht, er habe einen Grund, sich für den Jungen zu schämen?«

»Was soll das jetzt wieder heißen? Glaubst du etwa, Uwe hat Christine umgebracht, und Rudi hat es vertuscht?«

Lea zuckte die Achseln. »Im Moment halte ich alles für möglich.«

Kai musterte sie mit einer seltsamen Mischung aus Staunen und Mitgefühl. »Du hast eine rege Fantasie, nicht wahr? Arme Lea – ich glaube, einige der Gespenster, die dich verfolgen, sind deine eigenen Schöpfungen. Du sagst selbst, dass es keinerlei Beweis für irgendeine deiner Annahmen gibt …«

»Nein. Nur Intuitionen«, gab Lea zu.

Kai nickte skeptisch. »Intuitionen, verstehe.«

»Du wohnst doch oben in Uwes Zimmer!«, fiel Lea plötzlich ein. »Wenn du Beweise sehen willst, finden wir dort vielleicht welche. Hat dein Onkel irgendwelche Hinterlassenschaften seines Sohns aufbewahrt? Vielleicht Möbelstücke, Kleidung, Schulsachen, Spielzeug?«

»Nein. Die jetzigen Möbel hat Rudi erst später angeschafft. Das Zimmer enthält nur ein Bett, zwei Schränke und ein Regal mit Akten aus Rudis Zeit beim Bauamt.«

»Kann ich es sehen?«, fragte Lea.

»Du meinst: jetzt sofort?«

»Warum nicht? Dein Onkel ist doch draußen im Garten.«

Kai erhob sich seufzend. »Wenn du darauf bestehst …«

Gemeinsam stiegen sie die Treppe hinauf. Das Zimmer lag auf der linken Seite des Korridors, gegenüber den Räumen, die von Rudolf Zirner bewohnt wurden. Es war sehr klein, kaum zehn Quadratmeter groß. Das einzige Fenster öffnete sich zur Straßenseite. Wie Kai gesagt hatte, fanden sich ein Bett und zwei Schrankmöbel, die jedoch leer waren, soweit Kai sie nicht mit Wäsche belegt hatte. Lea zog sämtliche Schubladen auf und spähte in die hintersten Ecken.

»Da gibt es nichts zu sehen«, meinte Kai, der lässig am Türrahmen lehnte, »außer meinen Unterhosen.«

Lea wandte sich dem Regal zu. Es war mit Aktenordnern bedeckt, die nach Jahrgängen nummeriert und von Rudolf Zirner eigenhändig beschriftet waren. Kais skeptischen Blick ignorierend, zog Lea einen der Ordner heraus und öffnete ihn. Er enthielt sauber gelochte oder in Plastikhüllen gesteckte Papiere: Grundrisse von Gebäuden, maschinenschriftliche Berichte und Briefe mit dem Amtszeichen der Stadtverwaltung in Lüchow.

»Bring bitte nichts durcheinander!«, bat Kai unbehaglich. »Rudi ist sehr penibel mit seinen Unterlagen.«

»Warum hat er sie überhaupt im Haus?«

»Tja … das war wohl seine Art von Pflichtbewusstsein. Er hat schon immer viel Arbeit mit nach Hause genommen und Kopien seiner sämtlichen Akten angelegt, um nach Feierabend daran weiterarbeiten zu können. Ich habe ihn einmal gefragt, warum er den ganzen Kram nicht wegwirft. Schließlich ist er seit Jahren pensioniert …, aber er ist sehr ordnungsliebend und bewahrt alles auf.«

»Dann hat er sicher auch etwas von seinem Sohn aufbewahrt«, vermutete Lea, schob den Ordner an seinen Platz zurück und blickte sich im Zimmer um. Ihr Blick wanderte zur Decke. »Gibt es hier einen Dachboden?«

»Ja. Aber dort stehen nur einige ausgediente Gartengeräte und Möbel aus der ehemaligen Küche – keine Kartons, keine Papiere, nichts Eingepacktes oder Verschlossenes. Ich war schon mehrmals dort oben und kann dir versichern, dass ein Besuch sich nicht lohnt.«

»Also gibt es nichts, was Uwe hinterlassen hätte?«

Kai zuckte die Achseln. »Rudi redet ja nicht darüber – aber ich nehme an, dass er alles, was ihn an Uwe erinnern könnte, schon lange aus dem Haus geschafft hat. Die ganze Geschichte war einfach zu schmerzlich für ihn.«

»Auch der Tod seiner Frau war zweifellos schmerzlich – aber für sie hat er eine Gedenkplatte im Garten, und sicher hat er Erinnerungsstücke von ihr aufgehoben. Warum also verleugnet er seinen Sohn?«

Kai antwortete nicht. Den Blick noch immer nach oben gerichtet, folgte Lea dem Verlauf eines Fachwerkbalkens, der die Decke des Zimmers teilte. Er stieß im rechten Winkel auf einen zweiten senkrechten Balken hinter dem Bett. Das Holz war uralt, beinahe schwarz und an einigen Stellen splittrig.

»Na? Ist wieder deine Intuition am Werk?«, fragte Kai und konnte einen leicht ironischen Ton nicht vermeiden.

»Ich glaube schon«, sagte Lea ernst, während sie einen der Bettpfosten ergriff, um das Gestell von der Wand abzurücken. Was sie suchte, war ihr selbst nicht klar – ein Versteck vielleicht, ein loses Dielenbrett oder den Eingang zu einer Abseite unter der Dachschräge. Doch unter dem Bett fand sich nichts als sauberer Parkettboden mit durchgehenden Fußleisten an den Wänden.

»Lea, bitte!«, drängte Kai. »Rudi wird bald heraufkommen.«

Lea erwog bereits, aufzugeben und seinem Wunsch zu folgen, als ihr Blick auf den unteren Teil des Fachwerkbalkens fiel, der hinter dem Bett verborgen gewesen war.

»Du wolltest Beweise?«, fragte sie aufgeregt. »Dann komm her und sieh dir das an!«

Sie wies auf eine Stelle im Holz, die mit einem scharfen Messer bearbeitet worden war. Jemand hatte Buchstaben in die Oberfläche des Balkens gekratzt, grob und linkisch, doch deutlich lesbar:

CHRISTINE

Darunter fand sich ein keilförmiges Zeichen, das auf den ersten Blick wie eine Bruchstelle im Holz wirkte, aber mit etwas Fantasie als stilisiertes Herz durchging.

»Na? Was sagst du nun?«, fragte Lea. »Er hat sie gekannt.«

Kai starrte auf das Graffiti.

»Ich gebe zu«, sagte er schließlich, »dass du wahrscheinlich recht hast.«

»Ich bin sicher«, erwiderte Lea beharrlich. »Er kannte Christine nicht nur, er war besessen von ihr – und angesichts seiner labilen Psyche wäre es nicht erstaunlich, wenn diese Besessenheit verhängnisvolle Auswüchse angenommen hätte.«

»Aber wo ist die Verbindung zu diesem Mann, der das Haus der Herforths bewohnt?«

»Überleg doch, Kai: Warum sollte er sich sonst mit solchem Aufwand tarnen? Offenbar hat er ein Interesse daran, dass seine Identität nicht bekannt wird. Nach außen hin erweckt er den Eindruck, der Hof sei unbewohnt. In Wahrheit aber – dessen bin ich sicher – versteckt er sich tagsüber im oberen Stockwerk des Gutshauses.«

Kai, der ihre Vermutung endlich ernsthaft zu erwägen schien, schritt nachdenklich im Zimmer auf und ab.

»Also gut«, sagte er nach einer Weile. »Wir sollten es überprüfen. Falls du recht hast und dieser Mann wirklich Rudis Sohn ist, möchte ich wissen, was er sich bei diesem Versteckspiel denkt. Warum sollte er nach Verchow zurückgekehrt sein?«

»Ganz einfach: Er hat Christine niemals vergessen und wollte ihr nahe sein – was hätte er Näherliegendes tun können, als das Haus zu beziehen, in dem sie lebte?«

»Ich dachte, du hältst ihn für Christines Mörder?«

»Das eine schließt das andere ja nicht aus«, sinnierte Lea düster. »Offenbar macht er sich vor, Christine sei gar nicht tot, indem er zeitweise ihre Gestalt annimmt.«

»So krank kann doch kein Mensch sein«, wehrte Kai ungläubig ab.

»Er war in der Psychiatrie«, erinnerte ihn Lea, »womöglich in einer geschlossenen Abteilung. Ich glaube nicht, dass wir die Gedanken eines solchen Menschen nachvollziehen können.«

»Wenn er so schwer gestört ist, wie ist er dann zu dem Hof gekommen? So eine Immobilie kostet locker eine halbe Million. Ist er plötzlich Vorstand der Deutschen Bank geworden, oder hat er im Lotto gewonnen?«

»Keine Ahnung«, gab Lea zu. »Vielleicht ist er gar nicht der Besitzer des Hofs, sondern hat sich nur auf irgendeine Weise die Stelle des Hausmeisters erschlichen – ich weiß es nicht. Ich weiß nur, dass er mit größter Wahrscheinlichkeit dein verschollener Cousin ist …«, sie seufzte, »… und dass es zwecklos wäre, ihn aufzusuchen.«

»Warum?«

»Er gibt vor, taubstumm zu sein. Du wirst ihm also keine Fragen stellen können.«

»Dann möchte ich ihn zumindest sehen!«, entschied Kai und zog seinen Autoschlüssel aus der Tasche. »Ich muss wissen, ob er es ist – schon um Rudis willen. Vor wenigen Wochen musste ich sein Testament aufsetzen, und Rudi selbst hat mir versichert, dass der Junge spurlos verschwunden ist und als Erbe nicht infrage kommt. Wenn er jetzt tatsächlich unter falschem Namen in der Nachbarschaft lebt, dürfte seine Familie ein Recht haben, den Grund dafür zu erfahren.«

»Ich weiß nicht, ob wir das tun sollten«, sagte Lea, ein wenig erschrocken angesichts seiner Entschlossenheit. »Ich glaube, dieser Mann ist gefährlich.«

»Wenn es dir lieber ist, fahre ich allein.«

»Nein! Ich komme mit.«

»Gut. Dann lasse ich mir schnell eine Ausrede für Rudi einfallen. Am besten sage ich ihm, dass wir einen Ausflug machen.«

Keine halbe Stunde später fuhren beide in Kais Wagen den Zufahrtsweg zum Anwesen der Herforths entlang. Lea betrachtete den verlassenen Hof, die Scheune und die düstere Front des Hauptgebäudes mit einem unguten Gefühl. Ihr war nicht besonders wohl dabei, an diesen Ort zurückzukehren, zumal sie wusste, dass der Mann, der sich hier versteckt hielt, in der Nacht zuvor in ihr Schlafzimmer eingestiegen war. Kais Anwesenheit jedoch gab ihr Sicherheit.

»Dann wollen wir mal«, sagte er, als sie ausgestiegen waren und vor dem eisernen Tor standen. Prüfend drückte er gegen einen der Torflügel, der mit einem leichten Quietschen nach innen schwang. »Nicht abgeschlossen. Betrachten wir das als Einladung!«

Sie traten in den Hof und gingen auf die Treppe zu, die zum Gutshaus hinaufführte. Lea blickte sich aufmerksam um, konnte jedoch nirgends ein Anzeichen entdecken, dass der Besitzer zu Hause war. Lediglich zwei Katzen sprangen hinter der Scheune hervor, als sie vorbeigingen, und flüchteten ins Gebüsch nahe des Zauns.

»Hier gibt es Katzen?« Kai runzelte die Stirn.

»Ich glaube, es sind Nachkommen der Herforthschen Katzenzucht«, sagte Lea. »Sie kommen immer noch hierher. Der Bewohner des Hauses kümmert sich um sie. Bei meinem letzten Besuch habe ich einen Napf mit Katzenfutter gesehen.«

Inzwischen standen sie vor der Haustür, und Kai blickte sich suchend nach einer Klingel um.

»Es gibt keine Klingel«, sagte Lea.

»Na schön.« Kai klopfte, erst in gemessener Lautstärke, dann, als nichts sich regte, länger und energischer.

»Hallo?«, rief er zu den Fenstern im ersten Stock hinauf.

»Alle Gardinen sind zugezogen«, bemerkte Lea. »Gut möglich, dass er da oben sitzt und uns beobachtet.« Sie schauderte ein wenig bei diesem Gedanken.

»Und du bist sicher, dass er *nicht* taubstumm ist?«

»Absolut«, versicherte Lea. »Das ist nur eine Tarnung. Er drehte sich zu mir um, als ich versehentlich ein Geräusch machte. Außerdem war dein Cousin doch nicht taub, oder? Das hätte dein Onkel bestimmt erwähnt.«

»Wir wissen nicht, ob es sich um Uwe handelt«, hielt Kai ihr vor. »Bislang ist das nur eine deiner Intuitionen.« Er klopfte abermals. »Hallo? Wenn Sie da sind, machen Sie bitte auf!«

Sie warteten weitere zwei Minuten, bis Kai sich schließlich abwandte. »Das ist zwecklos. Hier ist niemand. Vielleicht ist der Kerl, den du gesehen hast, wirklich eine Art Hausmeister und kommt nur einmal die Woche, um nach dem Rechten zu sehen.«

»Und warum verkleidet er sich dann als Frau?«

»Tja – es gibt viele Spinner auf der Welt«, meinte Kai, während sie den Rückweg antraten. »Aber ich kann mir nicht vorstellen, dass er dauerhaft hier wohnt. Der Hof liegt weitab des Dorfes. Er würde also zumindest ein Verkehrsmittel brauchen, um einzukaufen und sich mit dem Nötigsten zu versorgen. Eine Mülltonne sehe ich auch nirgends.«

»Warte!«, bat Lea, der bei diesen Worten eine Idee kam. Schon bei ihrem ersten Besuch war ihr ein kleiner Geräteschuppen hinter der Scheune aufgefallen. Aus diesem Schuppen war die vermeintliche Haushälterin getreten, eine Harke in den Händen.

»Der ist doch sicher abgeschlossen«, meinte Kai, als sie den Schuppen erreichten und Lea nach der Klinke griff. Er hatte recht: Die hölzerne Tür war fest verriegelt. Sie machten eine Runde um das Gebäude und entdeckten ein sehr kleines Fenster an der Rückseite. Die Scheibe war von Staub und Schmutz fast blind, doch als Lea hineinspähte, fand sie ihre Vermutung bestätigt.

»Schau!« Sie räumte den Platz für Kai. »Da steht ein Fahrrad. Und die grüne Tonne dort hinten an der Wand könnte ein Abfallbehälter sein.«

»Tatsächlich.« Kai hatte beide Hände über die Augen gelegt, um sie gegen das grelle Licht der Nachmittagssonne abzuschirmen. »Ich glaube, du hast recht. Da steht auch ein offener Plastiksack …«

»Wo?«

Erneut tauschten sie die Plätze. Lea stellte sich auf die Zehenspitzen und entdeckte den Müllsack unmittelbar unter dem Fenster. Er war fast voll, aber oben offen, sodass sie die oberste Schicht seines Inhalts erkennen konnte. Es war hauptsächlich zerrissenes und zerknülltes Papier, und ganz zuoberst lagen einige ausgediente Stifte.

»Offenbar hat er einen ziemlichen Papierverbrauch«, meinte Kai. »Taubstumm oder nicht, schreiben kann er jedenfalls.«

»Das sind keine Schreibstifte«, widersprach Lea. »Das sind Touch Marker – spezielle Layout-Stifte, wie Grafiker und Künstler sie benutzen.«

»Aha.« Kai zuckte die Achseln. »Und was sagt dir das?«

Ja, was sagt mir das?, fragte sich Lea, wandte sich vom Fenster ab und blickte einen Moment ins Leere. *Künstler … Maler … Martin Herforth war Maler, aber er hat ausschließlich mit Ölfarben gearbeitet.*

»Mein Gott!«, stieß sie plötzlich hervor, als sich eine Erkenntnis in ihrem Kopf formte. »Vielleicht ist alles ganz anders, als ich dachte. Der Mann, der hier lebt – er könnte *Tom Thanatar* sein.«

»Wer zum Teufel ist Tom Wie-auch-immer? Was hast du mir denn noch verschwiegen?«

»Es gibt einen bekannten Comiczeichner, der seine wahre Identität und seinen Wohnort geheim hält«, erklärte Lea atemlos vor Aufregung. »Tom Thanatar ist sein Pseudonym. In seinen Bildergeschichten taucht mehrmals der Name Verchow auf, ein Grabstein mit Christines Lebensdaten und sogar das verfallene Haus im Wald, das wir neulich besucht haben. Die Fans dieses Zeichners sind überzeugt, dass er auf ein wirklich geschehenes Verbrechen hinweisen will.«

»Das wird ja immer verrückter«, meinte Kai kopfschüttelnd. »Woher weißt du überhaupt davon?«

»Ich habe einen anonymen Informanten, der mir Hinweise auf Thanatars Werke geschickt hat.«

»Aber wenn dieser Zeichner wirklich etwas über Christines Schicksal weiß, warum geht er dann nicht einfach zur Polizei?«

Doch auch das hatte Lea nun begriffen, und sie fragte sich, warum sie nicht schon längst darauf gekommen war. In Tom Thanatars Comics gab es praktisch keine geschriebenen Worte, insbesondere keine Sprechblasen. Alle seine Figuren waren stumm.

»Es stimmt zwar nicht, dass er taub ist«, sagte sie langsam, »aber vielleicht ist er tatsächlich stumm. Er kann sich nicht in Worten mitteilen, deshalb tut er es durch Bilder.«

Kai seufzte. »Lea, bitte verzeih mir, aber deine Ideen werden immer absurder. Zuerst spielt dieser Mann den Geist eines verschwundenen Mädchens, dann plötzlich hältst du ihn für einen Mörder. Dann wiederum soll er ein stummer Zeuge sein, und noch dazu mein Cousin?« Er schüttelte den Kopf. »Letzteres übrigens kannst du endgültig vergessen. Niemand in meiner Familie – absolut niemand – hat jemals auch nur das geringste Talent fürs Zeichnen besessen. Wenn der Kerl überhaupt etwas mit der Sache zu tun hat, ist es dann nicht wahrscheinlicher, dass er ein Verwandter der Herforths ist? Rudi sagte doch, dass der Vater dieses Mädchens Kunstmaler war.«

»Ja ...« Angestrengt sortierte Lea ihre Gedanken. Kais Argumentation war nicht von der Hand zu weisen. Schon früher war ihr aufgefallen, wie sehr der Stil des Zeichners Thanatar den Bildern ähnelte, mit denen Christine ihr Tagebuch gefüllt hatte. Irgendeine Verbindung bestand zwischen den beiden, und wenn man von der Erblichkeit künstlerischen Talents ausging, mochten sie vielleicht wirklich zur selben Familie gehören.

»Das würde übrigens auch erklären, wie er zu dem Hof gekommen ist«, führte Kai ihren Gedankengang fort. »Vielleicht hat er ihn geerbt.«

»Aber dein Onkel war sicher, dass das Gut verkauft

wurde«, erinnerte sich Lea. »Er hat damals Anträge des Käufers für bestimmte Umbauten auf dem Tisch gehabt.«

»Wer immer der Kerl ist, jedenfalls ist er nicht Rudis Sohn.« Kai wandte sich zum Gehen. »Kommst du? Mehr können wir hier nicht herausfinden, und diskutieren können wir auch im Auto.«

»Aber …«

»Lea! Du bist völlig überreizt. Ich glaube, ich muss dich mal wieder auf andere Gedanken bringen. Wie wär's mit einem Spaziergang im Grünen und dem Restaurant in Groß Heide?«

Lea tat ihm den Gefallen, auch wenn sie innerlich abwesend war. Sie verließen den Hof, unternahmen einen langen Spaziergang über Wiesen und Felder und kehrten schließlich gegen achtzehn Uhr in ihrem Stammlokal ein. Kai plauderte über dies und jenes, offenbar in dem Bedürfnis, Lea zu zerstreuen. Sie jedoch blieb schweigsam und in sich gekehrt. In ihrem Kopf jagten sich die Gedanken. Einmal unterbrach sie das Gespräch, um ihr Handy hervorzukramen und David anzurufen.

«Alles in Ordnung, Mum«, beruhigte sie ihr Sohn. »Aber ich habe gerade überhaupt keine Zeit. Wir lassen hier gleich eine kleine Zimmerparty steigen.«

Lea verabschiedete sich rasch. Als sie das Handy wegsteckte, blickte Kai sie mitleidig an.

»Heute schaffe ich es wohl nicht mehr, dich in die Wirklichkeit zurückzuholen, oder?«

»Tut mir leid, Kai«, sagte Lea ehrlich. »Ich bin wahrscheinlich keine sehr unterhaltsame Gesellschaft. Mein Kopf ist zu voll.«

»Machst du dir solche Sorgen um deinen Sohn?«

»Das auch. Außerdem grüble ich noch immer über diesen Mann auf dem Herforth-Hof. Ich halte es trotz allem nicht für ausgeschlossen, dass er dein Cousin sein könnte.«

Kai seufzte. »Also gut, ich mache dir einen Vorschlag. Morgen ist Samstag. Ich habe Rudi schon seit längerem versprochen, dass wir einmal einen Ausflug zum Wandelgarten in Bergen machen. Das ist eine wunderschöne Gartenanlage, deren Eigentümer Führungen veranstaltet. Rudi interessiert sich für nichts mehr als für Gartenbau, aber wegen seiner Herzprobleme sitzt er nicht mehr gerne am Steuer. Ich werde ihn hinfahren, die Führung mitmachen und ihn nachher zum Essen einladen. Bei dieser Gelegenheit werde ich so taktvoll wie möglich versuchen, ihn noch einmal auf seinen Sohn anzusprechen. Vielleicht finde ich ja etwas mehr heraus, wenn Rudi guter Laune und entspannt ist. Womöglich erledigt sich dein Verdacht von selbst, wenn wir mehr über Uwe erfahren.«

»Das ist eine gute Idee«, stimmte Lea dankbar zu.

Kai schwieg einen Moment und musterte sie aufmerksam. »Willst du wirklich morgen abreisen?«, fragte er unvermittelt.

»Ja, das muss ich wohl«, antwortete Lea.

»Ich hoffe doch, wir sehen uns trotzdem wieder?«

Lea erwiderte seinen Blick. »Das hoffe ich auch.«

»Na dann.« Kai ergriff sein Weinglas und prostete ihr zu. »Ich bin ab nächster Woche wieder in Uelzen, und von Lüneburg aus ist es ja nicht weit. Einstweilen tröste ich mich mit der Hoffnung, dich demnächst in meiner städtischen Junggesellenwohnung empfangen zu dürfen.«

Lea lächelte und erhob ebenfalls ihr Glas. »Ich habe noch eine ganze Woche Urlaub – und mein Sohn wird schon ein paar Tage allein klarkommen. Allerdings wäre ich gern zu Hause, wenn er am Montag von seiner Klassenfahrt zurückkommt.«

»Natürlich. Dann komm doch am folgenden Wochenende zu mir!«

»Gern«, sagte Lea dankbar. Schon oft hatte sie in den vergangenen Tagen darüber nachgedacht, was aus der Beziehung werden würde, wenn ihr Urlaub zu Ende ging. Kais Worte beruhigten sie, denn sie ließen erkennen, dass er die Affäre keineswegs nur als Gelegenheitsflirt betrachtete.

»Wann willst du denn morgen losfahren?«, fragte er. »Du wartest doch hoffentlich, bis ich mit Rudi aus Bergen zurück bin?«

»Oh … eigentlich wollte ich nicht allzu spät zurück in Lüneburg sein. Aber wir können ja jederzeit telefonieren.«

»Tja, wenn das so ist …« Kai leerte sein Glas. »… dann sollte ich mich vorsichtshalber schon heute von dir verabschieden. Wie wär's, wenn wir den Abend gemütlich zu Hause beschließen?«, schlug er augenzwinkernd vor.

Sie fuhren nach Verchow zurück und feierten gebührend ihren Abschied. Die Aussicht auf Trennung, selbst wenn sie nur wenige Tage dauern würde, lenkte Lea endlich von ihren Gedanken ab und weckte ihre Leidenschaft. Danach lagen sie lange auf dem Bett und schwiegen, bis Kai sich schließlich erhob und nach seinen Kleidern griff.

»Ich hoffe, es macht dir nichts aus … Rudi fühlt sich besser, wenn ich oben schlafe.«

Lea erschrak, denn sie dachte an den Einbrecher in der vergangenen Nacht. Erneut erwog sie, ihm davon zu erzählen, entschied sich jedoch dagegen, um die romantische Stimmung nicht zu zerstören, und ließ ihn gehen, ohne sich ihre Enttäuschung anmerken zu lassen. Nachdem Kai fort war, verriegelte sie sorgfältig alle Fenster und

Türen, zog die Vorhänge zu und griff nach ihrem Handy, um ein weiteres Mal David anzurufen. Dieser jedoch war ihr bereits mit einer SMS zuvorgekommen:

Hi, Mum. Habe ein Date. Bitte nicht anrufen und keine Sorgen machen, alles in Ordnung.

Lea schmunzelte. Das »Date«, bei dem kein mütterlicher Anruf stören durfte, hatte ohne Zweifel mit Maja zu tun. Offenbar war Lea nicht die Einzige, die den Abend der Liebe gewidmet hatte. Einigermaßen beruhigt legte sie das Handy beiseite und streckte sich auf dem Bett aus. Es war bereits nach Mitternacht, als sie einschlief.

Samstag

Wieder war es Iris, Leas Jugendfreundin, die ihr im Traum begegnete. Beide standen auf der Lichtung, wo sich das verfallene Haus befand.

Ich muss mal, hörte Lea sich sagen. *Warum bloß gibt es hier keine Toilette?*

Iris wandte sich ihr zu, das Gesicht ausdruckslos und starr.

Abwasserentsorgung ist in dieser Region ein echtes Problem, sagte sie mit Rudolf Zirners viel zu tiefer Stimme. *Es gibt keine flächendeckende Kanalisation, und auf vielen abgelegenen Grundstücken müssen eigene Sammelbecken gebaut werden.*

Als Lea erwachte, war es bereits spät – fast elf Uhr.

Wie kann man so lange schlafen?, fragte sie sich kopfschüttelnd, als sie aufstand und sich anzog. Ihrem Traum maß sie keine besondere Bedeutung bei – wahrscheinlich hatte ihr Unterbewusstsein den kritischen Füllzustand ihrer Blase registriert.

Unter der Wohnungstür fand Lea eine Nachricht von Kai vor: *Schlaf gut, meine Schöne! Bin schon mit Rudi losgefahren. Würde mich freuen, wenn ich dich nachher noch antreffe. Sag Bescheid, wenn du losfährst!* Darunter hatte er seine Handynummer notiert. Am liebsten hätte Lea ihn sofort angerufen, erinnerte sich jedoch, welchem Zweck der Ausflug dienen sollte, und hielt es am Ende für besser, die beiden Männer nicht zu stören. Stattdessen duschte sie ausgiebig, gönnte sich ein ebenso verspätetes wie üppiges Frühstück und begann schließlich, ihre Reisetasche zu packen.

Der Klingelton des Handys unterbrach sie, als sie eben den Kleiderschrank ausräumte.

»Hi, Mum!«

»David!« Lea ließ sich mit dem Telefon auf die Bettkante sinken. »Wie geht es dir? Alles in Ordnung?«

»Natürlich. Jetzt hör endlich auf, dir dauernd Sorgen zu machen! Ich rufe nur an, weil ich eine brandheiße Neuigkeit für dich habe.«

»Tatsächlich?«

»Halt dich fest! Ich weiß, wer dein anonymer Informant ist!«

»Was?« Lea konnte es kaum glauben. »Sag bloß, Justin hat die IP-Adresse entschlüsselt?«

»Nee«, wehrte David lachend ab. »Manchmal ist Justin ein ganz schöner Angeber. Anfangs hat er groß getönt, dass er so was könne, aber dann war es wohl doch schwieriger, als er angenommen hatte.«

»Aber woher weißt du dann …«

»Es ist Maja!«, platzte David heraus. »Sie hat es mir gestern Abend gebeichtet.«

»Maja?« Lea konnte kaum glauben, was sie da gehört hatte. »Deine Maja?«

»Ich hätte es wissen müssen«, meinte David. »Sie ist ja ein großer Fan von diesem Thanatar und macht auch bei den Internetdiskussionen mit, wo es um versteckte Botschaften in seinen Comics geht. Der Name *Verchow* war ihr aufgefallen, weil er praktisch in jedem Comic irgendwo erscheint, und außerdem der Sichelmond, der wie ein

C aussieht. Sie hat im Internet recherchiert und ist auf dieses Geister-Forum gestoßen, wo es um die Erscheinung an der Landstraße in Verchow ging. Seitdem war sie überzeugt, dass Thanatar auf das verschwundene Mädchen anspielt.«

»Aber wieso hat sie dann *mir* geschrieben? Sie kennt mich doch gar nicht.«

»Na ja … sie wusste, dass die Polizei sie nicht ernst nehmen würde, und dachte, dass eine Zeitung sich vielleicht eher für die Geschichte interessiert. Dass du Journalistin bist, wusste sie aus der Schule, als wir in Gemeinschaftskunde von den Berufen unserer Eltern erzählen sollten. Und deine Mailadresse im Büro steht im Impressum auf der Website der Zeitung.«

»Ich verstehe es trotzdem nicht«, sagte Lea kopfschüttelnd. »Warum hat sie nicht einfach dich angesprochen, um mit mir Kontakt aufzunehmen?«

David seufzte. »Tja, das ist so eine Sache … Wir kannten uns ja nur vom Sehen. Offenbar hatte Maja ebenso viel Hemmungen, mich anzusprechen, wie ich sie. Das hätte ich nie gedacht, wo sie doch immer so cool und überlegen wirkte.«

»Ach, so ist das!«, begriff Lea. »Ihr seid also die ganze Zeit umeinander herumgeschlichen. Dein Interesse beruhte wohl auf Gegenseitigkeit.«

»Scheint so. Jedenfalls hatte Maja Angst, gleich beim ersten Gespräch so eine abstruse Geschichte vorzubringen. Sie weiß, dass ich … na ja … eben mehr der rationale Typ bin und mit solchem Mystery-Kram wenig anfangen kann. Sie dachte, ich würde sie auslachen. Und in ihren Mails wollte sie sich auch nicht zu erkennen geben. Sie hatte Angst, ich würde dir erzählen, dass sie eine Spinnerin ist, die immer Schwarz trägt und Gespenster sieht.«

»Nicht zu fassen«, murmelte Lea.

»Es tut ihr wirklich leid«, erklärte David. »Ich soll dich bitten, nicht böse auf sie zu sein. Sie wollte mir schon seit Tagen beichten, dass sie diese Mails geschrieben hat, konnte aber nicht einschätzen, wie ich reagieren würde.«

»Und wie *hast* du reagiert?«

»Maja war ziemlich fertig. Sie hat beinahe geweint, als sie es mir erzählt hat. Ich habe sie getröstet und gesagt, dass du schon nicht sauer sein wirst.«

»Getröstet?«

»Bestehst du wirklich auf den Einzelheiten, Mum?«

»Nicht unbedingt«, sagte Lea. »Ich dachte nur ...«

»Okay, okay«, lenkte David ein. »Also, falls es dich interessiert: Wir sind jetzt zusammen. Zumindest so gut wie.«

»Allerdings interessiert mich das. – Ich nehme einmal an, dass ich dir keine Vorträge über Verhütung oder dergleichen halten muss?«

»Du nervst«, mahnte David.

»Na dann, herzlichen Glückwunsch!«, lenkte Lea ein. »Allerdings wirst du deiner Maja wohl beibringen müssen, dass ich ihre Hinweise nicht weiter verfolgen kann. Ich reise heute noch ab. Wahrscheinlich ist es besser, wenn du ihr nichts über meine Gründe sagst.«

»Auf keinen Fall«, stimmte David zu. »Sie wäre mit den Nerven am Ende, wenn ich ihr erzählen würde, dass du dich wegen ihrer E-Mails in Gefahr gebracht hast.«

»Übrigens ...« Lea suchte einen Moment lang nach Worten, »ich bin das kommende Wochenende in Uelzen. Nur zwei Tage.«

»Huch? Was machst du denn in Uelzen?«

»Ich besuche jemanden.«

David zog augenblicklich den richtigen Schluss. »Sag bloß, es ist ein Typ im Spiel?«

»Lass uns ein anderes Mal darüber reden«, bat Lea. »Es ist eine lange Geschichte.«

»Ernst?«

»Schon möglich.«

Als sie sich verabschiedeten, blieb bei Lea ein gutes Gefühl zurück, gemischt aus Erleichterung und echter Freude. Dass er auch ihr ein kleines Liebesabenteuer gönnte, bewies seine Reife.

Nachdenklich packte Lea ihre Sachen und beschloss, die Reisetasche ins Auto zu bringen. Als sie jedoch das Haus verließ und die Gartenpforte öffnete, verflog ihre gute Stimmung augenblicklich. Erschrocken blieb sie stehen. Ihr kleiner Fiesta lag merkwürdig schief auf der Straße. Erst mit einem zweiten Blick stellte Lea fest, dass der vordere rechte Reifen vollkommen platt war. In dem Gummi klaffte ein tiefer Schnitt, offenbar von einem Messer.

Oh mein Gott … da meint es jemand todernst.

Unvermittelt spürte Lea, dass ihre Beine zitterten. Unfähig, den Schaden genauer in Augenschein zu nehmen, flüchtete sie zurück ins Haus, griff nach ihrem Handy und nach dem Zettel mit Kais Nachricht. In fliegender Hast wählte sie die Nummer. Es dauerte nur Sekunden, bis Kai sich meldete.

»Hallo, meine Schöne! Ausgeschlafen?«

»Kai, hör zu … Ich weiß nicht, was ich tun soll! Jemand hat mir einen Autoreifen zerstochen.«

»Was?«

»Kannst du dich erinnern, ob der Wagen schon schief lag, als du mit deinem Onkel losgefahren bist?«

»Ehrlich gesagt habe ich nicht darauf geachtet. Wer sollte denn so etwas tun?«

»Vermutlich derselbe, der mich gestern per Mail bedroht hat.« – *Oder auch nicht,* dachte sie plötzlich. Der Mailschreiber hatte vermutlich erreichen wollen, dass sie ihre Nachforschungen abbrach und aus Verchow verschwand – welchen Sinn machte es dann, ihr die Reifen zu durchstechen und sie auf diese Weise an der Abreise zu hindern?

»Ähm …« Kai schien nach Worten zu suchen. »Lea … Wir sind hier gerade in diesem Schaugarten, Rudi und ich …«

»Du kannst nicht sprechen?«, erriet Lea.

»Genau. Hör zu: Bleib einfach im Haus und warte, bis wir zurück sind. Hast du einen Reservereifen?«

»Ja, aber ich habe noch nie einen Reifen gewechselt.«

»Ich auch nicht«, gab Kai zu. »Aber ich kann es versuchen. Wenn alle Stricke reißen, bestellen wir morgen früh einen KFZ-Notdienst. Dann bleibst du eben noch eine Nacht. Warte auf mich, ja?«

»In Ordnung.«

Lea hatte kaum ausgeklickt, als das Handy von sich aus summte. Diesmal war es Jörg Hausmann aus der Redaktion. *Gedankenübertragung,* dachte Lea. *Als ob er wüsste, dass etwas passiert ist.*

»Na?«, fragte er. »Wie geht es dir? Ehrlich gesagt bin ich immer noch etwas in Sorge. Hast du dich entschieden, was deine Abreise angeht?«

»Eigentlich wollte ich heute losfahren, aber es gibt ein Problem«, sagte Lea und berichtete zum zweiten Mal von dem zerstochenen Reifen.

»Das reicht!«, sagte Jörg mit ungewöhnlich entschlossener Stimme. »Die Sache ist ernst. Du musst sofort aus diesem Dorf verschwinden.«

Lea seufzte. »Wenn ich nur wüsste, wie …«

»Pass auf: Ich hole dich ab! Sobald ich hier fertig bin, setze ich mich ins Auto und komme direkt nach Verchow.«

»Jörg, das ist nicht nötig!«

»Offenbar *ist* es nötig. Du hast dich in größere Gefahr gebracht, als ich ahnte. Ich bin gegen acht, halb neun bei dir. Deinen Wagen kannst du später nachholen, falls wir ihn nicht wieder flottkriegen. Wie ist die Adresse deines Vermieters?«

»Alter Dorfweg 17.«

»Mit dem Navigator werde ich es schon finden«, meinte Jörg. »Am besten bleibst du bis dahin im Haus. Warte auf mich!«

Lea versprach es – zum zweiten Mal. Erst nachdem sie das Gespräch beendet hatte, fragte sie sich, ob es vielleicht unvorteilhaft war, wenn Kai und Jörg einander begegneten. Offenkundig war Jörg in einem Maße um sie besorgt, das über freundschaftliche Gefühle unter Kollegen hinausging. War es taktlos, wenn sie sich vor seinen Augen von ihrem Liebhaber verabschiedete?

Hast du sonst keine Sorgen?, mahnte ihre innere Stimme sie zur Vernunft. *Spar dir diese Probleme für später auf. Irgendjemand bedroht deinen Sohn, war in deiner Wohnung und hat dir die Reifen zerstochen!*

Aber wer nur?, dachte Lea. *Wer?* Sie ließ sich auf das Sofa sinken, stellte die Reisetasche ab und öffnete ihre Handtasche, um das Handy hineinzustecken. Dabei fiel ihr Blick auf Christines Tagebuch, das sie dort verstaut hatte. Einem Impuls folgend nahm sie es heraus und durchblätterte es bis zu der Stelle, wo das schwarze Haar eingeschlagen war, das der Einbrecher zurückgelassen hatte.

Das ist ein Pferdehaar, hatte Kai gesagt. *Eindeutig das Schweifhaar eines Rappen …*

Lea schlug sich mit der flachen Hand an die Stirn.

»Ich bin *blöd!*«, sagte sie laut. »Ich bin so blöd!«

Der naheliegendste Gedanke war ihr bisher nicht gekommen: dass das Haar vielleicht gar nicht von einer

Perücke stammte, sondern tatsächlich von einem Pferd. In Verchow aber gab es nur einen einzigen Menschen, der Pferde hielt – und bei der Pflege der Tiere konnte es nur zu leicht geschehen, dass so ein Haar an irgendeinem Kleidungsstück haften blieb.

1 x REITEN 10 EURO, erinnerte sie sich an das Schild am Zaun. *KINDER 5 EURO.*

Sie dachte keinen Augenblick daran, die Polizei zu rufen. Von Beamten befragt, würde Bauer Gätner vermutlich die Aussage verweigern, und sie würde nie erfahren, warum er in ihre Wohnung eingedrungen war. Binnen weniger Augenblicke kehrte Leas Kampfgeist zurück, und sie beschloss, ihn persönlich zur Rede zu stellen. Wenn es ihr gelang, ihn zu überrumpeln, bestand vielleicht eine Chance, noch vor ihrer Abreise ein paar Geheimnisse aufzudecken. Angst empfand sie nicht mehr – Gätner war ein unfreundlicher Zeitgenosse, aber ganz gewiss leichter einzuschätzen als der unheimliche Bewohner des Herforth-Hauses. Womöglich würde er zusammenbrechen und auspacken, wenn Lea ihn mit ihrem Wissen konfrontierte.

Kurze Zeit später verließ Lea die Wohnung und machte sich auf den Weg zum Hof des Bauern. Die Straßen waren wie ausgestorben. In den Ästen der alten Eiche am Dorfplatz zwitscherte eine Amsel. Vermutlich saßen die meisten Dorfbewohner in ihren Häusern beim Mittagessen.

Das galt jedoch nicht für Hans Gätner. Als Lea sich dem Hof näherte, sah sie zwei Männer vor dem Eingang des Wohnhauses stehen: Der eine war Gätner selbst, der andere, wie sie rasch erkannte, Ortsvorsteher Harald Heimberger. Beide Männer verstummten augenblicklich, als Lea die Pforte öffnete und in den Hof trat.

»Guten Tag!«, grüßte sie betont freundlich.

Hans Gätner errötete bei ihrem Anblick – für Lea ein erster Hinweis, dass ihr Verdacht zutraf. Heimberger dagegen trat einen Schritt vor und reckte drohend das Kinn.

»Was wollen Sie denn hier?«

»Ich würde gern mit Herrn Gätner sprechen, wenn er einverstanden ist«, sagte Lea. »Ich glaube, ich habe etwas mit ihm zu klären.« Sie spähte über Heimbergers Schulter und bemerkte, dass der Bauer ihrem Blick auswich.

»Hans?«, fragte der Ortsvorsteher, ohne sich umzudrehen. »Hast du etwas mit dieser Frau zu bereden?«

Gätner brummelte etwas Unverständliches.

»Offenbar nicht«, sagte Heimberger und verschränkte die Arme.

»Sind Sie sein Chefsekretär – oder sein Leibwächter?«, fragte Lea spitz.

»Sein Anwalt«, gab Heimberger zurück.

»Oh.« Lea nickte und beschloss, auf jedes Versteckspiel zu verzichten. Offenbar hatte Gätner den Ortsvorsteher ins Vertrauen gezogen, und beide Männer wussten, was sie wusste. »Dann sagen Sie ihm bitte, dass ich nicht die Polizei rufen werde, da ich an einer Eskalation kein Interesse habe. Stattdessen würde ich ihm gern Gelegenheit geben, mir offen zu sagen, was er mit seinen Anschlägen bezweckt.«

Heimberger wandte kaum merklich den Kopf und nickte, als gäbe er seinem Hintermann ein verabredetes Zeichen.

»Ich weiß nicht, wovon Sie reden«, brummelte Gätner.

Lea starrte ihn ungläubig an. »Das ist nicht ihr Ernst! Sie wollen leugnen, dass Sie in meiner Wohnung waren, und dass Sie die Reifen meines Wagens zerstochen haben?«

Gätner blickte auf, und für einen Augenblick zeichnete sich Verwirrung auf seinem mürrischen Gesicht ab. »Die Reifen zerstochen? Wovon sprechen Sie?«

»Sie hören doch: Er weiß nicht, was Sie von ihm wollen«, bekräftigte Heimberger. »Es wäre das Beste, wenn Sie jetzt verschwinden. Im Übrigen ist es schon das zweite Mal, dass Sie ungebeten diesen Hof betreten und meinen Mandanten belästigen. Ich hoffe, Sie werden mich nicht dazu zwingen, Sie mit einer einstweiligen Verfügung in die Schranken zu verweisen. Das kostet mich nur einen einzigen Anruf bei der Staatsanwaltschaft.«

»Daran zweifle ich nicht«, sagte Lea. »Und ebenso wenig daran, dass Sie offenbar gute Gründe haben, Herrn Gätner zu beschützen.«

Heimberger musterte sie kalt. »Ich warte darauf, dass Sie gehen.«

»Nichts lieber als das.« Lea nickte. »Leider war es keine gute Idee, mir die Autoreifen zu zerstechen. Ich wäre nämlich schon längst abgereist. Das ist es doch, was Sie wollen, oder nicht?«

Heimberger verzog keine Miene, während Gätner noch immer verwirrt dreinblickte.

»Schönen Tag noch!« Lea wandte sich zum Gehen. Sie spürte die Blicke der beiden Männer im Rücken, als sie die Pforte hinter sich schloss und langsam zum Dorfplatz zurückging.

So ist das also, dachte sie. *Gätner ist klargeworden, dass er Spuren hinterlassen hat. Er hat damit gerechnet, dass ich ihm auf die Schliche komme, und auf der Stelle den Dorftyrannen um Schutz gebeten, für den Fall, dass ich ihm die Polizei ins Haus schicke. Ist es ein Zufall, dass ausgerechnet diese beiden wie Pech und Schwefel zusammenhalten? Heimberger ist Politiker, wohlsituiert und einflussreich, Gätner ist ein armer Landwirt. Ihre einzige*

Gemeinsamkeit ist …, sie hielt inne, *… dass beide von ihren Ehefrauen betrogen wurden.*

Diese Erkenntnis gab den Ausschlag. Lea überzeugte sich, dass nach wie vor niemand im Freien war, der sie beobachten konnte. Dann kehrte sie um. Noch einmal näherte sie sich Gätners Hof, diesmal jedoch über einen schmalen Kiesweg, der seitlich zwischen dem Stall und dem Nachbarhaus verlief. Umsichtig schlich sie zur Rückseite des Grundstücks, das an den Wald grenzte, spähte in den Hof und lauschte. Die beiden Männer waren verschwunden. Allerdings drangen gedämpfte Stimmen zu ihr herüber, und zwar, wie Lea rasch ortete, aus einem angekippten Parterrefenster des Wohnhauses. Das Fenster öffnete sich zur Waldseite des Grundstücks und lag keine zehn Meter hinter dem Zaun, jenseits eines kleinen Gemüsegärtchens.

Was du kannst, kann ich schon lange!, dachte Lea. Gätner hatte bei ihr spioniert, und sie empfand wenig Hemmungen, es ihm mit gleicher Münze heimzuzahlen. Entschlossen schwang sie ein Bein über den Zaun, kletterte in den Garten, pirschte sich an das Fenster heran und ging hinter einem Busch in Deckung. Tatsächlich erkannte sie nun die Stimme des Bauern, und noch deutlicher die des Ortsvorstehers, der ziemlich aufgebracht klang.

»Das musst *du* gerade sagen!«, schimpfte er laut, offenbar auf eine Äußerung Gätners bezogen, die Lea verpasst hatte. »Jedes Mal, wenn du irgendwelchen Mist baust, soll ich dir den Rücken decken! Du kannst mich ja nicht einmal bezahlen – dein Geld reicht doch kaum, um den Hof in Gang zu halten. Es ist reine Menschenfreundlichkeit, dass ich dir helfe, weiter nichts!«

Gätner murmelte etwas Unverständliches. Es klang betreten.

»Idiot!«, zischte Heimberger. »Was sollte die Aktion überhaupt? Warum steigst du bei den Zirners ein?«

»Ich wollte wissen, was sie herausgefunden hat!«, rechtfertigte sich Gätner. »Schließlich kann es für mich gefährlich werden. Sie ist auf die Sache mit der Tierseuche gestoßen, wie ich befürchtet hatte.«

»Das war übrigens auch so eine blöde Idee damals!«, fuhr Heimberger auf.

»Es war nicht meine Idee, sondern die von Frank Terhart!«, rechtfertigte sich Gätner. »Er meinte, wenn die Behörden die Zucht schließen, würden die Herforths wegziehen – die Alte war ja ganz vernarrt in ihre Katzen und hätte eher den Hof verkauft, als sich von den Tieren zu trennen. Damals hat dir die Idee doch gefallen! Wer hat denn die Herforths angezeigt und den Artikel im Wochenblatt veranlasst, der ihnen die Schuld in die Schuhe schieben sollte? Wir haben das gemeinsam ausgeheckt, also tu jetzt nicht so, als ob du nichts damit zu schaffen hättest!«

»Aber es hat ja nicht mal funktioniert! Bei der Inspektion kam doch heraus, dass die Katzen der Herforths sauber waren.«

»Damit konnten wir nicht rechnen! Frank versicherte mir, dass die Katzen seine präparierten Köder gefressen hätten. Er konnte es sich nur so erklären, dass sie die Krankheit bereits früher durchgemacht hatten und immun waren. Die Einzigen, die krank wurden, waren eine Handvoll Hunde im Dorf, die Kaninchen der Kröbers – und meine Schweine.«

»Tja …« Heimberger schnalzte verächtlich mit der Zunge. »Alles umsonst. Ich hätte mich nie darauf einlassen sollen – und ich sehe auch nicht ein, warum ich dir diesmal wieder den Rücken freihalten soll. Das mit der E-Mail war übrigens auch kein Meisterstück! Weißt du nicht, dass sich der Absender ermitteln lässt?«

»So etwas darf nur die Polizei!«

»Und das wird sie auch, wenn es sich um eine Drohung handelt.«

»Es *war* keine Drohung! Ich habe nur geschrieben, dass sie auf ihren Sohn aufpassen soll – nicht, dass ihm Gefahr droht!«

»Woher wusstest du überhaupt, dass sie einen Sohn hat?«

»Das weiß doch längst das ganze Dorf! Ich dachte, sie würde vielleicht endlich verschwinden, wenn sie sich Sorgen um ihren Sohn macht.«

»Und warum stichst du Idiot ihr dann auch noch die Reifen durch?«

»Das war ich nicht!«, fuhr Gätner auf. »Ich schwöre es dir! Keine Ahnung, wer dahintersteckt – aber schließlich hat sie im ganzen Dorf nach den Herforths gefragt und ist bestimmt diversen Leuten auf die Füße getreten. Ich bin schließlich nicht der Einzige, der diese verdammte Familie loswerden wollte. Vielleicht war es Arnold Heckenkamp. Der hat doch damals den Gartenschuppen der Herforths in Brand gesteckt ... Vielleicht hat er Angst, dass die Reporterin es herausfindet.«

»Aber warum, zum Teufel, musstest du ihr nachspionieren?«

»Denk doch mal nach!«, sagte Gätner beharrlich. »Sie hat versucht, sich an deine Frau heranzumachen, und das zeigt, dass sie etwas von Martin Herforths Affären ahnt. Wenn sie nun die betrogenen Ehemänner unter die Lupe nimmt und die Sache mit den Krankheitserregern herausfindet ...«

»Na und? Frank ist vor zwei Jahren gestorben, und dir kann niemand etwas nachweisen. Und überhaupt: Wen schert es denn, durch wessen Schuld vor fünfundzwanzig Jahren ein paar Haustiere verreckt sind?«

»Vielleicht nicht nur Tiere«, murmelte Gätner.

Einen Moment lang herrschte Stille.

»Was meinst du damit?«, hakte Heimberger nach. »Ich denke, diese Krankheit war für Menschen ungefährlich!«

»Außer für ungeborene Kinder.«

»Nun mach dich nicht verrückt! Keine Frau im Dorf war damals schwanger.«

»Doch.« Gätners Stimme klang bedrückt. »Karin Zirner. Erinnerst du dich? Sie starb nach einer Fehlgeburt.«

»Das war doch Monate später!«

»Ja, schon …«

»Hat Rudolf Zirner jemals eine Andeutung in dieser Richtung gemacht?«

»Nein – aber es wäre doch möglich! Und wenn uns jetzt diese Journalistin auf die Schliche kommt, die in seinem Haus wohnt und noch dazu mit seinem Neffen liiert ist …«

»Idiot!« Heimberger begann auf und ab zu gehen. »Und deswegen steigst du in ihre Wohnung ein? Jetzt weiß diese Frau doch erst recht, dass du etwas zu verbergen hast!«

»Womöglich glaubt sie, ich hätte Christine Herforth umgebracht …«

Heimberger hielt erneut inne. Seine Stimme klang abschätzend. »Und? – Hast du?«

»Natürlich nicht!«, fuhr Gätner auf. »Was denkst du denn von mir?«

»Du bist ein Mensch, der sich schlecht beherrschen kann«, versetzte Heimberger kühl. »Bosheit traue ich dir nicht zu – wohl aber Dummheit. Es würde mich nicht überraschen, wenn du ausgerastet wärst, nachdem das kleine Biest dich wieder einmal provoziert hatte.«

»Gejuckt hat es mich oft genug, das kannst du mir glauben!«, knurrte Gätner. »Die Kleine hat jedes Mal demonstrativ die Nase gerümpft, wenn ich ihr begegnet bin. Einmal stand sie neben mir an der Bushaltestelle, drehte sich um und sagte: *Sie riechen wie eine Schnapsleiche, wissen Sie das? Vielleicht sollten Sie weniger trinken.* Ich hab ihr eine geknallt. Ganz spontan, mit der flachen Hand. Und was, glaubst du, hat das kleine Luder getan? Sie hat die Ohrfeige weggesteckt, ohne eine Miene zu verziehen, hat ein arrogantes Lächeln aufgesetzt und gefragt: *Machen Sie das mit Ihrer Frau auch? Kein Wunder, dass sie Sie nicht mehr ranlässt.* Ich hätte ihr manches Mal gerne den Hintern versohlt – aber mit ihrem Verschwinden habe ich nichts zu schaffen.«

Wieder schwiegen beide.

»Na schön«, sagte Heimberger schließlich. »Wahrscheinlich hätte fast jeder im Dorf Grund gehabt, den Herforths eins auszuwischen.«

»Weißt du, was ich glaube?« Gätners Stimme klang bedrückt. »Ich glaube, Frank könnte es gewesen sein. Ihm ging es doch am schlechtesten von uns allen, denn seine Frau hat ihn verlassen, nachdem sie ein- oder zweimal mit Martin Herforth im Bett war. Unsere Frauen sind ja wenigstens geblieben …«

Heimberger lachte trocken auf. »Wenn Mara versucht hätte, mich zu verlassen, hätte ich ihr ordentlich den Marsch geblasen! Ich hätte ihr das Sorgerecht für die Kinder entziehen lassen und so lange um den Unterhalt prozessiert, bis sie am Verhungern gewesen wäre – schade eigentlich, ihrer Figur hätte das womöglich gutgetan.«

»Jedenfalls ist es kein Zufall, dass Frank zwei Monate nach Christines Verschwinden weggezogen ist!«, sagte Gätner stur. »Vielleicht hat er das Mädchen umgebracht, um sich an Martin Herforth zu rächen.«

Heimberger blieb einen Moment stumm, als erwöge er die Vermutung.

»Scheint mir nicht sehr logisch«, sagte er schließlich. »Wäre es nicht einfacher gewesen, diesen Nichtsnutz von Kunstmaler in einem seiner Farbeimer zu ertränken?«

»Vielleicht wollte Frank es ihm auf andere Weise heimzahlen. Vielleicht wollte er, dass der Kerl auch mal spürt, wie es sich anfühlt, einen geliebten Menschen zu verlieren.«

»Was für eine Gefühlsduselei!«, meinte Heimberger abschätzig. »Zugegeben, zu Frank Terhart hätte es gepasst. Er war immer schon ein Weichei.«

»Vielleicht hat er sie irgendwo im Wald vergraben«, sagte Gätner unbehaglich. »Wahrscheinlich in der Nähe der Stelle, wo ihr Geist erscheint.«

»Jetzt mach aber mal 'nen Punkt!«, herrschte Heimberger ihn an. »Es gibt keinen Geist, wie oft soll ich dir das noch einbläuen?«

»Ich habe sie gesehen«, erwiderte Gätner leise. »Ich schwöre es dir!«

»Du warst besoffen, als du damals den Unfall hattest! Weiß der Henker, was du gesehen hast, ein Geist war es jedenfalls nicht.«

»Es gibt genug Leute im Dorf, die ihn auch gesehen haben! Willst du behaupten, dass die alle spinnen?«

»Ich jedenfalls habe nie irgendetwas gesehen.«

»Du warst auch nie abends um neun an der Straße, weil deine Kanzlei schon um sechs zumacht und du immer den Weg über Ranzau nimmst! Sie erscheint nur zwischen neun und halb zehn, und auch nur an bestimmten Tagen.«

»Das hat dir wahrscheinlich die alte Fledermaus mit dem Kunstgewerbeladen eingeredet, was? Lass mich bloß mit diesem Unsinn in Ruhe. Kümmere dich lieber darum, dass du dir in Zukunft keinen Ärger mehr einhandelst!«

»Was soll ich denn deiner Meinung nach tun?«

»*Gar nichts* sollst du tun!«, brauste Heimberger abermals auf. »Kapier das endlich! Verhalte dich still, kümmere dich um deinen Hof und komm dieser Reporterin nicht mehr in die Quere. Ich werde mir inzwischen etwas einfallen lassen, damit sie Verchow endgültig verlässt. In den sechs Tagen, seit sie hier ist, hat sie mehr als genug Staub aufgewirbelt.«

»Wie willst du das machen?«

»Das lass mal meine Sorge sein.« Schritte waren zu hören, eine Tür wurde geöffnet. Offenbar wandte sich Heimberger zum Gehen. »Und sprich mit niemandem über die Angelegenheit, verstanden? Auch nicht mit deiner Frau!«

»Da mach dir mal keine Sorgen«, entgegnete Gätner sarkastisch. »Die redet schon lange nicht mehr mit mir.«

Wieder ging die Tür. Lea, die damit rechnete, Heimberger gleich im Hof auftauchen zu sehen, verließ rasch ihren Horchposten und huschte zum Zaun zurück.

Sieh mal an – es ist genau, wie ich vermutet habe, dachte sie, als sie zu dem Kiesweg zurückpirschte, der zur Straße führte. *Eine kleine, verschworene Gemeinschaft der gehörnten Gatten.*

Als Lea nach Hause zurückgekehrt war, ließ sie sich auf das Sofa sinken und ordnete ihre Gedanken. Stunden vergingen, während sie mit geschlossenen Augen grübelte.

Was sie gehört hatte, bestätigte jenen Verdacht, den sie erstmals bei Mara Heimbergers Besuch gehegt hatte. Die betrogenen Ehemänner hatten sich zusammengetan und eine Intrige zur Vertreibung der Herforths geschmiedet. Gätner hatte zusammen mit dem Tierarzt Frank Terhart die Katzenseuche in Umlauf gebracht, und der Ortsvorsteher hatte die beiden gedeckt. Das warf ein ganz neues Licht auf das Schicksal Christines und nahm den Verdacht einstweilen von dem verschollenen Sohn der Zirners. Die

Intrige war gescheitert, und es schien nicht ausgeschlossen, dass einer der Verschwörer daraufhin zu noch drastischeren Mitteln gegriffen hatte, um sich an Martin Herforth zu rächen. Und nun brachte sie – Lea – die einstigen Verschwörer in Bedrängnis. Das war der Grund, warum man sie bedrohte.

Seltsamerweise beruhigte Lea diese Erkenntnis: Gätner war vielleicht ein unangenehmer Zeitgenosse, aber ganz sicher kein Mörder. Seine Drohung, dass ihrem Sohn etwas zustoßen könnte, war lediglich ein plumper Versuch gewesen, sie einzuschüchtern. Harald Heimberger konnte sie sich ebenso wenig als Mörder vorstellen: Der Ortsvorsteher ließ sich viel zu wenig von Gefühlen leiten. Auch vor der Ankündigung, sie zu vertreiben, hatte Lea keine Angst – seinem Naturell entsprechend, würde Heimberger vermutlich eher einen Grund suchen, um sie zu verklagen, statt ihr Drohbriefe zu schicken oder ihr Auto zu demolieren.

Interessant waren allenfalls die Hinweise auf den Tierarzt Frank Terhart und auf Arnold Heckenkamp. War das die Lösung des Rätsels? Hatte einer der betrogenen Ehemänner Christine umgebracht, um es Martin Herforth heimzuzahlen? Und wenn es so war – welche Rolle spielte bei alldem der rätselhafte Bewohner des Herforth-Hauses?

Tom Thanatar … Was weißt du über Christines Tod? Was hast du gesehen? Oder vielleicht nicht gesehen, sondern gehört?

Schlagartig öffnete Lea die Augen. Hastig kramte sie ihren Laptop hervor, schaltete ihn ein und öffnete die Dateien mit den Thanatar-Comics, die David ihr geschickt hatte. *Dichotomia:* Vergrabene Schädel unter der Erde schrien mit klaffenden Kiefern zu einem Mann hinauf, der das Ohr an den Erdboden legte. *Spectra:* Tote erwachten in ihren Särgen, schoben die Deckel auf und streckten die

Köpfe hervor, stets mit weit aufgerissenem Mund, sodass man trotz fehlender Sprechblasen ihre Schreie zu hören meinte. *Sepulchra:* Ein Mädchen, das in einem Verlies unter der Erde gefangen war – und verzweifelt schrie, während an der Oberfläche gleichgültige Gestalten umherschlenderten.

»Schreiende Gräber« – Lea erinnerte sich an den Titel im Fan-Forum des Zeichners – *»Das Motiv des Lebendig-Begraben-Werdens bei Tom Thanatar.«*

Und endlich begriff sie.

Er hat ihre Stimme gehört – das ist es! Er war bei dem verfallenen Haus im Wald, nachdem Christine verschwunden war, und hörte ihre Schreie – buchstäblich aus dem Boden vor seinen Füßen. Damals kann er nicht älter als sie gewesen sein, noch ein halbes Kind. Vielleicht traute er seiner Wahrnehmung nicht, vielleicht glaubte er an einen makabren Streich seiner Fantasie. Aber er hat es nie vergessen. Irgendwann ist ihm klar geworden, dass es keine Einbildung war. Er ist nach Verchow zurückgekehrt, um in der Umgebung des Hauses zu graben – immer wieder, an unterschiedlichen Stellen –, weil er überzeugt ist, dass sie dort irgendwo unter der Erde liegt. Und zugleich kostümiert er sich als Christines Geist, erscheint nachts an der Straße und führt Autofahrer, die anhalten, zu dem verlassenen Haus. Das ist der Grund, warum er sich auf dem ehemaligen Anwesen der Herforths eingenistet hat: Er sucht nach Christine – und er will andere auf sein Anliegen aufmerksam machen, die Erinnerung an ihr Verschwinden lebendig halten und auf den Ort hinweisen, wo er ihre Leiche vermutet.

Warum geht er dann nicht einfach zur Polizei?, fragte die skeptische Stimme in ihrem Inneren. *Warum teilt er seinen Verdacht nicht auf verständlichere Weise mit?*

Weil er stumm ist, antwortete Lea sich selbst. *Stumm und psychisch schwer gestört, wahrscheinlich infolge der damaligen Ereignisse – und vielleicht auch, weil er sich vor jemandem fürchtet, der auf keinen Fall seine Identität erfahren darf. Statt seine Ahnungen in Worten auszudrücken, teilt er sie in einer surrealen Bildersprache mit, nämlich durch die Zeichnungen in seinen Comics. Vielleicht ist das die einzige Möglichkeit, die ihm zur Verfügung steht, um andere an seinen Gedanken teilhaben zu lassen.*

Aber warum hat er Christine nie gefunden, wenn er den Tatort kennt?, fragte die Stimme.

Doch auch darauf wusste Lea plötzlich eine Antwort. Der Traum der vergangenen Nacht fiel ihr wieder ein – jener kurze, scheinbar so harmlose Traum, dem sie keine Bedeutung beigemessen hatte.

»Es gibt keine flächendeckende Kanalisation, und auf vielen abgelegenen Grundstücken müssen eigene Sammelbecken gebaut werden.«

Tom Thanatar hatte Christine nicht gefunden, denn er wusste nicht, dass es einen unterirdischen Hohlraum auf dem Gelände gab, der einer Gefangenen – zumindest für einige Stunden – das Atmen ermöglichte.

Leas Handy piepte und meldete eine SMS von Kai. Sie überflog den Text nur kurz: *Wir gehen noch essen. Kommen wahrscheinlich nicht vor halb neun zurück. Hoffe, dir geht es gut. Unternimm nichts, bevor ich zurück bin!*

Leas Blick flog zur Uhr über der Küchenzeile: kurz vor sieben. Das gab ihr genug Zeit, dem Verdacht nachzugehen, der sich eben erst in ihrem Kopf geformt hatte. Eilig verließ sie die Wohnung, stieg ins obere Stockwerk hinauf und betrat Kais Zimmer. Rudolf Zirners Ordnungssinn erleichterte ihre Aufgabe. Die Aktenordner auf dem Regal waren sorgfältig beschriftet. Lea griff nach einem Ordner, dessen Aufschrift »Inspektionen 1978-86« lautete. Es dauerte nicht lange, bis sie gefunden hatte, was sie suchte: einen mit mechanischer Schreibmaschine getippten Bericht.

Flurstück Verchower Landstraße KS 35
Liegenschaftskataster N. 2947/a/1952 Gemeindeeigentum
Unrechtmäßige Inbesitznahme (»Instandbesetzung«) mutmaßlich März/April 1980. Anzeige durch H. Heimberger 10. 8. 1980. Vier auf dem Grundstück angetroffene Personen wurden vorläufig festgenommen.

Inspektionsbefund:
Illegale Ausbaumaßnahmen an ruinösem Hauskörper durch Erhöhung der Außenmauern, Einziehung von Zwischenwänden und Anlage eines primitiven Sparrendachs. Nordseitige Anschichtung eines Kamins aus Bruchsteinen mit Kalkmörtel (Höhe 2,30 m). Ostseitig in 6 m Abstand vom Haus Ausschachtung einer Sickergrube mit Steindeckel zur Abwasserentsorgung (Tiefe 1,80 m, Durchm. 0,60 m).

Erforderliche Maßnahmen:
Abriss von Dach und Wänden, um zukünftige illegale Bewohnung auszuschließen. Abtragung des Kamins zur Vermeidung einer unbefugten Nutzung als Feuerstelle (Brandschutzgutachten!). Verfüllung der Sickergrube meines Erachtens nicht nötig, Schließung und Überdeckung mit vorhandener Erde genügt.

12. 8. 1980 R. Zirner

Beigefügt war ein Plan des Grundstücks auf Kopierpapier. Lea nahm an, dass das Original aus dem Grundbuchregister stammte. Die Umrisse des Hauses waren deutlich zu erkennen, ebenso der Zufahrtsweg. Rudolf Zirner hatte mit Bleistift die baulichen Veränderungen eingezeichnet, die die Hausbesetzer in den achtziger Jahren vorgenommen hatten: An einer Giebelseite des Grundrisses war ein Halbkreis gezogen, daneben stand in Zirners Handschrift das Wort »Kamin«. Eine Gruppe paralleler Striche deutete das im Bau befindliche Sparrendach an. Ein Stück abseits des Hauses schließlich war ein Punkt markiert, über den Zirner »Sickergrube« gekritzelt hatte.

Ich muss mir Gewissheit verschaffen, dachte Lea und ließ den Ordner sinken. *Auf der Stelle.*

Ihren Wagen konnte sie nicht benutzen. Wie lange mochte es dauern, bis sie zu Fuß die Waldlichtung erreicht hatte?

Egal, beschloss sie. *Es duldet keinen Aufschub.*

Sie ließ keine Nachricht zurück. In ihrer Eile brauchte sie kaum eine halbe Stunde, um die Strecke bis zum Ortsausgang und schließlich bis zu der Abzweigung zurückzulegen, wo der alte Wirtschaftsweg in den Wald führte. Mittlerweile musste es gegen acht Uhr sein, denn es begann zu dämmern. Der Wald zu beiden Seiten der Straße verschmolz bereits zu einer dunklen Wand. Lea kümmerte sich nicht darum. Ihre Beine fühlten sich zittrig an, doch sie zögerte nicht, als sie den überwachsenen Weg einschlug, der zu der kleinen Lichtung führte.

Die niedrige Hausruine mit ihren unregelmäßig abgetragenen Mauern lag wie ein groteskes Tiergerippe unter dem dämmrigen Himmel. Lea pirschte sich durch dichtes Gebüsch bis zur östlichen Seitenwand heran, den Blick zu Boden gerichtet, um den Gruben auszuweichen, die von Tom Thanatar stammten. Jahrelang hatte er gegraben, an dieser und jener Stelle gesucht – doch all seine Mühen waren vergeblich gewesen, denn die entscheidende Information hatte ihm gefehlt. Lea zog den Lageplan aus der

Tasche, den sie aus Rudolf Zirners Ordner entwendet hatte. Noch einmal studierte sie die Details, die er mit Bleistift hinzugefügt hatte.

Sickergrube … ostseitig in sechs Meter Abstand vom Haus.

Lea schritt die Entfernung ab, den Plan in der Hand: zwölf Schritte bei einer durchschnittlichen Schrittlänge von fünfzig Zentimetern. Sie blieb stehen, senkte den Blick, ging in die Knie und suchte zwischen den Farnwedeln am Boden. Nichts deutete darauf hin, dass sich an dieser Stelle etwas anderes befand als gewöhnliche Walderde.

»*Verfüllung meines Erachtens nicht nötig*«, erinnerte sie sich an Zirners Inspektionsbefund. »*Überdeckung mit vorhandener Erde genügt.*«

Lea begann zu scharren, erst zaghaft, dann entschlossener, schließlich mit einer an Besessenheit grenzenden Kraft. Sie riss die Farnbüschel aus, nahm einen herumliegenden Stock zur Hilfe, um die Wurzelballen herauszuhebeln, und grub schließlich ihre Finger in die nackte Erde. Dass ihre Kleider schmutzig wurden, nahm sie ebenso wenig zur Kenntnis wie das zunehmende Schmerzen ihrer Schultern. Wie ein Hund, der einen vergrabenen Knochen sucht, hockte sie auf allen vieren am Boden und warf Hände voller Erde um sich.

Ein Schauder durchfuhr ihren Körper, als ihre Fingernägel über eine raue Oberfläche kratzten. Mit zusammengekniffenen Augen beugte sie sich hinab, um in der Dämmerung zu erkennen, auf welches Hindernis sie gestoßen war.

Ein Stein?

Sie tastete. Ja, es war eine steinerne Oberfläche, kaum zwanzig Zentimeter tief unter dem Boden, jedoch von regelmäßig gerundeter Form. Lea scharrte weiter und stellte fest, dass sie den Rand eines steinernen Deckels entdeckt hatte, kaum größer als das Steuerrad eines Autos. Rasch legte sie die Umrandung frei, wischte Erde von der Platte und fand eine konkave Aussparung, die offensichtlich als Griff diente. Als sie eine Hand hineinschob, um den Deckel emporzuwuchten, hielt sie beinahe erschrocken inne.

Willst du das wirklich tun?, fragte sie sich. *Willst du wirklich diese Abdeckung öffnen und in eine seit Jahrzehnten verschlossene Klärgrube hinabblicken?*

Doch ihre Hände handelten, bevor sie noch weiter darüber nachdenken konnte. Sie packte zu und zog. Mit einem eigentümlich schmatzenden Geräusch löste sich der Steindeckel von seiner Einfassung und schrammte knirschend über deren Rand. Lea wuchtete ihn ins Gras zur Linken, ließ ihn los und hielt einen Moment schweratmend inne. Dann erst wandte sie sich der Öffnung zu, die sie freigelegt hatte: einem senkrechten Schacht, dessen Einfassung von einem Stahlzylinder gebildet wurde. Im ersten Augenblick sah sie nur ein schwarzes Loch, ohne im Innern irgendetwas erkennen zu können. Vorsichtig, den Oberkörper auf beide Hände gestützt, beugte sie sich vor.

Noch bevor sie etwas sehen konnte, schlug ihr ein fauliger, Übelkeit erregender Geruch entgegen. Dann erkannte sie, dass der gesamte Schacht bis auf wenige Zentimeter unterhalb der Einfassung mit Schlamm gefüllt war. Das war kaum erstaunlich: Vermutlich war das Sickerrohr nach unten offen, und mit der Zeit war Grundwasser in seinem Innern aufgestiegen und hatte lockere Erde mitgeführt. Außerdem gab es gewiss ein zuführendes Rohr von der ehemaligen Toilette im Haus, durch das Regenwasser eingeschwemmt wurde. Schließlich war das Dach schon vor Jahrzehnten abgerissen worden.

Also gut, sagte sich Lea. *Du hast die Grube gefunden, jetzt kannst du nach Hause fahren und die Polizei rufen, damit sie ausgepumpt wird. Vielleicht findet man Spuren – vielleicht auch nicht. Dein Verdacht könnte schließlich falsch sein. Schlimmstenfalls blamierst du dich bis auf die Knochen, und die Leute im Dorf werden dich für eine Hysterikerin halten.*

Noch während sie nachdachte, streckte sie langsam eine Hand aus. Ihre Fingerkuppen berührten die Oberfläche der schlammigen Substanz. Sie war überraschend fest, fast wie Gelee.

Bist du wahnsinnig?, versuchte sie sich selbst zur Vernunft zu rufen. *Das ist eine Klärgrube, die seit Jahrzehnten vor sich hin modert. Bestimmt ist sie voll von Bakterien oder von krank machenden Schimmelsporen.*

Ihre Finger durchbrachen die Oberfläche, tauchten in den Schlamm ein, senkten sich weiter hinab wie eine Sonde, die in unbekannte Meerestiefen vorstieß. Bis zum Handgelenk drang sie in die zähe Masse ein, dann bis zum Unterarm, der sich bei der Berührung mit einer Gänsehaut bedeckte.

Das ist doch sinnlos! In dem Bericht stand, dass der Schacht fast zwei Meter tief ist. Wie weit willst du gehen – bis zum Ellbogen? Bis zur Schulter?

Sie wollte eben innehalten und die Hand zurückziehen, als sie fühlte, wie ihre Finger die geleeartige Masse durchstießen und Wasser erspürten. Offensichtlich hatte der Schlamm nur eine festere Schicht im oberen Bereich der Röhre gebildet. Lea bewegte tastend die Finger. Irgendetwas Dünnfädiges schwamm in dem Wasser, vielleicht Algen oder totes Gestrüpp. Es fühlte sich seltsam an – fremdartig, nicht wie irgendetwas, das sie dort erwartet hätte. Sie überwand sich, zuzugreifen und zu ziehen.

Plötzlich brach die Schlammschicht mit einem schmatzenden Geräusch auseinander und zerfiel in einzelne Fladen, die wie Eisschollen auf der Oberfläche schwammen. Ein übel riechender Hauch wehte Lea ins Gesicht, als wäre eine Gasblase geplatzt, und sie zog erschrocken die Hand zurück.

Was ist das? Mein Gott, was ist das?

Sie überwand sich, die Hand vor die Augen zu halten, um zu erkennen, was sich um ihre Finger gewickelt hatte. Es war eine Art Geflecht, schwarz und unangenehm schleimig, wie in Seife getaucht, doch offensichtlich aus einzelnen Fäden bestehend.

Haare. Es sind Haare.

Mit einem erschrockenen Aufschrei schüttelte sie die Hand, bis die schleimige Masse sich löste und als unförmiger Klumpen im Gras landete. Dann erst bemerkte sie, dass aus der Tiefe der Grube etwas emporgestiegen war, die Schlammfladen durchstoßen hatte und nun knapp unterhalb der Oberfläche trieb: eine helle Kugel, selbst im Zwielicht deutlich zu erkennen, wie der Vollmond hinter einem Schleier dunkler Wolken. Die Kugel pendelte sacht in ihrem Wasserbad, drehte sich ein Stück zur einen Seite, dann zur anderen. Ein Wulst an der Seite wurde erkennbar – der Knochenbogen über einer Augenhöhle.

Diesmal erschrak Lea nicht. Selbst Abscheu und Furcht lösten sich auf, und in ihrem Innern blieb nichts zurück als eine überwältigende Trauer. Unvermittelt spürte sie, wie ihre Augen sich mit Tränen füllten.

»Christine?« Ihre Stimme klang eigenartig in der umgebenden Stille.

Der Schädel bewegte sich nicht mehr. Er schwebte reglos zwei Finger breit unter der Wasseroberfläche.

»Es tut mir so leid«, flüsterte Lea. »So leid …«

Minutenlang blieb sie auf Knien vor dem offenen Schacht sitzen, presste die saubere linke Hand an ihre

Wange und weinte wie ein Kind. Es schien ihr, als wäre sie plötzlich wieder jung, keinen Tag älter als siebzehn, und hätte eben erst vom Verschwinden ihrer Jugendfreundin erfahren.

»Iris ist fort«, hatte die Mutter gesagt, als Lea damals bei den Lukassens geklingelt hatte. *»Alle ihre Sachen sind weg.«*

Erschrocken hatte Lea die Frau angestarrt, in deren dunklen Augen Tränen standen.

»Fort?«, hatte sie entgeistert gefragt.

Frau Lukassen hatte genickt, mit einem hoffnungslosen Ausdruck, der Lea einen Schauder über den Rücken getrieben hatte. *»Ich glaube nicht, dass sie zurückkommt.«*

»Aber das würde sie niemals tun!«, hatte Lea aufbegehrt. *»Sie hätte es mir gesagt! Wenn überhaupt jemandem, dann mir!«*

Doch Frau Lukassen hatte nur den Kopf geschüttelt und war beiseitegetreten, damit Lea hereinkommen und sich überzeugen konnte.

Lea war der Aufforderung gefolgt. Sie hatte Iris' Zimmer leer vorgefunden. Die Stereoanlage und der kleine tragbare Fernseher waren schon seit längerem verschwunden gewesen. Lea nahm an, dass Iris die Geräte verkauft hatte, um ihre Drogen zu finanzieren. Nun jedoch war auch der Kleiderschrank leer, und selbst der rosa Plüschelefant, der immer neben dem Kopfkissen auf dem Bett gelegen hatte, war fort. Kein Abschiedsbrief, keine Nachricht, weder an die Mutter noch an sie.

Lea hatte es nicht glauben können, nicht glauben wollen – nicht einmal, als einige Tage später die Polizei bei ihren Eltern erschienen war und sie befragt hatte. Noch Wochen und Monate später hatte sie gehofft, dass Iris eines Tages anrufen, eine Postkarte schicken oder gar plötzlich vor der Tür stehen würde, in zerschlissenen Kleidern vielleicht, abgemagert und blass von den Drogen, doch lebend und unversehrt.

»Es tut mir leid, Lea«, hätte sie vielleicht gesagt. *»Ich habe eine Dummheit gemacht. Ich hätte mich nie auf diesen Kerl einlassen dürfen, und auch nicht auf die Drogen. Vor allem aber hätte ich dich nicht zurücklassen dürfen, meine beste Freundin!«*

Und Lea malte sich aus, wie sie einander in die Arme gefallen wären. Sie wäre rechtschaffen wütend gewesen, doch bereit, alles zu verzeihen und zu tun, was in ihrer Macht stand, um Iris zu helfen. Sie hätte sogar ihre Eltern gebeten, dass sie Iris aufnahmen und ihr erlaubten, den Entzug in Leas Zimmer zu überstehen. Sie wäre für die Freundin da gewesen, hätte sie versorgt, getröstet und ermutigt, Krampfanfälle und Schmerzensschreie ertragen, selbst das Erbrochene aufgewischt und das Bett täglich frisch bezogen – das Wichtigste wäre gewesen, dass sie zusammen waren.

Doch Leas Hoffnung war nie in Erfüllung gegangen. Iris war verschwunden, und erst nach Jahren und in seltenen Stunden vernünftiger Überlegung hatte Lea sich mit der Tatsache abgefunden, dass ihre Freundin wahrscheinlich längst gestorben war. Womöglich war ihre letzte Ruhestätte eine Bahnhofstoilette gewesen, wo sie sich – versehentlich oder aus Verzweiflung – eine Überdosis gespritzt hatte.

In einer Toilette zu sterben, hatte Lea voller Grauen gedacht, *ist der schlimmste Tod, den ein Mensch wählen kann, schlimmer als selbst die grausamste schleichende Krankheit, obszön, widerwärtig. Es bedeutet: Ich bin Abfall, ein Auswurf der Gesellschaft, buchstäblich der letzte Dreck.*

Auch Christine Herforth war auf diese Weise gestorben – doch nicht aus freiem Willen und nicht mit getrübtem Bewusstsein. Sie hatte geschrien. Folglich war sie noch am Leben gewesen oder zumindest aus vorübergehender Bewusstlosigkeit erwacht, als sie sich in der Sickergrube wiedergefunden hatte. Sicher war die Grube damals noch nicht mit Grundwasser gefüllt gewesen, sodass sie atmen, sich jedoch nicht rühren konnte. Da der Durchmesser des Stahlrohrs kaum sechzig Zentimeter betrug, waren ihre Arme vermutlich an die Seiten gepresst. Vielleicht war sie sogar gefesselt gewesen. Der Deckel der Grube war geschlossen und mit Erde bedeckt worden. Ihre Schreie waren stark gedämpft an die Oberfläche gedrungen, undeutlich und wie von fern. Wer immer sie gehört hatte, war nicht in der Lage gewesen, den Ursprung der unheimlichen Geräusche zu finden, sondern hatte vermutlich geglaubt, seine Sinne spielten ihm einen Streich.

Wie mochte Christine gestorben sein … und wann? Nach Minuten – Stunden – Tagen? Und wer hatte sie so sehr gehasst, dass er sie einem solchen Tod überantwortet hatte, eingepfercht in ein stockdunkles Gefängnis unter der Erde, lebendig begraben in einer Masse aus halbflüssigem Abfall, der ihr vielleicht bis zu den Knien, bis zur Hüfte oder gar bis zur Brust reichte?

Leas Finger fühlten sich taub an, als sie den schweren Steindeckel ergriff und an seinen Platz zurückwuchtete.

Polizei …

Fahrig kramte sie in der Jackentasche nach ihrem Handy. Dann erst erinnerte sie sich, dass sie sich mitten in einem Funkloch befand. *Kein Netz,* teilte das Display ihr mit.

Lea wartete einen Moment, bis sie das Gefühl hatte, dass ihre zittrigen Beine sie tragen würden. Sie erhob sich und verließ die Lichtung, um ins Dorf zurückzulaufen.

Als sie eine halbe Stunde später das Haus der Zirners erreichte, stand Kais Wagen bereits vor dem Gartenzaun. Atemlos schloss Lea die Haustür auf – und stieß im Flur beinahe mit ihm zusammen.

»Oh mein Gott!«, stöhnte er, als er ihre beschmutzte Kleidung und den fiebrigen Ausdruck in ihren Augen bemerkte.

»Kai!« Erleichtert sank sie in seine Arme, zu aufgewühlt, um darüber nachzudenken, dass sie wahrscheinlich recht unangenehm roch. »Ich habe sie gefunden ... Christine ... draußen bei dem verlassenen Haus im Wald ...«

Er stellte keine Fragen. Stattdessen hielt er sie fest und streichelte mit einer Hand ihr wirres Haar.

»Es tut mir so leid«, sagte er seltsam ruhig. »Ich wusste es nicht, das schwöre ich dir. Er hat es mir heute erst erzählt. Als wir dann zurückkamen, hat er entdeckt, dass du an seinen Unterlagen warst ...«

Die Treppe knarrte, und Rudolf Zirner kam in den Flur herab, in der einen Hand eine Reisetasche, in der anderen eine Straßenkarte. Als er Lea erblickte, hielt er inne und musterte sie mit unergründlicher Miene.

»Nimm meinen Wagen!«, sagte Kai, fingerte, ohne Lea loszulassen, seinen Autoschlüssel aus der Hosentasche und warf ihn seinem Onkel zu. »Ich würde dich gern fahren, aber ich glaube, ich muss mich um Lea kümmern.«

Rudolf Zirner nickte, während Lea entsetzt zwischen den beiden Männern hin und her blickte.

»Was hat das zu bedeuten?«, stieß sie hervor.

Kai seufzte. »Wie ich dich kenne, wirst du dich wahrscheinlich nicht davon abhalten lassen, die Polizei zu rufen.« In seiner Stimme lag echtes Bedauern. »Daher ist es wohl das Beste, wenn Rudi erst einmal nicht zu Hause ist.«

Entgeistert starrte Lea zu dem Mann hinüber.

»Sie?« Endlich begriff sie, was vor sich ging, und eine Gänsehaut fuhr ihr über den Rücken. »*Sie* waren es?«

Rudolf Zirner antwortete nicht, doch sein Blick bestätigte Leas Vermutung.

»Sie wollen fliehen?«, fragte sie mit einer jähen Kälte in der Stimme, die sie von sich selbst nicht kannte.

»Ich wäre froh, wenn Sie mir eine andere Wahl ließen«, sagte Zirner ruhig. »Aber wahrscheinlich hat Kai recht. Sie sind entschlossen, die Polizei zu rufen, nicht wahr?«

»Das bin ich allerdings«, sagte Lea. Und dann brach es ganz aus ihr heraus: Sie schrie, während sie vergeblich gegen Kai ankämpfte, dessen Umarmung sich in einen festen Klammergriff verwandelt hatte. »Warum haben Sie ihr das angetan?«

»Lea!«, keuchte Kai, der ihre Arme gepackt hatte. »Sei doch vernünftig! Das Ganze ist vierundzwanzig Jahre her! Wem hilfst du damit, wenn du einen herzkranken Siebzigjährigen ins Gefängnis bringst?«

»Sie hat noch gelebt!«, schrie Lea, die Kai ignorierte, seinem Onkel zu. »Sie ist da unten wieder zu sich gekommen und hat um Hilfe geschrien! Jemand hat sie gehört! Wahrscheinlich ist sie erst beim nächsten Regen in dieser Röhre ertrunken!«

Rudolf Zirner war bei diesen Worten sehr blass geworden. Die Knöchel seiner Hand traten weiß hervor.

»Das ist doch Unsinn«, sagte er sichtlich verunsichert. »Wer will sie gehört haben?«

»Ihr Sohn!«, fauchte Lea, die es aufgab, sich gegen Kais Umklammerung zu wehren. »Kein Wunder, dass er an jenem Tag den Verstand verlor – nach dem, was er gehört hatte!«

Rudolf Zirner tauschte einen Blick mit Kai, der resigniert die Schultern zuckte, als wollte er sich wortlos für seine Indiskretion entschuldigen. Der alte Mann jedoch verzog keine Miene.

»Der Mensch, von dem Sie da sprechen, ist nicht mein Sohn«, sagte er. »Und sein Geist war von Anfang an verwirrt, nicht erst seit jenem Tag. Wahrscheinlich hat er sich alles nur eingebildet. Er hörte schon seit Jahren Stimmen.« Rudolf Zirner schüttelte langsam den Kopf. »Er war kein normaler Junge – schon äußerlich ein halbes Mädchen. Er war verträumt, verweichlicht, ein Schulversager und zu keiner ordentlichen Arbeit in der Lage. Ich ahnte von Anfang an, dass er nicht mein Sohn war … irgendetwas Krankes, Verdorbenes war in ihm, wahrscheinlich ein Erbteil seines Erzeugers. Als Karin es mir beichtete, war ich geradezu erleichtert. Können Sie sich das vorstellen? Ich war *erleichtert,* dass dieser Junge, der mich von Tag zu Tag beschämte, nicht mein Fleisch und Blut war.«

In Leas Geist rastete etwas ein.

»Er war Martin Herforths Sohn, nicht wahr?«, erriet sie. »Also gehörten auch Sie zu den betrogenen Ehemännern.«

»Dieser sogenannte Maler hatte mit fast *jeder* Frau im Dorf irgendwann ein Verhältnis.« Rudolf Zirner schnaubte verächtlich. »Er war ein schamloser Hund, vollkommen skrupellos und in Verführungskünsten weit besser bewandert als im Umgang mit Leinwand und Pinsel. Wahrscheinlich tröstete er sich mit seinen Eroberungen über die Sinnlosigkeit seiner parasitären Existenz hinweg.«

»Und Sie haben die Vaterschaft nie angefochten?«

Zirner senkte den Blick. »Nein. Ich unterließ es Karin zuliebe, weil sie mich unter Tränen darum bat. Ich war großmütig. Ich nahm dieses Kind als mein eigenes an. Ich verzieh meiner Frau – und vielleicht hätte ich sogar diesem Dorf-Casanova verziehen, wenn es mir nur vergönnt gewesen wäre, ein eigenes Kind zu haben.«

»Aber das war doch nicht Martin Herforths Schuld!«

»Nein?«, fauchte Zirner. »Und was war der Grund, warum meine Frau sich nach Uwes Geburt nicht mehr von mir anfassen lassen wollte?«

Lea lag eine Erwiderung auf der Zunge, doch sie schluckte sie hinunter, um ihn nicht zu reizen. Vielleicht, dachte sie, hatte Frau Zirner bei Martin Herforth etwas bekommen, was ihr Ehemann ihr nicht bieten konnte.

»Aber Ihre Frau wurde doch noch einmal schwanger«, sagte sie schließlich. »Sie sagten, dass Sie bei einer Fehlgeburt starb.«

»So war es«, bestätigte Rudolf Zirner. »Fast zwölf Jahre, nachdem dieser Kerl unsere Ehe mit einem Kuckuckskind belastet hatte, durfte ich endlich hoffen, ein eigenes Kind zu bekommen. Doch meine Hoffnung wurde zunichtegemacht – abermals zunichtegemacht von Martin Herforth.«

»Ich verstehe nicht«, sagte Lea stirnrunzelnd. »Wovon sprechen Sie?«

Zirners Gesicht blieb unbewegt. »Toxoplasmose«, sagte er. »Eine Krankheit, die von freilaufenden Katzen übertragen wird. Karin hat die Katzen der Herforths gefüttert, die im ganzen Dorf umherstreiften, obwohl ich es ihr immer wieder verboten hatte. Es war zwecklos, sie tat es trotzdem. In jenem Herbst muss sie sich angesteckt haben. Von diesem Zeitpunkt an war das Schicksal meines ungeborenen Kindes besiegelt. Die Ärzte erklärten mir später, dass diese Krankheit in den ersten drei Monaten der Schwangerschaft nahezu unausweichlich zu einer Fehlgeburt führt.«

»Wussten Sie, dass die Katzen gar nicht krank waren? Der Erreger wurde von Gätner und dem Tierarzt Frank Terhart in Umlauf gebracht, in der Absicht, die Schuld auf die Herforths zu schieben!«

»Unsinn!«, schnaubte Zirner. »Das hat Martin Herforth behauptet, ich weiß – was für eine billige Ausflucht!« Er packte seine Reisetasche fester und ergriff die Klinke der Haustür. »Sie verstehen überhaupt nichts! Martin Herforth belastete mein Leben mit einem Kind, das nicht das meine war. Er nahm mir das Kind, das ich hätte haben können – und er nahm mir meine Frau. Es ist nur gerecht, dass auch er sein einziges Kind verlor.«

»*Das* war der Grund, warum Sie Christine getötet haben?«, fragte Lea ungläubig. »Um es ihrem Vater heimzuzahlen?«

»Nicht nur.« Zirner verharrte, die Klinke in der Hand. »Sie haben dieses Mädchen nicht gekannt. Christine war genau wie ihr Vater: eine Verführerin, gewissenlos und zu allem Unglück auch noch schön. Seit seinem fünfzehnten Lebensjahr hat Uwe ihr nachgestellt. Stellen Sie sich das vor: Er begehrte seine eigene Halbschwester!«

»Aber das war doch nicht Christines Schuld!«, unterbrach ihn Lea.

»Ach, nein?«, fuhr Rudolf Zirner wütend auf. »Dieses kleine Luder lief doch schon mit sechzehn wie eine billige Nutte herum, immer dick geschminkt, mit hautengen schwarzen Hosen und klapperndem Schmuck! Mir ist egal, wie man so etwas nennt, Punk oder Gothic oder was weiß ich. Für mich ist es schlicht ordinär und geschmacklos – und es verfehlte seine Wirkung nicht. Vielen Jungen im Dorf hat Christine die Köpfe verdreht, aber auf Uwe übte sie offenbar einen besonderen Reiz aus. Kein Wunder, schließlich entstammten sie beide demselben verdorbenen Blut. Ich selbst habe gesehen, wie sie auf einer Lichtung im Wald beisammensaßen. Ich habe eingegriffen und Uwe Hausarrest erteilt.« Er schnaufte unwirsch. »Vielleicht hätte es mir gleichgültig sein sollen. Schließlich war Uwe nicht mein Sohn …, aber er war Karins Sohn und das Einzige, was mir von ihr geblieben war.«

»Haben Sie Ihrem Sohn gesagt, dass Christine seine Halbschwester war?«

»Oh ja.« Zirner nickte mit finsterem Blick. »Meine Frau hatte es stets vor ihm geheim gehalten, doch nachdem sie gestorben war, wollte ich, dass der Junge erfuhr, wer ihren Tod verschuldet hatte. Ich sagte ihm die Wahrheit: dass jener Mann, der unsere Familie zerstört hatte, sein leiblicher Vater war, dass ich ihn nur aus Großmut als meinen Sohn angenommen hatte und dass er nun auch noch im Begriff war, sich in seine Schwester zu verlieben.«

Lea schnaubte. »So haben Sie es formuliert? Da wundert es mich kaum, dass ihr Sohn psychisch krank wurde. Wahrscheinlich haben Sie ihn Ihre Ablehnung deutlich spüren lassen, und daran ist seine junge Seele zerbrochen.«

»Quatsch!«, schrie Zirner, der plötzlich die Beherrschung verlor, seine Reisetasche fallen ließ und einen drohenden Schritt auf Lea zutat. »Er war von Anfang an nicht richtig im Kopf! Er lernte viel zu spät sprechen, und als er es endlich konnte, stotterte er wie ein Schwachsinniger! Manchmal hat er sich wochenlang geweigert, überhaupt den Mund aufzumachen! Stattdessen begann er, Bilder zu malen – krankes, wirres Zeug, das einem schon beim Ansehen Übelkeit bereitete. Mit neun Jahren hat er versucht, sich draußen im Seerosenteich zu ertränken.«

»Auch das wundert mich nicht«, beschied Lea kühl. »Er hat von Anfang an gefühlt, dass Sie ihm die Schuld für das Scheitern Ihrer Ehe gaben. Wie hat er reagiert, als Sie ihm eröffneten, dass Martin Herforth sein Vater und Christine seine Halbschwester war?«

Zirner schien sich etwas zu beruhigen.

»Es schien ihn kaum zu berühren«, sagte er mit abgewandtem Gesicht. »Ich wusste nie, ob er wirklich verstand, was ich ihm sagte. Er lebte längst in seiner eigenen Welt, hockte stundenlang still in irgendeiner Ecke und starrte vor sich hin wie ein Debiler. Eine Zeit lang gelang es mir, ihn im Haus einzusperren, dann hörte ich, dass Christine Herforth wieder einmal von zu Hause ausgerissen war, und atmete auf. Ich hoffte, Uwe würde vielleicht wieder halbwegs normal werden, wenn er nur ihrem schlechten Einfluss entzogen war ...« Er atmete schwer, bevor er fortfuhr. »Doch dann, zwei Wochen später, sah ich sie eines Abends an der Landstraße entlanggehen, zwischen der Bushaltestelle am Ortsausgang und dem Hof ihrer Eltern. Sie war nach Verchow zurückgekehrt, gerade als ich gehofft hatte, sie wäre auf Nimmerwiedersehen verschwunden.«

»Und da haben Sie angehalten.« Lea nickte. »Sie haben Christine zum Einsteigen aufgefordert – und dafür gesorgt, dass sie endgültig und für immer verschwand.«

»Ich versuchte mit ihr zu *reden!*«, stellte Zirner richtig. »Ich sagte ihr, sie solle Uwe in Ruhe lassen. Aber das freche kleine Biest fragte nur zurück, was mich das angehe.«

»Wusste sie, dass Uwe ihr Bruder war?«

Zirner schüttelte den Kopf. »Ich sagte es ihr. Und können Sie sich vorstellen, was sie antwortete? Es sei ihr egal. *Egal.* Bislang habe sie Uwe nur als seltsamen Kauz betrachtet, der ihr ständig nachstelle. Nun aber, meinte sie, werde die Sache für sie interessant. Schließlich liege ein gewisser Reiz allein schon darin, einen alten Spießer wie mich zu schocken.«

»Das hat sie nicht ernst gemeint«, vermutete Lea. »Christine wollte Sie provozieren.«

Rudolf Zirner schien Leas Worte nicht mehr zu hören. Er lehnte an der Tür, mit gerötetem Gesicht und verkrampften Kinnbacken.

»Und dann sagte sie noch«, stieß er gepresst hervor, »der Versuch könnte sich lohnen, denn offenbar seien alle männlichen Herforths gute Liebhaber. Das könne man ja schon daran sehen, dass praktisch alle Frauen im Dorf hinter ihrem Vater her seien, was ja auch kein Wunder sei –«, seine Stimme schwankte bedenklich, als er sich entschloss, auch den Rest des Zitats wiederzugeben, »– bei impotenten alten Säcken wie mir.«

Lea hörte, wie Kai scharf die Luft einzog. Diesen Teil der Geschichte hatte sein Onkel offensichtlich nicht einmal ihm anvertraut. Rudolf Zirner war verstummt, doch Lea konnte sich den weiteren Ablauf ohne Mühe zusammenreimen.

»Lassen Sie mich raten«, sagte sie kalt. »Sie sind auf den Waldweg abgebogen, haben Christine aus dem Auto gezerrt und ihr gewaltsam bewiesen, dass Sie kein impotenter alter Sack waren. Und dann haben sie sie vermutlich erwürgt, die Sickergrube freigescharrt – deren Lage nur Ihnen bekannt war –, Christines Körper hineingezwängt und den Deckel wieder mit Erde bedeckt. Zu Ihren Gunsten will ich voraussetzen, dass Sie das Mädchen für tot hielten. Tatsächlich jedoch erwachte sie einige Zeit später und schrie um Hilfe. Am nächsten Morgen – wahrscheinlich, nachdem sich die Nachricht von Christines Verschwinden im Dorf verbreitet hatte, aber noch bevor die Suchaktion anlief – muss Ihr Sohn das Haus im Wald aufgesucht haben. Den Grund dafür kann ich nur erraten. Vielleicht hielt Christine sich öfter bei dem verlassenen Haus auf, und Uwe hoffte, er würde sie dort vorfinden. Doch er fand sie nicht. Stattdessen hörte er gedämpfte Schreie, scheinbar aus dem Innern der Erde. Er glaubte, seinen Ohren nicht zu trauen. Ich vermute, dass er vollkommen panisch und mit endgültig zerrüttetem Verstand nach Hause zurückkehrte, sodass Sie ihn kurze Zeit später in eine Klinik einweisen ließen.«

»Ich weiß nichts von dem, was der Junge angeblich gehört haben will«, sagte Rudolf Zirner leise. »Seit jenem Tag hat er kein Wort mehr gesprochen. Ich weiß nicht, woher Sie Ihre Informationen beziehen – vielleicht ist es Ihnen gelungen, den Jungen aufzustöbern, oder Sie haben das Klinikpersonal bestochen, um seine Akte einzusehen ... Was Journalisten eben so tun. Mir ist es gleichgültig. Uwe ist nicht mein Sohn und war es nie, und der Aussage eines Verrückten, der schon als Kind Stimmen hörte, wird niemand Gewicht beimessen.«

»Wohl aber der Tatsache, dass in der Sickergrube ein Leichnam versteckt ist«, erwiderte Lea, »und dass außer Ihnen niemand von dieser Grube wusste.«

Zirner warf ihr einen abschätzigen Blick zu. »Sie sind also nach wie vor entschlossen, die Polizei zu rufen?«

»Natürlich bin ich das!«, fauchte Lea. Sie verdrehte den Kopf und versuchte Kai anzusehen, dessen schraubstockartiger Griff ihr kaum Bewegungsfreiheit ließ. »Es sei denn, ihr beide wollt mich auch noch umbringen und in irgendein Erdloch stopfen.«

»Lea!«, mahnte Kai. »Das glaubst du doch nicht wirklich, oder?«

»Ich bin mir nicht mehr sicher, was ich von dir glauben soll!«, erwiderte Lea. »Du deckst deinen Onkel um jeden Preis, nicht wahr? Schließlich erbst du sein Vermögen und das Haus.«

»Schluss damit!«, zischte Kai und packte sie noch fester. »Das geht dich nichts an, Lea! Vorläufig will ich nur verhindern, dass du eine Dummheit machst, bevor Rudi außer Landes ist.« Er suchte den Blick seines Onkels.

»Rudi? Am besten fährst du jetzt los. Ich komme spätestens morgen Abend nach. Bis dahin habe ich dir den besten Anwalt besorgt, den ich auftreiben kann – und einen Arzt, der uns bescheinigt, dass du nicht haftfähig bist. Hast du deine Herzmedikamente eingepackt?«

Rudolf Zirner nickte und klopfte auf die Brusttasche seines Sakkos. »Mach dir keine Sorgen.«

Der alte Mann nickte, öffnete die Haustür und verschwand. Die Tür blieb halb offen stehen. Kühle Nachtluft drang herein.

Lea kämpfte erneut gegen Kais Klammergriff.

»Es wäre alles viel einfacher, wenn du dich endlich entschließen könntest, Vernunft anzunehmen«, mahnte Kai. »Warum willst du die Polizei rufen? Diese Christine wird nicht wieder lebendig, wenn du Rudi in Untersuchungshaft bringst.«

Von draußen war das Aufheulen eines Motors zu hören: Ein Wagen fuhr an und entfernte sich mit quietschenden Reifen.

»Lass mich los, Kai!«, verlangte Lea energisch. »Sofort!«

Er schüttelte stumm den Kopf, schob eine Hand in ihre Jackentasche und tastete nach ihrem Handy, um es an sich zu nehmen.

»Was hast du vor?« Zum ersten Mal spürte sie angesichts seiner Entschlossenheit echte Furcht in sich aufsteigen, dennoch bemühte sie sich, ihrer Stimme einen festen Klang zu verleihen. »Wirst du mich zum Schweigen bringen? Geht deine Loyalität zu deinem Onkel so weit, dass du einen Mord begehen würdest, um ihn zu schützen?«

»Red keinen Unsinn!«, zischte Kai. »Du wirst jetzt in die Ferienwohnung gehen und dort bleiben, zumindest bis morgen früh. Ich schließe dich ein.«

»Und wenn ich mich weigere?«

Statt einer Antwort begann er langsam rückwärts zu gehen und sie mit sich zu schleifen. Wütend packte sie seinen Arm, der quer über ihrer Brust lag, grub ihm sämtliche Nägel ins Fleisch und trat mit den Füßen um sich.

»Hör auf!«, schrie Kai, halb erschrocken, halb vor Schmerz. Einen Augenblick rangen beide um die Oberhand. In diesem Moment war draußen erneut Motorengeräusch zu hören: Ein Wagen näherte sich, offenbar im Schritttempo, als suchte der Fahrer im Dunkeln nach einer Hausnummer. Der Lichtkegel eines Scheinwerfers fiel durch die halb geöffnete Haustür in den Flur.

»Hilfe!«, schrie Lea aus Leibeskräften. Doch Kai hielt ihr den Mund zu und schleifte sie verbissen rückwärts, während er mit dem Fuß die Tür der Ferienwohnung aufstieß. Lea spürte, dass weiterer Widerstand sinnlos war. Seiner Kraft war sie nicht gewachsen.

Draußen ging eine Autotür.

»Lea?«, rief eine Stimme.

Lea bekam den Türrahmen zu fassen, als Kai sie eben hindurchschieben wollte, klammerte sich mit aller Kraft fest und trampelte mit den Füßen, um ein hörbares Geräusch zu machen.

Schritte knirschten auf dem Kiesweg des Vorgartens – langsam, suchend, zögerlich.

Schneller!, flehte Lea im Geist. *Bitte! Beeil dich!*

Die Haustür schwang auf, gerade als es Kai gelungen war, Lea über die Türschwelle in ihre Wohnung zu zerren. Nur für einen kurzen Moment sah sie das verdutzte Gesicht des Mannes, der in den Flur hereinspähte – doch der Anblick verlieh ihr eine ungeahnte Kraft, und auf einmal gelang es ihr, sich zur Seite zu verdrehen und für Sekunden Kais Hand von ihrem Mund zu reißen.

»Jörg! Hier!«

Jörg Hausmann reagierte sofort. Offenbar hatte er bereits mit ernsten Verwicklungen gerechnet, denn er zögerte keinen Augenblick, nachdem er die Situation erfasst hatte. Mit einem Schrei hechtete er auf die Wohnungstür zu, und schon rangen sie zu dritt. Lea spürte einen dumpfen Schlag im Rücken, dann plötzlich war sie frei, warf sich zur Seite und tauchte unter einer fliegenden Faust weg. Ein Körper stürzte an ihr vorbei, schlug zu Boden und riss den Garderobenständer mit sich, der neben der Tür gestanden hatte. Jemand stöhnte.

Leas Hand fand den Lichtschalter. Die Beleuchtung flammte auf, und sie sah Kai rücklings am Boden liegen. Er stützte sich soeben auf den Ellbogen hoch, hielt jedoch inne und presste mit schmerzverzerrtem Gesicht eine Hand gegen die Rippen. Wütend blickte er zu Jörg Hausmann auf, der mit kalkweißem Gesicht über ihm stand.

»Das wird Folgen haben!«, sagte Kai gepresst. »Hausfriedensbruch und eine geprellte Rippe ... ich werde Sie verklagen!«

»Tun Sie, was Sie wollen«, gab Jörg zurück, dessen geballte Fäuste zitterten. »Hauptsache, Sie lassen Lea in Ruhe.«

»Jörg!« Lea huschte an seine Seite, ergriff dankbar seine Hand und bemerkte, dass sie kühl und schweißnass vor Aufregung war. Zweifellos hatte ihr Kollege noch nie im Leben die Fäuste gebrauchen müssen und war entsprechend entsetzt über sich selbst. Lea hätte ihn gern in die Arme genommen. Doch sie war entschlossen, Rudolf Zirner nicht entkommen zu lassen, und wusste, dass jede Sekunde zählte. »Ich muss Kais Onkel einholen. Er versucht sich gerade davonzumachen. Gib mir deine Wagenschlüssel! Bleib du hier und ruf die Polizei.«

Jörg starrte sie verwirrt an, während er den Autoschlüssel aus der Tasche zog. »Aber ...«

»Keine Fragen jetzt!«, beharrte Lea und drückte energisch seinen Arm. »Bitte bleib hier!«

Und ohne einen Blick auf Kai, der noch immer am Boden lag, wandte sie sich um, ließ beide Männer zurück und rannte zur Haustür.

Sie wusste selbst nicht recht, was sie damit bezweckte, als sie zu Jörgs Wagen eilte, sich auf den Sitz warf und den Motor anließ. Sicher wäre es vernünftiger gewesen, gemeinsam mit Jörg auf die Polizei zu warten. Aber es würde bestimmt einige Zeit dauern, einem Polizeibeamten die verwickelte Sachlage begreiflich zu machen, zumal Kai vermutlich alle Register ziehen würde, um sie und Jörg als die wahren Verbrecher hinzustellen. Bis endlich eine Fahndung ausgegeben würde, wäre Rudolf Zirner längst über alle Berge.

Lea wusste nicht, welchen Weg der Flüchtige eingeschlagen hatte, entschied sich jedoch spontan für die Straße, die nach Groß Heide und letztlich über Lüchow nach Uelzen führte, vorbei am ehemaligen Hof der Herforths. Lea trat das Gaspedal durch, jede Geschwindigkeitsbegrenzung ignorierend. Ihr Herz schlug schneller, als sie erkannte, dass ihre Eingebung richtig gewesen war: Schon bald sah sie vor sich im Dunkeln die Rücklichter eines Wagens auftauchen.

Lea holte auf, bis sie das Heck des dunkelblauen BMW deutlich erkennen konnte. Er fuhr nur knapp siebzig, beschleunigte jedoch abrupt, als sie sich näherte. Offenbar hatte Zirner begriffen, dass er verfolgt wurde.

Und was jetzt?, fragte sie sich. *Vorpreschen, überholen und quer stellen wie bei einer Verfolgungsjagd im Film?*

Bei ihrem überstürzten Aufbruch hatte sie keinen Plan gefasst, sie war lediglich entschlossen gewesen, Zirner nicht entkommen zu lassen. Es kümmerte sie nicht, dass er siebzig Jahre alt und bei schwacher Gesundheit war – zu deutlich stand ihr das Bild des Schädels vor Augen, der einst einem sechzehnjährigen Mädchen gehört hatte und nun in einer Abwassergrube schwamm. Rudolf Zirner hatte Christine getötet, und er sollte sich seiner Verantwortung stellen.

Leas Wunsch ging in Erfüllung, jedoch anders, als sie es sich vorgestellt hatte. Als sie sich eben entschlossen hatte, auszuscheren und einen Überholversuch zu wagen, wurde ihre Aufmerksamkeit von einer Erscheinung am linken Straßenrand abgelenkt. Im Scheinwerferlicht blitzte der abgeknickte Leitpfosten auf, und keine zehn Meter entfernt, im Dunkeln unter den Bäumen, schimmerte das unnatürlich helle Gesicht der geisterhaften Erscheinung, die Augen starr auf die Straße gerichtet. Wie gewöhnlich stand sie an der Einmündung des Wirtschaftswegs, der zu dem verfallenen Haus führte – dem Ort, an dem Christine Herforth vergewaltigt und ermordet worden war.

Einundzwanzig Uhr, dachte Lea. *Es ist ihre Zeit. Sie ist wieder da.*

Sie überwand den Schreck rasch, da sie die Erscheinung schon mehrfach gesehen hatte und mittlerweile zu wissen glaubte, wer sich hinter der Maske verbarg. Nicht so Rudolf Zirner: Ihm musste sie wie ein Schatten aus der Vergangenheit erscheinen, ein Racheengel, eine Furie, heraufgestiegen aus den Tiefen der Unterwelt – eben im rechten Moment, da er versuchte, den Konsequenzen seiner grausamen Tat zu entkommen. Lea erinnerte sich, dass Zirner schon bei ihrem ersten Gespräch bekräftigt hatte, er habe die Erscheinung nie gesehen und halte sie für pure Einbildung. Dass sie nun leibhaftig dort stand und ihren starren Blick auf ihn richtete, war wie ein übernatürliches Zeichen, eine Mahnung, ein drohendes Omen.

Lea trat gerade noch rechtzeitig auf die Bremse, als sie bemerkte, dass der BMW vor ihr schlagartig an Tempo verlor und zu schlingern begann. Ihr Wagen blockierte mit kreischenden Reifen, sodass sie einen Augenblick vollauf damit beschäftigt war, den Wagen wieder unter Kontrolle zu bringen. Ihrem Vordermann jedoch erging es weit übler: Sein Fahrzeug hatte zwar Tempo verloren, aber offensichtlich auch den Kurs. Es scherte zum rechten Straßenrand aus, brach knirschend einen Leitpfosten um, schrammte mit dem Kotflügel durch dichtes Gestrüpp und knallte schließlich gegen eine Kiefer.

Lea brachte ihren Wagen zum Stehen, stieß die Tür auf und rannte zu dem Verunglückten hinüber. Rudolf Zirner hing mit kalkweißem Gesicht in seinem Sitz, die Augen geschlossen und mit offenem Mund atmend, eine Hand auf sein Herz gepresst.

»Herr Zirner?«, stieß Lea hervor, nachdem sie die Fahrertür aufgerissen hatte. »Was ist mit Ihnen?«

Er wandte ihr das schweißbedeckte Gesicht zu und blinzelte verwirrt, als habe er Mühe, sie zu erkennen.

»Mein Herz ...«, flüsterte er gepresst. »Ich brauche ...«

Er fingerte nach der Brusttasche seines Sakkos. Lea, die seine Absicht begriff, kam ihm zu Hilfe, streckte eine Hand aus und zog ein Fläschchen mit einem Pumpzerstäuber hervor.

»Zweimal ...«, keuchte Rudolf Zirner, wobei er den Mund öffnete. »Unter die Zunge ...«

Lea tat wie ihr geheißen, setzte das Spray an und betätigte den Zerstäuber. Dann griff sie automatisch in ihre Jackentasche, erinnerte sich jedoch erschrocken, dass Kai ihr das Handy abgenommen hatte.

Sie blickte den alten Mann an, der sich bemühte, gleichmäßig zu atmen. »Haben Sie ein Handy?«

Zirner nickte schwach und zeigte in Richtung Handschuhfach. Glücklicherweise fand Lea das Telefon und schaltete es ein.

Bitte nicht wieder das Funkloch!, dachte sie angespannt, als das Display aufleuchtete. *Bitte lass es funktionieren!*

Das Handy tat ihr den Gefallen, und mit einem erleichterten Seufzen wählte Lea den Notruf.

Während sie in knappen Worten das Geschehen schilderte und den Notarztwagen orderte, hörte sie leise Schritte. Lea wandte sich um, das Handy noch am Ohr, und erkannte die schattenhafte Gestalt mit dem unnatürlich hell geschminkten Gesicht, die langsam auf den verunglückten Wagen zukam. Erst jetzt war deutlich zu erkennen, dass der Mann eine Perücke und tiefschwarze Kleidung trug. Lea folgte ihm mit den Augen, während er in einigem Abstand an ihr vorbeiging und vor der eingedellten Motorhaube stehen blieb. Er verharrte und blickte ins Innere des Wagens, direkt in das bleiche Gesicht Rudolf Zirners, der ungläubig zurückstarrte.

»Machen Sie schnell!«, beendete Lea das Gespräch. Dann schaltete sie das Handy aus und näherte sich vorsichtig dem Mann, der soeben eine Hand erhob, um sich die schwarze Perücke vom Kopf zu ziehen. Ein Schopf kurzer blonder Haare kam zum Vorschein.

»Uwe?«, fragte Lea, die an seine Seite getreten war.

Er schien ihre Anwesenheit nicht zur Kenntnis zu nehmen, sondern stand reglos wie eine Statue, seine dunkel ummalten Augen noch immer auf Zirner gerichtet.

»Wer ist das?«, keuchte der alte Mann zwischen zwei Atemzügen.

»Ihr Sohn«, erwiderte Lea. »Oder vielmehr der Sohn Ihrer Frau. Erkennen Sie ihn nicht wieder?«

Nein, antwortete sie sich selbst – schließlich waren sich die beiden seit Jahrzehnten nicht mehr begegnet. Uwe

Zirner jedoch schien seinen Ziehvater längst erkannt zu haben, denn er zeigte bei Leas Worten keine Regung.

»Du?« Rudolf Zirners Augen weiteten sich für Momente, dann schlossen sie sich wie vor tiefer Erschöpfung, wobei er langsam den Kopf schüttelte. »Du also …«, wiederholte er leise. »Ich hätte es wissen müssen. Im Leben warst du meine Schande, und jetzt wirst du mein Tod sein.«

Er atmete schwerer und presste erneut eine Hand auf sein Herz.

»Ich muss mich um ihn kümmern«, sagte Lea, an das reglose Profil des Mannes gewandt, der wie versteinert neben ihr stand. »Er hat einen Herzinfarkt. Der Notarzt ist unterwegs. Die Polizei habe ich auch gerufen. Ich bitte Sie zu bleiben, bis die Beamten kommen! Ihr Versteckspiel ist beendet, und Sie sollten die Chance ergreifen, Ihr Geheimnis zu lüften.«

Sie wartete nicht auf eine Reaktion, hoffte jedoch, dass ihre Worte ihn erreicht hatten. Dann trat sie zur geöffneten Tür des Wagens und ergriff Rudolf Zirners Hand. Sie war kühl und feucht, und Lea spürte den heftig gehenden Puls.

»Der Arzt wird gleich hier sein«, versprach sie und versuchte, ihre Stimme tröstlich klingen zu lassen.

Rudolf Zirner reagierte genauso wenig wie sein Sohn. Er saß mit geschlossenen Augen da, das Bewusstsein ganz und gar nach innen gewendet, einen stummen Kampf gegen den Tod kämpfend.

Wenn er doch nur etwas sagen würde, dachte Lea, hin- und her gerissen zwischen Mitgefühl und Bitterkeit. *Nur ein einziges versöhnliches Wort zu dem Mann, den er sechzehn Jahre lang als seinen Sohn aufgezogen hat. Vielleicht ist es die letzte Gelegenheit.*

Doch der alte Mann schwieg – und er schwieg noch, als in der Ferne die Sirene des Notarztwagens ertönte.

Epilog

Es war ein schöner, sonniger Tag im September desselben Jahres, als Lea durch Groß Heide fuhr und auf die Waldstraße nach Verchow abbog. Die Landschaft schien ihr seltsam verändert. Der Herbst nahte, und hier und dort hatten sich einige Laubbäume mattgolden verfärbt. Vielleicht, dachte sie, lag es auch nur daran, dass sie die Strecke bisher fast immer bei Dunkelheit gesehen hatte. Im hellen Tageslicht wirkte sie harmlos und durchschnittlich wie irgendeine gewöhnliche Landstraße.

»Schön hier«, meinte Jörg, der neben Lea saß, und blickte nach draußen.

»Ist es noch weit?«, fragte David von der Rückbank.

Lea schüttelte den Kopf. »Drei Kilometer vielleicht.« Sie blickte in den Rückspiegel, und ihr Blick traf den des Mädchens an Davids Seite. »Na? Aufgeregt?«

Maja zuckte die Achseln. Lea blickte wieder auf die Straße, um sie nicht in Verlegenheit zu bringen, lächelte jedoch in sich hinein. Sie hatte Maja erst vor kurzem kennengelernt, aber rasch begriffen, dass das Mädchen sich ungern eine Blöße gab. In Wahrheit klopfte ihr das Herz wahrscheinlich in der Kehle, auch wenn sie ihre Gefühle hinter demonstrativer Coolness verbarg.

Ich mag sie, stellte Lea überrascht fest. Eigentlich war Maja ihr sehr fremd, und auch zu David schien sie mit ihrer schwarzen Kleidung, dem üppigen silbernen Schmuck und dem dunklen Lidschatten nicht recht zu passen. Doch Lea hatte inzwischen gelernt, hinter die Fassade zu blicken, und trotz der eigenwilligen Aufmachung das nachdenkliche und im Grunde schüchterne junge Mädchen erkannt, das Maja in Wirklichkeit war. Sie gab sich große Mühe, erwachsen zu wirken. Ihr Gesicht jedoch, von einer kindlichen, fast puppenhaften Zartheit unter dem Schutzpanzer aus Schminke, offenbarte ihre Verletzlichkeit.

»So, da wären wir.«

Lea bremste und bog auf die Auffahrt ein, die zum ehemaligen Anwesen der Herforths führte. Diesmal stand das Gittertor offen, sodass sie auf den Hof fahren und neben der Scheune parken konnte. Dort stand bereits ein grauer Opel mit Hamburger Kennzeichen. Eine Frau um die dreißig schickte sich eben an, zum Haus hinüberzugehen, hielt jedoch inne, als sie die Besucher kommen sah, und winkte. Lea stoppte, stieg aus und schüttelte ihr die Hand.

»Hallo, Frau Ilkic! Wie geht es Uwe?«

»Erstaunlich gut«, antwortete die Anwältin. »Er wartet schon auf Sie. Ich würde gern dabei sein, denn er hat noch nie so viel Besuch auf einmal gehabt und ist entsprechend aufgeregt. Sicher haben Sie sich viel zu erzählen.«

»Zu *erzählen?*« Lea runzelte die Stirn.

»Sie werden staunen!«, versprach Frau Ilkic lächelnd. »Er kann inzwischen einige Worte sprechen – und das hat er wohl Ihnen zu verdanken. Ich habe schon immer geahnt, dass seine Stummheit auf ein Trauma zurückzuführen ist, auch wenn ich natürlich nicht die leiseste Vorstellung hatte, worum es sich dabei handelte. Er konnte sich ja nicht mitteilen – und wollte es wohl auch nicht, denn er vertraute niemandem. Ich wusste lange Zeit nicht einmal, dass er seinen Namen geändert hatte. Jetzt ist alles anders: Seine Seele wurde befreit, und mit ihr seine Sprache.«

Lea schluckte betreten. »Ich hätte nicht gedacht, dass das möglich ist.«

»Ich auch nicht«, gab Frau Ilkic zu. »Aber Mutismus ist ein komplexes und kaum verstandenes Phänomen. Manche Betroffene verlieren die Sprache für immer, andere nur für Tage oder Monate.«

Inzwischen waren auch Jörg, David und zuletzt Maja ausgestiegen, die sich im Hintergrund hielt und die Anwältin mit gerunzelter Stirn musterte. Frau Ilkic lächelte wohlwollend.

»Ihre Kinder?«, fragte sie.

»Mein Sohn«, korrigierte Lea und wies auf David. »Und seine Freundin, Maja.«

»Hallo!«, grüßte die Anwältin. »Ich bin Dorothea Ilkic, die Betreuerin von Herrn Berger.«

»Betreuerin?«, fragte Maja ungläubig.

»Herr Berger ist schwerbehindert«, erklärte Frau Ilkic freundlich. »Ich kümmere mich um seine rechtliche Vertretung, seine Geschäfte und alle Angelegenheiten, die das Haus betreffen. Meine Kanzlei ist auf solche Betreuungen spezialisiert.« Sie blickte zum Haus hinüber, wo sich soeben die Eingangstür geöffnet hatte und eine Gestalt erschienen war.

»Er erwartet uns«, stellte Frau Ilkic fest und nickte den Besuchern aufmunternd zu. »Kommen Sie!«

Gemeinsam gingen sie zum Haus hinüber und stiegen die Freitreppe hinauf, Lea und die Anwältin vorneweg, hinter ihnen Jörg Hausmann und als Nachhut David und Maja.

Uwe Berger erwartete sie an der Tür. Zu Leas Erstaunen lächelte er, obwohl seinem Gesicht anzumerken war, dass ihm diese mimische Leistung ungewohnte Mühe abverlangte. Er sah anders aus, als sie ihn in Erinnerung hatte – was freilich nicht viel bedeutete, da sie ihm bislang immer nur im Halbdunkel begegnet war. Nun, ohne Kostümierung, irritierte Lea sein kantiges Kinn nicht mehr. Auffällig schienen ihr eher die zierliche Nase, die hohe Stirn und die sanftbraunen Augen mit den langen Wimpern – ohne Zweifel ein Erbteil der Herforths. Sein Haar war kurz geschnitten, an den Schläfen bereits gelichtet und von grauen Fäden durchzogen. Er trug tiefschwarze, etwas zerschlissene Kleidung, hatte jedoch – offenbar zur Feier des Anlasses – eine vergilbte weiße Krawatte angelegt.

»Hallo, Uwe«, grüßte Frau Ilkic. »Hier ist dein Besuch. Frau Petersen kennst du ja schon.«

Uwes Händedruck war unsicher, fast schlaff, doch unerwartet warm. Er blickte sie an, und Lea las etwas schwer Definierbares in seinen Augen. War es Zuneigung? Dankbarkeit?

»Ich freue mich, Sie wiederzusehen«, sagte sie und wies auf ihre Begleiter. »Das ist Jörg Hausmann, ein Kollege von mir. Ich habe ihm viel über Sie erzählt, und er wollte gern mitkommen und Sie kennenlernen. Das ist mein Sohn David, und das ist Maja. – Maja? Das ist Tom Thanatar.«

Lea unterdrückte ein Schmunzeln, als sie bemerkte, dass Majas Coolness vollständig verschwunden war. Sie starrte Uwe Berger mit großen Augen und halb geöffnetem Mund an. In ihrem Gesicht spiegelten sich Erstaunen und Entsetzen zugleich. Lea konnte es ihr nicht verdenken. Noch bis vor kurzem hatte Maja nicht glauben wollen, dass das Foto auf der Webseite des Verlages eine werbewirksame Fälschung war. Nun stellte sich ihr Idol als ein Mann in mittleren Jahren heraus, leicht untersetzt, mit ergrauendem Haar und einem unsicheren Lächeln auf dem Gesicht.

Uwe ging voran, und sie folgten ihm durch einen Flur in ein geräumiges Wohnzimmer, dem man ansah, dass es selten benutzt wurde. Die Möbel waren alt, aber sorgfältig renoviert und blank geputzt wie auf einer Ausstellung. Rings um einen ovalen Tisch standen mehrere Stühle, während sich an der Wand verschiedene Schränke und eine Anrichte im Jugendstil aufreihten. Auch einen offenen Kamin gab es, neben dem ein Stapel Feuerholz lag.

»Setzen Sie sich doch!«, bat Frau Ilkic.

Alle nahmen Platz, während Uwe Berger zur Anrichte ging, um Gläser und Getränke zu holen, die er auf dem Tisch verteilte: eine seltsame Auswahl, bestehend aus Mineralwasser, verschiedenen Limonaden und sichtbar teurem Weißwein.

»Er hat wenig Erfahrung in solchen Dingen«, raunte Frau Ilkic den anderen zu. »Schließlich ist es sein erster Besuch.«

»Kein Problem!«, meinte Jörg und griff beherzt nach der Weinflasche. »Chardonnay zum Mittag – das ist doch mal etwas anderes!«

Lea, die noch fahren musste, hielt sich an Wasser, während David und Maja eine Cola öffneten. Uwe Berger, der erneut an den Tisch getreten waren, musterte reihum seine Gäste.

»Alles … gut?«, fragte er mit einer leicht krächzenden und zugleich seltsam kindlichen Stimme.

Alle nickten, und die Anwältin warf ihrem Schützling einen aufmunternden Blick zu. »Alles bestens, Uwe!«

»Ich muss etwas … holen gehen«, erwiderte er stockend und deutete zu einer Treppe, die vom Flur in das obere Stockwerk führte.

Frau Ilkic zuckte die Achseln. »Nur zu! Wir kommen schon klar.«

Er ging, und sie hörten, wie er die Treppe hinaufstieg und oben eine Tür öffnete.

»Es ist schwer für ihn«, erklärte Frau Ilkic den Besuchern. »Er spricht erst seit kurzem. Zuvor hat er seine Stimme zwanzig Jahre lang nicht benutzt. Er braucht noch viel Übung. Ich bin vor Schreck fast umgefallen, als er mich neulich zum ersten Mal mit ›Hallo‹ begrüßte. Schließlich kenne ich ihn seit Jahren und hatte mich vollkommen daran gewöhnt, dass er stumm ist.«

»Hätte ich mich nur früher entschließen können, Sie anzurufen!«, seufzte Lea. »Alles hätte sich viel rascher aufgeklärt. Aber ich glaubte, Sie würden bloß Immobilien verwalten …«

Frau Ilkic lachte. »Das tut mir leid. Aber ich hätte Ihnen kaum weiterhelfen können, denn ich wusste nicht viel über Uwe. Als ich damals seine Betreuung übernahm, war er ein Mann ohne Vergangenheit. Natürlich erfuhr ich einige Details von seinem früheren Betreuer in der Psychiatrie, aber die betrafen hauptsächlich seine Krankengeschichte. Ich wusste nur, dass er aus Verchow stammte, mit sechzehn Jahren in die Psychiatrie eingeliefert worden und dort bis zu seinem zwanzigsten Lebensjahr geblieben war, zuerst auf einer geschlossenen Station, später im Rahmen eines betreuten Wohnprojekts. Seinen Nachnamen änderte er, sobald er volljährig geworden war, und zu seinem Vater wünschte er keinen Kontakt. Ich habe Rudolf Zirner nie kennengelernt und auch nie Genaueres über Uwes Familie erfahren.«

»Wie hat er Ihnen denn seine Wünsche mitgeteilt, wenn er nicht sprechen konnte?«, warf Jörg ein.

»Er kann schreiben«, erwiderte die Anwältin. »Allerdings tut er es nicht gern. Dem geschriebenen Wort scheint er fast ebenso zu misstrauen wie dem gesprochenen. Ich habe gehört, dass er selbst in seinen Comicbüchern wörtliche Rede vermeidet.«

»Sie kennen seine Comics gar nicht?«

»Ich habe einmal reingeschaut ... *brrr.*« Frau Ilkic schüttelte sich. »Dieses Horrorzeug kann ich kaum ertragen. Sicher hätte ich es mir genauer angesehen, wenn ich geahnt hätte, dass er in diesen Geschichten von seiner Vergangenheit erzählt.«

»Wie kam es eigentlich, dass er Zeichner wurde?«, fragte Jörg.

»Nun ja, schon in der Psychiatrie hatte er die behandelnden Ärzte mit seinen Zeichnungen verblüfft«, erzählte Frau Ilkic. »Er weigerte sich zu sprechen, aber mittels der Zeichnungen antwortete er auf Fragen oder teilte in symbolischer Form mit, wie er sich fühlte. Ich habe einige dieser Bilder gesehen. Sie waren der Akte der Klinik beigefügt. Seltsames Zeug – verstörend, surreal, oft grausam und erschreckend. Viele Zeichnungen waren nur skizzenhaft, aber sie zeugten von erheblicher Begabung.«

Lea nickte. »Das hat er bestimmt geerbt. Uwes leiblicher Vater, Martin Herforth, war Kunstmaler. Auch seine Tochter Christine hatte ein bemerkenswertes Talent fürs Zeichnen.«

»So wird es wohl sein«, bestätigte Frau Ilkic. »Jedenfalls war Zeichnen die einzige Tätigkeit, in der Uwe ... vielleicht nicht glücklich, aber zumindest ganz er selbst war. Als er sich mit Anfang zwanzig ein eigenes Zimmer in der Lüneburger Innenstadt nahm, begann er seine Sozialhilfe aufzubessern, indem er für ein paar Mark die Innenräume einer benachbarten Szenekneipe mit Wandbildern dekorierte. Der Laden wurde hauptsächlich von Gothic-Fans besucht und dank seiner Zeichnungen zu einer Art Kultstätte: Grufties aus ganz Norddeutschland pilgerten dorthin, um sie zu sehen. Irgendwann verirrte sich auch eine Kunstagentin in diese Kneipe. Sie fragte beim Personal nach dem Maler, und es gelang ihr, Kontakt zu Uwe aufzunehmen und ihn zu überzeugen, dass er seine Werke einem Verlag anbieten müsse.«

»Und das hat er getan?«

»Die Agentin hat alles für ihn geregelt, da er ja nicht sprechen konnte. Kurze Zeit darauf hatte Uwe einen Vertrag mit einem bekannten deutschen Comicverlag, und später wechselte er zu Verhanden in Holland. Seine Comics waren so erfolgreich, wie selbst die Agentin es nicht erwartet hätte; sie erlangten Kultstatus und wurden in zahllosen Auflagen gedruckt. Als Uwe dreißig wurde, verfügte er über ein respektables Vermögen. Zu dieser Zeit wurde ich mit seiner Betreuung beauftragt, da die Verwaltung seiner Finanzen besser von einer juristisch geschulten Person als von einem Psychiater zu erledigen war. Als er dann den Wunsch äußerte, diesen Hof zu kaufen, dachte ich mir nichts dabei.«

»Er hat ihn tatsächlich gekauft?«, fragte Lea stirnrunzelnd. »Kaum zu glauben … Als leiblicher Sohn Martin Herforths hätte er ihn erben können.«

»Ja, aber dazu hätte er seine Identität offenlegen müssen.« Frau Ilkic nickte nachdenklich. »Und genau das wollte er offenbar vermeiden. Er zog es vor, als Fremder aufzutreten, um von den Leuten im Dorf nicht erkannt zu werden – und nun begreife ich auch, warum. Sein Plan bestand darin, jenes Verbrechen aufzuklären, das ihn seit Jahrzehnten verfolgte, ihn seiner Stimme beraubt und seine geistige Gesundheit ruiniert hatte … Er muss diese Christine geliebt haben.«

»Ja, das hat er«, sagte Lea. »Wahrscheinlich war sie der einzige Mensch, der ihm jemals mit Verständnis begegnete, denn sie waren beide Außenseiter. Die Erkenntnis, dass Christine seine Halbschwester war, muss Uwe erheblich verwirrt haben. Er fühlte sich schuldig und sah die Vorwürfe seines Vaters bestätigt, dass er krank und verdorben sei. Dennoch liebte er sie – und ich glaube, er tut es bis heute.«

»Von alldem ahnte ich natürlich nicht das mindeste«, fuhr Frau Ilkic fort. »Ich wurde lediglich beauftragt, den Kauf abzuwickeln und gegenüber Behörden und Anwohnern als Uwes Vertreterin zu agieren. Seit er hier wohnte, habe ich ihn nur noch selten besucht. Es schien, dass er meine Hilfe kaum benötigte. Gelegentlich schickte er einen knappen Brief mit der Mitteilung, es sei alles in Ordnung.«

»Er wollte ungestört seinem Plan nachgehen«, folgerte Lea. »Es ließ ihn nicht los, dass er damals, im Sommer 1986, Christines Stimme in der Nähe des verfallenen Hauses im Wald gehört hatte. In der Psychiatrie wird man ihm vermutlich erklärt haben, dass er nur fantasierte. Er aber war inzwischen überzeugt, dass Christine ermordet worden war. Die Polizei hatte den Fall natürlich längst zu den Akten gelegt, und den Verdachtsmomenten eines seelisch Gestörten, der nicht einmal sprechen konnte, hätte niemand Bedeutung beigemessen. Also versuchte er, Christines Tod auf eigene Faust aufzuklären. Dabei verfolgte er eine Doppelstrategie: Er grub jahrelang auf der Waldlichtung nach ihrer Leiche, und zugleich kostümierte er sich, um vorbeikommenden Autofahrern an der Straße in der Gestalt seiner Halbschwester zu erscheinen.«

»Ich verstehe das trotzdem nicht«, sagte Frau Ilkic kopfschüttelnd. »Welche Absicht verfolgte er damit?«

Lea verzog den Mund. »Ich bin mir darüber auch nicht vollständig im klaren. Ich glaube, er wollte die Erinnerung an das Verbrechen lebendig halten, indem er dafür sorgte, dass Christines Verschwinden Gesprächsthema im

Dorf blieb. Zugleich hat er jeden Autofahrer, der anhielt, zu der Lichtung geführt, wo er ihre Leiche vermutete. Es war seine Art, auf das Geschehen und den mutmaßlichen Tatort hinzuweisen. Vielleicht hoffte er auch, Christines Mörder würde sich eines Tages selbst verraten, wenn er das Gespenst an der Straße erblickte – und so ist es ja letztlich auch gekommen.«

»Ob er gewusst hat, dass sein Ziehvater der Mörder war?«, warf Maja ein, die dem Gespräch mit gespannter Aufmerksamkeit gefolgt war.

»Ich glaube nicht«, meinte Lea. »Andernfalls wäre er wohl zielstrebiger vorgegangen. Vermutlich ahnte er nur, dass der Mörder zu den Männern gehören musste, die schon 1986 im Dorf gelebt und ein Motiv gehabt hatten, sich an den Herforths zu rächen. Das traf auf viele zu, insbesondere auf die von Martin Herforth betrogenen Ehemänner. Es gab aber keinen Grund für Uwe, ausgerechnet seinen Ziehvater zu verdächtigen, denn er wusste nichts von der Sickergrube, deren Lage nur Rudolf Zirner bekannt war.«

»Ich begreife trotzdem nicht, wie er zehn Jahre lang inkognito auf diesem Hof leben konnte«, sagte Jörg, »ohne dass der vermeintliche Geist jemals mit ihm in Verbindung gebracht wurde. Die Lichtung ist doch kaum einen Kilometer entfernt und liegt an derselben Straße.«

»Tja«, sagte Lea nachdenklich, »offenbar hat er erfolgreich den Eindruck erweckt, das Haus sei unbewohnt. Wie er hier gelebt hat, kann ich mir allerdings nur schwer vorstellen.«

»Ich schon«, meinte Frau Ilkic. »Uwe hat zeitlebens sehr zurückgezogen gelebt. Er braucht kaum mehr als ein Bett, seinen Zeichentisch, Stifte und Papier.«

»Aber er muss doch irgendwo eingekauft haben.«

Frau Ilkic zuckte die Achseln. »Er hat ein Fahrrad.

Wahrscheinlich hat er einen Bogen um Verchow gemacht, um in einen der Nachbarorte zu fahren.«

»Hat er sich wirklich als Frau verkleidet?«, fragte Maja. Ihr Gesichtsausdruck schwankte zwischen Faszination und Befremdung.

»Ich wusste nichts davon«, antwortete Frau Ilkic, »aber Frau Petersen hat es ja gesehen. Jetzt, da ich die Hintergründe kenne, erscheint mir sein Schicksal noch weit tragischer als früher. Unter günstigeren Bedingungen hätte ein normaler Mann aus ihm werden können, sensibel, gut aussehend und dazu hochbegabt.« Nachdenklich leerte sie ihr Glas. »Dieser Rudolf Zirner muss Uwes seelische Gesundheit schon vor Christines Verschwinden ruiniert haben, sonst hätte ihr Tod ihn vielleicht traumatisiert, aber doch nicht für Jahrzehnte mit Stummheit geschlagen.«

»Der Meinung bin ich auch«, stimmte Lea zu. »Zirner gab ihm die Schuld für das Scheitern seiner Ehe und ließ es ihn von Anfang an spüren. Seinen ganzen Hass gegen Martin Herforth übertrug er auf den Jungen.«

»Schade, dass es zu keiner Versöhnung mehr kommen konnte«, meinte Frau Ilkic.

Lea nickte. Diese Chance war in der Tat verpasst, denn Rudolf Zirner war nach vier Stunden auf der Intensivstation des Kreiskrankenhauses an Herzversagen gestorben. Lea hatte erst Tage später davon erfahren, denn nach den letzten Ereignissen in Verchow hatte sie Kai nicht wiedergesehen, und er hatte sich auch nie bei ihr gemeldet. Lea hatte ihrerseits darauf verzichtet, ihn anzurufen, wobei sie sich noch immer wunderte, dass sie das dramatische Ende ihrer ebenso kurzen wie heftigen Urlaubsaffäre ohne weiteres verkraftet hatte. Sie bereute nichts, aber sie trauerte auch nicht. Kai hatte ihr schöne Stunden geschenkt und ihre schlafenden Sinne geweckt. Am Ende jedoch hatte sich gezeigt, dass seine Loyalität ausschließlich seinem Onkel galt, den er nun wie geplant beerben würde. Nicht einmal seine Drohung, Anzeige gegen Jörg zu erstatten, hatte Kai wahr gemacht – vermutlich, um Lea nicht im Gerichtssaal begegnen zu müssen.

Ihre Gedanken wurden unterbrochen, denn eben knarrte die Treppe. Uwe kam zurück ins Zimmer, in den Händen ein schmales Heft.

»Ah! Ich glaube, ich weiß, was das ist«, sagte Frau Ilkic. »Er hat in den letzten Wochen Tag und Nacht daran gearbeitet.«

Uwe lächelte unsicher. Dann legte er das Heft auf den Tisch und schob es langsam zu Lea herüber. Lea betrachtete das Titelblatt. Der Mund klappte ihr auf, als sie in ihr eigenes Gesicht blickte.

»Wahnsinn!«, flüsterte Maja beeindruckt.

Unter dem Namenszug »Tom Thanatar« prangte der Titel des Comics, *Purgatorium*, in flammend roten Buchstaben. Darunter waren die Umrisse düsterer Bäume zu erkennen, zwischen denen ein Gesicht hervorspähte – Leas Gesicht, bis in jede Einzelheit, mit wachsamen Augen dem Betrachter zugewandt. Beinahe ehrfürchtig schlug Lea das Heft auf und blätterte staunend eine Seite nach der anderen um, während alle anderen sich über den Tisch beugten, um mitzuschauen. Die Geschichte – wie üblich ohne Sprechblasen und Text – handelte von der weiblichen Hauptperson mit Leas Gesicht, die einen dunklen Wald durchstreifte. Schattenhafte Gestalten lauerten im Unterholz, Äste griffen mit knorrigen Fingern nach ihr, und gesichtslose Wesen in wallenden Gewändern verstellten ihr den Weg. Die Heldin jedoch schlug sich bis zu einem kleinen Häuschen mitten im Wald durch, wo sie einen verwahrlosten Jungen fand, der sich scheu in eine Ecke drückte. Sie reichte ihm die Hand – ein ganzseitiges Bild zeigte diese Hand, vertrauenerweckend ausgestreckt, mit dem silbernen Ring am kleinen Finger, den David seiner Mutter vor Jahren zum Geburtstag geschenkt hatte. Am Ende verließen beide Protagonisten gemeinsam den Wald, Hand in Hand gehend, und erreichten eine Wiese, auf der Blumen blühten. Die allerletzte Seite zeigte eine kunstvoll verzierte dunkle Blüte und eine Widmung – »Für Lea« – mit dem Autogramm Tom Thanatars.

»Ich bin sprachlos«, flüsterte Lea und wischte sich verstohlen eine Träne aus dem Augenwinkel.

»Sie bedeuten ihm viel«, erklärte Frau Ilkic. »Durch Ihre beharrlichen Nachforschungen haben Sie ihn von einer Last befreit, die ihn lebenslang bedrückte. Deshalb hat er beschlossen, Ihnen dieses Buch zu widmen.«

Lea blickte zu dem Zeichner auf, der sein unsicheres Lächeln und einen Anflug von Röte zeigte – ein seltsamer Glanz auf seinem sonst so unbewegten Gesicht.

»Ich danke Ihnen«, brachte Lea gerührt hervor. Dann erst erinnerte sie sich, dass auch sie ihm etwas zu übergeben hatte, öffnete ihre Handtasche und nahm Christines Tagebuch heraus. »Es tut mir leid, dass ich es entwendet habe. Wenn jemand ein Anrecht hat, es zu besitzen, dann sind Sie es.«

Uwe nahm das Buch entgegen wie einen lange vermissten Schatz und drückte es mit beiden Händen an die Brust.

»Danke«, erwiderte er rau, wobei auch seine Stimme schwankte – vielleicht aus Mangel an Übung, vielleicht aber auch, weil er ebenso gerührt war wie Lea.

Sie blieben über eine Stunde, bis Frau Ilkic empfahl, die Runde aufzuheben – vor allem, um ihren Schützling zu schonen, für den der ungewohnte Besuch erhebliche Aufregung bedeutete. Maja, die bisher kaum ein Wort gesagt hatte, geriet beim Aufbruch in große Nervosität und überwand sich erst an der Haustür, ihr Idol in hastigen Worten um ein Autogramm zu bitten. Tom Thanatar lächelte, nahm Majas Ausgaben seiner sämtlichen Werke entgegen und signierte jede Einzelne mit seiner kindlich kleinen Handschrift. Dann verabschiedete er sich mit einem Kopfnicken von David und Jörg, um sich schließlich Lea zuzuwenden.

»Vielleicht darf ich Sie demnächst wieder einmal besuchen«, schlug Lea vor. »Ich würde nämlich gern in unserer Zeitung über Sie schreiben.«

Uwe nickte schüchtern.

»Schön!«, sagte Lea. »Ich freue mich.« Einem Impuls folgend, nahm sie ihn kurz in die Arme. Uwe errötete ein wenig, lächelte jedoch. »Dann bis bald! Ich mache über Frau Ilkic einen Termin aus.«

Während Uwe die Haustür hinter sich schloss, gingen die vier Besucher zu Leas Wagen. Die Anwältin verabschiedete sich herzlich, hinterließ Lea ihre Handynummer und ermutigte sie, jederzeit anzurufen.

»Und was machen wir jetzt mit dem angefangenen Tag?«, fragte Jörg, der sich umblickte und die malerische Waldlandschaft musterte. »Wie wär's mit einem Spaziergang zu viert?«

»Ach nein, eher nicht«, meinte Lea, die einen bittenden Blick ihres Sohns aufgefangen hatte. »Ich glaube, junge Leute haben anderes zu tun, als am Sonntagnachmittag Spaziergänge zu machen.«

»Ich hätte nichts dagegen«, sagte Maja höflich.

Lea lachte. »Das ist lieb von dir. Aber ich habe heute Abend selbst noch etwas vor.«

»Ach ja?«, fragte Jörg scherzhaft. »Wer ist denn der Glückliche?«

Lea lächelte ihn an. »Du – falls du nichts dagegen hast. Ich würde dich gern zum Essen einladen.«

Jörg blickte sie ungläubig an, als könnte er den Sinn ihrer Worte kaum fassen. »Du meinst …«

»Ja, ich meine.«

Ein strahlendes Lächeln breitete sich auf seinem Gesicht aus. Er schien seine Aufregung kaum unterdrücken zu können. »Ich kenne da ein sehr gutes Lokal …«

»Komm doch einfach zu mir«, sagte Lea. »Ich kann nämlich kochen – das sagt jedenfalls mein Sohn.«

»Oh ja!« David grinste und nahm Maja bei der Hand. »Aber ihr müsst allein essen, Maja und ich wollen noch weg.«

»Schon gut«, versicherte Lea und erwiderte unauffällig sein Blinzeln, während sie den Autoschlüssel aus der Tasche zog.

Die Handlung und sämtliche Personen sind fiktiv; Namensentsprechungen, Ähnlichkeiten mit wirklichen Personen oder tatsächlichen Begebenheiten sind unbeabsichtigt und zufällig. Dies gilt auch für im Text genannte Institutionen und juristische Personen wie Presse- und Verwaltungsorgane, Behörden, Gaststätten, Wirtschaftsbetriebe etc. Der Ort »Verchow« im niedersächsischen Wendland ist ebenfalls fiktiv, auch wenn die umgebenden Ortschaften Groß Heide, Zadrau, Ranzau und Siemen tatsächlich existieren.

Paulus Hochgatterer im dtv

»Hochgatterer ist der David Lynch unter den deutschsprachigen Erzählern.«
Hubert Winkels (Kulturzeit)

Die Süße des Lebens
Roman

ISBN 978-3-423-**21094**-2
ISBN 978-3-423-**25310**-9 (dtv großdruck)

Kommissar Kovacs und der Psychologe Raffael Horn stehen vor einem Rätsel: Kennt die siebenjährige Katharina den Mörder ihres Großvaters?

Ausgezeichnet mit dem Deutschen Krimipreis 2007.

Eine kurze Geschichte vom Fliegenfischen
Erzählung

ISBN 978-3-423-**21072**-0

Drei Männer beim Fliegenfischen an einem einsamen Gebirgsfluss. Man(n) kommt ins Reden und Sinnieren. Doch die Harmonie trügt. Die Katastrophe ist nicht mehr abzuwenden … »Das ist hohe Erzählkunst!« (Die Zeit)

Wildwasser
Roman

ISBN 978-3-423-**21151**-2

Der 16-jährige Jakob ist auf der Suche nach seinem Vater, der auf mysteriöse Weise beim Kajakfahren verschwand. Die Reise ins Ungewisse wird eine Reise zu sich selbst. Eine packende Geschichte über die Irrungen und Wirrungen in der Pubertät.

Bitte besuchen Sie uns im Internet: www.dtv.de